越境·身份·文学

《铜锣》及其主要同人研究

杨 伟 著

BORDER-CROSSING , IDENTITY,
AND LITERATURE
DORA AND ITS COTERIE

社会科学文献出版社
SOCIAL SCIENCES ACADEMIC PRESS (CHINA)

目　录

第四编　黄瀛：口吃·混血·中介

绪　论　作为中日现代文学关系之镜面的《铜锣》

有学者把"中日现代文学关系"一语中的"现代"作为时间概念，大致限定在民国初年至 1945 年之间，并认为这期间"两国的文学发生了广泛、直接而又密切的关联，呈现为交织状态。这种交织状态的密切性甚至超过了一般的比较文学研究方法（无论是法国学派的影响研究还是美国学派的平行研究）所处理的范围"①。其原因之一就是，在那个特殊的时代背景下，在中日两国作家的自觉对话和频繁交流中，出现了不少跨国性的文学作品和文学事件。比如，作为日语同人诗刊的《铜锣》1925 年诞生在中国广州，就不妨视为体现了中日两国文学交织状态的跨国性文学事件。

《铜锣》是 1925 年 4 月由日本留学生草野心平联合原理充雄、富田彰与中国诗人黄瀛、刘燧元（思慕），在广州的岭南大学（现中山大学）创刊的诗歌同人杂志。因受到"五卅惨案"引发的反英反日运动的影响，草野心平被迫于同年 6 月从岭南大学辍学，离开广州，带着尚未装订的第 3 号《铜锣》回到了日本。《铜锣》前后共发行 16 期，于 1928 年 6 月宣布停刊。尽管它只有三年多的短暂历史，却从草野心平诗友圈的交流园地发展为日本无政府主义的代表性杂志，也印证了日本诗坛与中国之间的至深关系，同时催生了草野心平、宫泽贤治等一批一流的诗人。不仅如此，《铜锣》与后续杂志《学校》《历程》等形成了日本现代主义诗歌的一大重要谱系，在日本现代诗歌史上占有非常独特而又重要的地位，蕴含着日本现代诗史研究和中日文学关系研究中的诸多热点话题。

纵览全部 16 期《铜锣》会发现，从创刊到停刊，一直活跃于其间的

---

① 参见董炳月《"国民作家"的立场——中日现代文学关系研究》，北京：生活・读书・新知三联书店，2006，第 1~2 页。

主要同人仅有草野心平和中国人黄瀛。草野心平作为《铜锣》诗刊的发起人，自始至终都是该同人杂志的中心人物。在 1921 年至 1925 年留学岭南大学期间，他与梁宗岱、刘燧元、叶启芳等人结为至交，参加了文学研究会广州分会，迈出了作为诗人的第一步。他还以同期发表在日本《诗圣》上的诗歌为契机，与黄瀛开始了书信往来，并在黄瀛获得《日本诗人》"第二新诗人号"评选桂冠的刺激下，于 1925 年 4 月在广州创办了《铜锣》杂志，这些都构成了他难以磨灭的青春回忆，成为其诗人生涯的起点，并在很大程度上决定了他的诗歌特色和人生方向。1940 年 8 月，草野心平受岭南大学同窗好友林柏生的邀请再次来到中国，作为汪伪国民政府宣传部顾问在南京度过了五年多的光阴，直到日本投降，才于 1946 年 3 月被遣送回国。这些复杂的经历构成了草野心平的多重中国体验，决定了草野心平中国观和亚洲意识的多重性，催生了其大量以中国为题材的作品，也奠定了中国问题乃至亚洲问题在草野心平一生中的重要性和复杂性，使他成为研究中日现代文学关系史时不可或缺的存在，也为我们研究昭和时期日本知识分子共有的心路历程乃至精神史提供了很好的标本。

而黄瀛无疑是《铜锣》的另一名主要同人，无论从何种意义上说，都堪称是一个富有传奇色彩的人物。他于 1906 年出生于重庆，其父黄泽民曾是川东师范学堂的创始人之一，其母太田喜智是来自日本千叶县八日市场市的"日本教习"。黄瀛 8 岁时丧父，被迫随母亲离开祖国，迁居到日本千叶县八日市场市接受教育，后就读于日本文化学院和陆军士官学校。黄瀛于 1930 年底回国从戎，执掌通讯军务，后官至国民党陆军总司令部少将特参。新中国成立后因复杂的人生经历和海外关系而数度入狱，及至"文革"结束后才被平反昭雪，成为四川外语学院（现四川外国语大学）日语系教授。黄瀛从少年时代起便醉心于日语诗歌创作，1925 年 2 月，年仅 19 岁的他在几千名候选者中脱颖而出，荣登《日本诗人》"第二新诗人号"评选的榜首，以清澄的感性和明朗阔达的诗风引起日本诗坛的瞩目，是第一个在日本现代诗坛上赢得卓越声誉的中国诗人，且与前辈诗人高村光太郎、小说家兼诗人井伏鳟二、木山捷平等过从甚密，并于 1929 年春天借陆军士官学校组织的毕业旅行之机，前往岩手县花卷探望了病床上的宫泽贤治，成为与宫泽贤治有过谋面之交的唯一中国文人，在中日文化交流史上留下了一段脍炙人口的佳话，是中日文学交流史上的传奇人物，也是中日两国近百年曲折历史的亲历者和见证人。

显然，以《铜锣》为切入口，通过梳理和考察主要同人黄瀛和草野心平的越境体验，以及他们与宫泽贤治等同时代文人的交友关系和文学互动等，可以为中日两国文学关系的研究找到实实在在的注脚，并挖掘出迄今还鲜为人知的生动史料。

不过，值得注意的是，尽管《铜锣》杂志在日本现代诗歌史上占有重要的位置，但一直以来，由于其同人性质，印刷量很少。且其中有 7 期属于手刻的油印小册子，不便长期保存。再加上年代久远，人们很难一睹该杂志的"芳容"，更谈不上对其开展真正的研究。1978 年，日本近代文学馆特别发行了《铜锣》复刻版，一方面为《铜锣》研究的实质性展开提供了必要的文献基础，另一方面也表明《铜锣》在日本现代诗歌史上的重要地位已得到学界的普遍认同。自此，日本学界对《铜锣》的研究呈现逐渐活跃的态势，其焦点主要集中在下列几个方面：伊藤信吉从《铜锣》与《学校》《历程》等重要诗刊的继承关系来看待《铜锣》在诗歌史上的地位和意义，认为它与后两者形成了日本诗歌史上的一大谱系，《历程》至今还影响着日本诗坛[1]；小关和弘从《铜锣》表现出的无政府主义色彩与日本 1920 年代文艺界思想状态的对应关系来把握它在诗歌史上的意义，并认为宫泽贤治成为其主要同人，以及高村光太郎对杂志的经济援助和惠寄诗稿等，亦是值得大书特书的文学事件[2]；秋山清将《铜锣》置于大正、昭和时期的无政府主义谱系中来为其定位，并认为，"《铜锣》内部除了自由主义和人道主义之外，还存在着农本主义式的风尚和基础"[3]；深泽忠孝则注意到《铜锣》诞生地的特异性，并从草野心平、黄瀛、宫泽贤治、高村光太郎的关系上来评价《铜锣》的意义，认为"与诞生在大连的《亚》一样，《铜锣》也具有诞生在广州的特异性。不仅如此，它还成了心平和黄瀛的基地，形成了心平、贤治、光太郎之间的交点，化作了他们相互作用的磁场"[4]。

较之对《铜锣》杂志的零星研究，倒是对《铜锣》的领军人物草野

[1]　伊藤信吉「解説——次代からの回想」『「銅鑼」復刻版別冊』、東京：日本近代文学館、1978、第 10 頁。
[2]　小関和弘「銅鑼」安藤元雄・大岡信・中村稔監修『現代詩大事典』、東京：三省堂、2008、第 480 頁。
[3]　秋山清『アナーキズム文学史』、東京：パル出版、2006、第 584 頁。
[4]　深澤忠孝「心平、賢治、光太郎——その接点と相互作用」『草野心平研究』第 10 号、2007 年 11 月、第 27 頁。

心平的研究取得了更多的成果。《草野心平诗全景》、《草野心平全集》12卷以及《草野心平日记》7卷本的出版①，在为草野心平研究提供了较为完备的文献基础的同时，也表明草野心平作为昭和时期代表性诗人的地位业已日渐稳固。以黄瀛的《草野心平论》②为嚆矢，其后的半个世纪里开始有大量单篇的草野心平论散见于各种报刊。而作为与《草野心平诗全景》和《草野心平全集》在 1970 年代至 1980 年代的成套推出形成联动的现象，则可以举出《无限·草野心平特集》和《现代诗读本·草野心平噜噜噜的葬礼》的面世③。这些特集除了辑录草野心平的部分代表诗作之外，更是收入了有关草野心平及其作品的代表性评论或研究论文，以及同时代人的回忆文章。值得注意的是，进入 1980 年代以后，有多部草野心平研究专著相继出版。高内壮介的《草野心平论》、大滝清雄的《草野心平的世界》作为对草野心平诗歌的整体性研究，主要探讨了草野心平诗歌中与自然的呼应以及宇宙主义倾向，特别是后者还论及了草野心平诗歌中"天"的意象及其对中国"天"之思想的吸收④，为研究草野心平诗歌与中国思想的关系提供了新的视点。而深泽忠孝的《草野心平研究序说》，则提供了有关草野心平包括岭南大学时期在内的人生经历、创作历程等详实的资料，并特别注意在与宫泽贤治、高村光太郎、黄瀛、亡兄草野民平、美国诗人桑德堡等的影响关系中展开研究⑤。而新藤谦的《呻吟的星云·草野心平》则聚焦于草野心平的南京时期，剖析了其社会意识的变化及与其战争诗出笼的思想关联⑥，为我们对比草野心平的两次中国体验（学生时代的广州体验和战争时期的南京体验）给其诗歌创作带来的影响提供了新思路。高桥夏男的《流星群的诗人们》主要关注的是草野心平及坂本辽、原理充雄、木山捷平、猪狩满直等诗人的人生经历与创作活动⑦；北条常久的《诗友穿越国境——草野心平与光太郎·贤治·黄瀛》则以详

---

① 『草野心平詩全景』、東京：筑摩書房、1973；『草野心平全集』、東京：筑摩書房、1978—1984；『草野心平日記』、東京：思潮社、2004—2006。

② 黄瀛「草野心平論」『日本詩人』1926 年 9 月号。

③ 『無限·草野心平特集』、東京：政治公論社·無限編集部、1971；『現代詩読本·草野心平るるる葬送』、東京：思潮社、1989。

④ 高内壮介『草野心平論』、鹿沼：栃の葉書房、1981；『草野心平の世界』、東京：宝文館、1985。

⑤ 『草野心平研究序説』、東京：教育出版センター、1984。

⑥ 『唸る星雲·草野心平』、東京：土曜美術販売出版、1997。

⑦ 『流星群の詩人たち』、上尾：林道舎、1999。

实的资料记录了草野心平、高村光太郎、宫泽贤治、黄瀛之间跨越国界的友情①。裴亮的《中国"岭南"现代文学的新地平——以文学研究会广州分会及留学生草野心平为中心》则以草野心平与文学研究会广州分会的关系为主要视点，探讨了草野心平的异国留学体验对其诗歌生涯的影响，特别是中国乡土作家徐玉诺的诗歌对草野心平诗风的影响②。

而宫泽贤治作为日本的国民诗人，如今已成为在日本被阅读最多的文学家之一，每年都有数十种研究著作问世，在这里无法一一枚举。不过，作为与本课题具有一定关系的著述，则可以举出王敏的《宫泽贤治与中国》③。该书从中国人的视点出发，采取比较文学的方法，呈现了一个对中国以及包括《西游记》《唐诗选》等在内的中国古典作品有着丰富素养，并将其融合在自己文学作品中的宫泽贤治形象。值得一提的是，近年来包括《宫泽贤治伊哈托布学事典》在内的各大宫泽贤治研究事典都特辟栏目，描述黄瀛与宫泽贤治以《铜锣》为媒介的文学交往和唯一一次见面的情景④，表明作为《铜锣》同人的宫泽贤治与黄瀛的文学交往已受到研究者们的关注。

需要指出的是，与草野心平研究和宫泽贤治研究已成果颇丰相比，日本学界对黄瀛的研究才刚刚起步。尽管黄瀛诗歌的音乐性和新鲜的语言运用方式备受同时代前辈诗人萩原朔太郎等的激赏⑤，但在战后他却被日本文坛忽略乃至遗忘。不过，随着苍土舍1982年出版黄瀛诗集《瑞枝》的复刻版，1984年推出《诗人黄瀛　回想篇·研究篇》⑥，日本也掀起了一股不小的"黄瀛热"。黄瀛的跨文化身份与诗歌中的异国主义情调成为研究者们的关注焦点。1994年，佐藤龙一作为生前采访过黄瀛的传记作家，掌握了不少宝贵的第一手资料，其推出的传记《黄瀛——他的诗及其传奇生涯》详细记述了黄瀛从诗人到军人再到教授的传奇人生，为黄瀛研究提供了较为详尽的史实资料与大致的年谱⑦。而在安藤元雄等主编的《现代

① 『詩友　国境を越えて——草野心平と光太郎・賢治・黄瀛』、東京：風濤社、2009。
② 『中国"嶺南"現代文学の新地平——文学研究会広州分会および留学生草野心平を中心に』、福岡：花書院、2014。
③ 『宮沢賢治と中国』、東京：サンマーク、2000。
④ 『宮澤賢治イーハトヴ学事典』、東京：弘文堂、2011。
⑤ 萩原朔太郎「日本詩人九月号月旦」『日本詩人』1925年11月号、第75—76頁。
⑥ 『詩人黄瀛　回想篇・研究篇』、東京：蒼土舍、1984。
⑦ 『黄瀛——その詩と数奇な生涯』、東京：日本地域社会研究所、1994。

诗大事典》中，也专门收录了"黄瀛"的词条，表明黄瀛作为中国籍的日语诗人，其诗歌已成为日本诗歌中一个特殊的组成部分。该词条认为，黄瀛"用温和、平易的词语来歌咏日常各种事物和生活体验的抒情诗充分发挥了他柔软的诗心"①。冈村民夫的《诗人黄瀛的光荣——书简性与多语言性》和栗原敦的《宫泽贤治与黄瀛——诗之邂逅的意义》②，则论及了黄瀛与宫泽贤治的创作互动，以及两人之间唯一一次见面的文学史意义。前者还以多语言性和书简性为关键词探讨了黄瀛诗歌的特色，并论述了黄瀛在中日诗坛上的媒介作用。这些都表明，黄瀛作为卓有成就的日语诗人，也作为一个有着跨文化身份的传奇人物，越来越引起诗歌研究者、历史学家和中日文化论者的浓厚兴趣。

　　不过，当我们把目光转向国内学界则不能不说，尽管《铜锣》创刊于中国，与中国有着至深的关系，却一直未能引起国内研究者的关注，更遑论研究成果的出现。尽管国内读书界对宫泽贤治的兴趣日渐浓厚，其童话和诗歌也大都出版了中文译本，但对其作为《铜锣》同人的身份以及在中日文学关系史上的作用和地位却鲜有提及。而国内关于草野心平的研究成果也可谓寥寥无几，除了有零星的诗歌被翻译成中文，收录进各种日本诗歌选本之外，就只有部分文学史教科书上将他作为历程派的代表诗人而做的简短介绍而已。由于草野心平有着广州岭南大学时期和南京汪伪国民政府时期这两重颇为异质的中国体验，从而形成了其复杂的中国观，同时这也使映现在同时代中国人眼里的草野心平断裂为两种截然不同的形象③。在岭南大学同窗的回忆录中，他是挚爱中国和诗歌的热血青年④；而在有关南京时期的回忆录中，他与其说是诗人，不如说是一个为了大东亚文学者大会四处奔走，试图让日本文化渗透进中国的文化侵略者⑤。两者间存

① 小関和弘「黄瀛」安藤元雄・大岡信・中村稔監修『現代詩大事典』、東京：三省堂、2008、第229—230頁。

② 「詩人黄瀛の光栄——書簡性と多言語性」法政大学言語・文化センター『言語と文化』第6号、2009年；「宮沢賢治と黄瀛——詩的邂逅の意義」『実践国文学』第77号、2010年。

③ 关于中国学界对草野心平的翻译与研究现状，可参见拙文：「中国における草野心平の翻訳・研究事情」『草野心平研究』第15号、2012年10月、第60—71頁。

④ 参见梁宗岱《忆罗曼・罗兰》，李振声编《梁宗岱批评文集》，珠海：珠海出版社，1998，第152~153页。

⑤ 参见贺圣遂、陈多青编选《抗战实录之三：汉奸丑史》，上海：复旦大学出版社，1999，第222~224页。

在巨大的落差，而不多的描述文字也只是给人们留下了一种近于断片式的模糊印象，很难形成一个充满矛盾却有机的完整形象。而从学术角度来对草野心平展开的整体性研究则可以说近于空白。尽管陈子善在《对20世纪中日文学交流的四点思考》[《杭州师范学院学报》（社会科学版）2000年第2期]一文中曾指出，有必要从中日文化交流的视点出发来探讨草野心平与中国诗人梁宗岱、黄瀛的交友关系，但这一呼吁却并未在学界催生相应的学术成果。

在中国国内，由于黄瀛的诗歌全部是用日语写成，语言上的隔膜阻碍了黄瀛诗歌在中国的流通。再加上黄瀛1930年底回国后一直从戎，除了在上海的内山书店与鲁迅先生有过数次短暂的见面之外，与中国文学界鲜有交集，再加上新中国成立后在"文革"中又惨遭迫害，致使其作为诗人的身份鲜为人知，其文学成就及其在中日文学交流史上的重要意义一直没有被充分认识。尽管也零星可见李勇《黄瀛与鲁迅的交往》（《鲁迅研究动态》1986年第4期）、史尔山《他以整个生命见证中日友好——黄瀛先生的传奇生涯》（《重庆与世界》2002年第2期）和郭久麟《蜚声日本诗坛的中国教授黄瀛》（《世纪》2008年第2期）等文章，但基本沿袭的是人物传记或文坛忆旧的写作模式，且多有史料上的误记和臆想的成分。直到2010年由王敏和笔者主编的《诗人黄瀛》（重庆：重庆出版社，2010年）一书出版面世，这一局面才开始改观。该书收录了黄瀛诗集《瑞枝》和《景星》及部分晚年诗抄的日语原文和中文译文，为黄瀛研究打下了较为坚实的文献基础。此外，该书还收录了近年来中日学者黄瀛研究的最新成果，呈现了将其与草野心平、宫泽贤治结合在一起，从跨文化身份认同的角度认识其历史价值和文学价值的新动向。

如前所述，《铜锣》是一本在出版地与人员构成上都具有跨越国境性质的日语同人诗刊，蕴含着"越境与文学"等21世纪文学研究中的热门话题。作为一本与中国有着至深关系，同时又对日本现代主义诗坛产生了重大影响的杂志，《铜锣》却并未在中国受到应有的关注。本研究成果旨在填补国内这一研究的空白，既吸收日本研究者或聚焦于其在日本现代诗歌谱系上的地位，或关注其作为同时代文艺思潮之镜面作用等的研究视野，同时注重凸显中国研究者的视点，主要围绕两条主线来展开论述，一是要具体而生动地勾勒出在《铜锣》杂志以及《铜锣》同人之间超越国界或国籍的文学交往中所呈现的中日文学关系，二是以草野心平、黄瀛和宫泽贤治的人生经历和诗歌作品为典型的案例来多角度地探讨"越境与身份认同""越境与文学生成机制"等21世纪的热点问题。

　　在研究方法上，拙著无疑属于具有跨学科性质的综合研究，是逾越了单纯的作家论或作品论等传统方法，而将文学论与文化论相结合的产物。因此，并非按照编年史的顺序来进行历史的回顾或梳理，而毋宁说基于"越境·身份·文学"等问题意识，选取了四个部分共10个专题，运用比较文学的方法论，既注意还原到具体的历史语境中，又力图运用当代意识来考察或重估《铜锣》及其主要同人在日本现代诗歌史和中日文学关系史上的价值。

　　毋庸置疑，本课题的研究也肯定离不开对相关史料的全面收集和梳理，否则便会沦为夸夸其谈，甚至成为无源之水。因此，本课题注重对几位诗人包括文学交往活动在内的各种越境体验的史实进行收集和整理，但又不局限于文献资料的考证，而是以文献资料为基础，通过文学与文化的结缘来展开跨学科的综合研究。而在对诗人的越境体验与诗歌生成机制之关系进行探讨时，又必然离不开对诗歌等文本的仔细阅读和具体解析。因此，本研究具有文化论的宏观视野，同时又是对文本进行精读和探微的微观操作。

　　笔者注意到，《铜锣》杂志本身的越境性自不用说，其实，作为《铜锣》同人的草野心平、黄瀛和宫泽贤治，也都无一不是具有"越境"性质的存在。这种"越境"既可以是对国境线的跨越，也可以表现为对血缘、语言、身份、文化的单一性的超克，从而体现为"边界性""解域性""混血性""中介性"，在给他们带来身份认同上的困惑的同时，也给他们的文学带来了不同于既成文坛的崭新元素和革命性力量。正因为如此，拙著才得以在"越境·身份·文学"这一总体意识下，以"边界·解域·心象"和"口吃·混血·中介"等为关键词，通过貌似独立却彼此相关的四编共10章来进行多角度的探讨。

　　第一编包括"《铜锣》创刊号与中国"和"'日本现代主义诗歌与中国'视域下的《铜锣》与《亚》"两章，聚焦于《铜锣》杂志本身。首先考察了发刊于广州的《铜锣》创刊号的创刊动机和背景及其作为日语诗刊的"越境性"和"另类性"，以印证《铜锣》与中国之间的关系，然后将同期创刊于大连的《亚》也置于"日本现代主义诗歌与中国"的视域下作为比较研究对象，特别是以两种杂志的中心人物草野心平和安西冬卫的越境体验为中心，在东北亚历史语境中来探讨日本现代主义诗歌在发生学上与中国的至深关系。

第二编则基于"越境·身份·文学"的问题意识，从第一编对《铜锣》杂志的整体性考察转向对主要同人草野心平和黄瀛的对照性研究。其中第三章"黄瀛和草野心平的越境体验及其诗歌的生成机制"将黄瀛和草野心平作为中日文化交流史上的越境者典型，以他们之间的友情为切入点，追溯了两者相似而又不乏对照性的越境体验，并具体分析了各自的越境体验对其身份认同和诗歌创作机制的重大影响。而第四章"草野心平的中国体验及其亚洲意识的生成与变迁"则聚焦于草野心平独特而多重的中国体验，分析了多重的中国体验对草野心平身份认同以及亚洲意识之生成和变迁的影响，并注重将草野心平的诗歌还原到昭和时代的历史语境中进行解读，以便从更多的维度上还原草野心平的复杂性和多面性，揭示出其作为昭和知识分子颇具个性而又不乏共性的心理轨迹。

第三编以"边界·解域·心象"为关键词，考察黄瀛和宫泽贤治共同的"边界性"特征和文学互动。其中第五章"'少数文学'视域下的黄瀛诗歌与宫泽贤治诗歌"从德勒兹的"少数文学"视域出发，将黄瀛与同是《铜锣》同人的宫泽贤治置于日本"少数文学"的谱系上来思考其文学史上的价值，并通过对两者诗歌文本的具体分析，考察了他们俩一个从外部，一个从内部，对日语以及被日语所表征的各种编码体制所进行的解域。第六章"黄瀛与宫泽贤治以'心象素描'为介质的回声"，则追溯了黄瀛与宫泽贤治之间鲜为人知的交流史实，并通过对两者诗歌文本的对照分析，勾勒出黄瀛对宫泽贤治诗歌美学的接受轨迹。

第四编以"口吃·混血·中介"为主要视域，其中第七章"黄瀛：作为诗歌策略和身份建构的'口吃'"聚焦于黄瀛的"口吃"现象，揭示了这种生理性现象与他作为混血儿所遭受的歧视之间的关系，进而分析了黄瀛将这种生理性口吃上升为诗歌策略和身份建构手段的机制。第八章"日本文学中作为混血儿的黄瀛形象"则以《七月的热情》《第三国人》《东洋》等小说为研究对象，以混血儿的阈限性为视点，分析了其中黄瀛形象的共同特征和不同之处，并通过揭示这些黄瀛形象得以产生的时代语境来认识"混血儿"形象建构中的意识形态要素。第九章"作为中日两国诗坛中介者的黄瀛"则关注黄瀛作为跨越中日两国诗坛的中介者角色，以大量的日文原始资料为依据，考察了黄瀛1925～1931年在日本各种诗歌杂志上的译介活动及其背景，佐证了作为中国新文学之重要一环的新诗在当时日本诗坛的接受状况，也从一个侧面印证了 1928 年前后中日两国风云激荡的时代背景和追求"世界共时性"的文坛动向。第十章"文学史重构视域下的黄瀛再评价"则分析了黄瀛在战后遭到日本诗坛忽略乃至遗忘的原因，并尝试着将黄瀛诗歌作为中国新文学的特殊部分，在与以创造社为代表的留日派作家的比较中来看待黄瀛的独特价值及其局限性。

此外，考虑到日本对草野心平和宫泽贤治的研究已经成果颇丰，且大都已公开出版，而国内外的黄瀛研究才刚刚起步，尚无完备的文献资料可查，因此，笔者特将近年来多方收集到的资料整理成《黄瀛家世考》《黄瀛 1984 年访日始末考》《黄瀛生平年表》《黄瀛作品年表》等文章或表格附录在后，以期为今后的黄瀛研究奠定文献史料基础。

关于拙著的研究文本和体例问题，说明如下：

一、《草野心平全集》和《【新】校本宫泽贤治全集》分别收录了草野心平和宫泽贤治全部最主要的作品①，所以，只要全集中收有且未见文字改动的作品，拙著在引用时均采用该版本作为研究文本。

黄瀛 1935 年以前的主要诗歌大都收录于《景星》和《瑞枝》两部诗集中②，在引用黄瀛诗歌时，凡是这两部诗集中已经收录且没有文字改动的诗歌，拙著均采用该文本作为研究文本。

二、由于拙著系用中文写作而成，因此，文中使用的日文资料均翻译成中文。但在对诗歌作品进行文本分析时，显然离不开对原文的音律性、修辞表达等的关注，因此，针对这一部分，本书采用原文与中文译文并列排放的形式，或是采取在行文中使用日语原文，而在脚注中标明中文译文的方法。

三、拙著所引用的日文资料，如无特殊说明，均由笔者根据原文自行翻译，文责自负。文中不再一一注释。另，所引用的相关文献中出现的如"支那""中支""日中战争""大东亚战争"等词，为保留历史原貌，未加更改。特此说明。

---

① 『草野心平全集』、東京：筑摩書房、1978—1984；『【新】校本宫沢賢治全集』、東京：筑摩書房、1995—2009。

② 『景星』、東京：田村栄、1930。『瑞枝』、東京：ボン書店、1934。

— 第一编 —

《铜锣》与中国

第一章　《铜锣》创刊号与中国

《铜锣》是 1925 年 4 月由日本留学生草野心平联合原理充雄、富田彰与中国诗人黄瀛、刘燧元（思慕），在中国广州的岭南大学创办的日语同人诗刊。尔后辗转于日本东京、福岛等地继续刊行，前后共发行 16 期，最终于 1928 年 6 月宣布停刊。尽管它只有三年多的短暂历史，却"从私人交流的场所发展为无政府主义谱系的诗歌杂志"[1]，并成为映照出相互交锋而又浑然交融的同时代各种文艺思潮的有效镜面，因蕴含着日本现代诗史研究中的丰富话题而引导出人们的各种问题意识。尽管可以从多个侧面来探讨《铜锣》在日本现代诗歌史上的价值，但笔者最为关注的，还是其诞生地的特殊性，并试图以此为切入口来探讨日本现代主义诗歌与中国的渊源。因此，在中国广州呱呱坠地的《铜锣》创刊号成为本章论述的主角，也就成了理所当然的结果。

第一节　《铜锣》创刊的动机与背景

草野心平于 1903 年 5 月 12 日出生于日本福岛县上小川村（现磐城市小川町）。在中学四年级时从磐城中学中退，转入庆应义塾普通部三年级。此时，因与父亲之间的性格冲突越演越烈，其内心萌生了逃离日本、远走他乡的强烈愿望。作为一个棒球迷，他一度想跟随来日本参加比赛的夏威夷棒球团前往夏威夷，但遭到拒绝。而最后之所以选择广州，是由于"父亲因工作关系常常去中国和南洋。N 先生有一阵子曾是父亲的搭档。还听说 S 先生在广州，而 N 先生因与 S 先生的工作关系要去广州，于是，我琢磨着这可是个大好的机会。（中略）而这就构成了我去广州的机缘。"[2] 说

---

① 小関和弘「銅鑼」浅井清等編集『新研究資料現代日本文学』第 7 巻、東京：明治書院、2000、第 185 頁。

② 草野心平「動乱」『新潮』1961 年 4 月号、第 182 頁。

来，这个貌似偶然的决定其实也隐含着某种必然性，据草野心平在自传体小说《动乱》中所言，"矢野（小说主人公，即作者的化身——引者注）喜欢凝视中学教科书的世界地图。而且，常常因想象未知的世界，而在阴郁的生活中怦然心跳。特别是对中国的庞大规模、蜿蜒于其中的三条动脉——黄河、扬子江和珠江，以及戈壁等其他沙漠地带、天山、昆仑、大雪山，还有由它们综合而成的那种未知的巨大风物，更是怀着做梦似的心情来驰骋着想象"①，所以，这个貌似心血来潮的决定才会促成草野心平与中国持续一生的不解之缘。1921 年 1 月，这个 18 岁的叛逆青年搭上日本邮船"八幡丸"从神户前往中国上海。然后，在上海换乘开往广东的货船"巴陵号"，经由香港来到了广州。经过半年的考前准备，他于同年 9 月进入岭南大学留学。就这样，这个抛弃故乡、逃离祖国的 18 岁青年从此在广州开始了非凡别样的诗人生涯。

在进入岭南大学的第四个年头，即 1925 年 4 月，草野心平联合原理充雄、富田彰和中国诗人黄瀛、刘燧元（思慕）在岭南大学创办了同人诗歌杂志《铜锣》。在编辑后记中，作为编辑兼发行人的草野心平写道：

> 在刊出《踏青》后，2 月里又印刷了《919》，在经历了与该名字相关的一场失败后，还没来得及寄出，就全部焚毁了。但沉默不语未免太过寂寞，虽说如此，又讨厌独自待着，于是终于下定决心创办同人杂志了。
>
> 对于立即表示赞同的富田彰、原理、黄、刘等诸君，我深表感谢。于我而言，此刻充满了再生的喜悦。
>
> 遗憾的是，作为创刊号，内容却过于贫瘠。打算把 5 月号做得更有活力。将刊登同人及其他人的诗歌、评论，下期一定做成一本充实的杂志。
>
> 在同人杂志如雨后春笋般丛生之中，这本寒碜的油印杂志出发了。至于我们的工作将如何进展，请有识之士拭目以待吧。

从上述文字中，我们可以大致知道草野心平创办该杂志的动机及相关背景。从草野的个人经历来看，1925 年正好是他进入岭南大学留学的第四个年头，此前他已自费油印了诗集《废园的喇叭》（1923 年 7 月）、《天

_____

① 草野心平「動乱」『新潮』1961 年 4 月号、第 181 頁。

空与电杆Ⅰ·Ⅱ》（1924年3月、4月）、《月蚀与花火》（1924年7月）、《BATTA》（1924年9月），以及上文中提及的《踏青》（1924年12月）和《919》（1925年2月）。据称，《919》诉说的是诗人在与一个名叫"菊"的女人恋爱失败后的悲伤和绝望①，从诗人焚毁诗集的过激行为中，可以想象这次失恋给诗人带来的巨大痛苦。于是，决定创办同人诗刊就成了诗人战胜失恋之痛的手段和排解在异国的孤独感的宣泄口。而"富田彰、原理、黄、刘"的积极响应无疑为该决定的实施带来了现实可行性。草野心平在《蜡版油印杂志〈铜锣〉》一文中写道：

> 《铜锣》发端于学校的友人刘燧元，以及与尚未谋面的黄瀛、原理充雄、坂本辽等的信件往来。刊登有我作品的同期《诗圣》上也列着黄瀛的作品。不久，他就从青岛寄来了一封信，问道：你是日本人呢，还是中国人？还随信寄来了他头戴青岛日本中学校帽的寸照。
>
> 在大正14年2月号《日本诗人》"第二新诗人号"（新潮社刊）上，我读到了原理和坂本的作品，与他们俩开始了通信。②

《诗圣》同时发表草野心平的《无题》和黄瀛的《早春登校》是在1923年3月号上，而黄瀛进入青岛日本中学是在同年的秋天。就黄瀛从青岛给草野心平写的信来看，到《铜锣》创刊的1925年4月，这两个青年诗人的书信往来已有一年半左右。而在1925年2月《日本诗人》"第二新诗人号"的新诗评选中，黄瀛《清晨的展望》击败其他几千名应征者荣获桂冠，成为卷首之作。同时刊登的佳作还有原理充雄的《离心力的冬期》和坂本辽的《仙鹤之死与我》。据上文看，草野心平也分明关注着这一诗坛的盛事，读到了该期上的诗歌，并对原理充雄和坂本辽的作品情有独钟，遂与他们俩开始了书信往来。不用说，黄瀛、原理和坂本在"第二新诗人号"上的成功深深刺激了这位身在中国的日本青年诗人，以至于他也承认，"构成决心创办《铜锣》之契机的，乃是与黄瀛的书信往来"，"他和《日本诗人》'新诗人号'上的几个人的魅力构成了促使我决意创

---

① 据草野心平称，"919"读作"きく"，与"菊"的发音相同，暗示他1923年6月末回国接受征兵检查时在水户市一见钟情的少女墙菊。关于这次恋爱的始末，可参见深泽忠孝『草野心平研究序説』、東京：教育出版センター、1984、第182—185页。
② 草野心平「ガリ版詩誌『銅鑼』」『草野心平全集』第9卷、東京：筑摩書房、1981、第325页。

办诗歌同人杂志的契机"①。或许可以说,《铜锣》是日本人草野心平和中国人黄瀛之间以诗歌为媒介的交往所结出的重要果实。

而另一个事实也值得我们注意,那就是草野心平在留学期间与刘燧元、梁宗岱、叶启芳、潘启芳等同窗好友有着文学上的密切交往,并加入了文学研究会广州分会,尽管很可能是囿于其外国人的身份,未能成为正式会员,却积极参与了分会的文学活动,并在会刊《文学》旬刊上发表了经由潘启芳翻译成中文的《草际》(《文学》第 1 期,1923 年 10 月)、《小书斋兼卧室的悲剧》(《文学》第 6 期,1923 年 11 月)和《微风》(《文学》第 10 期,1924 年 1 月)等诗歌②。尽管如此,我们似乎还是有理由认为,准会员的身份很可能限制了草野心平获得一种百分之百的主人公意识,而且从草野心平的诗歌需要由学友翻译成中文这一事实来看,语言的隔膜也可能阻碍了其更深一步的介入,再加上就性格而言,草野心平不乏成为组织者的气质和冲动,所以,中国诗友们如火如荼的办刊办报活动无疑刺激了他渴望拥有一片自己的园地,作为发起人和组织者创办一份日语诗刊的决心。而他的计划很快得到身边好友刘燧元的积极回应,这无疑更是坚定了他的信念。

渴望排解失恋的痛苦和宣泄孤独的情绪作为其内在的驱动力,黄瀛、原理充雄等同辈诗人在《日本诗人》"第二新诗人号"上的崭露头角,以及岭南大学同窗好友的文学活动等作为其外在的刺激,加上借助文学通信所建立的诗人网络,在 1925 年 4 月催生了由草野心平任编辑和发行人的日语同人诗刊《铜锣》。

第二节　作为中国符号的"铜锣"

至于为何给该杂志取名为《铜锣》,从现存的资料看,草野心平似乎从未明确言及。但通览草野心平的各种回忆录和创作谈,其中有三处描写特别引起了笔者的注意。

---

① 草野心平「銅鑼についての私的回想」『銅鑼』(復刻版別冊)、東京:日本近代文学館、1978、第 1 頁。

② 关于草野心平在文学研究会广州分会的准会员身份及其在《文学》旬刊上发表的诗歌,可参见裴亮『中国"嶺南"現代文学の新地平——文学研究会広州分会および留学生草野心平を中心に』、福岡:花書院、2014、第 86、93—106 頁。

夜里，轮船驶入了香港港口。黎明之后恰逢旧历的一月元日，从船上的甲板望出去，码头上的商店街被隐没在爆竹声和烟雾中模糊难辨。我强烈地感受到，自己从三味线的国度来到了爆竹和铜锣的国度。①

这是草野心平在 1965 年出版的回忆录《我的青春记》中的一段文字，记述了自己 18 岁时只身离开日本前往中国广州留学，途经香港时目睹的情景和内心的感怀。爆竹和铜锣构成了草野心平对中国最初印象中的重要元素。显然，爆竹和铜锣带着中国正月的节日气氛和喧嚣声撼动着空气，就仿佛以中国特有的方式迎接这个对未来充满了不安的异国青年，以至于当草野心平 40 多年后追忆自己青春时代的第一次中国之行时，爆竹和铜锣化作了象征中国的代表性符号。

在《中华民国的性格》中，也可以看到关于铜锣和爆竹的抒怀：

铜锣和爆竹。那声音就是源自那样一种广茫吧，而倾听那声音的表情却是木然的。实际上，那震耳欲聋的声音或许就常驻于那种浩淼的表情中。②

草野心平一直憧憬着中国大陆式的广漠浩大和自由无羁，以及其中蕴含的巨大包容力和冷漠的超然性。在他看来，爆竹和铜锣的喧闹与广茫和浩淼、包容和超然融为一体，成了代言"中华民国的性格"的象征物。

铜锣还出现在草野心平题为《别了，中华民国》的文中，成了强化其1946 年与中国分别时的不舍之情和复杂心理的重要道具。与第一次抵达香港时那个一心要逃离家乡、逃离日本、渴望走向未知的青年不同，中年的草野心平作为汪伪国民政府的宣传部顾问，参与了为实现所谓"全面和平"而展开的种种"文化活动"，并最终咀嚼了"中日一体梦"破碎后的痛苦和绝望，抑或还有深深的迷惘和自责吧，最终搭上了被遣返回国的船只。

① 草野心平「わが青春の記」『草野心平全集』第 9 卷、東京：筑摩書房、1981、第283 頁。
② 草野心平「中華民国の性格」『草野心平全集』第 9 卷、東京：筑摩書房、1981、第 121 頁。

铜锣响了起来。敲击着耳朵，敲击着突如其来的精神的空虚。爬上船舱的震响。沿着垂直的梯子向上奔涌的黑色烟雾。铜锣在鸣响。从遥远的寒冷空气的、陌生大气圈的尽头，声波正渐渐加大，几欲撕裂人的胸膛……但我却没有上去。只是就那样蹲伏着。我没法去到那尽管是阴天，但光线却过于刺眼的甲板上。再见了。再见了。①

第一次抵达香港时，铜锣渲染出的是中国春节的节日气氛，预示着他与中国亲密相遇的开始，而这一次铜锣却鸣响了撕裂心扉的金属音，宣告了他与中国的悲情诀别。但不管属于何种情形，在草野心平那里，铜锣都作为与中国关系至深的标志，承载了他与中国之间的种种际遇和情愫，化作了表征中国的醒目符号。虽然上述文字是在后来的回忆性随笔中出现的，但不可否认，"铜锣"作为中国的象征符号从一开始就定格在诗人的心中。所以，我们不难理解，当草野心平 1925 年 4 月在岭南大学创办同人杂志时，为何会给该杂志取名《铜锣》。毋庸赘言，"铜锣"这个刊名本身就表明了该杂志与中国的至深关系，也预示了创刊人草野心平的曲折命途将在很大程度上与中国维系在一起。

正如高桥夏男指出的那样，《铜锣》"这一名称虽然可以视为 1921 年（大正 10 年）1 月搭乘驶往上海的日本邮船八幡丸从神户启航时的铜锣声的余响，但或许更应看作是如《中华民国的性格》一文中所写的那样，象征性地表现了对大国中国的印象和认识吧"②。如果说敲响的铜锣是轮船启航的标志，也是象征着中国的性格和节庆文化的符号，那么就不妨断言，《铜锣》这个刊名十分贴切地宣告了诗刊《铜锣》和草野心平的诗歌生涯是从中国起锚远航的事实。

第三节 《铜锣》创刊号的"另类性"

只要翻阅一下《铜锣》创刊号就会发现，其中国特色除了表现在刊名上，封面的大红色也颇具中国风。据草野心平称，其使用的是中国春

---

① 草野心平「さやうなら，中華民国」『草野心平全集』第 2 卷、東京：筑摩書房、1981、第 164 頁。

② 高桥夏男『流星群の詩人たち』、上尾：林道舍、1999、第 11 頁。

联的大红色纸张①（通观 16 期《铜锣》，其中有多达 6 期都采用的是这种
中国春联式的大红封面②）。而在大红色的封面上，是草野心平用毛笔手
写体所刻写的黑色刊名、号数、刊行的年月 "April, 1925"，封面中央并
列着印刷体的五位同人姓名。那种红黑相配的色彩在日本的书刊中显得颇
有些另类，却鲜艳醒目，给人印象弥深。正文由草野心平刻写，是他借用
广东日报社的钢板和油印机印刷而成的。草野心平回忆道："在广州沙基
街的一角，悬挂着租借中国人房屋的'广东日报社'的招牌。这附近有一
个鸡禽市场，是又臭又喧闹的地段。它是由日本人经营的、面向日本侨民
的周刊杂志，就跟现在的周刊杂志几乎同样大小，加上封面一共 4 页。那
里有油印机。于是，我就借了过来。刻字和印刷，还有装订和粘贴，都是
我一个人操办的。唯独做封面用的大红春联纸，是我从中国的印刷所那里
讨来的。我记得，大约印了 80 份吧。"③ 因油印效果欠佳，其中有个别页
码的字迹略显模糊。

创刊号未列目录表，其具体内容如下：

夏之夜/清晨所歌/眺望水面　　　　　　　　　　　　　　黄瀛

饭也已冻/日头西斜/焦心　　　　　　　　　　　　　　原理充雄

废塔的抒情诗/偶作　　　　　　　　　　　　　　　　　刘燧元

床/点上洋灯之夜　　　　　　　　　　　　　　　　　　富田彰

蛙/玛丽·洛朗桑与我/变成蛙/失恋者与蛙/春/春天的刺激/青色场面

　　　　　　　　　　　　　　　　　　　　　　　　　　草野心平

（另有短小的后记与寄赠杂志名。

底页上标注有：编辑兼发行者　草野心平

　　　　　　　　中华民国广州岭南大学铜锣社

　　　　　　　　一九二五年四月发行　非卖）

该刊采用 241mm×166mm 大小的有些异形的开本，正文仅有 17 页，

---

① 草野心平「ガリ版詩誌『銅鑼』」『草野心平全集』第 9 卷、東京：筑摩書房、1981、第
326 頁。草野心平写道："它的封面那用于春联的大红色纸张也让人备感怀念。"

② 据笔者实物考证，16 期《铜锣》中第 1 号、3 号、4 号、5 号、6 号、8 号均采用了大红
色的封面。

③ 草野心平「銅鑼についての私的回想」『銅鑼』（復刻版別冊）、東京：日本近代文学
館、1978、第 2 頁。

严格地说，不啻一本薄薄的油印小册子。用草野心平的话来说，是一本"寒碜的油印杂志"，却在中国广州气宇轩昂地"出发了"，并试图在雨后春笋般的诗刊丛林中获得自己的一席之地。

　　作为一本日语诗歌刊物，创刊号的独特性是显而易见的。首先是表现在诞生地的特殊性上，不是在日本国内，也不是像《亚》那样诞生在日本扶持建立的"满洲国"，而是在与日语无缘的中国南部城市广州。而且，五个同人中赫然排列着黄瀛和刘燧元两个中国人的名字，一开始就奠定了该杂志在人员构成上的跨国性，预示了其在中日文学交流史上的重要地位。而刘燧元的《废塔的抒情诗》和《偶作》不是用日语，而是用中文直接刊登在杂志上，这在一本日语刊物上也显得颇为另类。现将篇幅短小的《偶作》一诗抄录如下：

偶　　作

面前新黄的池水漾着，漾着，

陈旧的礼拜堂正阒然虚掩着他灰白的门

尽管这首具有意象派风格的两行短诗可以视为中国 1920 年代小诗热潮的产物，但这并非笔者在此关注的重点，而是试图由此展开思考：它被不加翻译地用中文刊登在一本日语杂志上，究竟意味着什么？也许可以据此得出结论，认为《铜锣》的创刊太过匆忙草率，甚至来不及照顾到语言上的统一性。但笔者更愿意把这种对语言统一性的漠视看作一种果敢的行为和观念上的开放，证明了《铜锣》在语言使用上的跨界性和国际色彩，以及对多元性和地方性的高度珍视。或许可以说，《铜锣》创刊号在诞生地上的特异性、人员构成上的跨国性和语言使用上的多样性相辅相成，构成了其最大的特色，既以文化上的越界性和多元性在日本现代主义诗歌史上显得独树一帜，也因蕴含了中日诗人相互刺激和彼此影响的丰富细节而成为中日文学关系研究的宝贵素材，有资格在"日本现代主义诗歌与中国"这一研究中扮演重要的角色。

第四节　日本"现代主义诗歌"谱系中的
《铜锣》与《亚》

　　我们注意到，近年来随着中日现代文学关系研究的深入展开，人们不再只是把目光局限在日本现代文学对中国现代文学的单向影响关系上，也开始关注日本现代文学中的中国影响因子。随着后殖民主义理论的引入和广泛运用，并伴随着对既有文学观念和文学史的解构，被一直认为在发生学上与中国无缘的日本现代主义诗歌进入了研究者的视野。比如，近年来就兴起了在东北亚历史语境中考察日本现代主义诗歌与中国之关系的研究热潮。这一热潮最初发轫于日本评论家川村凑的《异乡的昭和文学》①，其后在王中忱、柴红梅等国内学者的推动下逐渐走向深入。即是说，不同于过往只是从西欧探寻日本现代主义诗歌之起源的视点，而是通过考察在大连创办的诗刊《亚》，着眼于它与受殖民统治的"满洲国"，特别是"大连"这一场域及其作为占领地的历史之间的关联性，来考察日本现代主义诗歌的源起，并取得了丰硕的成果②。但遗憾的是，同时期诞生于中国广州的《铜锣》杂志却未能引起学界的关注。毋庸置疑的是，《铜锣》作为日本现代主义的重要诗刊之一，有着诞生在中国的特殊经历，天然地与中国发生着密切的关联，理应在"日本现代主义诗歌与中国"的研究中占有重要的位置。笔者认为，关于"日本现代主义诗歌与中国"的研究只有在导入对《铜锣》等诗刊的研究之后，才可能获得更为全面的视野，而另一方面，也只有放置于整个日本现代主义诗歌的流变史中去研究《铜锣》，才可能真正发现其在日本现代主义诗歌史上的独特地位。为此，将同时期诞生在中国的《亚》和《铜锣》作为相互参照的坐标，或许不失为一种行之有效的研究方略。因为两种杂志都诞生在 1920 年代的中国，其间的相似性和差异性都是显而易见的，具有很好的对照性，既可以为我们探讨日本现代主义诗歌与中国的关系提供实实在在的注脚和佐证，也可以让两者在相互参照中获得更准确的诗史定位。

但值得我们注意的是，当我们以《铜锣》和《亚》为中心来探讨日

---

① 『異郷の昭和文学』、東京：岩波書店、1990。
② 同类的研究成果有：王中忱《蝴蝶缘何飞过大海？——殖民历史、殖民都市与〈亚〉诗人群》（《视界》第 12 辑，石家庄：河北教育出版社，2003）、《殖民空间中的日本现代主义诗歌》（《越界与想象：20 世纪中国、日本文学比较研究论集》，北京：中国社会科学出版社，2001）、《东洋学言说、大陆探险记与现代主义诗歌的空间表现——以安西冬卫诗作中的政治地理学视线为中心》（王晓平主编《东亚诗学与文化互读——川本皓嗣古稀纪念论文集》，北京：中华书局，2009）；柴红梅《日本现代主义诗歌之中国大连源起观——以安西冬卫诗歌创作为证》[《重庆大学学报》（社会科学版）2008 年第 4 期]；守屋貴嗣『満州詩人論：「亜」の生成と終焉』（法政大学国際文化研究科博士论文、2009）等。

本现代主义诗歌与中国在发生学上的关联时，考虑到现代主义作为源自西方的理论范畴，在进入日本时必然打上日本的烙印，甚至出现概念上的微妙变异，所以，有必要先对日本现代主义诗歌的定义和流变等进行一番廓清和简单的梳理。

众所周知，在欧美，人们大都把现代主义文学的源头追溯到法国的波德莱尔和美国的爱伦·坡，并认为 1890～1910 年是现代主义文学的肇始时期，1910～1930 年代是现代主义文学的鼎盛时期。其中包括了从 20 世纪初期到 1930 年代出现的表现主义、立体主义、未来主义、意象主义、达达主义、结构主义、超现实主义等在内的诸种文学新倾向。而"在日本，这样一种现代主义思潮的影响正好是以日本近代诗蜕变为现代诗的1920 年代（大正 9 年～昭和 4 年）为中心的。日本现代主义的时代正好与这一时期相重合。特别是从诗歌领域来看，在发生了关东大地震（1923年）的 1920 年代前半期，未来主义、达达主义、无政府主义、社会主义等浑然出现，尤其以致力于语言和社会改革的表现最为引人注目，具有可以称之为前卫诗时代的特色。"① 前卫诗常常在其诗歌变革意识中附带某种社会性感觉，除了打破诗歌的过往形式、语言、方法论、审美意识之外，在社会意识上也全力反抗既存的秩序、权威、传统等一切，以至于不少人走向了无政府主义，从艺术的革命变成了革命的艺术。而在后半期，重视诗论、提倡理智地进行诗作的诗歌杂志《诗与诗论》逐渐成为诗坛中心。不过，与法国等欧美的现代主义不同，《诗与诗论》派专注于诗歌的形式变革，追求所谓的纯粹诗歌，以社会意识淡薄为特色。

日本 1920 年代～1930 年代的前卫诗歌与都市现代主义诗歌旨在斩断与始于 19 世纪后半叶的近代诗的联系，从而开辟现代诗的新舞台。达达主义、无政府主义、短诗运动等的语言实验逐渐演变为超现实主义、新散文诗运动、新即物主义等都市现代主义诗学。这些于 1920 年代登上日本诗坛的诗人通过否定前辈的诗歌概念和大胆革新，掀起了包括达达主义和无政府主义等在内的广泛意义上的现代主义文艺思潮。但值得注意的是，日本学界在使用"现代主义诗歌"（モダニズム詩）时，通常是作为与不乏社会性的前卫诗相对立的概念，用来特指以只注重形式变革的《诗与诗

---

① 澤正宏「モダニズム」安藤元雄・大岡信・中村稔監修『現代詩大事典』、東京：三省堂、2008、第 662 頁。

论》派为中心的诗歌。换言之，在日本通常使用的"现代主义诗歌"这一术语成了一个比欧美的"现代主义诗歌"远为褊狭的指称。

但正如日本学者爱理思俊子指出的那样，"在西方文艺批评中使用的'现代主义'这一概念，本来就蕴含着多义性，至少可以从两个方向来加以定义，即：作为艺术形式革命的现代主义这一理解，和作为与伴随着新社会出现而产生的新社会意识密切相关的艺术活动的现代主义这一理解"①。换言之，如果说致力于建构纯粹言语空间的艺术革命派代表了现代主义的一极的话，那么，达达主义和无政府主义等则是代表了另一极的现代主义。而另一位日本学者泽正宏的观点似乎更为激进，他认为，"尽管狭义的日本现代主义诗歌与日本的前卫诗歌乃是对立的概念，但从广义上讲，甚至日本无产阶级诗歌也可以归入现代主义诗歌的范畴吧"②。虽然关于无产阶级诗歌是否也可以列入现代主义诗歌尚需进一步研究，但爱理思俊子和泽正宏的上述见解无疑告诉我们，对日本现代主义诗歌存在着从狭义和广义来加以把握的两种视角。需要说明的是，本书梳理日本现代主义诗歌与中国的关系时，并不局限于狭义上的日本"现代主义诗歌"概念，而是采用了广义上的日本"现代主义诗歌"概念，即涵盖了日本1920年代出现的包括无政府主义诗歌和达达主义诗歌等在内的诗歌。因为只有这样，才能从多个视点出发，更为全面地描述日本现代主义诗歌。

《亚》因其对诗歌纯粹性的追求和对诗歌形式的锐意革新而著称，是上述狭义的现代主义诗刊的典范，而《铜锣》作为无政府主义诗歌的代表性刊物，无疑可以归入广义的现代主义诗刊范畴。而两者同样都诞生在中国，无疑是耐人寻味和值得深究的。因此，笔者将在第二章中尝试着从发刊于中国北部城市大连的《亚》与发刊于中国南部城市广州的《铜锣》这两种同人诗刊的创刊背景，比如1920年代的历史语境，特别是大连与广州之间不同的地政风景、两种诗刊的核心人物及其诗歌风格对刊物的引导作用，以及两种期刊在现代诗歌史上的作用与地位等几个侧面，来进一步揭示日本现代主义诗歌在发生学上与中国的联系。

---

① エリス俊子「モダニズムの再定義——1930年代世界の文脈のなかで」モダニズム研究会『モダニズム研究』、東京：思潮社、1994、第546頁。
② 澤正宏「モダニズム」安藤元雄・大岡信・中村稔監修『現代詩大事典』、東京：三省堂、2008、第663頁。

第二章 "日本现代主义诗歌与中国"视域下的《铜锣》与《亚》

作为日本现代主义诗歌两大谱系的代表性杂志，《铜锣》和《亚》都诞生在 1920 年代的中国，其间的相似性和差异性都是显而易见的，具有鲜明的对照性，因此笔者认为，将两者作为相互参照的坐标，不失为一种行之有效的研究方略。这既可以让两者在相互参照中获得更准确的诗史定位，也可以为我们以两者的对照研究为线索，探讨日本现代主义诗歌与中国的关系提供实实在在的注脚和佐证。但鉴于在《亚》的研究上已有川村凑和王中忱等人的重要贡献，笔者将在吸取其主要观点的基础上，把重点放置于学界尚未关注的《铜锣》上，在对两者的平行比较中展开论述。

第一节 安西冬卫的《亚》与大连

作为日本现代主义诗歌的桥头堡，《诗与诗论》的创办标志着日本现代主义诗歌运动的兴起，它深受法国"新精神运动"引领的西欧现代主义文学思潮的影响，因此，在论及日本现代主义诗歌的起源时，人们理所当然地将目光投向了西方。而实际上，创刊于 1928 年的《诗与诗论》是在《亚》停刊（1927 年）后一年，由聚集在《亚》周围的诗人与东京的诗人会合后创办的诗歌刊物，日本现代主义代表诗人安西冬卫指出："在日本，直到 1924 年，即大正 13 年，这一新精神运动才相继发展起来。即是说，是以当时在大连创刊的《亚》所发起的运动为发端的。"①

不过，长期以来，安西冬卫的上述言论并没有引起人们足够的重视，直到川村凑出版《异乡的昭和文学》一书后，日本现代主义诗歌之大连源起观才真正引起人们的瞩目。

---

① 安西冬衛「考え方の革命」『安西冬衛全集』（別卷）、東京：宝文館、1986、第 59 頁。

川村凑在《异乡的昭和文学》中，首次对以安西冬卫为首的诗人群体在大连围绕着诗刊《亚》开展的诗歌创作活动进行了公允和客观的评价，认为"即使把诗刊《亚》视为日本现代主义的原点或者母胎，也既非夸大其词，亦非强词夺理。日本现代主义诗歌是在大陆的一隅、作为占领地都市的大连发生的，更进一步说，恰恰是因为在大连，诗刊《亚》才得以诞生，日本的现代主义诗歌才得以化蝶而飞"[①]。以"一只蝴蝶飞跃鞑靼海峡而去"[②]这首收录于诗集《军舰茉莉》中的短诗《春》为例，川村凑援引诗人清冈卓行的评价，认为其中充满了"浓缩后的国际性野趣"，继而指出：

> 受殖民统治的都市的"国际性"，不用说就是异种之物间的碰撞，即在巨大之物与娇小之物、狂暴之物与可怜优美之物、冬日封冻的意象和春天暖意初现的意象等这些异种交配似的冲突现场所产生的诗意。[③]

我们知道，历史上大连先是被俄国，继而又被日本所管治，这里混居着中国人、日本人、俄国人，城市建筑特点上也是摩登的欧式广场、日式车站与落后的中国贫民窟杂陈一处。正是在这样一种"西欧"、"近代日本"和"半殖民地中国"三者相互对立而又浑然相交的场域里，才可能孕育出安西冬卫们那种多元并存而又矛盾对立的诗歌特性。唯其如此，原本在一般语境中毫不搭界的"鞑靼海峡"和"蝴蝶"、"军舰"和"茉莉"等才会被强制性地组合在一起，并靠这种对立意象的冲突碰撞出富有现代感的诗意。川村凑同时指出：

> 殖民地都市的现代主义或许还表现在语言和文化被从原有的根源部分加以剥离，被强制性地移植到完全不同的土壤中这一点。它禁止来自词源和既成文学作品的联想和情绪，以及与所有词语纠缠在一起的意象作用和语义作用，只作为可能与外语相替换的意义，或是只被

---

① 川村凑『異郷の昭和文学』、東京：岩波書店、1990、第 64 頁。

② 安西冬卫的《春》初出于《亚》第 19 号（1926 年 5 月），原文为：「てふてふが一匹間宮海峡を渡って行った」。后被收入诗集『軍艦茉莉』（東京：厚生閣書店、1929），改为：「てふてふが一匹韃靼海峡を渡って行った」。

③ 川村凑『異郷の昭和文学』、東京：岩波書店、1990、第 66 頁。

还原为发音和文字形状等一类的外形要素。安西冬卫的诗不是在意义上，而是在其"外形"上使用汉字的，这也表明，对于他而言，正是被还原为那种形式的词语构成了其诗歌的武器。①

比如，安西冬卫题为《马拉松选手乒》的诗歌就是最好的例子。即他摒弃了在中文中经常使用的"乒乓"一词的意义，而仅借用"乒"这个恍若缺少了一条腿的"兵"字外形，来暗示因关节结核病而不得不截掉右腿的诗人自己。像这种将词语从原有的语境中剥离开来，而凸显其外形特征的诗歌手法，后来在《诗与诗论》的诗人们中不断发扬光大，被看作对语言相位的新发现，从而区别于从短歌、俳句、文言定型诗发展而来的近代诗。即不再依赖于韵律感，而是尝试着依靠词语本身唤起意象的能力，以及将这些意象杂乱地交错起来形成相互的冲突，来达成现代的诗意。不妨认为，日本现代主义诗歌的这一诗法诞生于让日语带上异国情调的环境里，即词语被剥离了原有意义的占领地空间中。以至于安西冬卫自己也承认，"居住在大连的15年，强烈地认识到它的空间之美，并因丧失了一条腿而形成了欲罢不能的加速冲刺"②。

承接川村凑的这一研究，国内学者王中忱在《蝴蝶缘何飞过大海？——殖民历史、殖民都市与〈亚〉诗人群》《殖民空间中的日本现代主义诗歌》等文中，突破了单纯从艺术形式的观点来阐释现代主义的框架，在追溯日本现代主义诗歌的源起后指出，日本通行的诗歌历史叙述在凸显日本现代主义诗歌所谓的以"越轨的想象""诡异的格调"来反叛现实主义诗歌这一特征的同时，遮蔽了日本现代主义诗歌与现实和殖民语境的关系。王文从《亚》诞生于大连这一事实出发，研究了日本现代主义诗歌和日本殖民主义历史的关系，并为此对我国东北地区受日本殖民统治时期的政治、经济、战争以及移民史、城市史作了相当深入的考察，改变了过去研究者们在涉及现代主义起源问题时，往往把目光投向欧美的成见。王文的意义就在于提醒我们，现代主义的发生有着非常复杂的原因，涉及现代历史的方方面面，殖民历史就是其中之一。

王文选择安西冬卫的短诗《春》作为细读对象，特别重视其中"间宫海峡"被修订为"鞑靼海峡"这一"殖民语境中的旧词新义"，注意到

---

① 川村凑『異鄉の昭和文学』、東京：岩波書店、1990、第71—72頁。
② 安西冬衛「自伝　半風俗」『安西冬衛全詩集』、東京：思潮社、1966、第340頁。

当时日本武力侵占蒙古，成为鞑靼新主人的历史事实，继而从日本当时的东洋学言说、大陆探险记与该诗之间潜在的"互文性"，揭示了"鞑靼"与"蝴蝶"组合在一起的殖民政治含义。换言之，那样一种貌似超乎现实主义之上的放肆的想象力，其实并非孤立地、自律地存在于诗歌之中，而是帝国主义全球化的殖民"越界"之后所带来的产物①。换言之，王文提醒我们，如果忽略当时日本的殖民政策、扭曲的共同幻想和东洋学言说、占领地都市的地政风景，是无法单独讨论安西冬卫诗歌的。

1924 年 11 月在大连创刊的《亚》在发行总第 35 期后，于 1927 年 12 月宣布停刊。不到一年后的 1928 年 9 月，《亚》的成员北川冬彦、安西冬卫、泷口武士、三好达治与春山行夫、饭岛正、上田敏尾、神原泰、近藤东、竹中郁、外山卯三郎等 11 位诗人在东京创办了《诗与诗论》。从上述名单就不难知道，它是由一个深受欧美超现实主义等新兴文艺思潮影响的诗人群体所创办的同人杂志，从其成员结构上看，可以说和《亚》明显具有一种继承关系。在《诗与诗论》创刊号的后记中如此写道："我们今天能有幸在此打破旧诗坛的无诗学的独裁，展示今日的诗歌，这是何等的喜悦啊！"无疑，其创刊是对旧诗坛发起的明显挑战，也充满了试图成为现代主义诗坛主导机构的雄心。

作为《诗与诗论》所提倡的"新精神运动"的一环，厚生阁书店发行了《现代的艺术与批评丛书》，其中第二册便是安西冬卫的《军舰茉莉》。之后，又相继出版了安西冬卫的第二诗集《亚细亚的咸湖》、第三诗集《干渴之神》、第四诗集《大学的留守》、第五诗集《鞑靼海峡与蝶》等。总之，在《诗与诗论》上的闪亮登场，使安西冬卫从《亚》这一诞生于"满洲国"地方城市——大连的同人杂志诗人蜕变为处于日本内地文化中心的《诗与诗论》的代表性存在。另外，由于刊登了安西冬卫的诗作，《诗与诗论》向广大读者展示了现代主义诗歌的范本，从而也提升了杂志的价值和在诗坛上的美誉度。与此同时，北川冬彦、泷口武士、三好达治等《亚》刊同人的加入，也使得《亚》的创作手法、诗歌主张在《诗与诗论》上得到后继，甚至进一步发扬。《诗与诗论》进行了形式主义、超现实主义、新散文诗等诗歌实验，同时也积极介绍欧美文学理论的

---

① 王中忱：《殖民空间中的日本现代主义诗歌》，《越界与想象：20 世纪中国、日本文学比较研究论集》，北京：中国社会科学出版社，2001，第 35～39 页。

新潮,一举成为现代主义运动的重要据点,后来又被《诗法》《新领土》等杂志所继承,并成为战后《荒地》派诗人们的出发点。

不得不说,正是由于有了在大连创刊的《亚》所进行的先驱性变革及其成员的加盟,才使得《诗与诗论》的大规模现代主义运动成为可能。在《亚》停刊时所刊登的《亚的回忆》中,其作者群涵盖了堀口大学、与谢野宽、高村光太郎、河井醉茗、草野心平、梶井基次郎等支撑着日本诗坛的一线诗人,足以证明《亚》在当时诗坛上的巨大影响力。正如川村凑和王中忱所力证的那样,在谈论日本现代诗史时无法回避的同人诗刊《亚》诞生在中国大连,其实绝非出于偶然,而是有着某种历史必然性。

第二节　诞生在广州的《铜锣》及其
在日本现代诗史上的地位

在《亚》于1924年11月诞生于大连5个月之后,亦即1925年4月,在岭南大学,日本留学生草野心平约请原理充雄、富田彰与中国诗人黄瀛、刘燧元作为同人,创办了诗歌杂志《铜锣》。该刊于1928年6月宣布停办(创刊和停刊均比大连的《亚》迟了五六个月),共发行了16期。因受到“五卅惨案”引发的反英反日运动的影响,草野心平被迫离开广州,带着尚未装订的第3号《铜锣》回到了日本,杂志在当时留学于东京的黄瀛协助下才得以发行。

也正是从第3号开始,以《达达主义者新吉的诗》而轰动诗坛的高桥新吉、以方言诗为特色的播磨农民诗人坂本辽、作为萩原朔太郎的高足而声名鹊起的冈田刀水士等成为同人。从第4号起,布尔什维克主义谱系的三好十郎以及当时还默默无闻的宫泽贤治也受邀跻身同人行列。之后,随着期号的增加,同人的数量也越来越多,高峰期时近20人。第6号(1926年1月)新加入了高畠贞夫、赤木健介,第7号(1926年8月)新加入了土方定一、佐藤八郎、手塚武、小野十三郎、尾形龟之助、冈本润等诗人。以后又逐渐加入了森佐一、萩原恭次郎、野川隆、三野混沌、猪狩满直、神谷畅等人。其中既有像三野混沌和猪狩满直那样的农民诗人,亦有像尾形龟之助(也是《亚》之同人)那样描写日常生活的诗人;既有像赤木健介那样属于布尔什维克主义谱系的诗人,也有像冈本润、小野十三郎、手塚武、萩原恭次郎那样属于无政府主义谱系的诗人。在成为

《铜锣》同人之前，冈本润已创作了诗集《我们》，从社会思想的立场出发向权力发起挑战，高唱着拒绝生活在社会平面的叛逆之歌，而萩原恭次郎则出版了诗集《死刑宣告》，逐渐从达达主义转向无政府主义。在由最初的油印改成活版印刷的第 6 号（1926 年 2 月）上，赤木健介从马克思主义立场出发，结合同时代的社会变革运动，发表了评论《我等诗观之要素》，而在同一期号的各种抒情诗中，关注社会矛盾的尖锐诗篇尤其引人注目。在第 8 号（1926 年秋）上，小野十三郎发表了题为《思想》的诗歌，手塚武则撰写了题为《新盗贼》的随笔，开始表现出无政府主义的倾向。对此，赤木健介在第 9 号（1926 年 12 月）上发表了《呼吁者》一文还以颜色。双方在政治立场上的对立日益明朗化，也折射出当时无政府主义与布尔什维克主义从混合状态走向对立和分裂的时代背景。

我们知道，20 世纪初，在俄国"十月革命"的影响下，日本工人运动和社会主义运动蓬勃发展，主张包括无政府主义和布尔什维克主义等各种倾向在内的社会主义团体不断涌现，于 1920 年 12 月联合组成了日本社会主义同盟。正如秋山清指出的那样，"1920 年（大正 9 年）的日本社会主义同盟是一种广义上的社会主义战线，它延缓了无政府主义与布尔什维克主义之间对立的表面化。第二年在大杉荣的倡导下，劳动运动社中出现了无政府主义与布尔什维克主义的共同战线。虽然后来演变成正面的对立，但这一时期，两者的文学活动与其说是处于对立抗争之中，不如说借助共同战线而与反社会主义阵营相对抗"①。而实际上，这样一种文学上的共同战线一直存续到 1926 年。但随着无产阶级文学作为新兴思潮迅速抬头，日本无产阶级文艺联盟于 1926 年 11 月将无政府主义者驱赶出该联盟，导致文学运动中长达数年的共同战线宣告彻底解体。以此为背景，《铜锣》也被卷入了裹挟同时代文学界与思想界的无政府主义与布尔什维克主义相互对立的政治旋涡中。

《铜锣》第 10 号（1927 年 2 月）上刊登了"第二次铜锣卷头语"，越发表现出明确的无政府主义立场：

> 我们是从最初的精神出发，依靠友爱的结合，依靠相互的辅助精神而成立的团体，而不是在政治意识下构成的组织。因此，不会因思

① 秋山清『アナーキズム文学史』、東京：パル出版、2006、第 70 頁。

想乃至观念的差异而产生分裂，在自由主张和自由合意的精神之下一同协力，总是立足于自我的核心，依据被更伟大的东西所烙印的世界感情，来达成对崭新实在的探求与创造。①

换言之，他们讴歌的是同人"相互的辅助精神"和"友爱的结合"，从而加速向无政府主义倾斜。在第 11 号（1927 年 6 月）上同时刊登了小野十三郎的评论和赤木健介的诗歌，暂时出现了无政府主义谱系与布尔什维克主义谱系的混合状态，但随着土方定一翻译的《巴枯宁的信件片段》刊登在第 14 号（1928 年 3 月）上，杂志的无政府主义色彩也越来越浓厚。1928 年 6 月，作为当时主要发行人的土方定一远赴欧洲，草野心平因生活拮据而迁往前桥，还有同人内部激烈的思想冲突，这一切导致了《铜锣》的最终停刊。

　　尽管《铜锣》只有三年的短暂历史，却折射出日本那个动荡年代的思想状况，留下了不少在现代诗史上值得铭记的业绩。比如，铜锣社发行了坂本辽的《蒲公英》、三野混沌的《农民》和《开垦者》、草野心平的《第一百阶级》等，这些诗集作为昭和初期无政府主义谱系的农民诗歌自不用说，甚至在整个日本现代诗史上都堪称重要的诗集。此外，杂志接受了高村光太郎的经济援助，并得到包括《清廉》在内的数次赠稿，以及邀请当时还默默无闻的地方诗人宫泽贤治加入，发表了《心象素描　负景二篇》等 13 首诗歌等，都是日本现代文学史上的重要事件。"与诞生在大连的《亚》一样，《铜锣》也具有诞生在广州的特异性。不仅如此，它还成了心平和黄瀛的基地，形成了心平、贤治、光太郎之间的交点，化作了他们相互作用的磁场。"②

　　通过以上对《铜锣》历史的简单回顾可以知道，《铜锣》是始于草野心平的个人交友圈子，然后逐渐扩大范围，加入了各种诗人的同人杂志。人们常常指出它存在无政府主义与布尔什维克主义两个谱系之间的混合与对立，但事实上，尽管这两个谱系在最终的方向性上大为不同，但在打破既成秩序和权威这一社会意识和时代意识上却有异曲同工之妙。《铜锣》中关注社会矛盾、讴歌个人的自由、展示对社会的反叛等具有无政府主义

---

①　「第二次・銅鑼　巻頭言」『銅鑼』第 10 号、1927 年 2 月、銅鑼社、第 1 頁。

②　深澤忠孝「心平、賢治、光太郎——その接点と相互作用」『草野心平研究』第 10 号、2007 年 11 月、第 27 頁。

色彩的作品尤其引人注目，并构成了其最大的特色，而这与掀起短诗运动，专注于诗歌形式改革的《亚》和《诗与诗论》显然是大相径庭的，可以说形成了日本1920年代广义现代主义诗歌中的另一股重要潮流。

与《亚》中诗人安西冬卫等人的诗作中那种孤高的脱俗性、摩登的都市性相反，在三野混沌的农民诗、坂本辽的方言诗、草野心平以"蛙"为题材的抒情诗、宫泽贤治的劳动赞美诗中，都流露出一种庶民性、地方性。这种庶民性表现为，坂本辽在《仙鹤之死》中对仙鹤的移情，草野心平在《第一百阶级》中与"蛙"的同化，以及宫泽贤治对农民阶层的赞美和同情。草野心平和宫泽贤治诗歌中有不少描写生活在社会底层的农民的作品，甚至不无农本主义色彩，"他们都选择了'农民'——这个历史最为悠久、这个在现代化进程中被弃置不顾的贫民阶层——作为立足点，并把农民们的幸福以及与全世界农民的共生感作为自己的目标，从这些方面能看出贤治和心平二人有着深刻的联系（表现为那种世界合一的意识）"①。这种立足于某个地方的农民，去寻觅全世界农民间的共生感和全体农民之幸福的意识，与宫泽贤治"没有整个世界的幸福，就不可能有个人的幸福"② 的著名命题是一脉相承的，其中蕴含着发展为世界感情，进而为宇宙感情的可能性。而这种意识在前述"第二次铜锣卷头语"中也可以管窥到："总是立足于自我的核心，依据被更伟大的东西所烙印的世界感情，来达成对崭新实在的探求与创造。"换言之，渴望由个人的自我向"依据被更伟大的东西所烙印的世界感情"逐步升华的意志，显然也同时孕育着由地方性向世界性升华的要素。尽管《铜锣》诗人们常常被用"无政府主义"这个标签来加以概括，但其实我们不难发现，作为其主要成员的三个诗人——草野心平、宫泽贤治和黄瀛——的诗歌总是高举着重视个别性、多样性和宇宙连带感的世界主义旗帜，其根基中潜藏着对逾越政治与文化屏障的全人类幸福的渴望。

就像停刊后的《亚》被后来的《诗与诗论》所吸收了一样，停刊后的《铜锣》也被由移居前桥的草野心平所创办的《学校》所吸收。构成《铜锣》思想基轴的无政府主义倾向、人道主义与自由主义的倾向也被

① 〔日〕大塚常树：《以〈铜锣〉为中心谈黄瀛与宫泽贤治》，杨伟执行主编《诗人黄瀛》，重庆：重庆出版社，2010，第307页。

② 宫沢贤治「農民芸術概論綱要」『【新】校本宫沢贤治全集』第13卷（上）、東京：筑摩書房、1997、第9頁。

《学校》所继承，进而被其后的《历程》所延续和扩展。被认为是无政府主义和人生派谱系之混合的《历程》杂志延续了注重人生的倾向，承接了《铜锣》重视个别性、多样性和宇宙连带感的世界主义旗帜。

关于《铜锣》在日本现代诗歌史上的地位，伊藤信吉指出："在现代诗展开过程中兴衰枯荣的诸多流派和群体里，《铜锣》（1925 年 4 月创刊）、《学校》（1928 年 12 月创刊）、《历程》（1935 年创刊）这三种杂志，大体而言，形成了一个具有延续性的'杂志'谱系，同时也蕴含了作为一个'诗歌'谱系的问题。（中略）《铜锣》构成了现代诗中两种诗歌性格的发端，而通过整个 16 卷所形成并被分解的东西，一方面构成了无政府主义谱系，另一方面则为《学校》提供了在诗歌上和思想上都有着微妙差异的形态。应该说，《历程》正好是在这种思想要素产生剥落或与此相分离的地方出现的，该杂志多少抱着有些旁观的态度来看待当时的现代主义和抒情主义倾向，展示了富有生命感的、多少有些野生的、传达着生存气息的'诗歌'性格。总体上而言，这三种杂志就是这样一方面紧密相连，一方面又各自剥离和分解。我就是这样来看待《铜锣》在现代诗发展过程中的地位和意义的。"①

第三节　大连之于安西冬卫与广州之于草野心平

就如同创刊于大连的《亚》（1924 年 11 月创刊）与《诗与诗论》（1928 年 9 月创刊）、《诗法》（1934 年 8 月创刊）、《新领土》（1937 年 5 月创刊）形成了一个"诗歌谱系"，创刊于广州的《铜锣》也与《学校》《历程》构成了另一个"诗歌谱系"。可以说，这两大诗歌谱系对今天的日本现代诗还在继续产生影响。尽管《亚》和《铜锣》的诗歌主张不同，诗风也大相径庭，但两者都对日本大正后期和昭和前期的诗坛产生了巨大的影响力，并各自催生了不少一流的诗人。并且，两种杂志都诞生在中国，这一事实不能不让我们感受到日本现代主义诗歌与中国的机缘。大连与广州这两个城市之间不同的地政风貌、历史背景，显然分别深深作用于诗人们的诗歌感性和创作手法。如果说，作为占领地的大连在建筑、人

---

① 伊藤信吉「解説——次代からの回想」『銅鑼』（復刻版別冊）、東京：日本近代文学館、1978、第 10 頁。

种、文化上的多重构造赋予了安西冬卫新鲜的诗歌感性，而语言本身的意义遭到剥离的异国言语环境则使诗人领悟到词语的外形意义的话，那么，广州这个城市又是如何作用于草野心平的诗歌感性，并与诗人的气质一起决定了其诗歌风格的呢？正如安西冬卫是《亚》的中心存在一样，草野心平也是《铜锣》的中心存在。诗歌杂志的编辑方针和诗歌风格常常在很大程度上被中心人物所决定，这或许是无须赘言的。特别是《铜锣》是草野心平向自己的文艺交友圈发出邀请而创立的，其中无疑体现了草野心平的选择标准，所以，我们不妨认为，草野心平的诗歌理念在某种意义上决定了《铜锣》的方向性。在这种意义上也就可以说，广州的地政风貌、历史背景以及草野心平在广州的个人交友、阅读对象等一系列越境体验在很大程度上决定了《铜锣》的性质。

安西冬卫坦承，与奈良、东京、堺一起，大连的"风土和光阴形成了我的骨骼，陶冶了我的皮肤"[1]。同样，草野心平对广州在自己一生中的重大意义也直言不讳："我的青春燃烧在广州，也大致终结在广州。"[2] 不用说，20岁前后的数年时间对每个人的人生都具有重要的决定性意义。草野心平离开日本前往广州，是在1921年自己18岁的时候。而安西冬卫受到在"满洲国"大连市任肥塚商店店长的父亲召唤前往大连，是在1920年诗人21岁时。如前所述，1920年代的大连，在1904年日俄战争之后落入日军之手，作为占领地"满洲国"的一个地方都市迅速发展起来。由于日本军队掌控了通往长春的铁路、抚顺的铁矿区、沿线铁道等的经营权，众多日本人蜂拥而至，其中有日本铁道技师、矿山技师、南满洲铁道株式会社（简称"满铁"）经营者、关东军军人，还有参与所谓"满洲国"行政管理的人才和民间人士。他们的子弟也随之来到大连这个所谓的"开拓之地"，在此度过了他们的青春时代。而安西冬卫无疑就是其中的一个，因不适应"满洲国"的严寒，患上右膝关节结核，不得不截掉右腿，从"满铁"辞职，与王姓中国男佣一起住在位于高尚住宅区的"大连市樱花台84"。他依靠任肥塚商店店长的父亲的经济援助，作为无业之人，也无须为生活操心，得以专注于诗歌创作，主动背负起了所谓语言炼金术师的重任。再加上行动的不便，不难想象他大多数时间都是蜷缩在室

---

① 安西冬衛「自伝 半風俗」『安西冬衛全詩集』、東京：思潮社、1966、第341頁。
② 草野心平「わが青春記」『草野心平全集』第9卷、東京：筑摩書房、1981、第221頁。

内的。不过，作为曾经"在中学地理教室里最神采奕奕的一个学生"①，这反而有助于他心无旁骛地埋头阅读各种书籍包括探险记，在地图上实现虚拟的漫游。正如安西冬卫自我评价的那样，他"对地理具有出类拔萃的机敏性。是坐着的旅行者。是驾驭着类推之恶魔的男人"②。

> 冬卫白天主要待在日照很好的、面向东南的起居室兼书斋里，左面的墙上悬挂着世界地图，右面则摆放着大百科辞典，一整天都沉浸在空想中，从不厌倦。③

总之，以痛失一条腿为代价，他得以跳出日常生活而遨游于地图的世界和空想的冒险中，依靠将现实世界置换成非现实世界，将外在的世界置换为内心的世界，获得了志在反日常的艺术的荣光。在大连这块土地上，安西冬卫尽管获得了作为都市风景描写者的前卫性、作为语言炼金术师的孤高和纯粹性，但又不能不说，他自始至终都不啻与现实相隔离的都市漫游者。日本学者守屋贵嗣认为，"在由俄罗斯、日本和中国这三重构造所组成的大连，安西是用俄罗斯对日本、日本对中国、西洋对东洋、宗主国对殖民地这样一种二元对立观在思考"④，倘若这一说法成立的话，那么，安西冬卫也终究是作为西洋式的殖民者、宗主国民，从外侧或是从高处冷眼俯瞰着作为占领地的大连。一如王中忱指出的那样，"在殖民与被殖民之间，他的立场明显站在后者。安西的立场无疑限制了他艺术革新的潜力。虽然他也曾努力从被殖民者的历史文献、民间传说乃至日常口语中择取典故、意象、词汇，其目的却是要把这些文化资源编织到自己的知识体系和想象体系里"⑤。即便他的诗歌中也会偶尔出现"被奸污的少女"或者"老妇人"的身影，但也只是为了"在诗里点缀新奇色彩"⑥，或是为

---

①　安西冬衞「自伝　半風俗」『安西冬衞全詩集』、東京：思潮社、1966、第 340 頁。

②　安西冬衞「自伝のためのノート」『安西冬衞全詩集』、東京：思潮社、1966、第 339 頁。

③　明珍昇『評伝　安西冬衞』、東京：桜楓社、1974、第 114 頁。

④　守屋貴嗣『満州詩人論：「亜」の生成と終焉』、法政大学国際文化学部研究科博士論文、2009、第 7 頁。

⑤　王中忱：《殖民空间中的日本现代主义诗歌》，《越界与想象：20 世纪中国、日本文学比较研究论集》，北京：中国社会科学出版社，2001，第 44 页。

⑥　王中忱：《殖民空间中的日本现代主义诗歌》，《越界与想象：20 世纪中国、日本文学比较研究论集》，北京：中国社会科学出版社，2001，第 44 页。

了凸显二元对立的矛盾形象，从中看不到因那些创痛的画面而在诗人心中唤起的摇曳或纠葛。而占领地大连也自始至终都是作为诗歌实验材料的外在风景映现在诗人眼里，而存在于那里的多重文化结构和人种结构也只是化作促成其诗歌实验的修辞上的催化剂。因此，他常常是用观察异乡风俗的目光来捕捉那里的社会现象，其描写中看不到多重结构背后客观存在着的民族间和国家间的深刻矛盾。因为这本身就不是他作为诗人所关注的焦点，他所倡导的所谓纯粹诗就是诞生在这种故意与社会意识拉开距离的地点上。从这种意义上说，右腿的截肢、与经济上的烦恼完全无缘、在地图上漫游、对探险记和西洋现代主义诗歌的沉溺——这些大连体验对安西冬卫诗风的形成无疑产生了巨大的影响。而他的诗的风格与《亚》和《诗与诗论》上的纯粹诗一脉相承，显然与《铜锣》那种着眼于社会现实矛盾的诗风大相径庭。

尽管同样是在异国度过青春时代，但草野心平显然过的是另一种不无对照意义的生活。草野心平之所以去往广州留学，是为了从祖国、故乡以及家庭逃离。值得注意的是，草野心平来到中国的 1921 年，正是中国近代历史上风起云涌的重要年头。同年 7 月 23 日，中国共产党在上海诞生。而孙中山在草野心平留学的广州率领国民党建立中华民国政府，也是在同年的 5 月。然而，同一时期的大连却处在日本人的占领下，作为日本人开拓的"新天地"，在经济上突飞猛进，整个城市的风貌也在急速地西洋化和日本化，与席卷大半个中国的国民革命高潮几乎处于隔绝的状态。与大连不同，当时的广州乃中国国民革命的据点，一时间成了以孙中山为代表的新势力和军阀割据势力、高呼民族独立的国内势力与企图割据中国的外来势力相互角力的战场。同时，平民生活日趋贫困化，各种社会矛盾也随之激化。显然，在广州留学的草野心平对周围的这些社会矛盾和动荡的政治局势不可能视而不见，并亲历了 1925 年 6 月爆发的以"广州沙面罢工"为代表的大规模反英反日运动。正是迫于这一事件的影响，草野心平不得不中断在岭南大学即将结束的学习，带着对中国的留恋和尚未装订的《铜锣》第 3 号离开了广州，返回日本。

尽管草野心平就读的岭南大学是由美国北长老会的传教士所开设的教会大学，却与中国的国民革命有着很深的渊源。早在孙中山从事革命活动初期，就有学生如陈少白、史坚如、高剑父等追随孙中山进行革命。进入民国时期之后，孙中山先生曾于 1912 年 5 月 9 日、1923 年 12 月 21 日和 1924 年

5月2日共三次造访岭南大学。对此，草野心平曾万般感慨地回忆道：

> 当时的广州一片混沌，呜呜呻吟。
>
> 这里有孙文。有汪兆铭。有廖仲恺。有胡汉民。有蒋介石。
>
> 我曾有机会听到他们的演说。现在想来，不禁惊讶于他们的年轻和朝气。至少可以说，他们全都是被理想附身的人。①

　　草野心平多次在回忆录中不无自豪地提及，他曾两次见过"也许是近代东洋最杰出的政治家"②的孙中山。第一次是1922年6月，在电通公司打工的草野心平随同其他记者，在韶关近距离地见到了北伐途中的孙中山，从他身上看到了"不断追逐梦想的政治家"③的理想形象。第二次则是1923年12月21日孙中山偕同夫人宋庆龄前往岭南大学演讲的时候。孙中山在演讲中痛陈中国"这十二年内，无日不是在纷乱之中"④的现状，勉励学生"要有国民的大志气，专心做一件事，帮助国家变成富强"⑤。草野心平回忆道：

> 在讲堂的演讲结束后，我特意上前去寒暄。于是，孙文说道："啊，就是上次（指在韶关见过面——引者注）的你呀。"然后露出一副很意外的表情，似乎对我怎么会在这个学校有些不解，说道："喔，原来你在这里念书呀。"说着，还扭头看了看旁边的夫人。而这是我最后一次见到孙文。⑥

　　事实上，除了这两次与孙中山的近距离接触，草野心平还多次聆听过孙中山的演说，从远处目睹孙中山的风采。他后来回忆说：

---

① 草野心平「嶺南大学の思ひ出」『草野心平全集』第8卷、東京：筑摩書房、1982、第71頁。

② 草野心平「孫文の印象」『草野心平全集』第8卷、東京：筑摩書房、1982、第95頁。

③ 草野心平「孫文とタゴールとの出会い」『草野心平全集』第9卷、東京：筑摩書房、1981、第291頁。

④ 1923年12月21日，孙中山在广州岭南大学怀士堂（今中山大学小礼堂）对该校学生发表演说，演说词由黄昌谷记录并刊载于《国民党周刊》第7期（1924年1月6日）上，题为《大元帅对岭南学生欢迎会演说词》。本文引自《孙中山著作选》（下），北京：高等教育出版社，2011，第338页。

⑤ 《孙中山著作选》（下），北京：高等教育出版社，2011，第352页。

⑥ 草野心平「孫文の印象」『草野心平全集』第8卷、東京：筑摩書房、1982、第97頁。

> 在那之前也多次听过他的演说。当时自己还是广东一所大学的学生，听到过他在学校讲堂的演说，以及列宁追悼会时在公园的热情演讲，另外还有多次接触到他风貌的机会。①

显然，草野心平对广州的政治风云并不陌生，对孙中山等人的革命活动和中国复杂的政治局面也给予了深切的关注。除了《孙文的印象》一文，在《我的青春记》和《茫茫半世纪》中，草野心平也饱含激情地记述了自己与孙中山见面时的情景。从中可以看出，草野心平与其说是在政治意义上，不如说是在人格意义上对孙中山表达了最大的敬意。作为 20 岁上下的热血青年，通过孙中山带来的人格感动，他自然而然地去关注中国国民革命这一旨在争取自由与救济民众的斗争，进而拥有一种广泛的社会意识，也是顺理成章的事情。

与回到日本后的前桥时期、经营烤鸡肉店的"磐城"时期常常为生活所困、贫穷至极一样，广州时期的草野心平迫于生活，一边承蒙涩谷先生的照顾，一边打各种杂工来赚取生活费，甚至只能住在学生第 5 宿舍的阁楼间里，在密室中过着充满乡愁与孤独的生活。

> 我开始打工，其内容是给从海南岛采集来的植物标本写上学名。然后我搬到了年寄宿费 10 元（港币）的阁楼上。寄宿在那儿的都是些贫穷的打工学生。②

> 说"自己穿着学校头号邋遢的衣服"，似乎觉得有些对不住涩谷先生，但因为是事实，所以也是迫不得已。我平常都穿的是中国服，但也偶尔会从沙面的前辈那里拿些旧衣服来穿。③

> 除了在电通打工外，从 1924 年开始，我又在学校开设了日语讲座，学费什么的总算是无忧了。但是，在广州的整个时期都是一个穷学生。在这一点上一直没有变化。④

---

① 草野心平「孫文の印象」『草野心平全集』第 8 巻、東京：筑摩書房、1982、第 95 頁。
② 草野心平「わが青春の記」『草野心平全集』第 9 巻、東京：筑摩書房、1981、第 287 頁。
③ 草野心平「わが青春の記」『草野心平全集』第 9 巻、東京：筑摩書房、1981、第 288 頁。
④ 草野心平「わが青春の記」『草野心平全集』第 9 巻、東京：筑摩書房、1981、第 288 頁。

　　显然，与在中国男佣的陪同下，作为富家弟子过着优渥生活的安西冬卫截然不同，广州时期的草野心平不得不与贫穷为伴，很容易萌发出生活在底层的感叹。而随着与社会主义思想和无政府主义思想的接触，这种生活在底层的感叹最终演变为"第一百阶级"的自我意识，或许并不奇怪。1928 年由铜锣社刊行的诗集《第一百阶级》收录了草野心平从《铜锣》创刊时起描写青蛙的 45 首诗作，从中可以发现，草野心平笔下的青蛙由最初只是"乡愁与情欲"的化身转而成为"愤怒与抵抗"的代表，最终被定位成"第一百阶级"的象征。

> 蛙是广袤自然的赞美者
> 蛙是散发着恶臭的无产阶级
> 蛙是开朗的无政府主义者
> 是生存在地面上的天国
>
> ——诗集《第一百阶级》的序诗①

　　从诗集《第一百阶级》中可以清楚地窥见作为无产者的自我意识和"散发着恶臭"的庶民性。换句话说，在萌发了自己生活在社会最底层的自我意识之同时，也产生了作为无政府主义者的自我意识，以及对权力阶层和旧秩序的愤怒与反抗意识。显然，这种自我意识也是强烈的社会意识的反映。而毋庸置疑，这种意识的萌芽与广州这座城市的政治形势和草野心平的贫穷状态不无关联。此外，如果联系草野心平的阅读体验来加以考量，或许会呈现出更加清晰的轮廓：

> 当时我正倾倒于美国的新兴诗歌，（中略）特别是艾米·洛威尔等的意象主义诗歌作品、E. E. 卡明斯的新诗体，还有桑德堡、马斯特斯、林赛等带有左翼色彩的作品。特别是从桑德堡的《芝加哥诗集》《烟与钢》，以及后来出版的《早安，美国》中选译了相当数量的诗歌。②

在众多的外国现代主义诗歌中，唯独对美国社会派诗人情有独钟，这的确符合广州时期的草野心平的性格。显然，较之单纯地执着于创作手法的纯

---

① 草野心平「第百階級」『草野心平全集』第 1 卷、東京：筑摩書房、1978、第 9 頁。
② 草野心平「わが青春の記」『草野心平全集』第 9 卷、東京：筑摩書房、1981、第 290 頁。

粹诗,倒是多少带有社会意识的左翼诗歌更能引发草野心平的兴趣。特别是桑德堡出生在贫穷的瑞典移民家中,13 岁开始谋生,赶过车,并在理发店当过门房等,其诗作大都聚焦于工业都市芝加哥和周边的大草原。草野心平痴迷于这位民众诗人,并大量翻译了他的诗作,这绝非偶然,可以说是对其中呈现的社会意识和民众意识有一种深切的共鸣吧。与此相关,我们不能不论及草野心平与杂志《社会问题研究》《播种人》等之间的交集。广州时期的草野心平已经醉心于社会主义思想,不仅托人从日本寄来了早期马克思主义传播者河上肇的《社会问题研究》和《我等》杂志,还成了《播种人》的定期订阅者,并进而涉猎了克鲁泡特金、巴枯宁等人属于无政府主义和社会主义谱系的著作。

> 我拜托母亲给我寄来了自创刊号起的河上肇的《社会问题研究》。还有《我等》也是从创刊号起全部收齐,貌似是母亲从京都的旧书店给我搜罗来的。《播种人》创刊的事儿,我是从日本人俱乐部订阅的报纸上得知的,因很想得到它,于是就告诉了日本邮船的 K 先生,从他那儿拿钱预订了该杂志。因为是这样一种倾向,所以对桑德堡的诗歌产生共鸣,也是极其自然的结果。①

我们知道,《播种人》是在法国参加了反战运动后归国的小牧近江与友人金子洋文、今野贤三一起于 1921 年创办的文艺杂志。该杂志以国际主义和反军国主义为基调,编发了各种特辑,还登载了将文艺运动视为解放运动一翼的评论,对于推广无产阶级文学运动来说功不可没。比如大正 10 年 11 月号的《播种人》上就刊登了百田宗治、小牧近江、金子洋文的无产阶级诗歌,其内容包括了反对过激思想取缔法、反战运动等。他们一边为穷人歌唱,一边谋求民众的组织化和社会变革。而河上肇的《社会问题研究》自 1919 年 1 月在弘文堂书房刊行以后,不仅在日本,而且在中国也推动了马克思主义的传播。李大钊 1919 年 9 月发表在《新青年》上的《我的马克思主义观》,就基本上是对河上肇《社会问题研究》第一册至第三册连载的《马克思的社会主义的理论体系》一文的转述。同年 5 月,李大钊还帮助《晨报》副刊开辟《马克思研究》专栏,从 5 月 5 日到 11

---

① 草野心平「わが青春の記」『草野心平全集』第 9 卷、東京:筑摩書房、1981、第 290 頁。

月 11 日共发表了 5 种论著，其中就包括了陈溥贤翻译的河上肇的《马克思的唯物史观》，从而使河上肇成了对中国早期马克思主义思想传播最有影响的日本学者之一。尽管尚无资料可以判明草野心平得知河上肇及其《社会问题研究》的准确途径，除了有可能与《播种人》一样，源于广州日本人俱乐部订阅的报刊或其他日本途径以外，或许还可以做一个大胆的设想，即醉心于左翼思想的草野心平有可能通过中国的左翼报刊或岭南大学的同窗好友知道了河上肇和《社会问题研究》在中国的影响，所以才特意拜托继母从京都将该杂志邮寄到广州，而且特别强调是从创刊号开始。不管这一设想是否成立，草野心平对左翼思想和中国政治局势的关注都是不争的事实。

　　显然，对美国社会派诗人作品的倾倒、对《社会问题研究》的收集和定期订阅《播种人》等，形成了一个具有连续性的读书谱系，充分体现了草野心平当时对社会和政治的浓厚兴趣，并对其后诗歌理念的形成具有重要的意义。这与沉浸在欧美现代主义诗歌、各种地图、地理全集、大陆探险记中的安西冬卫的读书谱系相比，无疑展现了完全异质的特性。从他们俩读书谱系的殊异中也可以管窥到两个诗人，进而《铜锣》与《亚》的诗歌性格的重大差异。

　　痛失一条腿之后，移居到"大连樱花台 84"的安西冬卫，凭借地图和探险记实现了对中国乃至东亚、中亚地区的漫游或探险，但这自始至终都是在空想和诗歌世界中实施的行为。而在现实生活中，与《亚》同人们的交往几乎构成了他交友关系的全部。除了王姓中国男佣，从现存的资料来看，尚未找到安西冬卫与其他中国当地人深交的记录。而且，无论安西冬卫与王姓中国男佣如何朝夕相处，彼此间还是存在着主人与仆从、侵略国国民与占领地国民这样一种二元对立的关系。再联系当时大连作为日本的占领地的背景来看，对于安西冬卫而言，大连与其说是异国之地，不如说带有更多异乡的成分。而且，他对新疆地区乃至东亚、中亚的浓厚兴趣，尽管不排除作为人对陌生土地所自然抱有的好奇心，但更多是在当时流行于日本的各种东洋学言说和殖民冒险故事的潜移默化影响下，其殖民主义意识内在化的结果。因此，从中不可能衍生出真正的世界主义情怀。

　　与此相对，广州的草野心平却积极地扩展着自己的交友圈子。在其留学的岭南大学，他是唯一的日本留学生。在这种尽是外国人的环境中，的确很容易被乡愁和孤独感所裹挟，但如果调整心态，积极行动，也理应收获颇丰。草野心平加入了文学研究会广州分会，阅读鲁迅的《阿 Q 正传》

和中国白话诗人的诗作，与梁宗岱、刘燧元、叶启芳等中国诗人，还有后来成为画家的司徒乔都成了亲密的朋友，并与后来成为全国人大常委会副委员长的廖承志结下了兄弟般的情谊，还与廖承志的姐姐廖梦醒一度形同恋人。这些在异国结成的友情和爱情，帮助草野心平建立起通常难以想象的人际关系和广泛人脉，进而决定了草野心平后来的人生方向。和廖梦醒那种兄妹般的感情、和廖承志那种兄弟般的感情，还有与其他中国人之间的深厚友情，对于草野心平来说，构成了其与中国关系的基石，足以使他把中国视为自己的"第二故乡"。总而言之，广州的岭南大学乃是草野心平诗歌人生的根基和起点。诗人仓桥健一指出："其间，草野心平依靠贯穿彻底的个人主义，来逐渐把握着作为自我形成的中国。"① 在某种意义上，中国对于草野心平来说，并不是单纯的作为观察对象的他者，而构成了其内在化自我的一部分。如果说安西冬卫常常用冷彻的旁观者目光，把包括大连、黄河、新疆等地域在内的中国作为一种外在风景来把握，并固守一种绝不介入的被动态势的话，那么，草野心平身上则总是体现着与中国一体化的能动意志，无怪乎在他的诗文中中国常常是作为内在的风景被满含情感地呈现出来。

而且，广州时期的草野心平与宫泽贤治的《春与阿修罗》的接触，以及与终生诗友黄瀛的通信，都是影响其一生的重要事件。1924年，得益于磐城中学后辈赤津周雄从日本的寄赠，草野心平有幸在广州与《春与阿修罗》实现了具有历史意义的初次邂逅。他"躺在广东珠江三角洲的草坪上"②，读着宫泽贤治的《春与阿修罗》，为其中迥异于既成诗坛的崭新要素和"破天荒的性格"③ 感到深深的战栗。关于《春与阿修罗》给草野心平带来了怎样的心灵震撼，对他的人生和创作具有何等重要的意义，或许可以从下面的引文中管窥一斑：

> 倘若当今的日本诗坛存在天才的话，那么我想说，"天才"这一光荣的名号非宫泽贤治莫属。即便是与世界一流诗人同台，他也定能

① 倉橋健一「中国の草野心平」『藍』総第20号、2005年11月、第278頁。
② 草野心平「四次元の芸術」『草野心平全集』第6卷、東京：筑摩書房、1981、第39頁。
③ 草野心平「四次元の芸術」『草野心平全集』第6卷、東京：筑摩書房、1981、第33頁。

绽放出奇光异彩。他的存在给予我力量。仅只是存在，于我而言便是
无上的喜悦。①

正是广州时期与《春与阿修罗》的最初接触，埋下了草野心平后来邀请宫
泽贤治加入《铜锣》同人的种子。当草野心平带着尚未装订的《铜锣》
第3号回到东京，寄宿在黄瀛位于饭田町2-53的宿舍里，和黄瀛俩一边
手工装订《铜锣》，一边谋划杂志的下一步计划时，便情不自禁地把宫泽
贤治确定为邀约对象。

　　如果说是广州促成了草野心平与宫泽贤治宿命般的相遇，那么也可以
说，正是广州开启了草野心平和黄瀛长达65年的交往。如前所述，以
《诗圣》上同时刊登两个年轻诗人的诗歌为契机，黄瀛知道了草野心平的
存在，从而给他寄来了第一封问询的信件，并以此为契机拉开了两人交往
的序幕，直到1988年草野心平病逝为止，两个人的友谊无疑是足以在中
日文学交流史上留下印记的美好篇章。正如晚年的草野心平所回忆的那
样，"构成决心创办《铜锣》之契机的，乃是与黄瀛的书信往来"②。换言
之，与中国诗人黄瀛的交往和诗歌交流是促成《铜锣》诞生的决定性
因素。

　　如前所述，《铜锣》创刊号的五位同人中，赫然排列着中国人刘燧元
与黄瀛的名字。这一事实本身也印证了该杂志与中国的至深关系，并为我
们从中去发现其国际性和跨文化性提供了可能。特别是刘燧元的两首诗
《废塔的抒情诗》和《偶作》原封不动地以中文发表，这在一本日语诗刊
中显得颇有些另类。但笔者想说的是，正是这种另类性一开始就预示了尔
后贯穿《铜锣》的多样性、个别性、地方性甚至国际性特征。创刊号在成
员构成上与语言使用上的多样性和跨国色彩，显然根植于草野心平通过与
中国人的亲密交往等越境体验所催生的对异文化的宽容与理解，其中蕴含
着通向后来那种世界主义的可能性。《铜锣》中那种对地方性、多样性和
个别性的高度重视，其后发展为《历程》杂志所宣称的世界主义立场和国
际主义立场。在同人杂志《历程》复刊之际，草野心平宣称道："我们希

---

① 草野心平「賢治に関する初期の断章」『草野心平全集』第6卷、東京：筑摩書房、
1981、第6頁。
② 草野心平「銅鑼についての私的回想」『銅鑼』（復刻版別冊）、東京：日本近代文学
館、1978、第1頁。

望,《历程》所发表的诗歌无论被翻译成世界上的哪种语言,都能够被人接受、畅行无阻,并能刺激其他国家具有良知的人们。切盼这样的诗在《历程》上层出不穷。我们总是站在世界性的立场上来考量我国的诗歌。"[1] 换言之,创作、刊发世界主义的诗歌才是《历程》杂志追求的目标。这种无论翻译成世界上何种语言,都能够畅行无阻的世界主义诗歌的理想,难道不可以说正是诞生在中国广州的《铜锣》创刊号吗?

至此,笔者以创办于大连的同人诗刊《亚》和创办于广州的同人诗刊《铜锣》为线索,特别是以两种杂志的中心人物安西冬卫和草野心平为中心,在东北亚历史语境中探讨了日本现代主义诗歌与中国的关系。众所周知,1920 年代~1930 年代正值日本近代诗向现代诗转型的时期,包括达达主义、无政府主义、超现实主义、倡导"新精神运动"的短诗运动等在内的广义现代主义诗歌逐渐开花结果。尽管否定前一时代的诗歌,谋求崭新的诗歌形式,是现代主义诗歌诸派共同的目标,但《铜锣》无疑可以被列入像达达主义、无政府主义等带有浓厚社会意识的诗歌谱系,而《亚》则可以被归入关注现代诗的崭新性质和表现,追求纯粹诗的狭义现代主义诗歌谱系中。这两大谱系中的重要杂志都诞生在 1920 年代的中国,一个在东北大连,一个在南方广州,并不是偶然的。笔者正是在对占领地大连的地理政治状况、带有异国风情的言语环境,安西冬卫的阅读对象、交友关系、右腿截肢等一系列大连体验与作为国民革命根据地之广州的社会政治状况、草野的交友关系和阅读对象等一系列广州体验进行对比的基础上,得出如下结论:就像安西冬卫的诗歌只能诞生在占领地大连那样,草野诗歌中的无政府主义倾向、对社会矛盾的热切目光、人道主义的立场和世界主义的情怀等,很大程度上是被广州这个场域所决定的。中国这个场域与 1920 年代这一历史语境,通过《亚》和《铜锣》这两种杂志,进而借助《诗与诗论》和《历程》等后续杂志,对日本现代主义诗歌,甚至对今天的日本诗坛都持续产生着影响。

---

① 草野心平「編集前記」『歴程』復刊第 1 号、1947 年 7 月。

— 第二编 —

草野心平与黄瀛：越境·身份·文学

第三章　黄瀛和草野心平的越境体验
及其诗歌的生成机制

　　草野心平在岭南大学近四年时间的留学经历是其他日本人罕有的异国体验，并促成了日语同人杂志《铜锣》的创刊。与此相对，身为中日混血儿的黄瀛则在东京开启了他的日本体验，并像彗星般划过日本的诗坛。笔者认为，将草野心平和黄瀛作为中日文化交流史上的越境者典型，富有对照性地讨论其越境体验对文学发生机制的决定性影响，显然不失为可行且有效的策略。而值得注意的是，中国人黄瀛与日本人草野心平之间结下的深厚友情本身就是其越境体验的重要组成部分，足以成为本章展开论述的切入口。

第一节　作为终生诗友的黄瀛与草野心平

　　黄瀛 1906 年出生于重庆，其父黄泽民系重庆江北县两口乡人，早年曾就读于成都的尊经书院，后赴日本留学于嘉纳治五郎创办的宏文书院，于 1906 年学成回国，并与同期回国的留日学生一起参与了川东师范学堂的创办。而黄瀛的母亲则是来自日本千叶县八日市场市的太田喜智。太田喜智从千叶女子师范学校毕业后，升入东京高等女子师范学校继续深造，在担任了一段时间当地的小学教师后，不久便作为"日本教习"来到中国南京，供职于南京女子师范学校。后来她到了重庆，任教于巴县女学堂，教授数学、理科、音乐等课程，成为重庆的第一位"日本教习"。据称，为太田喜智与黄泽民的异国情缘搭桥牵线的红娘正是大名鼎鼎的嘉纳治五郎[①]。但不幸的是，黄泽民在女儿黄宁馨出世后不久便英年早逝。1914

---

① 北条常久『詩友　国境を越えて——草野心平と光太郎、賢治、黄瀛』、東京：風濤社、2009、第 120 頁。

年，黄瀛跟随母亲和妹妹被迫移居到日本千叶县，进入八日市场寻常小学学习。黄瀛天资聪颖，成绩优秀，原本想进入县立成东中学就读，但因中国国籍而未被认可，只好进入私立正则中学。1923年，因家人已移居天津，黄瀛利用暑假回中国省亲，此间恰巧发生了关东大地震。于是，在日本学校短期内复课无望的情况下，黄瀛便留在中国，转入青岛日本中学。

中学时代的黄瀛便已开始用日语写诗，并投稿于日本的各种报纸杂志，其中也包括《诗圣》等主流杂志。《诗圣》是一本与当时统领诗坛的《日本诗人》相抗衡的诗歌杂志，不同于当时很多诗刊的同人性质，而是从诗坛及一般人士中广泛征稿，并致力于对诗坛新人的发掘和培养。《诗圣》1923年第3号在第100页上刊登了两个新人的作品，即草野心平的《无题》和黄瀛的《早春登校》。主编大藤治郎在"编辑后记"中写道：

> 投稿的数量前所未有，但从质量上讲，却逊色于上一期，汇集了各个地方的来稿。特别是本月推荐的草野心平氏（可能是中华民国之人吧）就是从遥远的南支那广州岭南大学寄来诗稿的。作为诗而言，即便算不上杰作，但那种不故作高明的质朴却值得赞许。
>
> 其次是黄瀛氏。正如其姓名所示，我想，应该并非本邦之人。这姑且不论，尽管诗风有些平面化，但其未来却让人大为期待。

该期杂志刊出时，黄瀛还在东京正则中学读书，已经历了因中国国籍被县立成东中学拒之门外的创痛，正试着用迸发的诗情和激扬的文字来宣泄内心的不安和孤独。无疑，《早春登校》在《诗圣》上的刊出给这个混血少年诗人带来莫大的安慰和肯定，而编辑后记中关于草野心平或许是中华民国之人的猜测很可能引起了黄瀛源自同胞意识的极大关注，从而默默地记住了草野心平的名字和地址。同年9月，黄瀛因关东大地震转入青岛日本中学，得以在中国的土地上近距离地感知草野心平的存在。于是，他大胆提笔给岭南大学的草野心平写了一封信。后来草野心平回忆：

> 记得是在大正12年。那时我还是广东岭南大学的学生，而他是青岛日本中学的学生。一天，一封陌生人寄来的信躺在了我的信箱

里。这便是黄瀛的来信。信上写道："你究竟是日本人，还是中国人呢？"这语气不知是在表示亲昵还是在询问。这或许算是从中国陌生朋友那儿收到的第一封信吧，让我非常高兴。尽管如今记忆已经相当模糊了，但从那以后，我们就开始了书信来往。①

以此为契机，两个人开始了书信往来，从而揭开了终生友情的序章。正如黄瀛在《悼念草野心平》一文中所写的那样，"草野心平——屈指一数，和他的交往已近七载，是从在诗刊《诗圣》的同一推荐栏目中一起上榜开始的。之后，在同人杂志《铜锣》《学校》和《历程》上，都一直是'处在同一旗帜下的他和我'。但在诗歌作品上，似乎彼此却并没有什么太大的影响。如果相互确有什么影响的话，有一点倒是肯定无疑的：那就是抱着竞争意识，相互刺激，彼此较劲"②。如第一章所述，正是他们始于1923年的文学通信和彼此的竞争意识与相互刺激，于1925年4月促成了油印本同人杂志《铜锣》在广州的呱呱坠地。不久，立志成为诗人的黄瀛从青岛日本中学毕业后返回了东京，听从母亲的劝告，准备报考日本第一高等学校。而草野心平也因上海发起的反日运动蔓延至全国而被迫从岭南大学辍学，悻然乘船回国。尽管日本人草野心平不得不离开中国，但在东京迎接他并给他提供栖身之地的，却是身为中国人的黄瀛。草野心平在《我与黄瀛的今昔》中这样写道：

> 受"五卅运动"的影响，我将《铜锣》第2期塞进行李，返回了日本。在东京迎接我的便是黄瀛。我去神户见了坂本，在大阪见了原理，然后在去东京的途中给当时已经中学毕业、在东京准备考大学的黄瀛发了封电报。
>
> 到东京时，我口袋里只剩下三文钱。
>
> 从到达的列车窗户探头望出去，只见跑过来一个头戴巴拿马帽子、身穿衬衫、脚上趿着高齿木屐的少年，他问道："你，你，就是草野心平？"这便是我和他的初次见面。拎着行李箱的我和他没有坐电车，而是步行着朝神田方向走去。（中略）

---

① 草野心平「黄瀛との今昔」『草野心平全集』第5卷、東京：筑摩書房、1981、第203頁。
② 黄瀛「弔念草野心平」『歴程』第369号、1990年2月、第155頁。

于是在黄瀛租借的公寓中，开始了一个月的寄居生活。①

正是在黄瀛位于九段下饭田町的公寓里，黄瀛与草野心平装订好《铜锣》第3号，分别邮寄给各位同人，并联名给当时还默默无闻的宫泽贤治寄去了邀请他加入同人的信函。结果，"很快便有了回信，他那极具个性的笔迹和不可思议的内容给我留下了深刻的印象。（中略）贤治应允成为同人，并随信寄来了1日元的小额汇款和诗作《负景》二篇"②。也正是从第4号开始，《铜锣》成了草野心平、黄瀛、宫泽贤治共同献艺的舞台，更是他们精神交汇的中继站。换言之，以草野心平为核心，以《铜锣》为平台，构筑起草野心平、宫泽贤治和黄瀛之间的心灵共同体。而"当时的黄瀛实在是气宇轩昂。正逢他以中学生的身份在《日本诗人》的悬赏比赛中打败几千人而一举夺得首位之时，所以他的人气亦是相当了得"③。此时的黄瀛挟《日本诗人》"第二新诗人号"评选中桂冠获得者的光环活跃在诗坛，其名气远在草野心平之上，却为草野心平付出了作为亲密诗友的最大友情和支持。他写道：

> 草野终于刊出了《铜锣》。说实话，《铜锣》确实是好书。虽说是油印本，但不知道比其他同人杂志强大多少。
>
> 啊，草野。从今以后一步一个脚印地在大地上前进吧。尽管我是如此贫寒，但为了你，我将不惜一切努力。更为了这猥杂的诗坛，我甘愿举双手之力来协助你。④

上述出自《铜锣》第2号《宁馨杂记》中的文字，不妨视为黄瀛心声的真实流露，其中不仅有他作为同人力挺《铜锣》的溢美之词，更有与草野心平结成诗歌伙伴的"深情告白"。不仅如此，这种"告白"还伴随着积极的行动。当时的黄瀛已深得诗坛泰斗兼雕塑家高村光太郎的宠爱，三天两头地造访高村光太郎的画室，一边就诗歌讨教，一边给高村光太郎

---

① 草野心平「黄瀛との今昔」『草野心平全集』第5卷、東京：筑摩書房、1981、第204—205頁。初出于草野心平『詩と詩人』、東京：和光社、1955。

② 草野心平「賢治からもらった手紙」『草野心平全集』第6卷、東京：筑摩書房、1981、第287頁。

③ 草野心平「黄瀛との今昔」『草野心平全集』第5卷、東京：筑摩書房、1981、第205頁。

④ 黄瀛「寧馨雑記」『銅鑼』第2号、1925年5月、第16頁。

做雕塑模特儿，也成就了后来闻名遐迩的雕塑"黄瀛头像"。黄瀛在《高村先生的回忆》中写道：

> 对于当时还是孩子的我，高村光太郎即便很忙，也总是欢迎我的造访。当然，就我来说，在先生很忙的时候，是绝不会对长者做出失礼之事的。"今天也没什么大不了的事儿，就请进吧！"即使很忙他也会开门挽留我。这种时候，我就会一声不吭地坐在画室里常坐的椅子上，默默地看着高村先生用那双大手刻着木雕鲇鱼，或"施无畏"手印。工作一完，两个人就会天南地北地神侃。在我的记忆中，高村先生跟我没有怎么聊文学和诗歌的话题，甚至可以说当只有我们俩在的时候，高村先生总是扮演着我那些神聊话题的听者角色，"喔喔喔"地点着头，眼镜中的那双细眼因微笑而眯缝得更加厉害。聊得过于起劲，茶也没了的时候，智惠子夫人就会来到画室，一边添茶水，一边和我们谈笑风生。①

在与草野心平同居一处期间，黄瀛积极充当中介者的角色，带着草野心平去拜访了诗坛巨擘高村光太郎，将其引荐给高村光太郎。黄瀛的引荐无疑为草野心平与高村光太郎后来建立近乎父子般的笃厚友情提供了最初的契机，也为高村光太郎对《铜锣》的经济赞助和不吝赐稿埋下了伏笔。与此同时，黄瀛还在当时最有影响力的诗歌杂志《日本诗人》（1926 年 9 月号）上发表了热情洋溢的《草野心平论》，向日本诗坛力荐草野心平的诗歌，盛赞其不同于日本既成诗坛的、善于讴歌自然的新鲜诗情：

> 啊，多么美妙！这是绽放在南方的热情之花！这个年轻人拥有不可思议的力量，充满诗歌的崭新构想！他是日本分娩的民国诗人！他，就是年轻的文人草野心平！
>
> 啊，你们这些日本人啊，为何不肯为这南方之花的美丽而陶醉？他可是你们的兄弟，你们日本的诗人！他有着如此澄明青涩的诗歌构想，有着如此直率坦荡的旋律！
>
> 啊，你们这些日本人啊！你们面向内部的视线已经充斥着丛生的霉菌。所以，不妨把目光转向外部，来关注这个诗人吧！他的独创性

---

① 黄瀛「高村さんの思い出」『歷程』第 81 号、1963 年 3 月、第 178 頁。

和存在感已经逾越了日本人的身份，请为发现如此清新的诗人而干杯吧！①

黄瀛晚年回忆道："那篇文章现在看来，还不免让我有些羞愧。因为那不是评论，而更像是一篇赞美歌式的散文诗。不过，据有识之士说，也有人曾会心地评价道，那不啻一篇表现了当年年轻诗人之间友情的文章。"② 的确，这篇《草野心平论》与其说是一篇客观理性的诗人论，不如说更像一首不无夸张的抒情赞美诗，其中盛满了让我们为之感动的真挚友情，以及对草野心平诗歌的未来期许。而且，从草野心平研究史的角度来看，黄瀛的该文堪称所有草野心平论的开篇之作③。特别是其中对草野心平的"独创性和存在感已经逾越了日本人的身份"这一评价，展示了黄瀛作为非日本人的外部视野和敏锐性。

而正是在《草野心平论》发表的1926年，或许是因忙于诗歌创作和诗坛交际而疏于学业吧，黄瀛未能如愿考入东京大学，遂由高村光太郎任保人，进入由与谢野晶子任学监的日本文化学院学习。后又于1927年从日本文化学院辍学，作为官费生进入日本陆军士官学校。随着"九·一八事变"的爆发，中日关系迅速恶化，黄瀛不得不于1930年底回国从戎，在国民党军队中执掌通讯军务，逐渐远离了诗歌的世界。随着1937年"卢沟桥事变"的发生和中日全面开战，黄瀛与日本友人彻底断绝了音讯，以至于日本诗坛盛传他已被作为汉奸处决的小道消息。

而作为诗友的草野心平则于1940年，受岭南大学同窗、时任南京伪国民政府宣传部部长的林柏生之邀，作为宣传部顾问再次来到中国。1945年日本战败，南京伪国民政府也随之分崩离析，草野心平在南京目睹了日本的战败。而此时的黄瀛作为重庆国民政府的要员，前来南京负责对日本军的接收工作。于是两个人在南京重逢。草野心平在《我与黄瀛的今昔》中生动地记录了老友重逢的感动场面：

---

① 黄瀛「草野心平論」『日本诗人』1926年9月号、第87—88頁。
② 黄瀛「弔念草野心平」『歷程』第369号、1990年2月、第156頁。
③ 佐佐木顺子、小关和弘在论及草野心平的研究历史和动向时明确指出："首个写出堪称'草野心平论'一类文章的人，乃是通过向《诗圣》投稿而相识的中国青年诗人黄瀛。"浅井清等编集『新研究資料　現代日本文学』第7卷、東京：明治書院、2000、第248頁。

　　我想，那是战败后还不到两周的时候吧，在我南京的书斋里，正当我与两三个友人聊着时，张杰君招呼也不打地跑进来，突然问我看了报纸没有。我说，这两三天没看中国报纸。他就说，黄瀛来了哟。我不禁大吃一惊。

　　在不知道他是死是活的情况下过了多年，现在知道他还活着，而且也在南京，我反倒一下子不知所措了。问他在哪里，说是在总司令部，还告诉了我电话。我说，打电话不会给他添麻烦吗？对方说，如果是用中文就没事吧。但在打电话之前意外地得知，他就在离我家很近的另一个张君的家里，于是我就赶了过去。因为门是开着的，我也没有通报就走进了客厅，看到静坐在昏暗沙发上的黄瀛。我突然走近他，伸出手去，他也怔怔地站起身，伸出手来。因为我是有备而来，所以马上就认出了他，但他却不同，看见话也不说、尽显冒昧的我，再加上光线昏暗的缘故吧，一下子没有反应过来。在露出瞬间迟疑的表情后，说了声"是你，你吗"，两个人就再次握紧了对方的手。我不胜疲倦地坐在沙发上，两个人好一阵子都没有说话。①

　　9 月，草野心平一家人被收容进南京日侨集中营。对陷入落魄境地的草野心平，黄瀛更是百般照顾。黄瀛写道："在等待遣返列车的那段日子里，他住进了南京日侨集中营。我两三天便邀约他出来一次，请他喝酒以慰藉他。当他被从上海遣返回日本之际，我也特意到上海去给他送行。他站在雨中的卡车上朝我不断地挥手，与我道别。"②

　　在被日侨集中营收容之前，草野心平将自己的贵重物品托付给黄瀛，其中包括雕刻家松浦佐助的木雕青蛙和松木板上雕刻的"弩"字、高村光太郎夫人智惠子的纸绘，以及高村光太郎、宫泽贤治、中原中也、尾形龟之助等人的信件。而黄瀛则在草野心平回日本前将自己的 20 多篇诗稿托付给了草野心平。很可能后来发表在《人间》1946 年 7 月号上的《致心平的涂鸦》，《群像》1946 年 10 号上的《望乡》、《在东京听的 Radio》和《香烟》，以及《艺林闲步》1946 年 8 月号上的《回忆》《Y·H 断章》《苗族舞蹈》《春来之歌》等，就是草野心平从南京捎回日本发表的诗歌。

---

① 草野心平「黄瀛との今昔」『草野心平全集』第 5 卷、東京：筑摩書房、1981、第 201 頁。

② 黄瀛「詩友　草野心平兄を悼む」、『歴程』第 369 号、1990 年 2 月、第 154 頁。

《艺林闲步》的"编辑后记"足以证明笔者的上述推测：

> 本期首先值得特别一提的是，能够有幸刊登黄瀛氏的诗稿。从
> "支那事变"开始，黄瀛氏的下落就一直是我们关注的焦点，甚至一
> 度以为他已经不在人世。但随着战争结束，他还活着已是确定不疑的
> 事实，而且是作为英姿飒爽的国民军将领。与当时还在南京的草野心
> 平氏的友情变得比过去更加笃深，黄瀛氏将自己的日语诗作托付给即
> 将归国的草野心平带回日本。而这些诗稿就是基于草野心平的好意而
> 刊登在本刊上的。

不难想象，黄瀛与草野心平在南京的重逢不仅重温并加深了两个人的
友情，也让一度放弃诗人身份的黄瀛重新燃起写诗的激情，以至于1946～
1949年黄瀛的诗歌又不断出现在《日本未来派》《至上律》《母音》《新
现实》《诗学》，特别是草野心平主编的《历程》等各种日本诗刊上。而
且，从《新现实》1949年3月号和《诗学》1949年7月号上黄瀛诗后附
有的草野心平的简短评语以及"基于草野心平的好意而刊登"等字句来
看，草野心平在黄瀛与久别的日本诗坛之间发挥了重要的纽带作用，甘愿
为黄瀛重启诗歌创作保驾护航。

而1984年，为黄瀛时隔半世纪之久成功访日而竭尽心力的人，也
正是这位终生诗友草野心平。在草野心平与宫川寅雄等好友的张罗下，
在东京组织了"黄瀛教授欢迎会"，并举行了大规模的募捐活动，促成
了黄瀛战后的第一次日本之行①。在长达一个月有余的访日行程中，黄
瀛于7月6～7日达成了访问福岛县川内村天山文库的夙愿，得以与老
友草野心平相对而坐，促膝交谈，仿若穿越了时空，重新回到心平客
居于黄瀛的公寓——麹町区饭田町2-53，一起装订《铜锣》杂志的
青春时代。

两人的亲密交往一直持续到1988年草野心平辞世为止，不，甚至持
续到草野心平仙逝之后。2000年7月，在千叶县铫子市中央公园建成了黄
瀛诗碑，黄瀛专程从重庆前往日本参加了诗碑的揭幕仪式。随后，他又特
意前往福岛参观了位于磐城的心平墓和草野心平文学纪念馆。他留下了这
样的话语："草野君，你死了，却留下了作品。真是一个漂亮的陈列馆。

---

① 关于黄瀛1984年访日之行的详情，可参见附录二《黄瀛1984年访日始末考》。

我不会再来了，但还会再见的吧。"①

就这样，中国人黄瀛和日本人草野心平以《铜锣》和《历程》等诗歌杂志为媒介，并通过与宫泽贤治、高村光太郎等人的文学交往，建立起一个既是诗歌的更是心灵的共同体，并在中日之间架起一座友谊的桥梁，逾越了文化与国家的屏障，在日本现代诗歌史以及中日文化交流史上写下了作为文化越境者的璀璨一页。

第二节　黄瀛与草野心平的越境体验

借助逾越文化的边界，与异文化进行接触，将有可能催生怎样的崭新文艺作品呢？毋庸赘言，21 世纪的课题之一就是基于 20 世纪的历史经验来分析这一创作机制，并探明具有越境性质的艺术和文化在当代世界中的应在方式。设若将越境者看作不能被还原为单一范畴的复合型文化载体，那么，频繁往来于中日之间的黄瀛与草野心平作为将异文化植入自己内部的诗人，便可以被称为中日文化越境者的典型。而他们两人的终生交友关系也必然会作为文化越境的具体实践个案，给予我们莫大的启示。

虽然都被称为越境者，但黄瀛与草野心平在各种意义上既是非常相似的存在，同时又是颇具对照性的存在。黄瀛的越境行为，是因父亲的病逝而被迫随母亲移居日本千叶县的结果。而草野心平的越境行为，却源于与父亲之间的性格不合而在内心萌生的摆脱家庭和逃离日本的强烈愿望："离开东京，到海外的某个地方去看看。"② 所以，"对于离开日本我没有半点的逡巡。事实上，当我离开东京车站时，送行的人都哭了，而我自个儿却没有哭"③。如果说黄瀛因混血儿的身份属于出生型的越境者，那么，草野心平则是将自己主动抛掷在异文化中，属于移植型越境者。身为中国人，除去在青岛日本中学的两年生活，黄瀛的青少年时代都是在日本度过的。而草野心平身为日本人，却在 18 岁时就留学于岭南大学，在中国度过了青春岁月的近四年时光。草野心平在留学期间痴迷于英美诗歌，特别是桑德堡等美国左翼诗人的诗歌，并尝试着进行翻译。此外，他不仅自己

---

① 「福島歴史探訪　草野心平氏」『ふくしまファンクラブ会報』第 2 号、2007 年 9 月 20 日。
② 草野心平「わが青春の記」『草野心平全集』第 9 巻、東京：筑摩書房、1981、第 277 頁。
③ 草野心平「わが青春の記」『草野心平全集』第 9 巻、東京：筑摩書房、1981、第 278 頁。

创作大量诗歌,也接触了大量社会主义及无政府主义思想的出版物。也许正是这种中国人的在日经历和日本人的在华经历,即越境体验,使两个人萌生了作为同类的亲近感,从而成为能够互诉心声的诗友。以《诗圣》杂志上同时刊登了两个人的诗歌为契机,黄瀛给草野心平寄去了一封不知是表示关切还是问询的信件:"你究竟是日本人,还是中国人呢?"显然,我们可以将此信看作孤独的黄瀛为寻求同类而发出的信息。较之同是诗人这样一种同类意识,也许倒是两人都在中国投稿这样一种"同胞意识"占据了更大的比例,特别是编辑后记中关于草野心平可能是中华民国之人的猜测,更是拉近了黄瀛和草野心平之间的关系。设若没有草野心平的这段中国留学经历,或许就不会有两人相识的机缘,更遑论长达一生的深厚交情了。换言之,在大部分日本人都把目光转向欧洲的那个年代,来到中国留学的草野心平倒是一个特殊的案例。正因为草野心平的越境经历有别于常人,黄瀛才会对其抱有亲近感,进而开始互通书信的吧。

在东京的黄瀛不断扩大交友范围,和高村光太郎、栗木幸次郎、高树寿之助、木山捷平等众多日本诗人都建立了亲密的关系,拼命汲取日本诗歌的营养。与此相对,草野心平在广州不仅沉迷于英美诗歌,还加入了文学研究会广州分会,阅读了鲁迅的《阿Q正传》以及徐玉诺等中国白话诗人的诗作,与梁宗岱、刘燧元、潘启芳、叶启芳等中国诗人结交为友。黄瀛在东京认识了不少日本女性朋友,并和日本文化学院的校友吉田雅子有过一段刻骨铭心的恋情。而草野心平在广州也与中国人廖梦醒有过一段暧昧的情缘,将廖梦醒称为自己"广州时期的女朋友"①。两个人通过这种在异国的朋友关系和恋爱感情,建立了一般人所难以想象的广泛人脉,这也对两人此后的生活方式产生了重大的影响。后来回国成为国民党军人的黄瀛,即便置身于战争这样一种极端状况中,也非常珍视个人意义上的中日关系。虽然国家处于敌对关系之中,但个人与个人的关系却并不受限于此。在这一点上草野心平亦然。而黄瀛与草野心平二人的交往也总是试图逾越国与国之间的屏障。下面一首诗便是战争年代黄瀛心境的真实写照:

---

① 草野心平《我的青春记》中收有"广州时期的女朋友廖梦醒"(「広州時代のガールフレンド廖夢醒」『草野心平全集』第9卷、東京:筑摩書房、1981、第81、307—310頁)一文,记述了诗人与廖梦醒之间的交往。

回忆着作为无聊梦境延长线上的战争

草野啊！

我彻夜不眠，想让你安然睡去

抑或还是该我是我

你是你！

去你的安眠药吧！

——我仍旧写不了诗……

——我一边看石井鹤三画的宫本武藏，一边闭上眼睛

既看不见花儿，也看不见战争

既看不见你，也看不见我

伴随着轻微的鼾声

我被拽向那快乐又快乐的另一个世界①

　　同为黄瀛友人的高树寿之助（即日后的菊冈利久）在《黄瀛的烟斗》一文中，被黄瀛和草野心平分手时交换的烟斗这一看似微不足道的道具所深深触动，得出如下结论："若是一位日本人同一位中国人能够结为真正的朋友，那么，说明他们相信有一个逾越了战争胜败的'世界'。而友情就是由此开始的。仅凭那种过于笼统的标语式话语，是无济于事的。必须从一对一开始。并充满了爱与诚实。"②

第三节　草野心平诗歌的"蛙语"和"天"

　　不用说，与异文化的接触给黄瀛和草野心平文学观的形成和诗歌创作带来了决定性影响。岭南大学作为草野心平越境体验的主要实施地，理所当然地成了他"青春的中心"③。可以说，他诗歌的发端是在岭南大学孕育的，并通过创作行为而逐步拓展和深化。黄瀛在《悼念诗友草野心平兄》一文中写道："每当念及草野君时，首先我想说的便是：自年轻时代

---

① 黄瀛「心平への戯れ書き——眠れないとはどういうわけか?」『人間』1947 年 7 月号、第 150—151 頁。

② 菊岡利久「黄瀛のパイプ」『美的』第 9 号、1979 年 5 月、第 200 頁。初出于『日本未来派』第 2 号、1947 年 7 月。

③ 深澤忠孝「『青春の中心』・嶺南大学校文理科大学——草野心平評伝ノート②」『草野心平研究』第 2 号、1990 年 12 月、第 4 頁。

至最后作古的整个一生，他都是一个非常浪漫的人。事实上，我所认识的草野心平，从他独自一人在广州岭南大学留学时便是如此了。他远离故土，在孤独与寂寞中满怀热情地追求着那份所谓大正时期的浪漫。这位多愁善感的青年，其诗歌的原点便是由此开始的。"①

　　以深泽忠孝为代表的日本学者把草野心平的广州时期视为诗歌创作的习作期，而把 1928 年出版的《第一百阶级》看作其自立期的标志②。《第一百阶级》表现了软弱无辜的庶民对权力的抵抗和绝望，以及潜藏的无穷生命力，并叙写了他们生活中的悲喜剧，充满了反叛的精神和新鲜的抒情性。之所以获得成功，是因为草野心平找到"青蛙"这一独特的形象作为表达的载体。其后，草野心平又相继出版了《蛙》（1938 年）和《定本蛙》（1948 年）等诗集，成了日本诗坛上名副其实的"青蛙诗人"。正如新藤谦指出的那样，"《第一百阶级》乃是心平诗歌的原乡和心髓。之所以这么说，是因为与《第一百阶级》同质的习作时期的一部分诗歌也享有此誉。其间有断层，也有延续。因为人的精神和诗歌创作方法几乎不可能在短时间陡然改变面貌。事实上，收入《第一百阶级》的《蛙与蛇与男人》最初就出现在《踏青》中。不仅如此，《踏青》中的《蛙二题》就是在省略或改变个别字句后重新被收录进《第一百阶级》的，而另一篇则作为原型出现在《秋夜的对话》中"③。换言之，尽管草野心平作为"青蛙诗人"成熟于自立期，但其最初的原点却是在作为习作期的广州时期。草野心平之所以选择青蛙作为庶民的象征，除了得益于诗人丰富的感性和奇拔的构想之外，也显然与他出生在日本东北部农村有关。而他最早的青蛙诗诞生在广州，更是与广州的南国田畴风景有着密切关系。或许可以说，正是在广州岭南大学农场附近所听到的蛙鸣触发了他的孤独和乡愁④，与作为内心原风景的故乡景色交织在一起，从而具有了特别的意味，促成了青蛙这一形象在草野心平诗歌中的诞生。学者裴亮在《中国"岭南"现

---

① 黄瀛「詩友草野心平兄を悼む」『歴程』第 369 号、1990 年 2 月、第 155 頁。

② 深澤忠孝『草野心平研究序説』、東京：教育出版センター、1984、第 22—26 頁。他把草野心平的诗歌创作划分为习作期（1922～1925 年）、自立期（1926～1934 年）、开花期（1935～1945 年）、苏生期（1946～1953 年）、烂熟期（1954～1971 年）、生之充溢期（1972～1983 年）。

③ 新藤謙『唸る星云·草野心平』、東京：土曜美術出版販売、1997、第 35 頁。

④ 草野心平「動乱」『新潮』1961 年 4 月号、第 190 頁。草野心平写道："在农场附近的水池里，食用蛙用低音大提琴似的声音鸣叫着。"

代文学的新地平——以文学研究会及留学生草野心平为中心》一书中指出，青蛙这一形象的获得，与草野心平在广州的阅读体验——与中国白话诗人徐玉诺的诗歌之邂逅——不无关系[①]。

草野心平谈到自己在岭南大学的阅读对象时说道，当时，"我既不知道藤村的诗，也不知道光太郎和朔太郎的诗。而是哥哥（指草野心平的哥哥草野民平——引者注）、槐多、贤治和桑德堡，以及《将来之花园》的徐玉诺等这些人的诗包围着我"[②]。在这一连串的名字中，唯有徐玉诺一个中国诗人，可见草野心平在中国白话诗人中对徐玉诺情有独钟。他多次提及自己较之郭沫若等创造社一派的诗，更喜欢徐玉诺的诗[③]，较之因中文水平的限制而理解不了的《阿Q正传》，更喜欢隔三跳四地阅读《将来之花园》[④]。而通览徐玉诺的诗歌会发现，其中青蛙作为重要的题材而常常频繁地出现。比如，"青蛙在潜水滩上／阁阁地追悼着白昼"（《暮筏上》）[⑤]，"青蛙儿正在远远的浅水湖中唱歌"（《我并不寂寞》）[⑥]，"青蛙喘吁吁的卧在凤仙花的腋下"（《蝶》）[⑦]，以及"我要长出两只小蛙的足"（《杂诗之六》）[⑧] 和"我确是跪在火炼上的小蛙"（《杂诗之十一》）[⑨] 等。这些诗要么采用第三人称的视点，通过对青蛙的客观描写来呈现乡愁或感伤的氛围，要么将自己的孤独假托于青蛙身上，让青蛙成为表现诗人情绪的载体，或是将青蛙拟人化，以便烘托出一种官能的气息，抑或让诗人与青蛙融为一体，使整个诗歌的叙述都出自青蛙的视点。或许不妨认为，徐玉诺诗歌中的这些青蛙

---

① 裴亮『中国"嶺南"現代文学の新地平——文学研究会広州分会および留学生草野心平を中心に』、福岡：花書院、2014。可参见其中「5-2 詩材の面—蛙の登場」一节（第149—159頁）。

② 草野心平「ガリ版詩誌『銅鑼』」『草野心平全集』第9巻、東京：筑摩書房、1981、第327頁。

③ 草野心平「日本と中国とにまたがって」伊藤信吉編『詩とはなにか』、東京：角川書店、1969、第371頁。

④ 草野心平「動乱」『新潮』1961年4月号、第205頁。

⑤ 徐玉诺：《暮筏上》，《徐玉诺诗文选》，北京：人民文学出版社，1987，第194页。原载于1924年8月"《文学周报》百期纪念"号，亦曾收入文学研究会编《星海》（上海：商务印书馆，1924）。

⑥ 徐玉诺：《我并不寂寞》，《晨报·文学旬刊》1923年8月6日。

⑦ 徐玉诺：《蝶》，《小说月报》第13卷第6号，1922年6月。

⑧ 徐玉诺：《杂诗之六》，《徐玉诺诗选》，郑州：河南人民出版社，1983，第7页。原载于文学研究会丛书《雪朝》，上海：商务印书馆，1922。

⑨ 徐玉诺：《杂诗之十一》，《徐玉诺诗选》，郑州：河南人民出版社，1983，第11页。

形象与现实中岭南大学周围田畴里的蛙鸣一起，唤起了草野心平内心深处对故乡蛙鸣的记忆，并与他内心的孤独感和青春期的爱欲冲动相契合，先是以多愁善感或不乏官能气息的青蛙形象出现在《踏青》（1924 年）中，又随着他与左翼思想的接触和社会意识的增强①，在《第一百阶级》（1928 年）的序诗中演变成作为无政府主义者和无产者的青蛙形象。

　　此外，徐玉诺诗歌中充满了富有个性的拟声拟态词和●等符号。比如在《小诗之二》中就有"丝......　丝......／丝......／我脑海中的生命燃烧声／——时间一断一断的毁灭了"② 等拟声词和符号的运用，"丝丝"的拟声词表现了蜡烛燃烧时的声音，而"......"则是蜡烛燃烧后像泪一般滴落的形象化表现。而只要看看草野心平的诗集《天空与电杆Ⅱ》（1924 年）就会发现，其中的诗歌也呈现出方法论上的相似之处：

　　　　华丽的寂寥
　　　　摇撼着昏昏欲睡的心脏
　　　　惊醒了晌午的春天

　　　　飞机渐渐飞远
　　　　Bruun Bru……Bruun
　　　　● ●●●　●●●～～●●●●～～～

　　　　桃园的小径上
　　　　（花儿无声地凋残）

　　其中对拟声词 Bruun Bru……Bruun 和符号●　●●●　●●●～～●●●●～～～的大胆运用，构成了该诗的显著特征。裴亮从作为诗歌题材的青蛙以及作为诗歌技法的符号和拟声词等方面，对草野心平习作期的诗和徐玉诺的诗进行了详实而深入的对比，认为：

---

① 关于草野心平与左翼思想和无政府主义出版物的接触，以及社会意识的增强等详情，请参见本著第二章第三节。

② 徐玉诺：《小诗之二》，《徐玉诺诗文选》，北京：人民文学出版社，1987，第 159 页。原载于《将来之花园》，上海：商务印书馆，1922。

　　置身于 1920 年代的中国诗坛这一环境中，草野心平对被誉为"乡土诗人"的徐玉诺的诗集《将来之花园》情有独钟，对其作品的境界产生了共鸣。其素材、诗法及诗的意境等，不是都对身在异国的草野心平产生了莫大的影响吗？特别是在诗型上，更是能感觉到二者的共同点。考虑到在徐玉诺的作品中常常可以看到把符号和蛙语作为诗歌语言来加以使用的手法，或许正是这一点给草野心平的创作带来启示。这些诗歌手法也一直贯穿在他回国后所创作的一系列蛙诗中，进而发展为一种独特的文体。①

　　裴亮把徐玉诺蛙诗中描写青蛙的"慰慰帖帖铿铿锵锵""丝丝絮絮""阁阁"等拟声词与草野心平蛙诗中的"Ru Ru Ri Ri Ri Ri""ぐりりるるるり/ぐるりるりり""うゃうゃ/ぐりりぐりを"进行对比，认为徐玉诺主要是依靠叠字来制造出蛙鸣的节奏感，而草野心平则主要是借助具有同一子音"r"的"る"和"り"来再现蛙语。虽然"这一时期两个诗人的拟声词都主要注重听觉的功能，以写实性地摹写蛙鸣"②，但两者之间的区别又是显而易见的。笔者也注意到，相对于徐玉诺的拟声词都是使用叠加汉字，草野心平则主要使用了具有同一子音"r"的假名或者罗马字来进行表记。尽管笔者反对语言决定论，但客观上却也不能不承认，在表记声音时，相对于属于象形表意文字的汉字，纯属表音文字的日语假名和罗马字无疑具有更大的自由度和灵活性，更便于构筑一个与字面意义无关的纯属听觉的音声世界。草野心平有效地利用同一子音与不同元音的各种组合，营造出一个错落有致的音律体系，以便最大限度地接近描写对象的内在声音。为了走出对蛙鸣的单纯摹写而达成青蛙内部律的音声化，他首先从日语中最具音乐性的"らりるれろ"一行着手，进而扩展至"がぎぐげご""たちつてと""はひふへほ""まみむめも""ん"等的各种组合与相互交叉，演奏出拟声的交响乐章。草野心平曾说过："拟音不是声音的再现，也不是声音本身。可以说它是内部律的音声化，也可以说是真实化作了声音被表现出来的结果。它就是那样一种怪物。所以，不单单只

---

① 裴亮『中国 "嶺南" 現代文学の新地平——文学研究会広州分会及び留学生草野心平を中心に』、福岡：花書院、2014、第 159 頁。
② 裴亮『中国 "嶺南" 現代文学の新地平——文学研究会広州分会及び留学生草野心平を中心に』、福岡：花書院、2014、第 154 頁。

有声音，还包含了情趣和思想。"① 为此，草野心平不是停留于单纯的拟声词层面，而是注重"心象的音声性表现，让没有声音的对象也能够产生出拟音来"②。借长江道太郎的话而言，草野心平的拟声词"是超越了拟声词这一音声学领域的抽象语言"③。正如不少学者都注意到的那样，"音声的罗马字表记和符号表现乃是草野心平诗歌的特征"④。显然，音声在表记上的假名化，进而罗马字化和符号化，对于超越传统拟声词的范畴，上升为一种表现青蛙心象的近于体系化的抽象语言，具有非常重要的意义。让我们来看看《果比拉夫的独白》一诗的最后一段：

> いい　げるせいた。
> でるけ　ぷりむ　かににん　りんり。
> おりぢぐらん　う　ぐうて　たんたけえる。
> びる　さりを　とうかんてりを。
> いい　びりやん　げるせえた。
> ばらあら　ばらあ。⑤

从中可以看出，全篇都是不具备词汇意义却充满音韵感和节奏感的日语假名的各种组合，创造出独立于日语之外的在一定程度上体系化了的蛙语，以记述青蛙"果比拉夫"的一长段独白。显而易见的是，相对于徐玉诺的拟声词只是单纯的拟声词，它们与其说是对蛙鸣的模拟，不如说是对青蛙内在声音的表现。严格说来，诗中各种假名的组合已超越了作为诗歌技法的拟声词范畴，也脱离了日语的意义范畴，而仅仅作为诗人借用的一种表记符号系统，以展现诗人通过心灵之耳所听见的青蛙的内心独白，从而构筑起草野心平式的蛙语世界。而草野心平之所以能做到这一点，显然与他在非母语的世界中培养出的敏锐听觉和在异文化环境中对日语特性的觉悟

---

① 草野心平「生きてゆく擬音」『草野心平全集』第5巻、東京：筑摩書房、1981、第65頁。
② 草野心平「生きてゆく擬音」『草野心平全集』第5巻、東京：筑摩書房、1981、第65頁。
③ 長江道太郎「言語感覚の一典型」『無限　草野心平特集号』第28号、1971、第58頁。
④ 新藤謙『唸る星云·草野心平』、東京：土曜美術出版販売、1997、第32頁。
⑤ 草野心平「ごびらっふの独白」『草野心平全集』第1巻、東京：筑摩書房、1978、第426頁。由于诗中的假名组合已成为诗人内心认定的标示青蛙内在声音的单纯表记符号，不具备日语的词汇意义，所以，为帮助读者把握该诗的意义，诗人不得不在诗后特意附加日语译文。笔者据此再转译为中文，其大意是：啊，彩虹。/我的孤独中能看见彩虹。/我简单的大脑组织。/换言之，即是天。/是美丽的彩虹。/Baraara paraa。

不无关系。

我们知道，在草野心平留学的岭南大学，他是唯一的日本留学生。尽管在来中国之前，他"白天去神田的正则英语学校，晚上又一边嚼着面包，一边接着到纪尾井町名叫善邻书院的北京话学校去学北京话"①，"但英语和中文都还只是个半吊子"② 时就搭上了前往中国的船只。尽管在来广州后，为报考岭南大学而用半年时间学习了中文和英语，但正如他自己所说，"对中文的理解比对英语的贫弱理解还要糟糕"③。这其中或许不乏自谦的成分，但从后来他的诗歌发表在文学研究会广州分会《文学》旬刊上时，是用英语口述给潘启芳，再由对方翻译成中文发表来看，草野心平的中文水平远未达到自由表达的程度④。我们知道，广东方言与北京话之间存在巨大的差异，草野心平也说："因为我去的是广东，所以，北京话什么的，完全行不通。"⑤ 可以想象，至少在最初的阶段，广东话对于草野心平而言，是一个意义不明甚至不具意义的纯音声的世界。但这反而有助于他去关注音声的律动和细节，并通过这种律动和前后的语境以及说话者的表情等去综合地推想和判断话语的真正意义和说话者的心理。草野心平说道："只有用声音来表现对象的内部时，拟声词才会带着生气勃然出现。（中略）当对象本身是声音时，过于接近那音声是很危险的。因为就像春雨那样，容易去模仿现成的说法。而在我看来，从模仿中产生的拟音是不会起到表现作用的。（中略）与其使用半生半死的'淅淅沥沥'这一拟声词，还不如在找不到适当的拟声词之前彻底放弃使用拟声词。"⑥ 即是说，真正的拟声并非对外在声音的简单模拟，而是对内在声音的鲜活揭示，必须运用属于表现者自身的独特表现，而不能简单套用固化了的拟声词。笔者认为，或许不妨据此做如下的扩充理解：我们知道，通常语言是

① 草野心平『凸凹の道——対話による自伝』、東京：日本図書センター、1994、第 6 頁。
② 草野心平「中国、わが青春」『草野心平全集』第 12 巻、東京：筑摩書房、1984、第 68 頁。
③ 草野心平「日本と中国とにまたがって」伊藤新吉編『詩とはなにか』、東京：角川書店、1969、第 371 頁。
④ 参见裴亮『中国"嶺南"現代文学の新地平——文学研究会广州分会および留学生草野心平を中心に』、福岡：花書院、2014、第 99 頁。
⑤ 草野心平「中国、わが青春」『草野心平全集』第 12 巻、東京：筑摩書房、1984、第 68 頁。
⑥ 草野心平「生きてゆく擬音」『草野心平全集』第 5 巻、東京：筑摩書房、1981、第 62 頁。

以音声形式与特定意义的固定搭配传入我们耳朵的，所以，尽管我们能很快从音声中获取那种被固化的意义，但这种约定俗成的意义常常只是表面化的抑或僵死的，与生命的内在声音相去甚远。所以，作为诗人，过于接近那些音声是肤浅而危险的。而在"周围的学生全都是外国人，所以尽是中文、英文、法文在漫天飞。害得我都得了思乡病"①的环境里，语言的隔膜恰恰起到阻止诗人过于接近那些音声的作用，即是说，减缓了音声与其固定意义之间近于条件反射式的联动过程，迫使他超越外在的声音去迫近对方心象的内在律动。这无疑是一个痛苦而又收获颇丰的过程，在引发了草野心平强烈乡愁的同时，也肯定让他练就了一双敏锐的耳朵，培养了他对纯粹的音声和旋律的敏感性。毋庸置疑，这对草野心平成为拟声词的达人，并超越拟声词的达人而构筑其独特的蛙语世界具有重要的意义。草野心平说道，"青蛙具有声音，但我却不去接近青蛙的声音。那声音只是我记忆中的、仅供参考的一个片段。我试图给一次也不曾鸣叫过的青蛙赋予叫声。因此，尽管任何青蛙都不会像我的拟音那样鸣叫，但同时所有的青蛙都肯定有种错觉，认为我的拟音是把它们的叫声转换成了语言"②。所以，在草野心平重新创造的青蛙世界里，"青蛙甚至有着自己独特的语言。到最后甚至需要把这种语言翻译成日语。在这些歌咏青蛙的作品中，心平丰润的旋律塑造出鲜明的形象，与其用眼睛去阅读，不如说更适合用耳朵去聆听"③。显然，在草野心平的蛙语世界里，我们熟知的文字（或假名）被彻底从意义中剥离开来，化作了最单纯的音声标记，让旋律和节奏这些听觉要素具备了第一性的而且是唯一的意义，从而使诗人的呼吸与青蛙的呼吸完美地吻合在一起。

　　事实上，尽管草野心平中学时代已经开始写诗，但在岭南大学就读的却是经济科，说明他原本关注的是经济问题和社会问题。之所以转而对诗歌和文学萌发了浓厚的兴趣，除了缘于其天性的浪漫与孤独善感的性格，以及哥哥草野民平的影响之外，也显然与他和身为文学研究会广州分会成

---

①　斉藤庸一「蛙の世界、草野心平」深澤忠孝『草野心平研究序説』、東京：教育出版センター、1984、第50頁。

②　草野心平「生きてゆく擬音」『草野心平全集』第5巻、東京：筑摩書房、1981、第62—63頁。

③　豊島与志雄「『草野心平詩集』解説」『豊島与志雄著作集』第6巻、東京：未来社、1967、第427頁。

员的学友们的密切交往有关。在《岭南大学的回忆》中，他写道：

> 我并不是专攻文学的，却加入了一个名叫 Literary Club 的学会。因此，我的交友圈也基本上都是学会的成员。成员中有不少秀才。当时在北京、上海和广州发行一种叫《文学》的报纸旬刊。鲁迅等是上海的成员。广东则以我们学会的成员为中心发行。（中略）当时我开始写诗，还每月举办诗会。①

所谓的诗会，乃岭南大学采取的一种半授课、半沙龙形式的开放式聚会，主要以诗歌为主题。他后来回忆说："当时，大约有十个左右的伙伴一起操持着诗会。而设定日程的工作就是由我来担任的。（中略）请美国的女教师给我们讲授惠特曼，或是朗读我们学生大伙儿都知道的外语诗歌。"②而就是在其中的一次"诗会"上，草野心平朗诵了山村暮鸟的一首诗。正是在这时，他"才豁然领悟到日语的音乐性、其特性和普遍性"③。

> 春だ
> 春だ
> 朝だ
> 雨あがりだ
> ああいい④

这便是那首诗的开头部分⑤。每一行都短促有力、干净利落，还有头韵与

---

① 草野心平「嶺南大学の思ひ出」『草野心平全集』第 8 巻、東京：筑摩書房、1982、第 68—69 頁。
② 草野心平「孫文とタゴールとの出会い」『草野心平全集』第 9 巻、東京：筑摩書房、1981、第 289 頁。
③ 草野心平「孫文とタゴールとの出会い」『草野心平全集』第 9 巻、東京：筑摩書房、1981、第 289 頁。
④ 为便于读者理解此诗的音韵和其他表现形式上的特点，此处保留了日语原文。诗的大意是："春天来了/春天来了/早晨来了/雨停了/啊，真好。""朝""雨""啊"在日语中均是以"あ"开始，所以押有头韵；且句末多以"だ"结尾，又押有脚韵。
⑤ 深泽忠孝查阅了所有山村暮鸟的诗集，均未找到该诗，推测此诗最终未定稿便废弃。（「『青春の中心』·嶺南大学校文理科大学（2）」『草野心平研究』第 3 号、1991 年 12 月。）但据池上贞子查证，这是山村暮鸟的长诗《春》的第一段，后收入诗集『土の精神』（東京：素人社書屋、1929）。原作为长达 60 多行的长诗，全篇均为平假名表记。可参见池上贞子《岭南大学与日本诗人草野心平》，《现代中文文学学报》2005 年第 2 期，第 35 页。

尾韵所带来的韵律感，让美国的教授赞不绝口："简直就跟西班牙语一样。"① 无论从国际地位上，还是从系属理论上来说，日语都被视为孤立的黏着语，同形成世界主流的西欧语言大相径庭，以至于据说很容易让使用它的日本人产生一种自卑感。当听到美国教授评价日语"简直就跟西班牙语一样"时，草野心平这才初次注意到日语那种单纯组合（特别是长元音组合）的美感。"此前，我一直认定，日语这东西与外语不同，是扁平的，没有音乐感。现在被老师那样一说，我吃了一惊，无异于一大冲击。这样一来，我才恍然大悟到并非如此，从而对日语产生了自信。日语中有汉字，有平假名，有片假名，具备这种组合的语言是其他国家所没有的。而发音又与西班牙语相同。总之，具有一种旋律或是什么的。这样一种特殊的国语，其他国家不是没有吗？这一点我是在那边才豁然明白的。"② 此时，他正好刚在岭南大学文理科大学新设立的日语讲座担任讲师，教中国人日语。不用说，向外国人教授日语，有助于他逾越日本人的视野，站在外国人的立场上来审视日语。所以，他说："我完全没有东北地方腔，也是拜岭南大学时代所赐。因为要教别人，所以也就没有办法。比如，'つ'吧。根据丸善的教科书，在'ツ'上打上浊音的'ヅ'就是 dzu，而在'ス'上打上浊音的'ズ'就是 zu。但我们通常把两个都发成 zu 的音。可是，假如不对 zu 和 dzu 加以区别，学生们是不会理解的。"③ 显然，草野心平在广州教授日语的体验促使他去关注日语在发音上的规律和每一个细节，并有助于他去逐渐发现日语在听觉与视觉上的特色与本质。他解释说："之前我很注意倾听欧洲各国的语言以及中文里清晰的音韵，尽管倒也不是自卑，但却一直认定，日语中完全不存在音韵。……然而从那时起，我真正开始感受到，日语中也包含了它特有的同时也可以说是具有普遍性的音韵感。（中略）我想，甚至不妨说，再也没有任何一种其他语言具备日语这般的独特性了。阳刚的汉字、柔美的平假名与锋锐的片假名糅合在一起，创造出一种特有的微妙感觉，就如同一只雌雄同体的动物隐藏自己的杀手

---

① 草野心平『凸凹の道——対話による自伝』、東京：日本図書センター、1994、第 25 頁。

② 草野心平『凸凹の道——対話による自伝』、東京：日本図書センター、1994、第 25 頁。

③ 草野心平『凸凹の道——対話による自伝』、東京：日本図書センター、1994、第 26 頁。

铜一般不可小觑，我觉得非常有趣。这是其他语言所没有的情形。能用这样的语言来写诗简直就是上天的恩赐。而且从造型上来看，就恍如用汉字、平假名以及片假名自由地构筑起来的一座伽蓝。"① 于是，草野心平尝试着将这样的理念加以具象化。例如，他的诗《磐城七浜》便是一例：

> イワキ　片仮名のするどさと。
> いわき　平仮名のなだらかさと。
> 磐城　その漢字の頑丈さをもった磐城七浜を
> 常に新しい太陽はまんべんなくてらす。②

就这样，草野心平终于论及了日语的"书写表记"问题。不用说，这也是草野心平语言论的一部分，或者说是对其理论的发展和延伸。而草野心平脍炙人口的《生殖》一诗更是将日语假名表记用作造型表现作了极致发挥。

生殖Ⅰ

るるるるるるるるるるるるるるるるるるるるるるるるるるるるるる③

这首《生殖Ⅰ》依靠"る"这个假名的排列，比使用具有意义的词语更成功地表现了生殖的感觉。不能不承认，作为生殖的感觉表现和造型表现，再也找不到比它更贴切而又准确的方式了。一方面，它让我们在视觉上浮现出一幅画面，即青蛙正接连产下恍如明胶绳一般的一个个卵子；另一方面，又从音韵感上让我们感受到由生殖行为带来的生命的无穷弹性。与此同时，还让我们不禁想象到青蛙生殖时那种忧郁而温暖的外部空气。这首诗既充分利用了假名"る"在视觉上的外形特征，也发挥了"る"在听觉上的弹音效果，并依靠"る"的连续排列而象征生殖行为给生物带来的代代繁衍。因此可以说，这首诗无论从拟声的层面，还是从造型的层

---

① 草野心平「覚書——新仮名から旧仮名へ」『草野心平全集』第 3 巻、東京：筑摩書房、1982、第 472—475 頁。

② 草野心平「磐城七浜」『草野心平全集』第 2 巻、東京：筑摩書房、1981、第 439 頁。为便于读者理解草野心平所论述的将日语平假名、片假名与汉字糅合在一起所创造出的微妙感觉，此处保留了日语原文。诗的大意是："イワキ片假名的锋锐/いわき平假名的柔美/磐城在带着这汉字之坚实的磐城七浜上/总是照射着崭新的太阳。"诗句中的"イワキ"和"いわき"分别是"磐城"一词的片假名和平假名表记。

③ 草野心平「生殖Ⅰ」『草野心平全集』第 1 巻、東京：筑摩書房、1978、第 35 頁。

面，都有出人意料的独特表现。无怪乎大滝清雄认为，"通观草野心平所有作品的表现方式，会发现他总是一直思考着视觉和听觉的综合效果"①。想来，在日本之外汉字文化圈的生活经历给草野心平重新发现日语在书写和发音上的特质带来不少的启迪，并影响到他诗歌的发生机制。而倘若没有在中国与异文化接触的体验，恐怕草野心平也难以洞悉自己母语的特色和韵律感，更不用说利用日语来构筑一个蛙语的世界了。怪不得日本评论家石崎等这样说道："草野很早就置身于国际性环境里，在现代诗人中属于最具异种混交性的言语体验者，且是具备国际主义感性的诗人。"②

李怡在《日本体验与中国现代文学的发生》中指出，"我们将留日中国学人之于日本的关系重新定位在'体验'而不仅仅是在文字阅读所承载的'文学交流'，这当然不是就此否定其文学交流的存在，而是强调所有的书面文字的认知活动都纳入到人们生存发展的'整体'中来，将所有理性的接受都还原为感性的融合形式，我们格外重视的是一个生命体全面介入到另一重世界的整体感觉"③。不用说，这也为我们讨论"草野心平的越境体验及其诗歌的生成机制"展示了一种方法论，即必须重视草野心平作为一个生命体全面介入中国的整体感觉。

草野心平在《中国，我的青春》中写道，自己所以到中国留学，是因为"对当时日本社会的现状有所反感，如果说得振振有词一些，那就是想从外面来看看日本这个国家"④。于是，他脱离固有的家庭、社会和国家，在中国这片陌生而充满神奇的土地上开始了生活，而异域社会中的所闻所见无疑给他带来人生观和世界观的巨大冲击。

在岭南大学留学期间，草野心平数次经历了中国人的反日运动和中国人在其中表现出的宽容大度，从而"被中国的人和土地深深地吸引"⑤。草野心平多次提到下面几件让他终生难忘的事：1920年代前期的广州充满反日情绪，但在他入学时由学长们举行的欢迎会上，中国同学竟劝他唱一曲《君之代》，在反日情绪高涨的情况下，中国学生的这种宽容和大度

---

① 大滝清雄『草野心平の世界』、東京：宝文館、1985、第271頁。
② 石崎等「詩としてのアジア：草野心平と中国（Ⅰ）」『立教大学日本文学』第91号、2003年12月、第119頁。
③ 李怡：《日本体验与中国现代文学的发生》，北京：北京大学出版社，2009，第7页。
④ 草野心平「中国、わが青春」『草野心平全集』第12巻、東京：筑摩書房、1984、第67—68頁。
⑤ 草野心平「点、線、天」『草野心平全集』第8巻、東京：筑摩書房、1982、第286頁。

让他倍受感动；第二次是在 1923 年 9 月关东大地震之后，中国学生一边继续开展反日活动，一边为日本关东大地震的灾民积极组织救援活动。在草野心平眼里，与中国人博大的襟怀构成一体关系的，是中国土地的辽阔和广袤，以及天空的悠远和浩渺，特别是其呈现出的蓝色。草野心平在《关于中华民国的蓝》一诗中写道：

> 在这令人惊异的浩茫国度上
> 星星点点闪耀着蓝
> 蓝的颜色
>
> 阶梯状的蓝
> 天空从早晨到夜里的颜色
> 天空四季各异的颜色
> 人民从天上撷取的颜色①

　　显然，中国土地的广袤和天空的蓝色，作为日本这个岛国所没有的宏大景观，与中国人的成熟、大度一起，在草野心平心中构成了中国的原风景，并经过他内心长时间的发酵，化作了他诗歌世界中的"天"的意象，催生出以天为主题的《天》（1951 年）、《全天》（1975 年）等诗集。在诗集《天》的卷末文《关于天》中，草野心平写道："几年前，诗歌杂志上刊登了某人关于我的'天'的随笔。此前，我还不曾特别思考过天这个东西，但一时兴起，我就打开以前的诗集看了看有天出现的作品。哇，果然是有有有。原来，我以前写的作品中约 70% 都出现了天，或者是天空、星云、天体等各种现象。（中略）没有比云的运动更让我意识到时间的东西了。作为时空交混的天，那些作品在某种程度上貌似是以此为背景而得以成立的。"② 也许是草野心平自己没有意识到吧，其实，对由天所表征的宇宙式的东西或超越性的东西的偏好早已出现在其诗歌中，从诗集《第一百阶级》（1928 年）和《明天是个大晴天》（1931 年）中就可以看到其萌芽。比如，《岚与蟆》一诗（收入《第一百阶级》）中"天体的突

---

① 草野心平「中華民国の藍について」『草野心平全集』第 1 卷、東京：筑摩書房、1978、第 434 頁。

② 草野心平「天について」『草野心平全集』第 2 卷、東京：筑摩書房、1981、第 175 頁。

然爆发不啻一种喜悦"① 和《到伙伴家去》一诗（收入《明天是个大晴天》）中的"为天体惊愕的同时，又禁不住微笑"② 等，就是例证。而以《母岩》（1936 年）为起点，作为草野心平诗歌内容主轴的宇宙感觉开始呈现新的发展和变化。《在始于劫初的时间中》就出现了作为草野心平宇宙观之关键词的"劫初"和"静谧"概念，前者显然受到中国典籍《老子》第一章"无名天地之始"的影响，而后者则源于第十六章"致虚极，守静笃；万物并作，吾以观复。夫物芸芸，各复归其根。归根曰静，静曰复命"的思想。草野心平总是在与天体、宇宙的关联中来认识人的渺小和把握人的存在感。而在《宇宙尘埃》一诗中，诗人写道：

> 唯有霜柱活着。
> 在深夜的原野上。
> 呆立着倾听天上千万雷霆的，究竟是谁？
> （中略）
> 啊——。此刻，伫立在几千光年的静谧之底瑟瑟颤抖的，是谁？
>
> 没有神栖息。
> 罪孽的内脏。
>
> 据说是它孕育了历史。
> 那比宇宙尘埃更渺小难见的家伙，是谁？③

不用说，"那比宇宙尘埃更渺小难见的家伙"就是人类，就是"伫立在几千光年的静谧之底瑟瑟颤抖的"诗人。"瑟瑟颤抖"是因惊愕和敬畏而发生的生理现象，就如同信徒出于对神的敬畏而禁不住战栗一样。不过，没有神的现代人却已经失去了敬畏的对象。草野心平尽管不信神，却对"万千的雷霆"和"几千光年的静谧"感到敬畏和惊愕。从某种意义上说，静谧比万千的雷霆更让人震撼，并能镇定人的灵魂。静谧是没有神的人对神所抱有的一种近于恐惧的宗教感情。所以，草野心平说道："对于无神

---

① 草野心平「嵐と蟇」『草野心平全集』第 1 巻、東京：筑摩書房、1978、第 19 頁。
② 草野心平「仲間ノ家へ」『草野心平全集』第 1 巻、東京：筑摩書房、1978、第 76 頁。
③ 草野心平「宇宙塵」『草野心平全集』第 1 巻、東京：筑摩書房、1978、第 130—131 頁。

论者来说，不存在天以外的其他宗教。"①

在《猛烈的天》（收入《绝景》，1940 年）中，草野心平将太阳形容为"血染的天"②，因意识到与"血染的天"共存，而对自己的生存理由感受到一种欲哭的喜悦。在草野心平看来，所有的生物都有着自己生存的依据，因而是庄严的，体现了天理的存在，所有的生物都是依据天的摄理而生生死死。对于天地的理法与神秘，我们人类只能抱以虔敬之心。当带着虔敬之心来看待自然时，就会对以前没有注意到的细小之物也涌起生存的喜悦。显然，这和儒家强调对天命的顺应和对天道的遵循，提倡乐知天命的思想不乏相近之处。

而在《十字架》（收入《天》，1951 年）中，草野心平进而从几何学的角度给我们描绘了一个时空交混的天：

> 石碳色的
> 冰冷天空上。
>
> 时空的十字架。
> 闪烁着蓝光。
> （中略）
>
> 宇宙的尘埃。
> 在沉潜的墨汁海底。
>
> 时空的十字架。
> 蓝幽幽地战栗着。③

在诗人看来，天具有时间和空间的双重性质，所以，他在该诗中把作为"时空交混之场域"的天具象化为"时空的十字架"，营造出了"时空的十字架"在天上闪烁着蓝光、蓝幽幽地战栗着的幻想的心象世界。

众所周知，"天"这一思想的发祥地是在中国。随着时代的变迁，尽

---

① 草野心平「私の詩作について」『草野心平全集』第 5 卷、東京：筑摩書房、1981、第 46 頁。
② 草野心平「猛烈な天」『草野心平全集』第 1 卷、東京：筑摩書房、1978、第 210 頁。
③ 草野心平「十字架」『草野心平全集』第 2 卷、東京：筑摩書房、1981、第 130—131 頁。

管这一思想不断变化发展着，但至今仍延续在中国人心中。而草野心平曾先后四次来过中国，在中国前后生活了近 10 年的时间，不能不受到中国这一思想的影响。此外，在草野心平的故乡日本东北部农村地区，还多少残留着中国古代思想信仰的影响。正如大滝清雄指出的那样，"或许在草野心平成长的年代，在尚未近代化的东北农村中，还留有封建时代儒教的残余，它们与伴随着农耕的各种祭祀一起，对天的信仰还发挥着不小的影响吧"[1]。这些天的思想作为流淌在草野心平血液里的东西，与他在中国所看到的广袤天空以及接触到的"天"的思想一起，在他的思维方式和作品中投下了浓重的影子。"呈现在诗集《天》中的心平的天的思想，被称为'时空交混的天'。与此相对照，如果按照中国的天的思想而言，或许可以认为，它与被程朱形而上学化了的、作为'世界理法条理之根据'的天最为接近吧。但实际上，心平的'天'除了这些中国的天的思想之外，还可以看到佛教所谓佛性真如的一面，进而还有科学宇宙观的倾向。诸种因素复杂地交织在一起，形成了心平那无与伦比的独特的'天'。或许作如是观是最恰当的吧。"[2]

　　宗左近也在提及"心平的宗教"时指出："我想，也许在他看来，比起佛经，倒是自己的诗歌中蕴含着更多的宇宙真谛吧。……心平到底读过多少佛教的教典，这不得而知。可就算他读过，但因佛陀所讲的佛法（真理）都是观念性的、图示化的东西，想必他也不会喜欢吧。与此相比，似乎中国思想中的'天'更具实体性，从而容易让心平感到亲近。……我觉得，'天'近乎是心平的宗教。……包含了天的大宇宙。心平不正是信奉着这些吗？"[3] 正因为如此，辻井乔先生在《关于心平》一文中是这样描述中国对于草野心平的意义的："草野对中国的感情强度完全超越了一般人的认知或憧憬这样的程度。有一种强烈的印象，那就是对心平的诗歌世界而言，中国被赋予了不可或缺的存在这样一种地位。也就是说，作为在土地上承载起心平诗歌世界的容器，那广袤的中国平原和天山山脉的延伸乃是必不可少的。"[4] 换言之，心平诗歌中所出现的苍穹与大宇宙是受到中国思想中"天"的影响，以中国广阔的平原和绵延的山脉为背景才得以

---

①　大滝清雄『草野心平の世界』、東京：宝文館、1985、第 208 頁。
②　大滝清雄『草野心平の世界』、東京：宝文館、1985、第 209 頁。
③　宗左近「心平さんの宗教」『歴程』第 369 号、1990 年 2 月、第 56 頁。
④　辻井喬「心平さんのこと」『歴程』第 369 号、1990 年 2 月、第 170 頁。

成立的。不少学者指出，与其说心平的诗是基于"原始性的庶民感情"，不如说是基于原始性的人类感觉，来创造出"庞大感情"的世界①。不过在笔者看来，在其深处的某个地方还是蕴含了某种思想性的、观念性的、类似于原始生命哲学的要素。人们常说"诗言情"是日本文学的传统，而心平的诗歌里就有着大量不能被囊括在短歌式抒情诗中的因子。可以说，这和他在中国的异文化体验息息相关。

第四节 黄瀛诗歌的异国情调和语言的混合性

而黄瀛作为中日混血儿，其出生本身便是一种越境行为的结果。他的生存方式本身就蕴含着一种可能性，即能够同时拥有逾越意识形态、民族和国境的多重文化。他从幼年时起便在东京一带生活，之后又结交了众多的日本诗友，虽然是中国国籍，却一直坚持用日语写诗。在东京的诗歌阅历决定了他一生的生活方向，并催生了敢于做出如下断言的诗人黄瀛："在时间与空间中历尽磨难/无论何时何地，诗一直是我的旅伴。"② 黄瀛评价自己为一生都生活在诗中的"诗痴"③。显然，从他的这种自我定位来看，可以说他不是从别的，而恰恰是从诗歌中去寻求自己生命的本质。设若如此，那么如下的结论就是可以成立的：在他的一生中，东京和日语的存在比第一故乡重庆和母语汉语占据了更重的分量。对于他来说，日语乃近似于母语的存在，而东京则是他心灵永远的故乡。而且，"中国的日语诗人"这一称谓也表明他在日本诗坛中的特殊性。这种特殊性首先体现在他"混血儿"这一出身上，继而体现在他诗歌风格的特殊性上。

高村光太郎分析指出："'西班牙军人'，这是尾崎喜八对他的称呼。说到底，他既非日本人，亦非中国人，更非西班牙人。他就是黄瀛本身。也不是被割裂后的黄瀛。他悠闲而自由。通过读他的诗来想象他，是最合适不过的了。"④ "无论是他的诗，还是他的朗读，总觉得某个地方有着一

---

① 田村隆一「蛙」吉田精一编『日本文学鑑賞辞典 近代編』、東京：東京堂、1960、第151頁。
② 黄瀛「夾竹桃の花」『歷程』第300号、1983年10月、第46頁。
③ 黄瀛「弔念草野心平」『歷程』第369号、1990年2月、第157頁。
④ 鹿児島文藝協会『南方詩人・黄瀛詩集記念号』、鹿児島：南方詩人社、1930、第10頁。

种与日本人不同的趣旨。"① 栗原茂认为，黄瀛的诗歌"大部分都属于抒情诗，却有着不可思议的韵味，或许该说是西欧理性与东洋感性的混合吧，多少给人一种异国情调"②。综上所述，黄瀛之所以备受同时代诗人的瞩目，下面的描述是关键："既非日本人，亦非中国人"，"与日本人不同的趣致"，"异国情调"，等等。而这些特色一旦植入诗的世界，就作为崭新的元素显得格外瞩目。

　　为了印证黄瀛同时代诗人的以上言论，我们不妨看看黄瀛的诗作《"金水"咖啡馆——天津回想诗》。这首诗记录了黄瀛于 1923 年夏天从日本回到天津，而后因关东大地震转入青岛日本中学那段时间，暑假里与家人们住在天津租界里的回忆：

> あの日本租界の富貴胡同近くで
> フネフネと云はれた夏の夜は
> ようくアイスクリームやソーダ水をすゝつたものです
> 白いゲートルの可愛らしい中學生姿で
> 三人の少年が
> 晩香玉の匂ふ初夏の夜更けに
> ぽつかりと
> ぽつかりとあの喫茶店金水におちつくのは
> 冷んやりした夏の夜露のおりるころ
> 時計がいつも寝ぼけてうつ十二時近くです
> しかも夜の電影と白河河岸
> 緑のフランス花園を歩き疲れたものにとつては
> あの金水のアイスクリーム
> 白いプリンソーダの味のよさは
> 實に心にしみるくらゐです
>
> あゝ、あの裏町・富貴胡同近くで
> フネフネとさはがれた去年の夏の夜は

①　高村光太郎「燒失作品おぼえ書」『高村光太郎全集』第 10 巻、東京：筑摩書房、1995、第 341 頁。
②　栗原茂「『黄瀛』雑記」『解氷期』第 16 号、1983 年 4 月、第 8—9 頁。

ようくアイスクリームやソーダ水をすゝつたものです
あの涼しい喫茶店金水の灯のもとで
美しくたれ下る糸硝子を眺め乍ら
ひるまの暑さをも打忘れて
三人の少年がこゝろよく語つた夜更けの快適さは
いまの自分にとつても早一昔の夢のやうです

あの朝鮮の美しい女が澤山ゐるといふ富貴胡同近くで
アメリカの無頼兵士の一人歩きを不思議に思つたり
フネフネとよぶ車夫の言葉が
どうしてもわからなかつた去年の夏は
いまの僕にとつて
ほうとになつかしい思ひ出の一つ
も早『すぎ去つた純真時代』と云はれてゐます。①

　　日本评论家胜又浩认为，这首诗为读者描绘了一幅这样的画面：“一个为升学而备感烦恼的中学生，置身于带有几分异域风情、与日常相去甚远的情景中，享受着精神上的‘干玩儿’以及在片刻的放纵中所获得的自由。”② 而该诗写作上的最大特色，便在于音韵上的音乐感和新鲜的语言运用方式。对于这首诗，萩原朔太郎曾在《日本诗人九月号月旦》一文中

---

① 该诗初出于《日本诗人》1925 年 9 月号，后收入诗集《瑞枝》，日语引文见『瑞枝』、東京：ボン書店、1935、第 174—176 頁。为便于读者理解后面论述的此诗的音韵特点，保留了日语原文。中文译文如下：在日本租界的富贵胡同旁边/在有人“嗯嗯唔唔”吆喝着的夏日夜晚/我们时常品味着冰激凌　啜饮着苏打水/三个中学生模样的可爱少年/裹着白色的绑腿/在飘着晚香玉清香的初夏夜晚/“嗵”的一下子/一下子来到“金水”咖啡馆/这时夜已凉，露已降/钟声懒洋洋地敲过了十二响/他们看完夜场电影/从白河岸边溜达到法国花园，一脸疲倦/对于他们而言，“金水”咖啡馆的冰激凌/还有那白色布丁苏打水的美味/是多么沁人心肺！/啊在那条叫做富贵胡同的小巷旁边/在去年那个有人“嗯嗯唔唔”吆喝着的夏日夜晚/他们时常品味着冰激凌　啜饮着苏打水/就着咖啡馆那凉幽幽的灯光/三个少年忘却了白天的热浪/一边凝望眼前垂下的金丝玻璃/一边畅聊，直到天亮/这样的场景现在想来，好似已成梦幻一场！/在那据说有很多朝鲜靓女的富贵胡同旁/美国无赖大兵的独行背影令人颇费思量/车夫们“嗯嗯唔唔”地招揽着客人/他们的话儿我却听不懂，一脸迷茫/啊去年的夏天对于现在的我/实在是美好的回忆，令人难忘/正所谓“逝去的纯真时光”！
② 〔日〕胜又浩：《黄瀛诗歌的个性》，杨伟执行主编《诗人黄瀛》，重庆：重庆出版社，2010，第 333 页。

高度评价道："黄瀛君，自你在第二新人号中被推选为桂冠诗人时起，我便开始关注你了。黄君，你的感情和思想有着一种源于气质上的轻快和明朗，也颇具贵公子的风范。且你拥有一种褒义上的健康气质。虽然我以前便一直承认，你在表现上有着卓越的天赋，但此次读罢支那风景诗《'金水'咖啡馆》，才初次注意到你在语言音韵上的音乐天赋。你实为有着一副音乐家般敏锐耳朵的诗人。（中略）'フネフネ'一词的鼻音韵，是多么富有美感，并且有效啊。此外，第三行应该使用'よく'的地方故意写作了'ようく'，也可以看出你在音韵的节奏感上具有敏锐的神经。（中略）说来，外国人就是对别国的语言有着非常敏锐的耳朵。例如，就法语或英语来说，日本人就比他们本国国民更能强烈地感受到其音乐般的韵律。黄君对日语有着如此敏锐的耳朵，恐怕也正因为他是外国人（支那人）的缘故吧。"①

正如萩原朔太郎所敏锐观察到的那样，黄瀛诗歌在音韵上的节奏感，是因为他身为一名外国人，才能够敏锐地感觉到的吧。虽说黄瀛一直接受的是日本式教育，但他的身体里却有着一半中国人的血脉。换言之，黄瀛比纯日本人对日语更为敏感，拥有一副敏锐的耳朵，因此他才能写出其他日本诗人所无法模仿的饱含音乐感与节奏感的诗篇。也许这和草野心平在外国人朗诵日语诗歌时才初次体会到日语的音乐感是同样的道理吧。

木下杢太郎在给黄瀛诗集《瑞枝》所题的序诗中，论及黄瀛诗歌语言的混合性：

> 其中有方言，有乡土的泛音
> 还有转瞬即逝的影子、再也想不起来的气息
> 它们被语言和韵律的细网所捕捉
> 比本国人更加敏锐
> 更加柔和、深邃，并带着酥痒和些许的酸涩。②

的确，在黄瀛的不少诗中，除了日语原有的词汇之外，还使用了用片假名标注的外来词汇、中文词汇，有的地方还将中文、法语、英语等词汇

---

① 萩原朔太郎「日本詩人九月号月旦」『日本詩人』1925 年 11 月号、第 75—76 頁。
② 木下杢太郎「詩集『瑞枝』の序に代へて作者黄瀛君に呈する詩」黄瀛『瑞枝』、東京：ボン書店、1934、序詩。

原封不动而又理所当然地运用于其中，让人感觉到就像是在上演一场多种语言的盛大游行一般。不妨看看《夹竹桃花》一诗：

　　詩
　　コレは確かに私のFavorite
　　（中略）
　　いつの頃か？ 多分カンゴクから出てきた直後
　　『歴程』は毎月一回、as a punctureに訪れてくれた①

这一小节诗中便穿插了两个英语词"Favorite"和"as a puncture"，还将通常写为平假名的"これ"和通常写成汉字的"監獄"故意标记成片假名，以谋求词语书写上的陌生化，收到一种特殊的强化效果。而前述《"金水"咖啡馆——天津回想诗》一诗中，除了使用"アイスクリーム"（冰淇淋）、"ソーダ水"（苏打水）、"ゲートル"（绑腿）等诸多外来语（片假名词汇）之外，还夹杂了"租界""富贵胡同""花园""电影"等中文词汇，诗中所出现的背景以及小道具无不渲染出一种异国情调。虽然这是一篇以中国天津为舞台的回想诗，但通过凸显"法国花园""朝鲜靓女""美国无赖士兵"等场景和人物，创造出多国或者说异国的情趣。不过，黄瀛与其说是在刻意为之，不如说是本能地运用这些技巧，以营造出一种异国气氛，并借助日常词语的非日常表记和多语言化等手段，成功地拓展了现代日语的可能性。正因为如此，"他的诗在当时不啻日本诗界的一股新风。他的确给日本诗界吹来了一股清爽的新风，就俨然是在身穿哔叽衣服的时节，或是风儿在制冰厂的竹帘间嬉戏时，那种闪烁着光芒、映衬出蓝天的清风"②。

　　不仅日本人认为黄瀛的诗富有异国情调，在作为中国人的笔者来看，黄瀛的诗也是极具异国情调的。说得极端点，简直可以看作纯粹的日本诗。只要浏览一下《景星》与《瑞枝》这两册早期诗集（作为诗集出版的黄瀛作品仅此两册），便能管窥到黄瀛诗中所共有的特色。先看看《景

---

① 黄瀛「夾竹桃の花」『歴程』第 300 号、1983 年 3 月、第 46 頁。该诗的中文大意是："诗/它确是我的 Favorite/（中略）/不知何时，大概是在刚出狱之后吧/《历程》as a puncture 每月如期而至。"

② 草野心平「黄瀛との今昔」『草野心平全集』第 5 巻、東京：筑摩書房、1981、第 205 頁。

星》中的如下三首：

风　景

天主教堂上有微弱的光影
消防署的塔尖上是白色的云层

太阳伞在行进
汽笛声慢慢靠近

每当电车通过时，护城河水就不住地战栗①

早　春

今天，街道洗了个不寻常的日光浴
也没有吹着寒冷的北风
有点潮润的道路尽显春天的泥红
我把妹妹搭在自行车的后筐里
朝日本租界一路驶去
日本小孩正唱着"春天来了"。②

年末小诗

年末，母亲也顾不上小憩
可我却躺在床上，读着新年一期的《中央公论》和《妇人公论》
啊，真的对不起③

在这些诗中，黄瀛用温和、平易的语言歌咏着日常的各种事物以及生活体
验，每件事物都充满了鲜活的色彩以及宜人的芳香。这些诗拥有如同景物
速写一般让读者陶醉于其中的魔力。可以说是纯粹的抒情诗、写景诗，且
显然是即物的、非观念性的。正如黄瀛自己在《景星》的后记中所写的那
样，这是一部"小小的可爱诗集"。其中收录的诗篇"无一不是我所谓

---

① 黄瀛「風景」『景星』、東京：田村榮、1930、第 7 頁。
② 黄瀛「早春」『景星』、東京：田村榮、1930、第 18 頁。
③ 黄瀛「年末小詩」『景星』、東京：田村榮、1930、第 21 頁。

‘小小的可爱诗篇’”，“它们或许无异于六号字大小的风景、照相机、望远镜、切纸刀。时而又是口香糖、钟爱的狼狗”①。在笔者看来，这正是俳句的世界，是远离中国诗歌正宗传统的存在。从其即物性和非观念性等来看，可以说，较之中国的文学传统，黄瀛的诗歌更接近日本文学的传统。笔者也注意到，诗集《瑞枝》中也确实有《啊，将军!》等几首诗，它们不能被简单地归结为一般的抒情诗。关于这一点，笔者将在第五章《“少数文学”视域下的黄瀛诗歌与宫泽贤治诗歌》中详细论述。只是就黄瀛诗歌的整体风格和本质而言，笔者还是赞成胜又浩先生的观点：“黄瀛诗歌的本质仍然是抒情诗。从这一意义上说，黄瀛是位不折不扣的日本诗人。”②

作为对比，下面再来看看草野心平《第一百阶级》中《秋夜的对话》一诗：

冷吧

啊，真冷啊

虫子在叫呢

啊，虫子在叫

马上就要进入泥土吧

泥土里真让人厌恶

瘦了吧

你也瘦得厉害呢

是哪里让你如此痛苦

是腹部吧

取掉腹部，应该会死吧

才不想死呢

冷啊

啊，虫子在叫呢③

---

① 黄瀛「詩集『景星』後書」『景星』、東京：田村榮、1930。

② 〔日〕胜又浩：《黄瀛诗与日中的文学传统》，参见 2008 年 10 月 25 日 “诗人黄瀛与多文化间身份认同” 国际研讨会的研究报告。

③ 草野心平「秋の夜の会話」『草野心平全集』第 1 卷、東京：筑摩書房、1978、第 10 頁。

如前所述,草野心平在 1928 年出版的诗集《第一百阶级》中收录的全是咏叹青蛙的作品。这些诗中的世界充满了哀愁和愤怒,回荡着底层民众的心声。伊藤信吉评价《第一百阶级》时说:"就整体而言,其诗的思考带有无政府主义的倾向。"① 其实,从该诗集的序诗中"蛙是散发着恶臭的无产阶级/蛙是开朗的无政府主义者"等高调的宣言里,就能管窥到其无政府主义思想和阶级意识的浓厚存在。而上述这首《秋夜的对话》则描述了两只青蛙在即将进入冬眠前的一个秋夜所进行的对话。无疑,冬眠是生与死激烈搏斗的一种临界状态。而两只青蛙一边直面死亡,一边凝神倾听着其他的虫鸣。显然,"包括昆虫在内的世间所有生物谱写出一首生命交响曲,这首交响曲正好与那些生活在痛苦的现实社会里的下层阶级人民的形象重合在一起。在怜惜生命的外衣下,藏匿着一种隐秘的政治性"②。如前所述,除了将庶民百姓的生命力和反抗精神寄托于蛙身上的《第一百阶级》外,草野心平还创作了另一些以天为背景的关于宇宙感觉的作品。作为理性与感性浑然交融为一体的罕见诗人,可以说草野心平诗作中的苍穹与大宇宙是受到中国思想中"天"的影响,以中国广袤的平原及绵延的山脉为背景的。虽然这些描写宇宙感觉的作品貌似飘浮在空中,充斥着"天体""星云""混沌"等远离社会现实和生活现实的词语以及抽象的抒情,但其实也不难发现,在那些抒情背后的某个地方,总是隐含着大量不乏思想性、哲学性和观念性的元素,甚至堪称道家和儒家思想以及佛教思想等东方思想的混合体。"尽管对其表现方式的夸张和观念性众说纷纭,其战争时期的诗集也被认为不无问题,但超越了传统诗歌表现法的特有表现形式仍然得到很高的评价。"③ 黄瀛曾对草野心平的诗这样评价道:"这位南方诗人充满了健康的热情,带着昼日之美,又仿若月光一般。的确,这是他与本国的任何人都迥然不同的东西。"④ 所以,"他的独创性和存在感已经逾越了日本人的身份"⑤。我们不能不由衷怀疑,若是

① 伊藤信吉「草野心平」伊藤整等編『新潮日本文学小辞典』、東京:新潮社、1968、第384 頁。

② 小関和弘「草野心平」安藤元雄·大岡信·中村稔監修『現代詩大事典』、東京:三省堂、2008、第 207 頁。

③ 小関和弘「草野心平」安藤元雄·大岡信·中村稔編『現代詩大事典』、東京:三省堂、2008、第 206—207 頁。

④ 黄瀛「草野心平論」『日本詩人』1926 年 9 月号、第 90 頁。

⑤ 黄瀛「草野心平論」『日本詩人』1926 年 9 月号、第 88 頁。

草野心平没有在中国的越境体验，他是否还能超越传统诗歌的表现手法？"诗言志"是中国自古以来的文化传统，而"诗言情"则是支配整个日本文学的传统——倘若这一说法可以成立的话，那么可以说，较之黄瀛的诗歌，倒是草野心平的诗歌中有着更接近中国诗歌的因素。而笔者想指出的是，除了作为诗人的资质以外，不同的越境体验也肯定在背后对诗歌的发生机制和特有风格的形成发挥了重要的有时甚至是决定性的作用。

第五节　草野心平和黄瀛的世界主义

草野心平于1940～1945年任汪伪国民政府宣传部顾问一职，经历了与岭南大学时期完全异质的中国体验。探讨草野心平此间的心路历程和中国观的变化，是一个错综复杂而又颇具意义的研究课题，我们将留待下一章详细论述。日本战败后，他于1946年搭乘遣返船从上海出发，踏上了返回日本的旅程。他以起航时的心境为题材写下了《别了，中华民国》。他在其中寄托了自己离开中国时的断肠愁绪，也凸显了文化越境者在战争状态下身份认同的困境："不知何时我从一个故乡又有了另一个故乡。两个是各个不同的两个，而且是从原本为一个的命脉中断裂开来的。"① 正如中国是草野心平的另一个故乡，对于流淌着中国和日本两国血液的黄瀛来说，日本亦是他的另一个祖国。但是，恰如与谢野薰所说的那样，"日中两国突然落入那个不幸的时代，从而夺去了原本均衡地保持着日中两种身份同一性的黄瀛放飞的梦想和机会"②。显然，由于中日战争的爆发，黄瀛身上原本均衡保持的中日两种复合身份被撕裂成两半，甚至相互对立。不难想象，黄瀛被这双重身份痛苦地撕裂着，对于自己处于中日两国

---

① 草野心平「さやうなら中華民国」『草野心平全集』第2巻、東京：筑摩書房、1981、第165頁。

② 与谢野薰在2008年10月给"诗人黄瀛与多文化间身份认同"国际研讨会的贺信中写道："晶子40多岁时，正是她在社会上也非常活跃的时期。据说她当时担任了日本文化学院的学监，一边辅佐校长，一边执教。还留下了一张与黄瀛先生的合影，可以想象，祖母对黄瀛作为诗人而成长得年轻知性充满了期待。但日中两国突然落入那个不幸的时代，从而夺去了原本均衡地保持着日中两种身份同一性的黄瀛放飞的梦想和机会。设若诞生一位横贯日中的伟大诗人，那对日中两国来说将是一件多么美好的事情啊……假如祖母长寿的话，我想，她一定会期待与幸存下来的黄瀛再度相逢。祖母的和歌和黄瀛的诗歌都如同不死鸟一样，至今依然不断地震撼着日中两国许多人的心灵。我相信，对同时具有日中两种知性的黄瀛进行探讨，乃是与日中友好之路紧密相连的。"

边界点上的这种身份也感到了不安。但另一方面，黄瀛不是又试图借助创作出更接近诗歌本质的诗，来承担起自己这种双重身份的责任吗？有着两个故乡（或祖国）的人必然会逾越两种以上的文化，经常处在越境的状态中，必须学会不拘泥于任何一方，保持一种富有流动性的然而又不丧失自我的生存方式。对于越境者来说，这既是必要的，又是可能的。因为不断地跨越并往来于两种文化之间，越境者们必然被抛掷在多样性和差异性中，不得不时刻与处于动摇中的自己进行对话，从而渐渐对异文化具备了复眼的视角，萌生出世界主义的意识，也容易由此产生出能够跨越民族和国境、为一切国家和民族所共同拥有的世界文学。

在同人杂志《历程》创刊之际，草野心平这样写道："我们希望，《历程》所发表的诗歌即使被翻译成世界上的任何一种语言，都能够被人接受、畅行无阻，并能刺激其他国家具有良知的人们。切盼这样的诗在《历程》上层出不穷。我们总是站在世界性的立场上来考量我国的诗歌，作为杂志，既没有旗帜，也没有政党，而只是专注于诗歌本身。"[1] 换言之，世界主义的诗歌才是《历程》杂志追求的目标。将这种世界主义的意识延伸至所有生命，便自然产生了草野心平式的关于"蛙"的诗歌。"如此一来，草野心平才可能一生都在天地人蛙之间，时而同天融为一体，时而伫立在大地之上，用温暖的友情来逾越国境等人为的界限，时而成为人，时而化身为蛙。换言之，与天地间的有情万物合而为一，共跳圆舞。从这种意义上说，笔者认为，吉原的说法准确地抓住了草野心平诗歌的本质，即较之'国际主义'，倒是更适合使用'宇宙主义'一词。"[2] 毋庸置疑，这一评价并不只是适用于草野心平，其实，也同样适用于黄瀛和宫泽贤治。虽然人们常将"无政府主义"这一标签贴在《铜锣》同人们身上，但事实上，他们骨子里分明渗透着自由主义和人本主义精神，并燃烧着一种强烈的愿望，那就是试图冲破政治和文化的屏障，谋求全人类乃至所有生命体的幸福。上述三位诗人的诗歌都高扬着世界主义旗帜，既弘扬独特性、多样性，又珍视宇宙连带感。众所周知，当今世界进入了全球化的时代，文化间的理解变得不可或缺。而且，这也是新生越境者大量出现的时代。因此，我们有必要把每个人作为不能被还原为某种单一范畴的复合型

---

[1]　草野心平「編集前記」『歴程』復刊第 1 号、1947 年 7 月。
[2]　辻井喬「心平さんのこと」『歴程』第 369 号、1990 年 2 月、第 169 頁。

文化存在来把握，并基于这种观点来思考多文化的状况。所以，考察下面这些问题乃是至关重要的，即每一个人是如何开放自我，在自身中去发现并认同多文化性的，而与此相关，这一切又给艺术创造获得崭新的表现形式和机能开拓了怎样的可能性。可以说，这正是如今将黄瀛与草野心平作为文化越境者的范例来进行考察的意义与面临的课题吧。

从《定本蛙》开始，草野心平不仅让生存在日本的蛙，也让世界各地的蛙依次出现在作品中。而 1984 年出版的诗集《玄天》中更是收录了一首题为《二十一世纪之蛙》的诗。诗一开头就写道：

> 蛙的历史，约一亿八千万年。
> 蛙的范围，五大洲。
> 蛙的种类，约三千。
> 仅仅日本就有二十七个民族。①

接着，草野心平在诗中一一列举了 56 种青蛙的名字，让该诗俨然成了世界所有蛙族的全景图。草野心平曾对人说，"创作蛙诗或许是出自对故乡的乡愁"②，但我们认为，这种源自对日本东北部偏僻小山村的乡愁却经由中国大陆这块广袤土地的催化而不断膨胀和扩张，最后化作对世界上所有蛙族的热爱与平等意识，昭示了一种世界主义精神。无独有偶，也是在 1984 年，黄瀛在《紫阳花开时》一文中写道："无论男女老幼，也无论日本人、中国人，抑或是其他的外国人和侨民，无一不是紫阳花。无数紫色的小花簇拥在一起，绽放成一朵巨大的和谐之花。（中略）而诗恰恰是我们心灵的旅伴。"③ 这正是黄瀛——当然，也包括草野心平和宫泽贤治——的诗魂，而且也是他们终身不懈追求的世界主义精神吧。

---

① 草野心平「二十一世紀の蛙」『玄天』、東京：筑摩書房、1984、第 12 頁。
② 转引自大滝清雄『草野心平の世界』、東京：宝文館、1985、第 110 頁。
③ 黄瀛「紫陽花咲く頃」『歴程』第 311 号、1984 年 9 月、第 19 頁。

第四章　草野心平的中国体验及其亚洲意识的生成与变迁

查阅草野心平的年谱便可以知道，他作为诗人登上日本诗坛是在1920年代中期，因心脏衰竭去世是在1988年11月。不难发现，这个时间段基本与始于1926年12月、终于1989年1月的昭和时代相重合，表明草野心平的诗歌生涯贯穿了日本整个昭和时代。以至于大冈信在《草野心平与昭和诗》一文中说道，草野心平等诗人的过世恰逢昭和时代宣告结束之时，这"诱发了我们一种心情，感到诗歌的昭和时代已经告一段落"①。同样，宗左近等人也把草野心平称为"最后的昭和诗人"②。

第一节　"昭和诗人"草野心平与近代日本的"亚洲主义"谱系

《现代诗读本·草野心平噜噜噜的葬礼》是为了悼念草野心平的过世而由思潮社于1989年3月出版的纪念特辑。在该书的腰封上，非常醒目地把草野心平誉为"昭和诗史水脉中，昭和时代最后一位放射伟大光芒的诗人"③。或许不妨认为，"昭和诗人"这一称谓与其说单纯地源于一种时间上的重合，不如说更是缘于草野心平的人生和诗歌非常典型地蕴含了昭和时代的特性之故。

1973年70岁时，草野心平曾出版过一本拾遗诗集，取名为《四十八

---

① 大岡信「草野心平と昭和詩」『現代詩読本　草野心平るるる葬送』、東京：思潮社、1989、第188頁。
② 宗左近等「命を燃焼させた単独者の詩と生」『現代詩読本　草野心平るるる葬送』、東京：思潮社、1989、第12頁。
③ 『現代詩読本　草野心平るるる葬送』、東京：思潮社、1989。

年的坎坷曲折——拾遗诗集》①，并在 1978 年出版了《凹凸的道路——对话体自传》，以此来描述诗人自己动荡多舛的人生经历。而显然，"坎坷曲折"亦是对日本这个国家在昭和时代所走过的凹凸道路的形象写照。毋庸置疑，作为"最后的昭和诗人"，草野心平的整个人生和诗歌创作都带有强烈的个性化印痕，也无疑折射出日本昭和知识分子共有的心路历程。正是在这种意义上，为我们以草野心平这一具体案例为切入口，来探讨日本近代及昭和时代的诸多热点问题提供了切实的可能性。

通常认为，明治维新开启了日本作为近代国家的进程，而这一进程是以西方文明为准绳的文明化过程。即是说，福泽谕吉式的"脱亚入欧"论立场具有与日本近代化相伴随的结构性特质。因此，日本在始于 19 世纪后期的近代化过程中，不断在政治论和认识论上强调与落后中国的差异化，来作为近代日本、先进日本的自我证明。换言之，日本作为近代国家的自立进程和发展过程描绘出与作为他者的中国间的极为复杂的政治心理学轨迹。作为不言自明的事实，中国文化曾是日本文化得以成立的不可或缺的前提条件。因此，日本及其文化为了作为自立的部分得以存在，抑或是为了主张自身文化的自立性，采取了将自身与中国及其文化加以差异化的方针。从某种意义上说，在日本历史的进程中证明日本与中国的异质性，构成日本明治时期关于文明论和文明史的课题。而依靠赋予中国否定性的他者形象来达成与中国的差异化，就成了日本近代化的结构性特质之一。据此形成的对近代中国的否定性认识和脱亚入欧的强烈意志，作为表里一体的两个方面，构成大部分日本近代知识分子的基本立场。但正如子安宣邦所指出的那样，与日本近代所谓正统的"脱亚"立场形成对照的是，还存在着可谓"亚洲主义"特别是"中国主义"的立场②。近代日本的这种"亚洲主义"（亦谓"亚细亚主义"），是在西方列强加剧侵略东方的危急时刻，围绕着对"东洋"与"西洋"的认识问题而形成的有关日本亚洲观的一种具有代表性的政治思想及其行动。"亚洲主义者"们倡导亚洲各国应在共同文化的基础上采取联合的方式抗击外来殖民主义者。他们尤其主张中日两国要相互提携，其中不少人抱持着"试图把日本的改革志向与中国的改革志向融为一体，将中国问题作为自己一生课题的立场。

---

① 『四十八年のジッグザッグの——拾遺詩集』、東京：筑摩書房、1973。
② 子安宣邦『アジアはどう語られてきたか』、東京：藤原書店、2003、第 152 頁。

这是从宫崎滔天到橘朴,以及他们周围很多人所持有的立场。这些人在近代日本可以说是例外的人群,却是非常重要的例外者"①。但值得注意的是,近代日本"亚洲主义"的理论表述与行为表现是多层次的,不同的历史发展阶段、不同的人——甚至同一个人在不同的历史阶段——都对"亚洲主义"的理解和表述以及相关行动准则有所不同,甚至大相径庭,以至于"亚洲主义"作为近代日本的一种思想和行动,在形成与发展过程中始终处在对立统一的矛盾体中。"由于近代日本亚细亚主义复杂而特殊的发展历程,它又表现为强调亚洲平等合作的古典亚细亚主义、强调扩张领土的'大亚细亚主义'以及对亚洲实施侵略的'大东亚共荣圈'三种形式。"② 换言之,近代日本的亚细亚主义在形成、发展、消亡的过程中,在昭和前期完成了从"兴亚"到"侵亚"的质变过程,成为日本对外侵略意识形态的一部分。恰如子安宣邦所说的那样,"最终,他们(指前述持'亚洲主义'立场和中国主义立场的人——引者注)在日本向中国推行的帝国主义式的扩张中,要么陷入孤立、最终败北,要么就只能被卷入其中,受其吞噬"③。

我们不妨把草野心平也归入子安宣邦所宣称的"亚洲主义者"或"中国主义者"的宽泛谱系中。当然,如果非要把"亚洲主义"作为一种具备体系的政治思想或行动,那么,草野心平还算不上严格意义上的"亚洲主义者",而只是一种情感上的"亚洲主义者"。草野心平亚洲意识的生成和变迁,除了与他独特的中国体验紧密相关,从而呈现出颇为个性化的一面外,也从某种意义上印证了"亚洲主义"立场在日本昭和前期历史语境中的悲剧归宿。

第二节　"岭南时期"与亚洲意识的生成

正如我们在前两章已经讨论过的,草野心平堪称与中国关联最深的日本现代诗人之一,曾先后四次断断续续地与中国发生过密切的联系,一共在中国度过10年以上的漫长时间。第一次是1921~1925年,在广州岭南大学度过近四年时间成为他难以磨灭的青春回忆,并成为其诗人生涯的

---

① 子安宣邦『アジアはどう語られてきたか』、東京:藤原書店、2003、第152頁。
② 王屏:《近代日本的亚细亚主义》,北京:商务印书馆,2004,第15页。
③ 子安宣邦『アジアはどう語られてきたか』、東京:藤原書店、2003、第152頁。

起点。这在日本几乎所有知识分子都将目光转向西方的"脱亚入欧"时代，可以说是有些异质性的自费留学。第二次是 1938 年 2～4 月，草野心平作为帝都日日新闻社社长的陪同人员，经由朝鲜，在中国东北及其他各地进行了两个月的考察旅行。第三次是自 1940 年 8 月起，受岭南大学同窗好友林柏生的邀请，作为汪伪国民政府宣传部顾问在南京度过了五年多的光阴，直至日本投降，才于 1946 年 3 月被遣送回国。第四次是 1956 年 9～11 月，作为日本访华文化使节团副团长，访问了北京、上海、太原、兰州和乌鲁木齐等地，并特意回到岭南大学故地重游，实现与同窗好友梁宗岱、叶启芳等人的久别重聚。这四次中国之行，构成了草野心平的多重中国体验，决定其中国观和亚洲意识的多重性，也奠定了中国问题乃至亚洲问题在草野心平一生中的重要性和复杂性，催生了他大量以中国为题材的作品：《支那点点》《在四面八方》《命运之人》《点·线·天》《动乱》《我的青春记》《茫茫半世纪》《丝绸之路诗篇》，等等①。

　　毋庸置疑，在草野心平的四次中国体验中，岭南大学时期和南京伪国民政府时期对他的中国观和亚洲意识的形成起着决定性作用。如前所述，1920 年代正是绝大部分日本人把憧憬与仰视的目光转向欧洲的时期，可以说主动来广州留学的草野心平是一个特例。尽管岭南大学只有他一个日本留学生，但正是这里成了草野心平诗歌生涯的开端，孕育了他对多元文化的包容和国际主义情感，以及将母国日本相对化的视角。在这里，他不仅痴迷英美诗歌，还加入了文学研究会广州分会，与梁宗岱、刘燧元、潘启芳、叶启芳等中国诗人结交为友，并于 1925 年联合中国诗人黄瀛、刘燧元和日本诗人原理充雄、富田彰等创办了同人诗刊《铜锣》。也正是在岭南大学，他与后来成为汪伪国民政府宣传部部长的同窗林柏生成为至交，这为他后来应邀成为南京伪国民政府宣传部顾问埋下了伏笔。无疑，岭南大学时期与众多中国人的深厚友情，构成了他与中国之间关系的基石，也决定了他对中国的高度亲近感，以至于他把中国视为自己的第二故乡。他曾说：

----

① 『支那点々』、東京：三和書房、1939；「方々にゐる」『大陸新報』、1942；『運命の人』、東京：新潮社、1955；『点·線·天』、東京：タヴィット社、1957；「動乱」『新潮』1961 年 4 月号；『わが青春の記』、東京：オリオン社、1965；『茫々半世紀』、東京：新潮社、1983；『絲綢之路——シルクロード詩篇』、東京：思潮社、1985。

　　尽管我不是双重国籍者，但我一开始就强烈感觉到中国是自己的
第二故乡。这当然也缘于在广州度过了自己的青春时代吧。但我认
为，同时也缘于自己被中国的人和土地所深深地吸引。①

　　值得注意的是，草野心平前往中国留学的 1921 年，正是中国近代历
史上波澜壮阔的重要年头。这一年 5 月，孙中山在草野心平留学的广州率
领国民党建立了中华民国政府。此时的广州，不仅是以孙中山为代表的国
民革命势力与军阀割据势力对垒的前线，也是呼吁民族独立的国内力量与
抱着殖民野心的外来势力博弈的阵地。而广州沙面的英法租界就集中表征
了中国自鸦片战争以来主权丧失的屈辱历史和不平等地位。无疑，草野心
平在这里目睹了西方人在中国的专横跋扈，从而强化了心中对中国的认同
感和对西方世界的抗拒感。在此期间，草野心平曾两次近距离地与"大亚
洲主义"的倡导者②孙中山先生有过短暂的交谈，聆听过孙中山在黄花岗
烈士陵园举行的列宁追悼大会上和岭南大学的多次讲演。而构成这些演讲
基调的，是对中国国势衰微和主权丧失的悲愤以及对富民强国的大声呼
吁，其中燃烧着为摆脱西方列强的殖民而追逐梦想的热情。以至于在《孙
文的印象》一文中，草野心平把孙中山誉为"或许是近代东洋最杰出的政
治家"，认为他的嗓音带着"东洋的剔透感"③，从孙中山身上看到了为中
国的独立和解放而贡献一生的"东洋政治家"的理想形象。

　　而在 1924 年 4 月 8 日，草野心平又专程前往香港，拜访了近代东方
最杰出的诗人泰戈尔。我们知道，泰戈尔与孙中山的相同之处，就在于一
直致力于国家的解放与独立，并严厉警告对西方文明盲目模仿的危险性。
草野心平当时"因为醉心于美国的新兴诗歌，甚至对泰戈尔诗歌那种旋律
优美的温吞吞文体还抱着几分反感"。他写道："但此前从未见过独立诗人
的我，太想见到大诗人泰戈尔了，所以，对自己是怎样筹措到旅费的过程
也忘了，反正就去到了香港"④。草野心平是这样来描述他眼中的泰戈
尔的：

---

① 草野心平「点、線、天」『草野心平全集』第 8 卷、東京：筑摩書房、1982、第 286 頁。
② 孙中山先生于 1924 年 11 月 28 日应邀为日本神户高等女子学校做了题为《大亚洲主义》
　的演讲。
③ 草野心平「孫文の印象」『草野心平全集』第 8 卷、東京：筑摩書房、1982、第 95 頁。
④ 草野心平「孫文とタゴールとの出会い」『草野心平全集』第 9 卷、東京：筑摩書房、
　1981、第 290 頁。

至今我也认为，与这位诗人直接接触所感受到的，乃是超越了其作品的大诗人本身，以及他那强有力而又深邃的诗意。而且，能够做出 "I represent the voice of Asia" 这样的发言，却又显得毫不做作的诗人，在当时的东洋，除了泰戈尔，还有谁呢?[1]

显然，草野心平对泰戈尔的兴趣和热爱，与其说是源于诗歌本身，不如说是源于诗人的独立人格和散发出的诗意，以及浓厚的 "东洋情怀"。他把泰戈尔视为 "代表亚洲声音"[2] 的诗人，从泰戈尔的眼睛里看到 "东洋的悲哀和智慧"[3]，以至于泰戈尔那句 "I represent the voice of Asia" 的话语经久回荡在他的耳畔。从这些表述中可以看出，草野心平是立足于 "东洋" 和 "亚洲" 的视域来看待孙中山和泰戈尔这两位伟人的，这种视域暗示了与 "东洋" 和亚洲相对立的 "西洋" 和欧美的存在。可以设想，在人生和诗歌的起点上与 "大亚洲主义" 的倡导者孙中山、"代表亚洲声音" 的泰戈尔在沦为西方半殖民地的中国邂逅，这无疑对草野心平亚洲意识的生成起到至关重要的作用。以至于后来在草野心平的诗歌世界中，总是延展出蓝色的天空、广袤的大地等以中国为背景的意象，反复出现关于 "天" 的中国思想和 "亚细亚幻想"，透出与动物界、大自然甚至整个宇宙共生的 "东洋情怀"。而在情感上，他把中国视为自己的第二故乡，并一度发展出与中国人共存亡的一体感，以及同为 "亚洲之民" 的连带意识。

第三节　曲折心理剧的开端与 "思想转向"

在岭南大学留学期间，草野心平数次经历了中国人的反日运动，体验到中国人在其中表现出的宽容大度，从而被中国的人和土地深深地吸引。比如，他曾多次提及在由学长们为他举行的入学欢迎会上，尽管当时的广州弥漫着反日情绪，但中国同学竟劝他唱一曲《君之代》，表现出令他感动的宽容与大度："如果两国处于正常的交往中，倒不成为问题，但在反

---

① 草野心平「孫文とタゴールとの出会い」『草野心平全集』第9卷、東京：筑摩書房、1981、第290頁。

② 草野心平「香港で会ったタゴール」『草野心平全集』第8卷、東京：筑摩書房、1982、第99頁。

③ 草野心平「香港でのタゴール」『草野心平全集』第5卷、東京：筑摩書房、1981、第215頁。

日发展为全国性运动之时，这一举动又是怎样一种心情的流露呢？（中略）
这绝不是骄奢之人能够想到的事情，也不是卑下之人能够做出的行为。想
来，这是小事一桩，但之所以感觉到重要，是背后有着两国多舛而痛苦的
关系之故。"①

　　第二次是在 1923 年 9 月关东大地震之后，中国学生一边继续开展反
日活动，痛陈日本对中国的侵略和压迫，一边却为关东大地震积极组织救
援活动。中国学生将日本的侵略行为与关东大地震的受害民众加以区别对
待所表现出的人道主义情怀，深深打动了草野心平，同时也影响到他对日
本政治以及日中关系的看法。在自传体小说《动乱》中，草野心平借主人
公矢野的中国友人吴承伯之口表达自己的心声：

　　　　我们总是憎恨日本的政治。因为那的确是一种可恨的政治。他们
　　用侵略加压迫、压迫加侵略来威胁着国内尚未完全统一的我国，而且
　　是一直威胁着我国。这是多年来一个显而易见的事实。（中略）而我
　　们同时也知道，日本有孙文先生的同志。中国和日本，这两个民族都
　　是黄色人种，大致看来，其文化也是处在同一个谱系上。原本背负着
　　相互携手前进的命运，但我们如今所了解的现实又是如何呢？诸君，
　　今天还是停止暴露这样的现实吧。因为我们知道，以东京和横滨为中
　　心的关东地区一带发生了惨不忍睹的大地震。（中略）即使憎恨对方
　　的政治，但对他人的惨状袖手旁观，以人的名义而言，也是不能允许
　　的。诸君，就让我们起来，起来，尽可能向邻国的灾情送去我们的良
　　心吧。②

在这里，有着对日本现实政治的憎恶和喟叹，也有对中日两国人种相同、
文化相近，背负着携手共进之命运的认知与强调，更有着对中国学生超越
中国人的立场，"以人的名义"来组织救援活动的人道主义精神的赞许。

　　第三次是在 1925 年 6 月，受"五卅运动"的影响，广州也爆发了大
规模的反英罢工游行，针对英帝国主义在香港推行的歧视华人政策，提出
了"政治自由、法律平等、普遍选举、劳动立法、减少房租、居住自由"
等六项要求。但示威游行队伍在沙基附近遭到英法军队射击，引发了"沙

①　草野心平「動乱」『新潮』1961 年 4 月号、第 198 頁。
②　草野心平「動乱」『新潮』1961 年 4 月号、第 199 頁。

基惨案"。在反日情绪日渐高涨，草野心平不得不结束留学生活提前回国之际，中国同学特意为他举行了欢送会。不用说，这些都深刻影响了草野心平的中国观，以至于他在《凹凸的道路——对话体自传》中写道：

> 我的想法是，如果最终必须端起枪来，那么，我或许会站在中国一边吧。我认为，这从逻辑上讲也是正确的。因为对于中国人从事民族解放、废除不平等条约等正当之举，日本政府采取了走向反面的动向，比如签订"二十一条"等，试图将中国半殖民地化。对此，并不是因为身在岭南大学校园内，而是作为一个人，我不能不采取那样的立场。①

显然，草野心平在这里表达的是对日本试图将中国半殖民地化这一事实的清醒认识和与中国的一体感，以及超越日本人的立场，"作为一个人"去采取行动的自觉。这和他对中国学生超越中国人的立场而"以人的名义"去救援关东大地震灾民的赞许，是一脉相承的东西。换言之，这些在广州的异国体验带给他的不仅有超越种族的友情，还有试图超越单一的民族身份而升华到人的高度来把握世界的认知方式，其中孕育着逾越狭隘民族主义的国际主义视野。

但另一方面，当他看到沙面报纸上关于皇太子（即后来的昭和天皇）访问英国时"威风凛凛走在月台上"的报道，目睹日本企业在沙面屋顶上飘扬的太阳旗时，又从内心涌起无言的感动。"总之，这是作为日本人的纯粹感情。在怀有这种纯粹感情的同时，也抱着反对日本那种方针的理智想法。这是很矛盾的。从一开始到最后都一直怀揣着这个矛盾，没有解决。"② 这种矛盾无疑反映了拥有日中两个故乡的草野心平在情感与理性上的分裂、在身份认同上的摇摆与矛盾，也预示了其中国体验和亚洲体验的曲折心理剧的开端。

1925 年 6 月，草野心平与中国依依惜别，回到了日本。

> 如今我与你们相隔遥远。

---

① 草野心平『凸凹の道——対話による自伝』、東京：日本図書センター、1994、第 20 頁。
② 草野心平『凸凹の道——対話による自伝』、東京：日本図書センター、1994、第 20—21 頁。

> 但是，此刻我却多么想与你们肌肤相亲。
> 此刻就毫不含糊地大问一声：
> 我们的敌人究竟是谁？①

这首诗的题目叫《离开广东前夕》，收入 1931 年出版的诗集《明天是个大晴天》。虽然描述的是作者离开广东前夕与林柏生在广州街头目睹中国人游行示威的情景，但从上面引用部分中也能看出，这是作者回到日本后的追忆。显然，这里的"我们"是指的"我"和"我"的中国朋友。对于草野心平来说，此刻唯有真切的皮肤相亲才可以消除自己与中国友人之间的隔膜。而"我们的敌人究竟是谁？"的诘问一直回旋在草野心平心里。

草野心平再次踏上中国的土地已经是 1938 年 3 月。而在前一年的 1937 年 7 月，日本挑起"卢沟桥事变"，向中国发动了全面侵略。全面开战使中日两国彻底变成敌国，这也无情地击碎了草野心平青春时代那种甘美的感伤情绪。在这样的敌对关系下，草野心平在《支那的大学生活》里写道：

> 过去学校的友人说不定有些人会主动请愿，朝着这边开枪吧。而我也或许会朝着他们开枪吧。②

这些文字折射出草野心平身为一介平民在国家机器所发动的战争面前的无奈心境。作为一个拥有中日两个故乡的人，一个有着"亚洲之民"意识的人，中日间的战况使过去的异国友人们不得不成为以枪相向的敌人。草野心平百思不得其解，同为亚洲之民的中日两国为何同室操戈？但这些文字也同时反映出草野心平心态上微妙而无奈的变化，即从"站在中国人一边朝日本开火"向"或许会朝着他们（中国人）开枪"的变化。

1938 年 2～4 月，草野心平陪同帝都日日新闻社社长野依秀市经朝鲜进入中国，从伪满洲国南下，在华北、华中、华东一带巡视一周，其名义

① 草野心平「広東を去る直前」『草野心平全集』第 1 巻、東京：筑摩書房、1978、第 99 頁。
② 草野心平「嶺南大学の思ひ出」『草野心平全集』第 8 巻、東京：筑摩書房、1982、第 71 頁。草野心平的《支那的大学生活》初发表于《改造》杂志 1937 年 10 月号，后与发表在帝大新闻上的《岭南大学的回忆》合并为一文，收录在单行本《支那点点》（东京：三和书房，1939）中。

是"视察"战况和"慰问皇军"。《支那点点》（1939 年）一书汇集了本次旅行随处写下的 23 篇随笔和游记，以及《京包沿线》《在石家庄》《在法租界》《上海挽歌》《在南京》《柏生，你别死》等 8 首诗歌，还在其卷末收录了题名为《台湾海峡》的未完长篇小说，可以说是"从青春时代至日中战争这一时期的精神志"①。但仔细阅读就会发现，其中却鲜有关于战场与战争的直接描述，而不如说主要记述了人与风景、历史，以及岭南时期不无感伤与苦涩的甘美回忆。或许可以认为，草野心平还在最终挣扎，试图用青春时代与中国人的美好回忆来抗拒中日间残酷的现实，所以字里行间仍旧透露着一种对往日情怀的痛惜与面对现实时情绪上的波动。但在不多的关于战况的描述中，他的情感却开始向"皇军"一侧偏移。比如，在题为《南京瞥见》一文里，他描述自己看见南京机场上空飞翔的"皇军"飞机时，不禁有一种"委实放心踏实"②的感觉。这种"委实放心踏实"的感觉显然是站在"皇军"一边的心态。而同样的心态也浸润在《渡过黄河》一文中。当路过安陵镇，看到中国小孩在月台上贩卖日本报纸时，草野心平写道：

> 总之，这里是支那。是战斗对象的平原。身为日本人的我们乘坐着日本人驾驶的火车，毫无不安地沿此南下。③

在这里，草野心平描写的是"身为日本人的我们"乘坐着日本人驾驶的火车沿着战争对象国的平原一直南下的心境，其中流露出把中国视为战争对象国的明确意识，以及作为征服了这片土地的日本人的自豪感和安全感。而到了《陈少年的回忆——广东的蚊子》时，他更是开始对战争表现出明显的肯定态度：

> 如今，尽管支那与日本在打仗，但那并非支那的孩子们不好，而是政府的人不好。不久，就能和支那每个地方的孩子们友好地玩在一

---

① 石崎等「詩としてのアジア：草野心平と中国（Ⅰ）」『立教大学日本文学』第 91 号、2003 年 12 月、第 121 頁。

② 草野心平「南京瞥見」『草野心平全集』第 8 巻、東京：筑摩書房、1982、第 54 頁。

③ 草野心平「黄河を渡る」『草野心平全集』第 8 巻、東京：筑摩書房、1982、第 15 頁。该文初出于《改造》杂志 1938 年 6 月号，后收入单行本《支那点点》（东京：三和书房，1939）。

起了吧？这次的战争是为了与支那变得真正友好的战争。①

在此时的他看来，日本发动侵华战争是为了日中两国的友好，实现长久和平。不是中国民众不好，是联合英美抵抗日本的蒋介石政府不好——这其中贯穿着使日本侵略战争正当化的冠冕理由，与提倡建立"东亚新秩序"的"第二次近卫声明"（1938 年 1 月）的强盗逻辑同出一辙。在此，我们不妨把这看作是草野心平思想的重大转向。他曾把中国民众和学生的抗日运动视为反抗"二十一条"不平等条约的正当之举，进而甘愿站在中国人一边，此时却转而以所谓和平的名义认同日本侵华战争的正当性了。可以看出，在动荡的历史进程中草野心平缺乏认识历史与把握现实的能力，开始被当时充斥于整个日本的军国主义意识形态同化。显然，历史意识的贫瘠和社会科学知识的欠缺妨碍他富于总体性地去正确把握中日间错综复杂的现实，他也不具备马克思主义者那样一种体系化的历史观和经济理论，因此，无法理解日本帝国主义扩张政策的根源，亦不可能看穿"满洲事变"和"七七事变"的本质。再加上日本政府利用各种新闻媒介连篇累牍地展开宣传攻势，鼓吹"膺惩暴支"论，让草野心平这样的"中国通"和亲华派也逐渐受到蒙蔽，以至于"对满洲事变究竟是怎么回事，我也一直没有回过神来"②。但不言而喻的是，战争毕竟意味着人与人的相互杀戮。可以想象，视中国为第二故乡的草野心平不可能不为战争的杀戮感到痛心疾首，甚至想尽可能避免战争。可战争一旦发生，变成自己无能为力的局面，草野心平就只能对现实视而不见，偏执地相信侵略战争是所谓为了真正友好的战争，是为了"五族共和""东洋和平"的战争，从而得以浅薄地克服内心的分裂和痛苦的纠葛。这样一来，他接受岭南大学同窗好友林柏生的邀请，加入提倡"对日和平与独立"的汪伪国民政府就有了某种逻辑上的连贯性。

作为促成草野心平最终由"抗战"向"和平"转变的要因，汪精卫的存在不能被忽略。草野心平在《命运之人，汪精卫》中写道："说到孙

---

① 草野心平「陳少年の思ひ出　広東の蚊」『草野心平全集』第 8 巻、東京：筑摩書房、1982、第 105 頁。该文初登于《大阪每日新闻》（1938 年 12 月 18 日），后收入单行本《支那点点》（东京：三和书房，1939）中。

② 草野心平「わが青春の記」『草野心平全集』第 9 巻、東京：筑摩書房、1981、第 399 頁。

文和汪精卫这两个世界性的政治家，我得以在广东直接接触到他们俩的音容笑貌，是在关东大地震之后不久。（中略）众所周知，汪精卫是孙文的亲信，是与蒋介石一起进行国民革命，创立了中华民国的国民党左派大政治家。"① 从这些表述中不难推想，汪精卫之所以给草野心平留下了难以忘怀的印象，或许是因为在草野心平眼里，他是孙中山的亲信和国民党左派政治家，是名噪一时的刺杀清摄政王载沣的英雄，也是孙中山"大亚洲主义"的继承者。而最重要的，他是"一个诗人"，一个"具有诗性的政治家"②，以至于草野心平"觉得他那追求理想的眼睛有着难以言喻的美感"③，所以，草野心平把对孙中山的景仰原封不动地投射到汪精卫身上。而我们知道，从 1925 年孙中山逝世到 1938 年底汪精卫委托林柏生发表对日妥协的"艳电"，汪精卫的政治思想发生了一系列重大变化。特别是"七七事变"之后，"在民族失败主义思想的驱使下轻信日本的承诺，和对孙中山'大亚洲主义'真谛的错误理解，是汪精卫主张中日'亲善'，开展'和平'运动的重要原因"④。尽管他自诩为孙中山思想、理论和事业的信徒和继承者，事实上，他所谓的"中日全面和平"不过是假借孙中山"大亚洲主义"之名，而与日本业已变质了的"大亚洲主义"相嫁接，并融入"东亚联盟论"，来为建立南京伪国民政府捏造冠冕的理由罢了。草野心平因为岭南大学时期就目睹过汪精卫紧随孙中山而行的倜傥身影，听到过汪精卫充满理想主义的激情演讲，从而倾心于汪精卫的诗性人格，所以当听到汪精卫建立所谓"中华民国国民政府"，致力于"中日全面和平"的消息后，原本处于摇摆逡巡中的草野心平，终于为自己相信日本对华战争的"大义名分"找到了心理上的支撑和情感上的根据。就像齐泽克的后意识形态理论所指出的那样，"当主体被象征秩序所撕裂和阻隔时，它迫切需要一个客体对应物来找回自己的损失，也需要一个意识形态的幻象客体来证明自己是一个自由自在的主体，掩盖其短缺空无的事实。意识形态的幻象刚好提供了这一对应物"⑤。即是说，当草野心平的情感被日

---

①　草野心平「運命の人、汪精衛」『新潮』1985 年 2 月号、第 72 頁。

②　草野心平「汪主席詩を語る」『日本評論』1941 年 8 月号、第 298 頁。

③　草野心平「汪主席詩を語る」『日本評論』1941 年 8 月号、第 297 頁。

④　张殿兴：《论汪精卫的"大亚洲主义"》，《史学月刊》2008 年第 7 期，第 132 页。

⑤　吴学琴：《析"意识形态直接就是社会存在"——齐泽克的"后意识形态"理论分析》，《马克思主义研究》2007 年第 8 期，第 84 页。

中全面开战的现实所撕裂，从而陷入迷茫和痛苦的当口，"日中全面和平"成了他用来填补内心失落和投射主体欲望的意识形态幻象。而汪精卫及其伪国民政府则扮演了可以供他在现实中去追求和维持意识形态完美幻象的客体。新藤谦分析称："在这一点上，汪兆铭或许是促成心平转向的人物吧。（中略）在心平看来，汪兆铭之理想的东西，也正是自己的理想。把中国视为第二祖国的心平，理应祈求处于被殖民统治状态的中国的自主独立。因此，他也曾经把作为达到这一目的之手段的抗日视为中国人的理想来加以认同。但在日中战争爆发后，汪精卫提倡在'中日全面和平'的基础上，谋求中国的自主独立。在草野心平看来，这不啻一种更高层次的理想。日中人民携起手来，作为中坚力量，来实现那种涵盖整个亚洲的理想——不正是这样的亢奋攫住了心平吗？"① 以至于草野心平并未在中日两国的客观形势与世界现实格局的关联中来冷静审视汪精卫所谓"中日全面和平"这一口号的虚幻性和欺骗性，而是依靠所谓"诗性的精神"从严酷的现实中抽身开来，将脱离现实的"和平之梦"变成一种顽迷的信念。换言之，与其说草野心平从汪精卫身上看到了现实的政治策略，不如说他是将自身的主观愿望投射到汪精卫身上，以佐证和强化自己那种具有迷幻性质的和平信念。而岭南大学同窗好友林柏生的邀请，则成为将青春时代的跨国友情扩展至国家规模上的中日联盟这一梦想的生成契机。正如吉田凞生指出的那样，"草野不是把汪精卫和林柏生作为政治家，而是作为诗人来看待的，而且有一种将其拽向日本一侧来看待的感觉。对于草野心平而言，'全面和平'乃是岭南大学的友情在国家规模上的再现和扩展，是作为弱者的日中两国为对抗作为强国的英美之'蛇'而结成的'青蛙'联盟"②。如此一来，他也就当然不可能——也不愿意——去看穿汪精卫政府的傀儡性质和日本军部的险恶用心了。不，更准确地说，后来他在南京伪政府期间也并非完全没有意识到汪精卫政府的傀儡性质，所以他才会说，汪精卫是"忍受着日本军部的无理要求，勇敢地迈向全面和平的运动，试图实现孙文的'大亚洲主义'"③。但对于有着中日两个故乡，却在战争状态下陷入身份认同困境的草野心平而言，"全面和平"的痴人之梦

① 新藤謙『唸る星云·草野心平』、東京：土曜美術出版販売、1997、第139—140頁。
② 吉田凞生「『凹凸の道』解説」草野心平『対話による自伝　凸凹の道』、東京：日本　図書センター、1994、第258頁。
③ 草野心平「運命の人、汪精衛」『新潮』1985年2月号、第72頁。

却成了他狡黠地逃离现实，暂时规避身份认同危机的稻草，乃至甘愿执迷于其中不肯醒来。于是，在同窗好友林柏生的劝说下，他不惜自己也摇身一变，成了那一出既是悲剧更是滑稽剧中的演员①。

当然，客观上说，正如新藤谦指出的那样，"心平并不只是为了日中全面和平与中国的自主独立而答应林柏生的邀请的。（中略）即便中国对心平来说乃是第二个祖国，他也不属于会为中国革命的思想而以身相许，全身心投入到政治运动中的那一类人"②。可以说，生活的不如意和浪漫的天性也是其答应去南京的重要理由。此时，草野心平已辞去帝都日日新闻社的工作，进入东亚解放社，当上了《东亚新闻》杂志的总编辑。从社名就可以想象到，东亚解放社是一家国策宣传公司，旗下的《东亚解放》亦是遵循着同一指针。尽管收入不是太丰厚，但与草野心平此前的贫穷生活相比，已算得上小康了。但生性自由浪漫的草野心平显然不喜欢这种按部就班而又凡庸的工薪族生活，他更喜欢具有挑战性和梦想意味的生活方式。更何况即将前往的又是充满了美好回忆的中国，因此不难设想，对中国这个第二故乡的浓浓乡愁也是促使其下定决心的关键要素。当然，对岭南大学同窗好友林柏生的信赖亦是不可或缺的重要诱因。诸种因素交织在一起，导致草野心平此时迎来思想上的重大转向，渐渐浸润于所谓为"东洋和平"而战的国策宣传与时代氛围中。于是，草野心平于1940年8月1日动身前往中国，于同月下旬抵达南京，就任南京汪伪国民政府宣传部顾问。

第四节　"南京时期"与中国观的多重构造

关于草野心平在南京汪伪国民政府期间的活动，曾任南京伪特务机关

---

① 林柏生曾于1940年5月赴日，于27日邀请昔日的同窗好友草野心平赴箱根共度一宿。不难设想，正是这次老友的重逢最终促使草野心平下定决心，赴南京加入汪伪国民政府。7月，草野心平在其主编的《历程》第20号上刊登了林柏生的《游日有感》一诗，其中写道："余素不习诗词、二十七年秋、偶学为之初、不料、数月之后、果血满衣矣。然两国人民牺牲之大、又岂仅血泪已哉。游日有感、因就正于吾友。"（《历程》第20号，1940年7月，第34页。）显然，"两国人民牺牲之大，又岂仅血泪已哉"成了林柏生力邀草野心平投身南京所谓"和平政府"的最大理由，即为了改变"血满衣、泪满衣"的惨烈现实，中日两国应该停止对抗，实现全面和平。

② 新藤谦『唸る星云・草野心平』、東京：土曜美術出版販売、1997、第134頁。

文职人员的会田纲雄后来回忆说："虽说是顾问，但也不过是一种名分而已。在南京政府的政治计划表中，可以说心平并无参与过宣传政策的实际业绩。"① 曾任南京伪国民政府宣传部科长的中国文人章克标也回忆道："草野心平是个日本诗人，可能不是由日本军方介绍到宣传部来的，是他自己找了来的。这个诗人有点古式诗人的狂荡不拘的样子，常穿了一件用做麻袋的精麻布缝制成的西装，也会讲几句广东话，同广东人应酬，他没有一定工作，有时在南京出没，有时长久不露面，不知到哪里去了。大家认为他是个怪人。但总是个挂名在汪伪宣传部的职员。在宣传部没有什么固定的工作，日本的知名士、文人学者来访时，他经常被邀来作为陪客，宣传部也许派了他这项用场。平时到宣传部来的日本客人不多，所以他是十分闲散的。"② 如果单是从上述两人的回忆来看，草野心平在南京汪伪国民政府宣传部似乎并无具体的实权，过得相当闲散和惬意，但事实上却并非如此简单。从可以核实的历史资料来看③，草野心平在南京期间也并非无所事事，在文化领域相当活跃，主要是利用其诗人的身份和在中日两国的广泛人脉，大肆宣扬所谓"日中全面和平"的理想。他主要参与了中日文化协会等的活动，编辑了《日中文化》、《黄鸟》和《亚细亚》等杂志，以强化对中国的殖民文化渗透，宣传日本的国策思想，作为伪中华民国的代表，分别于1942年10月和1943年8月参加了在东京举行的第一次和第二次大东亚文学者大会，并积极筹办1944年11月在南京举行的第三次大东亚文学者大会。在这些活动中，草野心平竭力倡导对中国的文学者进行组织化，通过汪伪国民政府控制的《中华日报》等鼓动岭南大学的同窗支持南京汪伪国民政府，充当了南京汪伪国民政府文化政策的传声筒。

在《谨告重庆的中国同学》中，草野心平在追忆了岭南大学时期的种种甘美往事之后写道："诸君之爱中国，是出于诸君之自由意志，也许是

① 会田綱雄「南京時代」『無限　草野心平特集』第28号、1971年8月、第242頁。
② 章克标：《世纪挥手　百岁老人章克标自传》，深圳：海天出版社，1999，第228页。
③ 可主要参见下列文献：桜本富雄「糊塗の全景」『空白と責任』、東京：未来社、1983；
尾崎秀樹「大東亜文学者大会について」『近代文学の傷痕』、東京：岩波書店、1991；
深澤忠孝『草野心平研究序説』、東京：教育出版センター、1984、第293—310頁；涂
文学：《武汉通史・中华民国卷（上）》，武汉：武汉出版社，2006，第304页；雷鸣：
《汪精卫先生传》（民国丛书复刻版），上海：上海书店出版社，1989，第107~109页；
贺圣遂、陈多青编选《抗战实录之三：汉奸丑史》，上海：复旦大学出版社，1999，第
222~224页。

诸君的义务和责任。我想，诸君爱中国的道路有几条吧？我想现在是有两条大路：一条是南京国民政府迈进的道路，一条是重庆政权的道路。我们认为只有南京政府迈进的道路，才是正当的道路，所以向这条道路迈进着。"① 这是因为"我也知道，中国的民族主义运动是一个巨大理想的运动，而现在的'抗日'也是这一运动的一种变形。但是你知道吧？汪主席的和平运动是从重庆的理想中衍生出的截然不同的另一种理想，是中国最新的理想，是最具未来性的理想"②。草野心平甚至还宣称，南京的"和平道路"是旨在打破重庆政府对"欧美"的依赖，使东亚成为东亚人之黎明的正确道路。

　　至此，草野心平从岭南大学时期的"抗战"立场彻底转向南京时期的"和平"主张，甚至不惜以"东亚的解放"为名来掩盖南京伪国民政府的傀儡性质和日本对中国的侵略事实。对此，日本学者安井三吉指出："就这样，草野的中国观在岭南时期的基盘上进而加入日中战争时期的体验。它是建立在这样一种结构之上的东西，即：不是在对岭南时期形成的基盘进行否定的基础上，而是在保留了岭南时期中国观的前提下，一边与之维持着整合性（尽管只是草野主观上的愿望），一边重新叠加在上面。这表现在关于蒋介石与汪精卫两人关系的认知上，即表现在如下对两者的评价方式上：尽管蒋介石（抗日）也有正当的根据（这与岭南时期的认识相同），但汪精卫（和平）才体现了从中诞生的'崭新理想'。而且他认为，历史正从蒋介石（抗日）转向汪精卫（和平）。而所谓'东亚的解放'正是被定位在其目标上。"③ 笔者注意到，安井三吉不但在这里勾勒出草野心平从"抗战"向"和平"转变的路径，更是借此揭示了草野心平中国观的叠层式构造，即把岭南体验和南京体验这两种原本完全异质的体验和由此形成的原本充满矛盾的中国观杂糅在一起，在其内心深处形成了相互叠加而不是彼此否定的并存结构，并试图千方百计地保持某种整合性。我们知道，否定是自我运动的灵魂，只有通过不同观念的否定和斗争，人才可以实现自我的超越，达成对客观现实和自我更高层次的认识。但岭南大学时期和南京时期这双重矛盾的中国观却相安无事地并存于草野心平心中，并未在相互的碰撞和博弈中将他因异国体验而孕育的朴素的世界主义

① 〔日〕草野心平：《谨告重庆的中国同学》，《中华日报》1941 年 10 月 27 日。
② 草野心平「詩人梁宗岱におくる」『改造』1942 年 1 月号、第 50 頁。
③ 安井三吉「草野心平と中国」『草野心平研究』第 13 号、2010 年 11 月、第 36 頁。

情感上升为一种世界主义的理性精神。可以说，他只是把对日中全面和平的幻想作为一个支撑点来串连起内心深处两种不同的中国观。笔者认为，其实，这种结构也非常典型地体现在前述他"站在中国人一边"和拥有"作为日本人的纯粹感情"这两种情感的对立与共存中，而所谓全面和平的"日中一体梦"不过是他用来暂时遮蔽两者的冲突，勉强维系两者平衡的绝妙道具和支架。而值得注意的是，在诗歌的世界里，同样的机制也体现在草野心平作为诗人的"纯粹精神"与"大东亚共荣圈"意识形态的并存上。

第五节　战时意识形态阴影下的《绝景》和《富士山》

在草野心平1940年8月赴南京之后，9月由八云书林出版了诗集《绝景》，收录了他于1936年至1940年前半期创作的49首诗歌。这恰好在时间上与草野心平逐渐产生"思想转向"的过程重合在一起，不妨视为该时期草野心平心路历程的诗歌镜像。如果按诗歌内容的基本倾向进行分类，该诗集的诗歌大致可以分为下列4类：

（1）《Bering Fantasy》以下的16首，是静静地咏叹天地自然与生命存在之摄理的诗群；

（2）《空气祭》以下的16首，是表现生存在天地自然中的人的抒情诗群；

（3）《柏生，你别死》以下7首，是与中国旅行（1938年2~4月）或中国有关的作品；

（4）《迎2600年》以下10篇，则是不同程度的所谓爱国诗和战争诗。

深泽忠孝指出，"《绝景》（昭和15年）是战前心平诗歌成熟的顶点，形成了独自的诗歌宇宙"[1]，认为（1）和（2）的部分在内容的充实和结构上形成了均衡的状态，不再像自立期（《第一百阶级》《明天是个大晴天》）那样简单地宣泄出无政府主义者的愤怒和抵抗，也不像《母岩》那样充满了混沌，而是用稳定的形式和旋律静静地咏叹着无限的存在感。他同时也尖锐地指出，与（1）和（2）部分相反，（3）和（4）部分明显

---

①　深澤忠孝『草野心平研究序説』、東京：教育出版センター、1984、第261頁。

奏出了不和谐的音符。"特别是当与政治和历史相关时，那种不和谐音就越是提高了音阶。《柏生，你别死》就是其典型。《绝景》的不幸和丧失便显然与（3）、（4）部分有关。"①换言之，倾向上不和谐的几组诗歌——具体而言，就是像"Bering Fantasy"等歌咏宇宙与天之摄理、体现着诗人纯粹精神的诗歌，与《饯壮行》《凯旋部队》等赞美战争、歌咏大东亚之黎明的诗歌——就这样毫无龃龉感地共存于一部诗集里，既折射出草野心平1936~1940年的复杂心象和微妙变化，也印证了前述关于草野心平包括中国观在内的多重意识对立并存的思想特点。

《绝景》展示出一种超越现实和历史的宇宙意识，同时也体现了一种与"大东亚"意识形态逐渐趋同的现实认知。两者貌似相距甚远，缺乏联系，但新藤谦却认为，其实，"宇宙感觉也作为一种反历史意识而发挥了作用。从宇宙感觉来看，地球上所展开的斗争与争执不啻黑子与微粒子之类的碎屑之物，在始于劫初的时间中，它们甚至无异于一次眨眼吧。心平肯定有过那样的瞬间，觉得历史不过就是如此，甚至与季节的更替也毫无二致。（中略）心平的宇宙感觉其实与现实认识的贫瘠乃是表里一体的关系"②。换言之，在沉湎于超历史性宇宙感觉的背后，其实伴随的是现实认知的贫瘠和历史感的匮乏。所以，战争时期，当草野心平的诗歌与政治、历史发生关联时，就会不自觉地弹奏出走调的诡异音符。就像草野心平总是试图在矛盾的情感之间保持微妙的平衡一样，或许他也试图在作为诗人的宇宙意识、纯粹精神与作为战时意识形态的"亚细亚主义"之间寻找一种交叉点和平衡点吧，而诗集《富士山》（东京：昭森社，1943年7月）就不妨视为这一企图所催生的结果。

《富士山》收录了草野心平从1930年代到1940年代创作的关于富士山的17首诗。关于选择富士山为抒写对象的缘由，草野心平曾先后在两篇文章中有所提及。"我当时或许是希望依靠梦见富士的庆典来在自己心中点燃灯盏吧。也或许是自己内心中开始发酵的主题在阴暗抑郁的悔恨中化作一种憧憬而具体地呈现出来。尽管当时的作诗动机不很明了，但当时正是日华事变的黑暗背景暗淡了我内心的时期。那一阵子我主要书写富士

① 深澤忠孝『草野心平研究序説』、東京：教育出版センター、1984、第263頁。
② 新藤謙『唸る星云・草野心平』、東京：土曜美術出版販売、1997、第138頁。

山和青蛙的诗。"① 草野心平在这些表述中或许是想告诉我们，在日本侵
华战争开始后的那段时间，他自己并未完全同化于时局，而是希望在战争
带来的阴郁心境中借助歌咏富士山来为自己点亮内心的明灯，从而试图保
持一种诗人的纯粹精神。他说："我试图把富士山看作一种美与存在的象
征，通过青蛙暗示出一种乌托邦的存在。把富士山视为民族精神的免费食
粮。还感觉到它是'超越存在的无限之物'、'被还原为存在的无限之
物'。关于富士山，自古以来就有相当数量的优秀诗歌，原本想自己不写
也可以，但转念又一想，关于 20 世纪的诗人是如何看待富士山的，不妨
也该有些那样的作品。而且，就像过去的诗人（歌人）们把富士山写成一
些优秀的作品来馈赠给我们那样，我也想把它赠送给未来。而且，我希望
未来能产生很多不同的富士山作品。这样说也许不免有语病吧。总之，我
就是想把自古以来就存在于身边的主题按照自己的方式来加以处理。"②
如果没有理解错的话，草野心平所谓"按照自己的方式来加以处理"，或
许就是不受时局和他人的影响，遵循自己的诗歌精神与想象力，来超越作
为典型而业已存在的所有富士山形象，从而创造出属于自己的富士山形
象。但我们不禁要问，事实上又如何呢？

　　正如我们在第三章已经讨论过的那样，对由天所表征的宇宙式的或超
越性的东西的偏好早已出现在草野心平的诗歌中，从《第一百阶级》
（1928 年）和《明天是个大晴天》（1931 年）中就可以看到其萌芽。而以
《母岩》（1936 年）为起点，作为草野心平诗歌主轴的宇宙感觉开始呈现
出新的发展和变化。而到了《绝景》（1940 年），更是静静地咏叹起天地
自然与生命存在的摄理了。而富士山作为与天相通的自然造化之物，也象
征着超越存在的无限之物，理应体现草野心平追求的自然之理，因而笔者
认为，从草野心平自身的诗歌发展脉络来看，富士山本身确实蕴含着成为
他歌咏对象的某种合理性。但值得我们关注的是，是否真像草野心平所暗
示的那样，富士山这一题材作为打破战时暗淡心境的明灯，体现的是一种
完全独立于时局的纯粹诗歌精神呢？不，答案显然是否定的。我们知道，
在草野心平富士山诗群出现的同一时期，岩波文库于 1937 年推出了志贺
重昂的《日本风景论》。1942 年 10 月，该书再次由政教社出版。这并不

① 草野心平「富士山のことども」深澤忠孝『草野心平研究序説』、東京：教育出版セン
　ター、1984、第 286—287 頁。
② 草野心平「富士山」『解釈と鑑賞』臨時増刊号、1954 年 6 月。

只是单纯的名著再版，而是与和辻哲郎从"风土性"的角度来重新审视日本人的民族性问题的《风土》（东京：岩波书店，1935 年 10 月）一书的流行、《日本浪漫派》的创刊（1935 年 3 月）、对日本古典和日本精神的回归运动等具有联动性的社会现象。志贺重昂在《日本风景论》附录六《寄语日本的文人、词客、画师、雕刻家、风怀高士》中恬不知耻地高声疾呼，既然作为过去天子祭拜天地之神的场所而受到推崇的中国第一名山泰山都已纳入"我皇的版图中"，那就让它改名为"山东富士"，而让日本的富士山作为"岱宗"耸立在亚洲吧！他进而呼吁把中国的十八座名山全部冠以"什么什么富士"之名①。由此可见，在 1930 年代的日本，"富士山"这个貌似与政治无关的自然之物，业已逐渐沾染上日益高扬的民族主义污垢和"大日本主义"尘土。因此，我们有必要将草野心平的富士山诗群还原到这样一种历史语境中来重新解读，审视背后潜藏的政治意义。显然，草野心平不单是把富士山作为超越存在的无限之物来看待，也是将其视为日本"民族精神的免费食粮"来认知的，从而让自己的自然宇宙意识与当时被热炒的日本民族精神和国粹主义想象融合在富士山这一意象上。

作品第柒

与地球一起。
穿越黑夜。

啊——。
最初的日本。
蔷薇的山巅。②

作品第拾陆

玲珑剔透的山体。
民族精神的。
免费食粮。
月亮、刀刃、苔笠。

---

① 志贺重昂『日本風景論』、東京：岩波書店、1995、第 319—320 页。
② 草野心平「富士山、作品第質」『草野心平全集』第 1 卷、東京：筑摩書房、1978、第 292 页。

　　万朵的爱、飞机。

　　历史在流淌。

　　富士山包藏起"世界"，静静地睥睨着。

　　（中略）

　　啊——。

　　如今在烈火、暴风和自爆的尽头。

　　在一百七十万种鸟儿的乐器伴奏下。

　　美丽的白色和平。

　　正迫近爽朗的日本天空。①

　　两首诗都歌咏的是富士山，在把富士山看作超历史性的自然之物的同时，也将其视为日本民族精神的一种象征，更看见"美丽的白色和平"正迫近日本的天空。如前文所述，草野心平曾经因厌倦日本的小气和狭窄而逃离日本，前往中国留学，因接触到中国广袤的土地和中国人宽宏大度的性格而获得将日本相对化的视角，并萌生了国际主义和宇宙主义的情感，从而在《第一百阶级》中描绘了一个作为无政府主义者的国际主义世界，其间消解了民族、国境抑或历史之类的东西。"但随着15年战争的加深，心平是不是感觉到，正是那些以前没有的东西开始向他发出了召唤呢？于是，他开始将目光转向自己的身份同一性、根基等一类东西。其中之一就构成了广泛意义上的'母岩'，再进一步聚焦后，就变成了'富士'。不用说，其间又掺入了'亚洲'问题，从而开始向该意义上的一种民族主义倾斜"②。说得再简明一点儿，那就是：尽管草野心平因在中国的异国体验而拥有了国际主义的情怀和宇宙视野，从而一度抛却了狭隘的民族主义立场和国境意识，但日中战争的爆发和加剧却迫使他不得不重新思考国界、民族、自己的文化身份及文化根基等问题，并在时局的影响下，从国际主义向民族主义、日本主义退却。通览草野心平的《绝景》和《富士山》两部诗集会发现，以前诗集中罕有的"日本的"这一修饰语频繁出现，比

---

　　① 草野心平「富士山、作品第拾陸」『草野心平全集』第1巻、東京：筑摩書房、1978、第302頁。

　　② 宗左近等「命を燃焼させた単独者の詩と生」『現代詩読本　草野心平るるる葬送』、東京：思潮社、1989、第15頁。

如"日本的列岛""日本的屋顶""日本的天空""日本髻""日本的古典""日本的天""日本民族的幽灵"等短语高密度地运用于诗句里，取代了《第一百阶级》等诗集中那种没有民族和国境之分而只有无政府主义者集结的世界。作为一脉相承的举动，草野心平以富士山为媒介，夸耀起日本的血统，成了近乎操持着日本浪漫派①话语的民族主义者。而在现实生活中，此时的草野心平也与日本浪漫派的中心人物保田与重郎变得熟络起来。显然，草野心平的立场已与日本浪漫派非常接近。正如真壁仁指出的那样，"我们有必要记住一点，那就是草野心平的富士诗开始创作于日华事变爆发的时期。一旦联想到当时日本绝对主义思潮的泛滥，就不难理解，富士被作为表征了崇高、永恒、和谐、权威之理念的东西来加以歌咏，说明了诗人在精神上的倾斜。对此，我无法以审判者的口吻来进行批评，却因从中看到作为我们诗歌素材的话语所含毒素的可怕以及复仇的猛烈，从而不胜悲哀。（中略）草野心平的富士原本就不是实际存在的山峰，而是耸立在诗人内心作为心象的富士。它是把人间喜剧的后台作为前景装置而耸立着的。这是和山部赤人以来的日本文学中所出现的富士诸典型都截然不同的方法"②。换言之，在此时的草野心平眼里，富士山已不是单纯的自然景观抑或心象风景，而是"民族精神的免费食粮"，是给整个亚洲带来"美丽的白色和平"的意象，更是在剧烈动荡的亚洲历史中代表日本政治文化优越性的象征物，一种可以承接最高级别献词的模拟宗教。从这种意义上说，在日本吞并朝鲜、霸占了中国东北和华北等地，并觊觎整个东亚盟主地位的背景下，当富士山被描绘成只接受祈祷和膜拜的神圣之物，静静地"睥睨"着亚洲乃至世界时，那些赞美富士山的语言越是美丽，就越是包藏了日本国粹主义和以日本为盟主的所谓"东亚联盟论"的可怕"毒素"。

《富士山》中的大部分诗歌都写于草野心平前往南京伪国民政府之前，且有近半数写于1940年。而如前所述，这一时期也正是草野心平借助

---

①　日本浪漫派指以保田重与郎为中心的一批作家，因创办了机关杂志《日本浪漫派》（1935年3月创刊）而得名。他们试图从日本古典文学的研究中寻找日本文学的血统，从"浪漫主义"的"美学理念"出发，把日本的侵华战争视为"日本浪漫精神"的实现，极力把日本的侵华战争加以"文学化"和"美学化"，鼓吹所谓"作为艺术的战争"，把侵华战争本身看成日本人最根本的"精神文化"。在当时特定的时代背景下，其超越了文艺理念的右翼思想给青年人带来很大的负面影响。

②　真壁仁「草野心平論」『北からの詩人論』、東京：宝文館、1985、第145—146頁。

"日中全面和平"之幻象转而开始认同战争的时期。但该诗集里之所以尚
未出现赤裸裸的战争赞美诗，而是以富士山为媒介来颂扬日本民族精神，
潜在地与主流意识形态呈呼应状态，说明在草野心平心中，日本侵华战争
的正当性并未彻底成为不言自明的东西，所以前述"日华事变的黑暗背景
暗淡了我内心"的说法并非百分之百的谎言或完全的自我辩解。即便
1940 年出版的《绝景》中出现了诸如《饯壮行》《凯旋部队》等较为明
显地赞美战争、歌咏"大东亚之黎明"的诗歌，但日本学者石崎等指出，
作为诗人的纯粹精神与好战的"大东亚共荣圈"意识形态之所以能够在草
野心平的诗歌中实现共存，乃是因为表现后者的诗歌是在"仪式、纪念日
等意识到'公'而创作时——用民俗学的话语来讲，就是在所谓'神圣
而盛大'的日子里——变得显明化而喷发出来的"[1]。比如说，《饯壮行》
就是在"笔部队"前往中国之际，草野心平受日本学艺新闻报社之托而创
作的。笔者认为，草野心平的意识构造中存在"私"与"公"两个层面，
"私"表现为诗人的个体情感和纯粹精神，而"公"则表现为对主流意识
形态的追随或认同，这两者同时并存于草野心平的意识构造中。当他的诗
歌面向"公"的时候，"私"的一面便悄然退却，而凸显出"公"的一
面，表现为与时局的趋同性。从这种意义上说，尽管他的部分战争赞美诗
在 1940 年前后已经出现，却并不表明此时他对日中战争性质的怀疑已经
彻底打消，或是对当时主流意识形态的认同毫无保留，所以，当他的视线
转向自己的内心之时，才会倍觉抑郁暗淡吧。不过，具有讽刺意味的是，
尽管他宣称"我当时或许是希望依靠梦见富士的庆典来在自己心中点燃灯
盏吧"，但事实上，真正给他暗淡的内心豁然"点燃灯盏"的，并非歌咏
富士山的诗集《富士山》，而是于 1941 年 12 月在现实中爆发的所谓"大
东亚战争"。

第六节　　"大东亚战争"的爆发与"断然战斗"的
草野心平

就在草野心平发表了《谨告重庆的中国同学》（1941 年 10 月 27 日），

---

[1]　石崎等「詩としてのアジア：草野心平と中国（Ⅰ）」『立教大学日本文学』第 91 号、
2003 年 12 月、第 120 頁。

呼吁岭南同窗相信南京伪国民政府的"全面和平"才是更高层次的理想，宣称现在是"必须放弃（对英美的——引者注）依赖，转变到东亚人之东亚的大转换期了"① 之后不到两个月，即 1941 年 12 月 8 日，英美正式向日本宣战。英美作为敌国正式浮出水面，使日本在亚洲的侵略战争获得了所谓"为亚洲而战"的"大义名分"。在《致诗人梁宗岱》中，他对往昔的诗友呼吁道：

> 在（日美和谈——引者注）决裂后，一旦日本的国策决定战斗，那我们日本人就只有战斗了。（中略）我们的事变乃是为了缔造崭新东亚的、斩断了欧美侵略链的整个东亚的、崭新东亚全体协同繁荣的战斗。这一点想必你也知道吧。②

显然，这些慷慨激昂的文字中充斥着日本政府关于"大东亚共荣圈"的逻辑，使"亚洲主义"沦为日本侵略战争的美丽幌子。依靠树立英美等外来侵略者这一对立面，而为日本侵略战争罩上了解放亚洲、捍卫亚洲一体性的漂亮光环。而对于草野心平来说，"我们的敌人究竟是谁？"这个长期悬而未决并折磨着他的疑问终于有了答案，而且是一个让草野心平如释重负、愿意欣然接受的答案。因为欧美这个"共同敌人"的出现，使他和岭南大学的同窗好友再次确认了作为至爱亲朋的立场。唯其如此，才不必再为将枪对准日本还是中国而苦恼，因为"我们"现在可以把枪一致对准英美。如此一来，有着日中两个故乡的草野心平也就得以"成功地"规避了身份认同上的困惑与情感上的撕裂，从而将"日中全面和平"升级为"抗击欧美、解放亚洲"的"大东亚共荣圈"这一意识形态幻象。

草野心平为日美开战欣喜如狂，写下了《我们断然战斗》一诗：

> 啊，终于
> 在日本历史二十七世纪的当下
> 终于迎来了巨大的爆发
> 对于到昨天为止的长期恫吓与压迫

---

① 草野心平：《谨告重庆的中国同学》，《中华日报》1941 年 10 月 27 日。该文的日语版《重慶にゐる同窓諸君に告ぐ》发表在东京出版的诗刊《历程》1942 年 4 月号上。此句按日语版直译应为："是必须放弃依赖，使东亚成为东亚人之东亚的重黎明了。"
② 草野心平「詩人梁宗岱におくる」『改造』1942 年 1 月号、第 50 頁。

> 我们的敌忾正在沸腾
>
> 如今没有一个人畏缩
>
> 没有任何人在踌躇
>
> 为了保卫光荣的祖国
>
> 为了保卫大亚细亚圈①

在草野心平看来，是英美帝国主义对亚洲的长期恫吓与压迫导致"我们的敌忾正在沸腾"，从而引发了"大东亚战争"。因此，以所谓"五族共和"为理想②的草野心平自然乐于把日本对英美的宣战视为解放亚洲的战争，视为"使东亚成为东亚人之东亚的重大黎明"③。而且，如前所述，草野心平曾在广州目睹了欧美人对中国人的歧视和欺凌，早已在心中滋生了对欧美殖民者的愤懑和抗拒感，因此，对欧美宣战的反殖民意义就在他眼里被有意无意地夸大了。

于是，草野心平找到使日本侵华战争正当化的理由，因此，暗淡阴郁的心中陡然点燃了明亮的"灯盏"，不再需要为自己与时局的同化感到怀疑与内疚，而主动投入主流意识形态的怀抱里，开始肆无忌惮地讴歌"大东亚的黎明"了。在历经《绝景》和《富士山》的矛盾与动摇之后，汇集了大量高调的爱国诗和战争赞美诗的《大白道》于1944年出版。在《迎大东亚新年》一诗中，草野心平写道：

> 纪元二千六百三年一月元旦。
>
> 啊，的确是。
>
> 从未有过的庞大的一月元旦。
>
> 明天，大东亚到处都将飘扬起太阳旗。
>
> 陆地上飘扬起太阳旗。
>
> 海面上飘扬起太阳旗。
>
> （中略）

---

① 草野心平「われら断じて戦ふ」『草野心平全集』第1卷、東京：筑摩書房、1978、第323頁。

② 三好豊一郎「その活力と夢想—『五族共和』を超えて」『現代詩読本 草野心平るるる葬送』、東京：思潮社、1989、第179頁。文中写道，作者问及草野心平为何加盟南京伪国民政府，草野心平压低声音回答道："是为了五族共和吧。"

③ 草野心平「重慶にゐる同窓諸君に告ぐ」『歴程』第17号、1942年4月。

满洲国、中华民国凡有日本人所居之处都飘扬起太阳旗。

泰国、印度支那凡有日本人所居之处都飘扬起太阳旗。

大东亚到处都飘扬起太阳旗。

整首诗不啻关于"日本必胜"和建立"大东亚共荣圈"的痴梦狂想。除了这首诗之外，诗集《大白道》中还收录了作为开战赞歌的《沸腾之歌》、以击沉英国东洋舰队主舰为主题的《沉睡海底的两只军舰》、以加藤隼战斗队队长之死为主题的《噫！军神加藤健夫少将》，以及《大东亚战争第二年之赋》《大东亚共同宣言国民大会》等诗歌，到处充斥着"亚细亚""大亚细亚""东亚""东方""东洋""大东方""大东洋"等让人联想到"大东亚共荣圈"幻象的空洞词语。从这些赤裸裸的战争赞美诗中，可以看到诗歌语言所含毒素的可怕和草野心平作为诗人的堕落，让人不胜悲哀。不过，在该诗集的后记中，草野心平这样写道：

　　从支那事变到大东亚战争爆发的那段时间，于我而言黑暗透顶。此间，我几乎一直在歌咏青蛙和富士。但从对英美宣战那天开始，我豁然讴歌起战争来了。对于我而言，这委实是太自然不过的事情了。对祖先，还有我们未来的子孙们感到内疚的是，我的战争诗实在是过于贫弱了。[1]

　　如前所述，综观草野心平的诗歌创作不难发现，其实在太平洋战争爆发前他就已发表了一定数量的战争赞美诗，而并不像他本人所说的那样，只是一直在歌咏青蛙与富士。而他之所以这么说，或许从一个侧面表明他在逐渐与官方意识形态靠近直至同化的同时，并非完全没有逡巡、动摇与内疚，所以"从支那事变到大东亚战争爆发的那段时间，于我而言黑暗透顶"，这肯定不是虚言。但现在，借助日本对英美的宣战，那种"黑暗"一下子烟消云散，转化为战斗的亢奋与激情。而值得注意的是，这并非草野心平独有的心情，亦是绝大部分昭和知识分子当时共有的心态。事实上，即使曾经对日本侵华战争保持沉默和持保留态度的知识分子，此刻也对日本向英美公开宣战欢呼雀跃。

　　在欢呼雀跃的人群中，不乏早年留学欧美或亲欧美派的知识分子。小

---

①　草野心平「大白道覚書」『草野心平全集』第 1 巻、東京：筑摩書房、1978、第 363 頁。

林秀雄从收音机里听到日本对英美宣战的广播时，直呼"心情变得前所未有的爽快"①。而最有代表性的要数高村光太郎。作为日本近代诗歌之父，他早年曾留学欧美，是西方近代精神的拥戴者。但此时的他却把欧美人贬斥为"多毛鬼"，把太平洋战争视为讨伐"多毛鬼"的绝好时机，认为这是日本对西洋近代的大逆袭。正因为高村光太郎体验过西洋近代文明的实力和荣光，所以，在他把西方人叫作"多毛鬼"的这一侮辱性称呼中，更是折射出其在西洋近代面前的复杂心理。在欧美面前的长期劣等感越是强烈，将日本对英美宣战视为大快人心之举的情绪就越是高涨。而初战的胜利更是让这种亢奋走向了极端。新藤谦后来评论说，反抗英美的长期恫吓与压迫，为"亚洲的独立和解放"而战——这种荒唐的论调"不仅成了当时的领导层和媒体，也成了包括我们这些年少世代在内的大部分日本人的战争观"②。

如前所述，日本作为近代国家的进程是以西方文明为准绳的文明化过程。福泽谕吉式的"脱亚入欧"论立场具有与日本近代化相伴随的结构性特质。对以近代中国为代表的亚洲的否定性认识和"脱亚入欧"的强烈意志，作为表里一体的两个方面，构成了大部分日本近代知识分子的基本立场。因为这种立场是以对西洋的追随和仰视为基点的，必然伴随着面对西洋文明和西洋人时的劣等感。它表现为面对东方的优越感和面对西方的劣等感这样一种意识构造。换句话说，日本在亚洲的盟主意识与在西欧面前的自卑情结是一对孪生子。在当时所谓的"东亚"或"兴亚"等说法中，都不自觉地暗含着"西洋"这一相对的概念。而作为"东洋第一"的先进国、亚洲的盟主，日本应该不惜牺牲自己去保护"东洋"免受西欧的侵略，这成了日本社会当时通行的荒谬逻辑。因此或许可以说，日本以"兴亚"为旗号对亚洲的侵略，是日本近代以来延续了半个世纪的西欧自卑情结一举发生大逆转的歇斯底里症的表现。于是，在这样的背景下，不管是昭和知识分子中的西方主义者，还是"亚洲主义者"，都在对抗西洋这一点上达成了惊人的一致，主动加入或是被淹没在构建"兴亚新秩序"和"大东亚共荣圈"的喧嚣中。

甚至连作为思想家的中国文学研究者竹内好也没有幸免，他在《大东

---

①　转引自鈴木貞美『入門　日本近現代文芸史』、東京：平凡社、2013、第330頁。

②　新藤謙『唸る星云·草野心平』、東京：土曜美術出版販売、1997、第159頁。

亚战争与吾等的决意》中写道：

> 历史被创造出来了！世界在一夜之间改变了面貌！我们亲眼目睹了这一切。我们因感动而战栗着……（中略）坦率而言，我们对于支那事变有着完全不同的感情。我们为疑惑所苦。我们热爱支那，热爱支那的感情又反过来支撑着我们自身的生命。支那成长起来，我们也能成长。这种成长的方式，曾是我们确信不疑的。直至支那事变爆发，这确信土崩瓦解，被无情地撕裂。残酷的现实无视我们这些中国研究者的存在，我们遂开始怀疑自身。（中略）我们一直在怀疑，我们日本是否是在东亚建设的美名之下而欺凌弱小呢？（中略）我们日本不是惧怕强者的懦夫！（中略）在东亚建立新秩序、民族解放的真正意义，在今天已经转换成我们刻骨铭心的决意。①

这是竹内好代表当时中国文学研究会写作的宣言，表达了竹内好对日本作为一个小国敢于向强大美国发起挑战这一行动的全力支持。为了不当懦夫的理想，他甚至放弃了对日本侵略中国这一行径的质疑："我们日本是否是在东亚建设的美名之下而欺凌弱小呢？"他还进一步把太平洋战争和日本的侵华战争联系起来，宣布说前者使得后者获得了历史的正当性，因为"大东亚战争成功地完成了支那事变，使它在世界史中获得了生命"②。这篇宣言一直被视为竹内好整个生涯中的一大污点，甚至连他自己也把这次"失足"解释为当时的政治压力所致。但孙歌认为，"对抗西方的愿望，是竹内好作出这个与政治时局重合的文化选择的基本动因"③。不可否认，在对抗西方、振兴东亚这一点上，昭和的知识分子们都鲜有例外地对战争表现出一致的赞美。这其中也包括了草野心平和竹内好这类抱着"亚洲主义"立场的知识分子。他们对战争与"东亚解放"的关系抱着一种复杂的期待，特别是在草野心平那里，表现为对中日两个故乡在"大亚细亚"

---

① 〔日〕竹内好：《近代的超克》，李冬木、孙歌等译，北京：生活·读书·新知三联书店，2005，第165~166页。

② 〔日〕竹内好：《近代的超克》，李冬木、孙歌等译，北京：生活·读书·新知三联书店，2005，第167页。

③ 孙歌：《在零和一百之间（代译序）》，〔日〕竹内好：《近代的超克》，李冬木、孙歌等译，北京：生活·读书·新知三联书店，2005，第17页。

的命运中和平地融为一体、共同对抗英美的近乎偏执的信念和幻想，从而主动投身到所谓"亚洲解放"的意识形态幻象中，有意无意地无视了一个事实：日本的侵华并不具备孙中山所主张的王道性格①，反而明显暴露出吞并中国、殖民中国的野心，其野蛮性甚至超过英美帝国主义。或许正如孙歌所说的那样，这一点也和"昭和前期的日本人没有可以直接挪用的思想资源"② 有关。

而事实上，在昭和前期的思想界，倒是与"大东亚"的国策口号相呼应而出现的日本浪漫派和京都学派占据了主流。在对英美宣战前夕的1941年11月26日，京都学派的高坂正顺、西谷启治、高山岩男、铃木成高等四人在《中央公论》主办的"世界史的立场与日本"座谈会上提出，在与美国交涉破裂的紧迫局势下，日本应该为改变世界史的动向而行动，并认为日本充满了被叫作"道义生命力"的、推进历史的鲜活力量。他们把第一次世界大战及其战后的过程刻意解读成由欧洲制定的近代世界秩序崩溃和解体的开始。

在名噪一时的《世界史的哲学》一书的"序论"中，高山岩男宣称："如今的世界大战绝不是近代内部的战争，而是超出了近代世界的次元，试图与近代划出不同时期的战争。"③ 在谈到"大东亚战争"的意义时，高山岩男说道：

> 由于向大东亚战争的推移和扩大，支那事变所带有的不明朗性质被一拭而净，如今走上了极其明朗的笔直道路……④

在昭和时期的知识分子看来，高山岩男这番牵强附会的言论，在思考"支那事变"（即"卢沟桥事变"）的意义时成了恰如我意的言说，甚至是极端有效的狗皮膏药。对于昭和知识分子来说，"支那事变"是如同黑夜般沉重而又让人迷惑不解的东西，甚至是很可能让他们背负上良心苛责的

① 孙中山在《大亚洲主义》的演讲结尾时曾告诫日本国民："你们日本民族既得到了欧美的霸道的文化，又有亚洲王道文化的本质，从今以后对于世界文化的前途，究竟是做西方霸道的鹰犬，或是做东方王道的干城，就在你们国民去详审慎择。"参见《孙中山全集》第11卷，北京：中华书局，1986，第409页。
② 孙歌：《在零和一百之间（代译序）》，〔日〕竹内好：《近代的超克》，李冬木、孙歌等译，北京：生活·读书·新知三联书店，2005，第14页。
③ 高山岩男「序論」『世界史の哲学』、東京：岩波書店、1942、第1頁。
④ 高山岩男「序論」『世界史の哲学』、東京：岩波書店、1942、第6頁。

重大现实，但"大东亚战争"将这种困惑和不安一扫而空。换言之，在他们看来，"支那事变"的性质依靠"大东亚战争"得到了明快的解读，而且是他们最愿意接受的解读方式。即"大东亚战争"作为一场"圣战"，承担了一种世界史的意义：颠覆了由欧洲帝国主义原理构成的近代世界秩序，将人们引向由亚洲作为亚洲而自得其所的新道义秩序所构成的世界。显然，借助"大东亚战争"来对"支那事变"的意义而作的刻意曲解，就成了拯救因"支那事变"而陷入道义困境的昭和知识分子们的一种自我辩解的话语。所以，当"近代的超克"这个概念在《文学界》主办的同名座谈会上一出笼，旋即便发挥了为军国主义服务的功用，一举成为战争时期控制日本知识阶层和普通民众的流行套语，也成了历史学家、文学家、社会学家等各类知识分子在阐释昭和历史和自我理解时乐于使用的主流话语之一。

正因为如此，我们也就不难理解，为什么草野心平那种源自中国体验的、散发着体温的"亚洲主义"会在"近代的超克"论和变质的"大亚洲主义"大行其道之时，逐渐趋同于军国主义的"大东亚"意识形态。草野心平战争期间从陷入黯淡的心境再到"断然战斗"的心路历程，不妨视为他对"国家"及其意识形态从抵抗到消极认同再到积极配合的过程。他所抱持的"亚洲意识"或"东洋理想"不仅未能帮助他超越国家的架构，反而以扭曲的形态成了驱使他同化于国家意识形态的"共犯"。

第七节　草野心平战后的"亚细亚幻想"

1946 年 3 月，草野心平带着破碎的"东洋梦"搭上了被遣返回国的船只。静静地听着轮船起航的铜锣声，他不无感伤地向中国告别：

> 不知何时，我从一个故乡又有了另一个故乡。两个是各自不同的两个，且是从原本同属一个命脉的祈愿中断裂开来的。在'大亚细亚'的命运中。但我眼前看见的，却是逃亡的惨烈景象。没有中国就没有日本，没有日本就没有中国——我们要正确地遵循这一谱系……①

---

① 草野心平「さやうなら中華民国」『草野心平全集』第 2 巻、東京：筑摩書房、1981、第 165 頁。

感伤的文字里执拗地展现了草野心平把中日两国视为同根并蒂的那种一以贯之的"亚洲主义"立场。实际上，不光是草野心平，几乎所有善意的"亚洲主义者"都曾经抱着这样的梦想，或许他们根本没有想到，正是在这种"原本同属一个命脉的祈愿"中存在不幸的根源。因为"两个是各自不同的两个"，所以，祈愿各自不同的两个国家合二为一只能是非分的妄想。特别是在中日两国的地位极不平等的时代，那样一种"亚洲主义"只能被拽向以日本为中心和霸主的方向，让中国成为日本的附庸和殖民地。梦碎后的草野心平依旧不愿从梦中醒来，但他似乎已经醒悟到，必须"正确"地遵循"中日是一体""亚洲是一体"的谱系。否则，不仅会让梦想如樱花般凋零满地，甚至有可能会在梦想的名义下不自觉地演变成为虎作伥的共犯。

而怎样才算是"正确"的谱系呢？草野心平似乎一直都没有找到答案。当然，这也难怪，因为它本身就不是一个容易回答的问题，特别是当他的"亚细亚梦想"在残酷的现实中破碎一地之后。但也正因为如此，对于草野心平来说，是否敢于承担历史性的错误，并力争从错误中寻找成长的可能，就成了能否实现再生的先决条件。

我们注意到，战后的草野心平一如既往地讴歌着"亚细亚之梦"。比如，草野心平在战后一首题为《落樱》的诗歌中这样写道：

> 在东洋的时间里。
> 让梦降临。
> 任梦散落。①

从中可以看到，草野心平即使在战后也渴望生活在超越日中框架的"东洋"里的精神指向，一如他青春时代的梦想。所以，他总是把这种"亚细亚之梦"溯源到岭南大学时期。他在 1953 年出版的诗集《亚细亚的幻想》的卷头语中这样写道：

> 二十五岁以后到四十多岁之间的作品之中，几乎全是编入了寄情亚细亚的幻想风格的作品，这些作品似乎是广东学生时期探险梦的一种变形。②

---

① 草野心平「さくら散る」『草野心平全集』第 2 卷、東京：筑摩書房、1981、第 156 頁。
② 草野心平『亜細亜幻想』、東京：創元社、1953。

草野心平对"亚细亚幻想"的执着，从其作为一个青春时代便视中国为第二故乡、有着"亚洲之民"意识的人而言，确实自有其合理性。但我们也同时注意到，他战后这种对"亚细亚梦想"的高调坚守和向岭南大学时期探险梦的溯源，似乎也是有意向世人和自己证明，他的中国观和亚洲立场从一开始就不曾改变，一直真心祈盼着中国的独立、日中两国的全面和平与亚洲的解放。如果其间自己的梦想有过什么裂变，那也是被外界的现实政治所蹂躏的结果，而与自己的主观愿望无关①。依靠将外界的现实政治与自己的主观愿望切割开来，他巧妙地把责任推给了外界的现实，一边竭力主张着自己"亚细亚梦想"的纯洁性和一贯性，一边试图制造出一种幻觉，就仿佛从战前到战后，在他内心深处什么变化也不曾发生过一样。而这种内心深处什么变化也不曾发生过的幻觉，足以让他凌空跨过南京时期的泥沼，将战后的"亚细亚幻想"与岭南大学时期的"亚细亚之梦"直接实现无缝对接。反过来说，草野心平借助给我们展示一个始于岭南大学时期而一直不曾裂变的"亚细亚美梦"，来有意识地淡化或遮蔽了作为中间节点的"南京时期"②。而这种将自己的"南京时期"加以淡化和遮蔽的操作，也体现在草野心平的诗集里。

只要看看耗时10年编辑的《草野心平诗全景》就会发现，在这部当时近乎草野心平诗歌全集的诗集中，存在着带有主观意图的删减和改动。比如，在收入汇集了大量战争赞美诗的《大白道》时，就从原有的25首诗歌中删去了其中12首所谓的战争诗和爱国诗，这其中就包括前述《迎大东亚新年》等诗歌。而作为《全诗集大成现代日本诗人全集》③ 第12卷出版的草野心平专辑，也根据草野心平的要求未收入《大白道》，并将《绝景》中的《饯状行》《凯旋部队》排除在外。显然，不管是在他秉持的"亚细亚梦想"中，还是在他诗集的编辑中，南京时期都被悄然无声地排除在外，形成了一片人为的空白。而这种人为的空白是对诗人战争责任

----

① 草野心平在小说《命运之人》（『運命の人』、東京：新潮社、1955）中把汪精卫塑造成一个背负着悲剧命运的人，认为汪精卫继承了孙中山的大亚洲主义，是为了减少战争带来的血腥而推进"中日全面和平"运动，却因日本军部的侵华野心而惨遭失败。从中可以看出，草野心平即使在战后也仍旧肯定"中日全面和平"之梦的正当性，并把这一梦想的败北归结于日本军国主义政策的野蛮性。

② 作为与岭南大学时期相对的时期，笔者在此以"南京时期"指代草野心平在日本侵华战争期间的言行和思想变化。

③ 『全詩集大成現代日本詩人全集』、創元社、1954。

的刻意遮蔽，是对正面承担历史性错误的回避。我们不能不说，这种回避使他只能永远固守着充满诗性却空泛抽象的"亚细亚幻想"，而错失了与历史和自己对决，不断把历史的演进过程（当然也包括历史性错误）转变为思想营养，并把这份营养以思想的形式留给后人的机会。

通观草野心平战后的诗作和其他作品会发现，他几乎很少提及自己在日本侵华期间的"战争协力行为"，几乎对此一直保持着沉默。尽管这种沉默或许也隐含着难言的内疚和懊悔，但唯独欠缺了至关重要的现实认知和自我反思。梦想破碎后的草野心平所选择的医治自己心灵创伤的手段，不是走近现实与自己对决，而是把远离现实的宇宙美学推向极致，来作为自己再生和诗歌创作的原点。《牡丹圈》《定本蛙》《天》《第四青蛙》《全天》《玄天》等诗集中的大部分诗歌都是这一延长线上的产物①。当他的诗歌咏叹着青蛙、地球、星云、天、宇宙的时候，他获得了一种超越人类、超越地球、超越历史的宇宙意识，而包括诗人在内的人类以及人类的历史都被淹没在宇宙的无限之中。可以说，这些诗歌就是一把"双刃剑"，在带领我们进入深邃的宇宙，管窥到无限和永恒的同时，也无声地消解了现实、历史以及置身于现实和历史中的"我"。

而在现实生活中，草野心平于 1956 年 9～11 月，作为日本访华文化使节团副团长，应邀访问了中国北京、上海、太原、兰州和乌鲁木齐等地，并回到广州岭南大学实现了与梁宗岱等人的重逢。《点·线·天》就记述了草野心平的这次中国之行。在其中的《关于没有提到战争话题一事》里，草野心平写道，从他见过的各种中国人那里都没有听到关于战争的话题。不光是文学家，还有王府井的街人、新疆的少数民族、琉璃厂的书画古董商以及岭南大学的旧时同窗，谁都没有在草野面前提及战争的话题。

> 我们还在各个城市与文化界人士见面，进行了无所顾忌的交谈，却从未从他们口中听到过"战争"这个词。至少我没有听见。同行的其他人也是同样的经历吧？不，还是听到过。我自己就有两次。但也仅限于与同窗见面的场合，而且是我率先抛出的话题。

---

① 『牡丹圈』、東京：鎌倉書房、1948；『定本蛙』、東京：大地書房、1948；『天』、東京：新潮社、1951；『第四の蛙』、東京：政治公論社無限編集部、1964；『全天』、東京：筑摩書房、1975；『玄天』、東京：筑摩書房、1984。

"战争中，你在哪里？"

"原本在复旦大学教书，但迁移到重庆，就待在了重庆。物质匮乏，真是痛苦啊，那时候。"

这说的是战争，但与其说是在说战争，不如说是用来"指某个期间的事儿"罢了。①

我们见到的文化界人士相当多，想必他们中的不少人都因为事变而流离失所，或是痛失了家人，或是不得不四处迁移，亲身经历了大小各种悲剧。而日本人是侵略者，所以，我们是处在即使被痛骂几句也活该的立场上。但那种事情一次也没有出现过。不仅如此，作家赵树理还在我的记事本上写下了"愿我们的友谊日益密切"几个字。②

最后，草野心平意味深长地感叹道："对战争闭口不提的中国人的成熟大度对于我来说，不管是过去，还是现在，都没有变化。或许那是源自其悠久的传统，进而源于近代中国内部的苦闷吧。"③ 草野心平在岭南大学时期就曾多次惊叹于中国人的成熟大度，而现在更是被中国人对战争闭口不提的宽宏大度深深折服。但笔者注意到，当草野心平用"成熟大度"来赞美中国人时，显然也肯定了"闭口不提"这样一种对战争的态度。而"闭口不提"亦是草野心平对这场过去的战争所采取的态度。但草野心平显然忽略了一点，对战争闭口不提并不意味着战争之罪的解除，更不意味着闭口不提可以代替对战争责任的反思，更何况在中国人和日本人之间还存在被害人和加害人之间的区别。因为，如果说受害者的闭口不提是既往不咎的大度表现，那么加害者的闭口不提则很可能是回避责任的怯懦表现。在上述那些文字中，草野心平依靠把焦距最大限度地对准成熟大度的中国人一方，而让作为日本人的自己仅仅变成一个仿佛置身局外的倾听者和赞美者，至多是一个问话者，一个被感动的对象，不露声色地将自己从应该被解剖的手术台上悄然挪下。这构成了草野心平战后中国观的一个特

① 草野心平「戦争の話が出なかったことに就いて」『草野心平全集』第 8 巻、東京：筑摩書房、1982、第 256—257 頁。初出于『点、線、天』、東京：タヴィット社、1957。
② 草野心平「戦争の話が出なかったことに就いて」『草野心平全集』第 8 巻、東京：筑摩書房、1982、第 256—257 頁。初出于『点、線、天』、東京：タヴィット社、1957、第 257 頁。
③ 草野心平「戦争の話が出なかったことに就いて」『草野心平全集』第 8 巻、東京：筑摩書房、1982、第 257 頁。

点，即是说，草野心平对中国和中国人的赞叹并没有与他对战争的反思形成有机的联动，而是依靠这种赞美来消解着关于战争的记忆和自我反省的紧张感。所以，这种对中国人成熟大度的赞美始于赞美，也终结于赞美，只是再次唤起和印证了岭南大学时期对中国人的情感认知，而并未带来更多的思想上的新认知。通览战后出版的《点·线·天》《动乱》《我的青春记》《茫茫半世纪》等作品会发现，其中反复咏叹对中国和中国人的热爱，特别是对岭南大学时期的美好回忆，并以此来支撑他战后依旧坚守的"亚细亚幻想"。

我们曾在前面论及草野心平双重中国观对立并存的结构性特点：南京时期的中国观作为一种异质的中国观，不是对岭南大学时期形成的思想基盘进行否定，而是在保留了岭南大学时期中国观的前提下，一边勉为其难地维持着整体性，一边又叠加在上面。而草野心平战后的中国观也具有相同的特点，即没有对南京时期的中国观进行否定，就原封不动地叠加其上。这种结构因取消了否定和斗争而呈现一种表面的和谐性，却错失了否定和斗争所带来的螺旋式上升的阶梯，所以，他那种源于丰富的越境体验的"亚细亚梦想"和世界主义精神固然散发着鲜活的体温，却一直停留在虽然强烈但是不乏幻想性质的感性体悟上，并没有在与现实的对决中成长为一种批判狭隘民族主义或"大日本主义"的理性精神和思想资源。也正因为如此，当他那种原本是善意的"亚洲主义"与作为军国主义意识形态的"大亚洲主义"相遇时，就不免因缺乏内在和外在的思想资源，而受制于主流意识形态的强大话语。而一旦他把自己那种浪漫的"中日一体梦"和诗意的"亚细亚幻想"完全投射到汪伪国民政府所谓"中日全面和平"和日本政府的"东亚联盟"等现实的政治策略上时，那种"中日一体梦"和"亚细亚幻想"越是强烈，就越是蒙蔽了他对现实政治保持警戒和冷眼审视的目光。特别是当他把自己的"亚细亚梦想"与所谓抗击英美、解放亚洲的"大东亚共荣"论和"近代的超克"论等军国主义意识形态主动重合在一起时，那种诗意的幻想反倒催生出一朵朵有毒的罂粟花。

显然，草野心平以岭南大学时期与南京伪国民政府时期的中国体验为基础所形成的中国观是多重的，作为与中国发生了至深关联的昭和知识分子的中国观和亚洲意识的形成过程，不能不说颇具个性，又显示了某种共性特征，从而让我们能够以草野心平为案例，通过其中国观和亚洲意识的生成和变迁，结合同时代其他知识分子在太平洋战争爆发后的言行，思考在东西方夹缝间彷徨前行的昭和日本所走过的坎坷路径。毋庸置疑，笔者之所以这样做，并不是为草野心平在战争期间的"战争协力"言行寻找免罪符，而是试图从与昭和历史语境的关联性中来探索其背后的社会历史因素是如何与他独特的中国体验一起，决定了其中国观和亚洲意识之复杂性的。这不仅对于我们历史性地考察"亚洲主义"、考察作为昭和意识形态的"近代的超克"论不乏重要的启示，也对我们将草野心平的诗歌还原到昭和时代的历史语境中来进行解读，审视其"亚洲主义"立场的局限性和虚妄性，揭示出其战争期间从事"战争协力"行为的心路历程，提供了更宏观的视野和有效的方法论。

第三编

黄瀛与宫泽贤治：边界·解域·心象

第五章 "少数文学"视域下的黄瀛诗歌与宫泽贤治诗歌

日本学者深泽忠孝在《心平·贤治·光太郎——其交点与相互作用》一文中指出，草野心平、宫泽贤治和高村光太郎"这三个人在我国的近现代诗史和艺术史上形成了一个罕有的谱系"，在这个谱系上还应该加上黄瀛等人的名字①。那么，这个罕有的谱系到底具有什么样的特点呢？尽管或许可以从多个侧面来进行描述或定义，但粟津则雄等人却敏锐地将"单独者"作为关键词，来为草野心平等人寻找昭和诗史中的定位。

第一节 作为"单独者"的草野心平、宫泽贤治和黄瀛

粟津则雄认为，草野心平"在当时各个时期的日本现代诗的动向中都扮演了一种'unti'（反对派）的角色。比如将《第一百阶级》放置到大正民众诗派的诗中间，它明显是反对派。即使放置到现代主义诗歌中，也一样。尽管他驱使着现代主义的技巧，却又是反现代主义的。即使放置到四季派的抒情诗中，也是反对派。而放置到无政府主义的诗歌中，心平的诗又显得有些古典主义。（中略）因此，无论在哪个时代的诗歌中，他都是一种单独者。（中略）与此同时，这个单独者也有自身的谱系。比如说，把宫泽贤治、高村光太郎、草野心平排列在一起就会发现，其间有一种彼此相通的东西"②。

的确，尽管草野心平在 1928 年就推出了《第一百阶级》这一昭和初期诗歌史上的杰作，作为诗人，也在某种程度上受到了诗坛的认可，但另

---

① 深澤忠孝「心平、賢治、光太郎——その接点と相互作用」『草野心平研究』第 10 号、2007 年 11 月、第 25 頁。

② 宗左近等「命を燃焼させた単独者の詩と生」『現代詩読本 草野心平るるる葬送』、東京：思潮社、1989、第 20 頁。

一方面，又有一种"遭到了轻视，或者说被主流诗坛驱逐在外"的感觉，被认为是"超出常规的，或者说有点奇怪的家伙"①，既不被当时作为主流的现代主义诗派和以抒情诗见长的四季诗派所接纳，也不被无产阶级诗派所拥立。而宫泽贤治的境遇似乎更加糟糕，尽管一生创作了近100篇童话和1000首诗歌，但生前却无人问津，在世时仅有《渡过雪原》一篇童话得过稿费，童话集《要求繁多的餐馆》和诗集《春与阿修罗》均系自费出版。在当时的人们看来，他不啻一个充满了幻想和热情，却脱离实际的理想主义者。而相对于东京的主流文坛而言，他不过是一个生活在边远地区的乡下文学青年。而黄瀛尽管少年得志，早早就赢得《日本诗人》"第二新诗人号"评选的桂冠，一跃成为诗坛的宠儿，在文坛上建立了广大的人际关系网络，但毋庸置疑，在"外国人总是被排斥"②的日本诗坛，其混血儿的身份和中国国籍注定了他只能是一个"单独者"。或许正是在"单独者"这一意义上，草野心平、宫泽贤治和黄瀛拥有一种天然的亲近感，得以聚集在《铜锣》周围，形成作为"单独者"的共同体。

而所谓的"单独者"，换句话说，是相对于中心的边缘存在，相对于多数的少数存在。他们或主动或被动地游走在边缘地带，在遭到中心和多数排斥、孤立的同时，也幸免于被多数的声音和中心的规则所束缚，总是试图带着前所未有的活力去冲击由中心和多数所表征的既成体系和固化标准，以建立一种崭新而鲜活的近于德勒兹意义上的"少数文学"。

根据德勒兹的定义，所谓"少数文学（minor literature）并非产生于少数族裔的语言。它是少数族裔在多数（major）的语言内部建构的东西"③。在德勒兹看来，少数文学之所以重要，是因为它最好地实现了"解域化"的趋势。它一边使用多数人所使用的主流语言，一边将其从国家或民族等固定的辖域中剥离开来，借助"口吃"创造出自己在语言上的少数用法。换言之，语言的解域化正是通过少数人对多数人的秩序化语言的"口吃"来实现的。通过"口吃"，语言从那种辖域化的秩序中脱离出

---

① 宗左近等「命を燃焼させた単独者の詩と生」『現代詩読本　草野心平るるる葬送』、東京：思潮社、1989、第22頁。

② 这是晚年的黄瀛对当年日本诗坛的歧视现象所发出的感叹。〔日〕胜又浩：《黄瀛诗歌之个性》，杨伟执行主编《诗人黄瀛》，重庆：重庆出版社，2010，第336页。

③ 陈永国编《游牧思想——吉尔·德勒兹　费利克斯·瓜塔里读本》，长春：吉林人民出版社，2011，第108页。

来，最终飞离和逃出辖域化趋势的限定，将真正的多元性敞开在我们面前，并成为一种风格①。即是说，他们并非使用纯粹的多数人语言，而是在其中掺入其他语言，以推进语言内部的革命。他们非但没有陷入自闭的空间，反倒是将自身的特殊性作为一种开放之物来加以固守和弘扬。通过自发地接纳那种本源上的多元性，使自己成为昭示"新人类的次元即将到来"的预言性存在。

笔者认为，德勒兹的"少数文学"理论将有助于我们在这一视域下审视草野心平、宫泽贤治和黄瀛这一"单独者"谱系的意义。黄瀛作为来自中国的日语诗人，一直坚持用非母语的日语进行诗歌创作，其诗歌在充满"单独者"孤独感的同时，也打上了黄瀛鲜明的个人烙印，冲击着日语和日语诗歌的固有法则，不啻德勒兹意义上"少数文学"的范本。而宫泽贤治和草野心平尽管作为日本人，并不是所谓族群意义上的少数派，但这两个来自日本东北地区的诗人，一直是与"中心"和"主流"保持着距离的"单独者"，其充满了地方色彩和宇宙思想的诗歌作品逾越了同时代文坛的规范，其语言上的特殊运用也实现了从多数人的规范日语中的逃逸，极大地彰显出作为"单独者"的个性特征，不妨被列入广义上的"少数文学"范畴。所以，我们完全有理由也有必要从"少数文学"的视域出发来考察草野心平、宫泽贤治和黄瀛的诗歌，并且，不仅仅局限于昭和初期的诗坛，而是将目光扩大到包括1990年代以后平成文学在内的现当代文学的发展脉络中，来考察这三者的诗歌作为"少数文学"的价值。在全球化日益加速，催生出大量草野心平和黄瀛式文化越境者的今天，"少数文学"已逐渐成为日本文坛的热点现象，并引发了学界的极大关注。而笔者认为，挖掘黄瀛、草野心平和宫泽贤治的"少数文学"的价值，关注他们与平成文学中"少数文学"作家在谱系上的继承关系，既有助于对他们在文学史上的价值进行重估，也会为我们考察"少数文学"在日本现代文学中的发展变化提供切实的证据。

第二节　从日本文学的新趋势看"少数文学"的兴盛

日本旅德作家多和田叶子说："如果有人问，代表90年代的文学

---

① ジル・ドゥルーズ、クレール・パルネ『ドゥルーズの思想』、田村毅訳、東京：大修館書店、1980、第8—10頁。

是什么样的文学,我想我会回答道:就是作者以母语以外的语言所写成的作品。"① 日本学者土屋胜彦也认为,"进入 90 年代后,日本文学中出现的一个崭新趋势就是:李维·英雄、德维特·索装逊等外国人创作的'日语文学'的登场,与多和田叶子、水村美苗等拥有深刻的异文化体验的日本人所创作的'日语文学'的兴起吧。对于日本文学而言,前者是来自外部的冲击,而后者则是促使其从内部产生质变的事件"②。

作为这一文学新潮出现的背景,可以举出世界范围内"冷战"的终结和全球化带来的人口大规模流动,亦即越境行为的日常化。一个显而易见的事实是:当今世界的"越境"行为已从过去那种抛弃某一阵营而投奔另一阵营的逃亡模式逐渐发展为在异文化之间来往穿行,将自身作为一个复数性场域的混合模式。换言之,A + B 的多重混合模式已取代 A→B 的单纯移动模式而化作越境行为的主要类型。对两者稍加对比分析就会发现,在逃亡型越境中,界线是两个世界之间的分界线,不具备空间的延展性。可如今,界限已不再是作为一条"线",而是作为一个"场"而存在,亦即人们可以停留于其间具有"场域"性质的"边界地带"。不仅如此,随着全球化的飞速发展,如今世界上无处不是多种文化共处的边界地带,以至于我们每个人都不能不居住并生存在多元文化混合的空间中。但需要注意的是,所谓真正的多元文化并不会仅仅因为置身于汇集了几种文化要素的地理空间中就得以成立,而只能通过我们每一个人自身成为边界地带才可能实现。

纵览 1990 年代以后的日本文学,会发现其内部逐渐构筑起这种多元文化的景观,涌现出一批其自身便体现了边界地带性质的作家。作为其代表性人物,无疑可以举出李维·英雄和水村美苗等人。前者作为来自美国的流入者,后者作为从日本的流出者,在长大成人前都曾置身于多元文化的碰撞中。相对于自己主动选择而成为越境者的"反叛儿",我们不妨把他们这种边界地带上的孩子命名为"边界儿"。而李维·英雄和水村美苗显然不属于"出生型"边界儿,而是在自我形成的过程中因地理上的移动而具备了复数性的"移植型"边界儿。李维·英雄用非母语的日语,而水

① 多和田葉子『カタコトのうわごと』、東京:青土社、1999、第 130 頁。
② 土屋勝彦編『越境する文学』、東京:水声社、2009、第 223 頁。

村美苗则用"不属于自己的语言"① ——日语来创作文学作品,作为异端活跃在"日本文学"的中央地带。他们依靠引入与所谓的文坛大师们截然不同的语言、视点和手法等,通过逾越国家、语言、文化等的固有疆界,摇撼陷入僵硬化和惰性化的日本文学。他们那"到处充满了脱臼的文章不仅侵犯了日语的固有体系和日常规范,也导致了我们精神的解体"②。显然,他们的文学创作破除了日本文学所谓的"纯血统主义"和岛国式的封闭性,赋予日本文学以"诸种文化衍射场"的地位,恰好符合吉尔·德勒兹所谓的"少数文学"的特征。

当然,通观1990年代到今天的日本文学,除了李维·英雄、水村美苗、多和田叶子、德维特·索装逊,我们还可以在这种"少数文学"的名单上列举出一长串名字,比如小说家杨逸、温又柔、席琳·娜扎玛菲和诗人亚瑟·毕纳德、田原、宝音贺希,等等。而一旦我们把目光转向包括大正文学和昭和文学在内的更广范畴来考察这种少数文学的源流,无疑可以把活跃在1920年代~1930年代的所谓"单独者"谱系上的黄瀛和宫泽贤治、草野心平等视为日本现代"少数文学"的先驱。

如前所述,黄瀛(1906~2005年)作为中日混血诗人,曾与草野心平等创办同人诗刊《铜锣》。他身为中国籍,却一直用非母语的日语创作诗歌,像彗星般划过1920年代~1930年代的日本诗坛,从某种意义上说,属于与李维·英雄在同一谱系上的"少数文学"诗人。而作为《铜锣》同人的宫泽贤治(1896~1933年)则出生在日本东北地区的岩手县,一直对以东京话为基础的"标准日语"抱着疏离感和抵触感,曾用夹杂着东北方言等的非标准日语写下了大量的诗歌和童话。而草野心平作为与中国发生了至深关联的诗人,有着同时代普通人所少有的异国体验,从而获得了将日本文化和日语加以相对化的视角,并依靠打破日语常规的蛙语等构建了自己独特的诗歌世界。因此,我们不妨把宫泽贤治和草野心平视为与水村美苗、多和田叶子属于同一谱系的"少数文学"诗人或作家。考虑到黄瀛和宫泽贤治在上述两种"少数文学"类型上的典型性,本章特意从"单独者"谱系中选取黄瀛和宫泽贤治为主要研究对

① 水田美苗出生于东京,12岁时随父母移居美国。虽然表面上是以日语为母语,但在家庭以外的日常生活中却被迫使用英语,所以对作为母语的日语有着一种隔膜感。从这种意义上或许可以说,对水村美苗而言,日语是一种"不属于自己的语言"。

② 土田知则·青柳悦子『文学理論のプラクティス』、東京:新曜社、2007、第227頁。

象，考察他们的诗歌是如何对日语和日语诗歌进行解域化，从而体现"少数文学"之特性的。

第三节　作为"少数文学"的黄瀛诗歌

如前所述，黄瀛 1906 年出生在重庆，其父为留学日本的中国人，其母是日本千叶县人，不用说，他因混血儿的身份属于出生型"边界儿"。1914 年他 8 岁时丧父，不得不跟随母亲移居到日本千叶县，从某种意义上说，属于被动型越境者。来到日本后，黄瀛进入八日市场寻常小学校读书，他天资聪颖，成绩优秀，原本想进入县立成东中学就读，但因中国国籍和混血儿身份不被认同是日本人而未能如愿。因为按照当时的日本法律规定，只有父亲是日本国籍的混血儿才可能获得日本国籍，所以黄瀛被迫进入私立正则中学。二年级时，恰逢府立一中补招学生，黄瀛原本打算去报考，"结果校方说我们这里可不是中国人能进的学校"[①] 而遭到严词拒绝，以至于黄瀛后来不无遗憾地说道："倘若能进府立一中的话，倒是正好能赶上高见顺在那里上学，高我一个年级。"[②] 不难想见，两次被公立中学拒之门外的经历无疑在黄瀛心中催生了严重的挫折感，使他不能不深刻意识到作为混血儿的尴尬与悲哀，即既非中国人亦非日本人的特异存在——"边界儿"。但黄瀛并非只注意到混血儿宿命性的悲哀这一面，而是从混血儿身上也感受到一种由血缘、种族和文化的混杂性和边界性所衍生出的另类美感。作为诗人的他显然深知，这种打破日常性的另类美感恰恰有可能隐匿着通向诗歌本质的通道，所以"他并不是把文化上的混交当作不希望发生的混乱和侵略来进行揭露的。对他来说，'混血儿'是美好的，足以撩拨起'七月的热情'。从文化的混交中感受到官能性的诗意——这便是黄瀛的能耐"[③]。可以说，正是混血儿的双重性带来黄瀛内心的激烈冲突，并借助文化和语言的催化，升华为黄瀛式的诗情，酝酿出唯他独有的诗句。所以，黄瀛甘愿游走在边界线上，并不急于消解混血儿的困境，倒是把自己的出身作为历史性的宿命来加以接受，并作为自己创

---

① 黄瀛「回憶の中の日本人、そして魯迅」『鄔其山』第 5 号、1984 年 9 月、第 2 頁。
② 黄瀛「回憶の中の日本人、そして魯迅」『鄔其山』第 5 号、1984 年 9 月、第 2 頁。
③ 〔日〕冈村民夫：《黄瀛的光荣》，杨伟执行主编《诗人黄瀛》，重庆：重庆出版社，2010，第 285 页。

作的母题贯穿在诗歌中，从而形成唯他独有的特色。难怪诗人草野心平在评价黄瀛的诗集《瑞枝》时这样说："这既不是中国人的诗集，也不是日本人的诗集。（中略）换言之，它是'黄瀛'的诗集。"①

　　与混血儿身份的边界性相呼应，黄瀛诗歌的场景也大都集中在青岛、天津、上海、大连、澳门以及日本的横滨、神户等地，这些港口城市通过向"外部"开放，将"异国"引入内部，成为汇集多个人种、多种建筑、多种语言和多种文化的国际空间。这些城市作为融合了多种文化的边界地带，或许最容易给不得不经常四处辗转的黄瀛带来一种归属感，并刺激着诗人的灵感和想象力，构成了与作为边界儿的主人公最为吻合的诗歌舞台。换句话说，诗歌场景的边界性与诗人身份的边界性形成了有效的共振，在诗歌中衍射出大量富有异国情调的风景和词汇。比如在《清晨的展望》② 中，黄瀛把青岛形容为"宛如意大利一般的街头景观"，出现了"教会学校""洋槐林""朝鲜乌鸦""总督府"等颇具异国情调的风物。而在《有教堂的山丘——青岛回想诗》③ 中，则描绘了"南蛮风尚"的教堂、"长崎那种荷兰风情"的绿色屋瓦、"绿树掩映的西式建筑"，还回旋着"就像耶路撒冷的神圣音乐"般的风琴声。《"金水"咖啡馆》尽管是以中国天津为舞台的回想诗，却在"法国花园""朝鲜靓女""美国的无赖士兵"等诗句中凸显国名，以创造出多国或异国的情趣。怪不得同时代诗人堀寿子赞叹道："生长于东方诗风带的黄君以那种令人惬意的异国情调和世界主义，让我们羡慕不已。"④

　　但如果只注意到黄瀛诗歌的异国情调显然是不够的，因为我们不难发现，他的诗歌中绝不仅仅只有"南蛮风尚"的教堂和"法国花园"等这些表征西洋文化的建筑符号，也有"朝鲜靓女"出没的"富贵胡同"与中国车夫们招揽顾客的旧式街景。换言之，黄瀛诗歌中场景的边界性其实是与占领地都市空间的多重性和人种的多样性紧密交织在一起的。而为了准确摹写占领地都市的多重空间景观以及在文化和人种上的多样性与差异

---

① 草野心平「復刻版付け」黄瀛『瑞枝（復刻版）』、東京：蒼土舎、1982。

② 黄瀛「朝の展望」『瑞枝』、東京：ボン書店、1934、第184—185 頁。

③ 黄瀛「教会堂のある丘——青島回想詩」『瑞枝』、東京：ボン書店、1934、第176—177頁。

④ 鹿児島文藝協会『南方詩人・黄瀛詩集記念号』、鹿児島：南方詩人社、1930、第17頁。

性，黄瀛在诗歌中采用多语言的表达方式也就成了必要且有效的手段。

　　因此，与黄瀛诗歌中场所的边界性一脉相承的，还有其语言应用上的边界性，亦即在第三章中已经论述过的多种语言的混合性。的确如此，多种语言的混合性构成了黄瀛诗歌的最大特色。黄瀛在日语诗歌中大量引入了中文、英语、德语、法语等诸种语言。且在使用日语和中文时，还会原封不动地沿用各种方言和俚语，在形式上则混搭了汉字、片假名、注音假名、英语字母等，俨然就是各种语言和字符的嘉年华庆典。比如，在《冰雨之夜》中直接用字母引用英语流行歌"Love's old sweet song"①，在《南方来客的诗》等中直接用日语汉字引用中国民歌"十送郎"②，在"Nocturne"中把蒙古语民歌直接转换成片假名注音③，等等。或许可以说，在黄瀛的诗歌中，经久回荡着以日语为基调、由多种语言所组成的混声合唱，从而让读者感受到一种异国情调和世界主义情怀。

　　诗人小野十三郎在谈到黄瀛诗歌的特点时说道："在我看来，黄君的诗歌魅力就在于那种同时代其他诗人作品中所没有的、新鲜的语言运用方式。黄君写诗时那种语言的倔屈是我们所无法模仿的，我特别被他这一点所吸引。"④ 显然，作为一个日语非母语的诗人，黄瀛诗歌的不少诗句都在词汇和语法上渗透着一种特异性，镌刻上了黄瀛独特的标记。作为例子，不妨看看《我们的 Souvenirs》一诗中的一段：

　　　　久しく人間らしい言葉に接しないオレは
　　　　この青葉の風景の中に立ちすくんでをる
　　　　口を動かしてもうおいのりの段でもあるまい
　　　　一言、二言、それはむづかゆいことだ
　　　　人を信じ、信じられることは今後何回とくるか知らない
　　　が……⑤

---

① 黄瀛「氷雨の夜」『瑞枝』、東京：ボン書店、1934、第41—43頁。
② 黄瀛「南から来たお客の詩」『瑞枝』、東京：ボン書店、1934、第162—164頁。
③ 黄瀛「Nocturne」『瑞枝』、東京：ボン書店、1934、第77—79頁。
④ 小野十三郎「黄君の日本語」『詩人黄瀛　回想篇·研究篇』、東京：蒼土舍、1984、第18頁。
⑤ 黄瀛「われらのSouvenirs」『瑞枝』、東京：ボン書店、1934、第12—13頁。中文大意是：与人的语言早已久违的我/呆然伫立在这绿叶苍翠的风景里/哪里还能张开嘴巴，发出祈祷声声/就算一言二语，也刺痒无比/不知道，今后还会多少次相信别人和被别人相信……

诗名《我们的 Souvenirs》使用了表达"回忆"或"纪念品"之义的法语单词"Souvenir"的复数形式,据称是诗人献给日本恋人吉田雅子的恋歌,也是对两个人那段逝去的恋情的感怀之作。其中的很多句子,比如"久しく人間らしい言葉に接しないオレは"(与人的语言早已久违的我)、"人を信じ、信じられることは今後何回とくるか知らないが"(不知道,今后还会多少次相信别人和被别人相信)等,在语法上没有错误,却不被一般的日本人所使用,有违传统的惯常用法,显得生硬或带着翻译腔,再加上整个诗歌中反复使用的"Souvenirs"等非日语文字,出现了日语传统语法和表记上的断裂之处,因而被小野十三郎视为佶屈的表现。换言之,是一种非规范化的、从标准日语游离开来的、被解域化了的日语。但这种语言表达上的涩滞或裂隙,恰恰准确地摹写出失恋所导致的自我怀疑和情感上的断裂,从而让语言形式和情感内容达成高度的一致性。用德勒兹的话来说,就是黄瀛借助自己的少数用法——对秩序化语言的"口吃"——来对大多数人的日语实行解域化,突破了语言在长期使用过程中所约定俗成的禁忌和束缚,将生命的血液与个人的印记注入和标定到语言中,让语言获得一种仅限于此时此地的唯一性感觉。"而这种在当下境况中独一无二的使用语言的感觉正是德勒兹意义上的'口吃',借助于'口吃',我们不再将语言的传统语法当作理所当然,而是当作可以发生新的联系,从而生产出新的意义。"① 所以,不妨把黄瀛诗歌中佶屈的表现方式视为其"口吃"的结果,并构成其他日本诗人难以模仿的独特魅力。

其实,不少同时代诗人都注意到黄瀛在日常生活中的"口吃"现象②。赤松月船回忆道:"黄君的家族是中国的名门,因此,行为举止非常低调审慎,其纯粹和端正给我留下了很深的印象。日语很扎实,但多少有点口吃,而且是有点儿严重的口吃。"③ 高村光太郎则说道:"他那稍显口吃的口吻也颇具魅力,无论是他的诗,还是他的朗读,总觉得某个地方有着一种与日本人不同的趣旨。"④ 如前所述,黄瀛是在 8 岁时因父亲病

---

① 蓝江:《解域化的语言:口吃与风格》,《新诸子论坛》2013 年第 3 期,第 191 页。
② 关于黄瀛"口吃"的进一步论述,请参见第七章"黄瀛:作为诗歌策略与身份建构的'口吃'"。
③ 赤松月船「『詩聖』このかた」『詩人黄瀛 回想篇・研究篇』、東京:蒼土舎、1984、第 16 頁。
④ 高村光太郎「焼失作品おぼえ書」『高村光太郎全集』第 10 巻、東京:筑摩書房、1995、第 341 頁。

故而非自主性地移居到日本的，中文才是他出生后接触到的第一母语，又在日本接受了日语教育，并不时穿梭往返于中日之间，生活在中文和日语混合杂糅的语言环境里。再加上轻微的口吃，可以想见，他讲的日语是被解域化了的日语，从而与日语之间维持着一种不稳定却又不乏张力的关系。但他与其说是想通过诗歌创作来把这种不稳定的关系修正为规范化的东西，不如说是在尽力将这种关系转化为一种特殊的个人风格。他对日语的热爱与他对规范化日语的抵抗形成了表里一体的关系。作为拥有双重血统、双重语言、双重文化的"边界儿"，黄瀛主动接纳被两个国家撕裂的自我，借助将日语置换成具有包容性的"混合语言"，一边砥砺着作为诗人的感受性，一边去触摸诗歌的本质。唯其如此，日常话语中的生理性口吃才会在黄瀛的诗歌世界里被上升到德勒兹意义上的文体高度，演变成对日语的超强度使用。之所以在黄瀛的诗歌中各种异质的语言和文化的碎片能够和谐共存，是因为他那种在语言的国境上遭到异化的、虽然孤独却属于他自身的日语，能够成为善待和包容各种异语言的"混合语言"。换言之，他那些以边界风景为舞台的诗歌，将语言的混合性作为一种隐喻，为我们展示了在充斥着歧视、压迫和阴谋的占领地都市里所潜藏的某种乌托邦式的和谐景象。

显然，黄瀛是知道——或许他不愿意知道——这种和谐景象的虚幻性的，因为在黄瀛那种所谓"令人惬意的异国情调和世界主义"的诗歌中，也不时会出现另一些场景，比如，"在那据说有很多朝鲜靓女的富贵胡同旁/美国无赖大兵的独行背影令人颇费思量/车夫们'嗯嗯唔唔'地招揽着客人/他们的话儿我却听不懂，一脸迷茫"①。不用说，在富贵胡同这个天津当年有名的花柳巷里，"朝鲜靓女"与"美国无赖大兵"之间不可能产生真正美好的男女关系，甚至不妨视为西方侵犯东方的另一种隐喻，而那些"嗯嗯唔唔"招揽客人的人力车夫则是挣扎在底层社会的民众代表，这一切都表征了占领地都市司空见惯的不平等关系和歧视现象，所以，少年的我才会"一脸迷茫"。因此我们也就不难理解，这首《"金水"咖啡馆》为什么会加上"天津回想诗"这样一个副标题，因为只有通过记忆的过滤，那些实则并不和谐的画面才可能会变成"美好的回忆"。而另一首以

---

① 黄瀛「喫茶店金水——天津回想詩」『瑞枝』、東京：ボン書店、1934、第176頁。

青岛德国租界为背景的《天津路的夜景》①，也显然是出于同样的理由，被加上"青岛回想诗"的副标题。天津作为诗人母亲和妹妹居住的城市，青岛作为诗人度过少年时代的城市，总是能触动诗人内心中最美好而又最柔弱的部分，并成为他关于都市的记忆和想象力的原点。我们知道，1920年代的青岛天津路，是钱庄的聚集地，也是东莱银行、大陆银行等多家华商银行开设总行或分行的所在地，并有以兑换金元宝垄断当地金业的震华金店毗邻而在。而作为客商会聚的地方，天津路可谓客栈林立，也自然吸引了大量来华昌铁工厂打工的苦力。所以我们也就不难理解，诗人正是在青岛的这条天津路上听到中国钱庄"那阴郁得可怕的铜钱声"，目睹了"面无表情的官少爷"和"背着大被褥，从乡下来打工的苦力们"，更是闻到了青岛街道上到处散发着德国式的"奶酪臭"②。这些在脑海中镌刻下的视觉、听觉和嗅觉记忆，与其说是在抒发令人惬意的世界主义情怀，毋宁说展示了一幅占领地都市的阴郁画面，揭露了充满"奶酪臭"的西洋对青岛这个中国城市的侵犯和霸占。或许是为了逃避那些阴郁的场景，更有可能是为了抵抗那种"奶酪臭"，少年诗人宁愿钻进小小的饭庄，品味中国"兰茶"的清香。无疑，正是在这多种"气味"交互混杂的天津路上，诗人一边憧憬着克服种种歧视和不公的世界主义幻象，一边又不能不察觉到这种幻象的虚无空洞，并进而意识到自己的中国人身份：

　　　我品味着一杯兰茶
　　　把充满东洋风情的天津路夕景
　　　一口气啜饮进心中
　　　我为自己是一个中国人感到无上的光荣③

既然诗人对自己作为中国人的身份认同发生在充满"东洋"风情的天津路上，那就不妨认为，对于诗人而言，天津路是一个具有重大意义的特别场域。但在这首日语诗歌中，诗人面临一种近于悖论式的难题：不是用中文而是以日语为媒介，来宣告自己在天津路夜景的触发下与日本人身份的诀别，并确认自己的中国人身份。为此，诗人把原本应该是《天津路の夜

---

① 黄瀛「天津路的夜景——青岛回想诗」『瑞枝』、東京：ボン書店、1934、第191—192頁。
② 黄瀛「天津路的夜景——青岛回想詩」『瑞枝』、東京：ボン書店、1934、第191—192頁。
③ 黄瀛「天津路的夜景——青岛回想詩」『瑞枝』、東京：ボン書店、1934、第192頁。

景》的诗名直接写成《天津路的夜景》，依靠用中文的"的"代替日语的"の"这一违反日语规范的策略，拆除了天津路与诗人之间因置换成日语表达所带来的疏离和隔膜，从而打开了一条秘密的甬道，便于诗人穿过这条甬道去找回自己与天津路之间最原始的亲密感，并借助与天津路的一体感走向对中国人的身份认知。不用说，诗名的"的"字具有鲜明的个性，是这首诗的点睛之笔。而黄瀛正是通过这种对日语的非规范化使用，以及日语与其他异语言的混合，在对日语加以解域化的同时，亦扩大了现代日语使用的口语可能性，刷新了现代日语中口语表达的可能性。怪不得堀寿子说，黄瀛的诗"无疑是奏响了清爽、新鲜且充满了异国情调的旋律，并且是驱使着奇迹般的日语"[1]。而草野心平更是说，如果把黄瀛的诗歌比喻成一种药，"那就是夏日的仁丹。仁丹是无可挑剔的。而且就像仁丹在日本绝无仅有一样，黄瀛，不，黄瀛的艺术也是绝无仅有的、具备特殊性的东西"[2]。或许可以说，对于日语和日本文学而言，黄瀛那些"驱使着奇迹般的日语"而创作的、"在日本绝无仅有的"、"具备特殊性"的诗歌是来自异国诗人的外部冲击，带来的是日语和日本文学的内部解域和富有生产性的重构，堪称是混血文学对所谓纯血统文学的成功逆袭。

但正如德勒兹指出的那样，少数文学的特点除了表现为对语言的解域化之外，还表现为个体与政治直观性的关联，其中内嵌着对个人和政治的阐释[3]。而通读黄瀛的所有诗歌，会发现它们总是歌咏日常的景物和个人的生活体验，可以说是纯粹的抒情诗、写景诗，且是即物性的、非观念性的。其中压倒性地汇集了这样的诗篇：诗人透过房间窗户向外眺望到的风景，像诗集《瑞枝》中的《清晨的展望》《清晨的喜悦》，以及诗集《景星》中的《点景》《风景》《窗》等。此外，更多的诗歌则记录了诗人蜷缩在夜晚房间里的所思所想，比如《叩窗的冰雨》《狂暴的伊想》《我》《某个夜晚的心象》《作品八十三号》《点火之前》《黑暗中的诗》《新尝祭之夜》《冰雨之夜》《拂晓前淅沥的小雨》《在床榻上》，等等。在这些

① 堀寿子「詩集『瑞枝』」『L'ESPRIT NOUVEAU』第 1 冊、1934、東京：ボン書店、第 68 頁。

② 鹿児島文藝協会『南方詩人·黄瀛詩集記念号』、鹿児島：南方詩人社、1930、第 10 頁。

③ 陈永国编《游牧思想——吉尔·德勒兹 费利克斯·瓜塔里读本》，长春：吉林人民出版社，2011，第 111 页。

诗中，房间的狭窄和夜晚的黑暗，俨然成了烘托主人公孤独感的舞台设计，似乎足以让我们相信，它们是个人性的、冥想性的，甚至是隐秘的，也理所当然是远离政治和历史的。但不可忘记，这些房间有着哪怕是不大的窗户，足以让诗人透过它管窥到外面世界不断变换的风景，聆听到历史翻动书页的窸窣声响。

黄瀛的成名作《清晨的展望》是他就读于青岛日本中学时的作品，描写的地点在学生宿舍，时间是在初冬的星期日，展现了少年诗人一边擦拭着二楼房间的窗户，一边动用视觉和听觉所捕捉到的景象。这是一首清新平易的自由诗，通过对外在风景的临摹，表现了少年诗人细腻而清澄的内心感受。作者在这样一首非常个体性的诗歌中，依靠寥寥几个关键词暗示了背后涌动的历史风云。"意大利一般的街头景观"、"秃山上的总督府"和"炮台"等，除了揭示出青岛颇具异国情调的外貌特征，也隐约折射出由总督府所表征的胶州地区被德国抢占的屈辱历史。随后诗人又从窗户看见"海面在清晨的光影中烁烁闪闪/啊，海圻号军舰冒着黑烟"[1]。在这里，我们仿佛洞见了1924年1月"海圻号"抵达青岛后停泊在青岛港的情景。而"海圻号"作为中国近代史上最初的巡洋舰之一，承载着甲午战争后清政府试图加强海军以抵抗外国入侵的历史，也承载着它在辛亥革命中拥护孙中山合法政府，1924年驶达青岛转而投奔北洋政府的复杂历程。显然，"海圻号"军舰冒出的"黑烟"给星期日晴朗的天空抹上了一道凝重的暗色。而18岁的少年诗人就这样透过窗户，触摸到中国近代历史的多舛章节。

于是稍加留意我们就会发现，黄瀛那些貌似纯粹而感伤的爱情诗里，也经意或不经意地潜藏着通往中日之间曲折历史的秘密通道。据称，《我们的Souvenirs》《夏天的小白花啊!》等都是献给日本恋人吉田雅子的爱情诗。吉田雅子是黄瀛在日本文化学院的校友，也是黄瀛诗歌的忠实粉丝。身为雕刻家吉田白岭的女儿，她在美术设计和版画制作上有着过人的才华，曾参与了《景星》与《瑞枝》的封面装帧和版式设计，从而让这两部诗集成了他们俩曲折爱情最直接的见证。翻阅《瑞枝》的诗歌会发现，即便在《我们的Souvenirs》这首貌似只是记录爱情回忆的诗歌中，也有着让这些个人的爱情记忆与背后的历史微妙地串连在一起的语句："我

---

① 黄瀛「朝の展望」『瑞枝』、東京：ボン書店、1934、第185頁。

意识到，它已就此终结/我们的起点从此开始/设若如此，我那被 X 光一览无余的一身褴褛呢？/不，历史有着光芒四射的名誉/它尽可保留它陈旧的气息/让我们的 Souvenirs/全都升到天上，埋入地底。"① 而在《夏天的小白花啊!》中，诗人更是设置了更多的道具来暗示个人爱情与身后宏大历史间的关系：

> 的确，我没有力量来支撑住你——
> 你是我今天前往的城市之花
> 你是雨后的天空倏然消失的星星
> 你化作护城河上的风
> 吹散了朱砂色的乱云
> 变成一颗威严而锋利的心
> 穿越了黄昏中寒光闪烁的卫兵之剑
> 啊，一颗比我还威严锋利的心！
> 但现在看来，它是让我如此苦痛
> 它就是日益逼近的机关枪队伍的暗影 silhouette
> 一颗越是不愿想就越是粲然生辉的景星！
> （中略）
> 然而，这男人却又因另一种思虑而精疲力竭
> 必须迈向伙伴们和你一无所知的另一个世界
> （中略）
> 喔，到处是眼睛！
> 夏日深夜，惟有鞭声凄厉
> 瞧，瞧啊！
> 瞧啊，瞧！
> 一到明天，灼热的太阳世界里将再也见不到你
> 一旦在街上相遇，你就是我的花儿
> 你不久将变成一个彬彬有礼的妇人
> 而我则穷困潦倒，听任冬日的寒风和夏季的暴雨
> 这又何尝不可？

---

① 黄瀛「われらのSouvenirs」『瑞枝』、東京：ボン書店、1934、第 13—14 頁。

　　我不想让你感受到那种暴烈和美丽

　　你只管随你去吧!

　　倘如在街上邂逅,你可要变成当季的小花!

　　尽可含羞腼腆

　　也不妨自持骄矜

　　在那柔和恬静的大气中

　　他早已成了一个不能顾念你的男人

　　即使招呼他 "Mr. Soldier"

　　他也尽显威严和拘谨,无法做出爽朗的回应

　　而且,那一切也将变成遥远的声音

　　夏日的小白花呀!

　　一旦天明,我将与威猛的号声一起,奔赴那原野

　　我将把你变成一个陌生人①

　　这首诗弥漫着一种不能不与恋人分离的无奈感伤,仿佛是在上演着一出恋人分离的缠绵悲剧。男主角作为一个"没有力量来支撑住你"的男人,只能听任即将到来的"冬日的寒风和夏季的暴雨",从而不得不"把你变成一个陌生人"。因为这个男人有着这个女人或许无法理解的"另一种思虑","必须迈向伙伴们和你一无所知的另一个世界"。"日益逼近的机关枪队伍的暗影"、"鞭声凄厉"和"威猛的号声"等作为渲染这出悲剧的背景声效,预示着那另一个世界是与战争相关的世界。而"Mr. Soldier"则是这个男人必须扮演的角色。即使多年以后,两个人在某处偶然相遇,女人招呼他"Mr. Soldier",他也无法做出爽朗的回应,因为他们之间横亘着无法逾越的国家间的鸿沟。至此,个人的爱情悲剧与民族国家间的战争悲剧缠绕在一起。战后的黄瀛曾无限感慨地说道:"战争让一切都变得凄惨无比。战争迫使我放弃了与自己挚爱的人结婚。既然处在不能让对方幸福的境遇中,那么除此之外,再也找不到让人幸福的其他方法。"② 不用说,从《夏天的小白花啊!》等所谓纪念诗人爱情的诗歌中,我们也能透视到中日之间那段不幸历史对个人命运的作弄和摧残。

　　而且,黄瀛诗中常常出现其创作的日期和地点,从而让这些诗歌的风

---

① 黄瀛「夏の白い小さな花よ!」『瑞枝』、東京:ボン書店、1934、第50—55頁。

② 黄瀛「高村さんの思い出」『歴程』第81号、1963年3月、第181頁。

景带上了独一无二的具体属性。特别是当我们知道，诗中那个在房间里辗转反侧、夜不成寐的"我"是一个中日混血的、就读于陆军士官学校的准中国军人之后，这些具体的地点、日期和时间就更是成为衡量日常事件的特异性的标志物，并暗示着其背后风云激荡的历史事件。

日本学者冈村民夫认为《冰雨之夜》堪称这类诗歌的代表。它是刚刚成为陆军士官学校学员的诗人在 1927 年冬夜，透过自习室南面的窗户，从白色窗帘落下的阴影里眺望市谷附近时写下的诗歌：

> 阿梢啊，阿梢
>
> 啊，这是彻底日暮了的一九二七年的日本
>
> 那家伙逾越了早已逝去的遥远街市
>
> 我等待着紧随其后的寒冷
>
> 等待着思念像奇怪的宝石般光芒熠熠
>
> 等待着季节的气息扑鼻而至
>
> 还有安详和其他种种
>
> 以及迫近的狂烈和其他种种
>
> 想着温暖的圣诞夜
>
> 想着这寒冷也会裹挟你
>
> 在开始我的工作——红与蓝的战争游戏之前①

诗中被称为"那家伙"的，是刚停不久的冰雨。被称为"你"的，想必是作者爱恋的女性吧。诗人感受到冰雨的移动和寒气的迫近，同时感到"红与蓝的战争游戏"正一步步逼近。冈村民夫把"红与蓝"作为关键词来破解该诗隐藏的意义，认为这里的"红与蓝"是指中国共产党使用的旗帜和国民党的青天白日旗②。而此处对"你"的呼唤，因为被超越了个人的历史巨浪所裹挟，反而平添了亲密的语气。而众所周知，1927 年正是中日关系不断恶化的年头。1927 年 3 月，北伐军进入南京之际，发生了第一次南京事件，日军找到第一次出兵山东的口实。而同年 4 月，蒋介石悍然向分驻上海总工会等处的工人纠察队发动袭击，导致国共关系不断恶

---

① 黄瀛「氷雨の夜」『瑞枝』、東京：ボン書房、1934、第 43—44 頁。

② 参见〔日〕冈村民夫《黄瀛的光荣》，杨伟执行主编《诗人黄瀛》，重庆：重庆出版社，2010，第 282 页。

化,迫使共产党在 8 月举行了南昌起义。而进入 1928 年,更是发生了日军向山东第二次出兵和第三次出兵(制造了"济南惨案")的恶性事件。所以冈村民夫认为,"诗中的'1927 年'和'12 月'这个日期,是与'有些事情已经过去,而另一些事情尚未发生'的那种危机四伏的宁静、暂时的平衡、过渡性的停滞联系在一起的"①。而诸如"面对一九三〇年这个冷风肆虐的寒窗"②"新尝祭之夜"③(即 1927 年 11 月 23 日)等带有明确的时间标志的诗句,都可以视为将诗人所处的狭窄空间与身后的宏大历史关联起来的文学装置。历史虽然在这些诗中被还原成记录自己今天的日志,但它仍然是活生生的历史。而黄瀛的诗歌告诉读者,诗人的不眠之夜是与宏大的历史紧密相关的东西。

果然,诗人对将发事件的不祥预感变成了现实。1928 年 4 月和 5 月,日本对山东的两次出兵导致了中日之间的武力冲突,也暴露了日本的侵华野心。这无疑令在青岛度过中学时代的黄瀛格外震惊,感受到撕心裂肺的痛苦。如前所述,尽管黄瀛的诗歌作为"少数文学",其潜藏的政治性不可忽视,但就整体上而言,还是以抒情和写景为主要特色,且是即物的、非观念性的、个人性的,至少在表面上是远离政治的。但 1928 年的日本向山东出兵却让黄瀛诗歌的政治性浮出水面,催生了《啊,将军!》和《世界的眼睛!》这两首在黄瀛诗歌中稍显另类的反战爱国诗。据日本评论家胜又浩先生考证,1928 年 12 月发表在《学校》第 1 号上的《啊,将军!》是以山东军务督办张宗昌为原型创作的反战爱国诗,其中充满了对张宗昌这个"猪头将军"出卖祖国的愤怒④。而发表在《文艺战线》1928 年 7 月号上的《世界的眼睛!》则抨击了包括日本在内的西洋列强对中国的暴行和觊觎:

> 世界的眼睛!正朝着我们的土地大举挺进
> 以为我们麻木不仁,所以才糟糕透顶!
> 诚然,迄今为止我们都只是在沉默与抱怨

---

① 参见〔日〕冈村民夫《黄瀛的光荣》,杨伟执行主编《诗人黄瀛》,重庆:重庆出版社,2010,第 282 页。
② 黄瀛「窓を打つ氷雨」『瑞枝』、東京:ボン書房、1934、第 5 页。
③ 黄瀛「新嘗祭の夜」『瑞枝』、東京:ボン書房、1934、第 36 页。
④ 〔日〕胜又浩:《黄瀛诗歌之个性》,杨伟执行主编《诗人黄瀛》,重庆:重庆出版社,2010,第 338 页。

　　说我们是沉睡的雄狮?

　　总该明白,就算并非如此,也绝不是懦夫任人踩蹋!①

　　这首激昂的诗篇一改温婉平和的诗风,直接进入动荡的历史中,发出了自己愤怒的最强音,表现出前所未有的社会性和政治性。这既是黄瀛内心的个人呼喊,也凸显为民族的集体性发声。显然,诗人自身对此也深谙于心,所以,诗中复数第一人称——"我们"的多次使用才显得格外引人瞩目,不妨视为诗人出于本能——同时也更可能是有意识的——一种叙述策略,是对自己诗歌言说的一种集体组装。就像卡夫卡《女歌手约瑟芬或耗子民族》中的"老鼠约瑟芬放弃了个人唱歌的行为,以便融入'一大群人民英雄'的集体表述"②中一样,黄瀛面对波涛汹涌的历史海洋,飞离那扇眺望风景的窗户和闭锁的房间,纵身跳入浩瀚的大海,让自己诗歌中那个善感低吟的混血儿"我"化作愤怒高歌的"我们"(中国人),"积极地肩负起集体乃至革命表达的角色和功能"③,向当时占据日本诗坛的战争赞美诗发起了挑战。而这在当时的日本无疑属于"少数"的声音,尽管微弱,却形成了与"多数"声音之间的顽强抗衡,并在与"多数"声音的对峙中获得了更大的张力和集团性价值。

　　显然,黄瀛作为活跃在日本昭和初期诗坛上的"少数文学"诗人,其带有异国情调的诗歌和对日语的"少数"运用,作为来自外部的冲击,既对日本口语诗歌和日语本身进行了破坏、毁形、解域乃至重新建构,也对诗歌背后潜藏的昭和历史和曲折的中日关系进行了成功的介入,从而让自身的诗歌闯入日本文学的内部,化作了其中具有特殊意义的组成部分。

第四节　作为"少数文学"的宫泽贤治诗歌

　　与黄瀛辗转于中日之间,有着丰富的越境体验不同,宫泽贤治一生大都蛰伏在日本东北地区岩手县的花卷市,虽然经常往返于东京与岩手县之

---

① 黄瀛「世界の目よ!」『文藝戦線』1928年7月号、第95頁。
② 陈永国编《游牧思想——吉尔·德勒兹　费利克斯·瓜塔里读本》,长春:吉林人民出版社,2011,第110页。
③ 陈永国编《游牧思想——吉尔·德勒兹　费利克斯·瓜塔里读本》,长春:吉林人民出版社,2011,第110页。

间,从未走出过日本国门,没有海外经历,却融汇东西、博古通今,精通各种文化,一直对海外深怀憧憬,充满了越境的意志,可以称之为德勒兹意义上的游牧者。"游牧者并不一定是迁移者,某些旅行发生在原地,它们是紧凑的旅行。即使从历史的角度看,游牧者也并不一定像迁徙者那样四处移动。相反,他们不动,他们不过是在同一位置上,不停地躲避定居者的编码。"① 只要浏览一下宫泽贤治37年的短暂生涯就会发现,他一生都未曾长期离开过岩手县这个远离东京的偏僻空间,却一生都在躲避定居者的编码。他是诗人、童话作家,也是农学校教师、石灰推销员,更是《法华经》的虔诚信徒。说他是诗人和童话作家,其实不过只在生前出版过一本诗集《春与阿修罗》和一本童话集《要求繁多的餐馆》。而说他是学校的教师,却只做了四年零四个月即告辞回家,因决心做一个"真正的农民"而独自成立了"罗须地人协会"。最后又作为农业技师开设了"肥料设计所",却因病在两年后被迫中止。而石灰推销员的工作则只持续了数月而已。显然,诗人、童话作家、科学家、农业改革者、花坛设计者、宗教家——这些貌似毫不搭界的多重身份叠加在宫泽贤治身上,是其对职业和身份的体制编码加以解域化的集约表现,使他成为诸种职业和身份上的边界儿。正如他在诗集《春与阿修罗》的序诗中所说的那样,"我这一现象/乃是假想中的有机交流电灯的/一盏蓝色照明/(所有透明幽灵的复合体)"。而"所有透明幽灵的复合体"②,换作德勒兹式的术语,或许就是拒绝被辖域化的、不断从外在的诸多规则中逃逸出来的游牧者式的复合存在。

宫泽贤治的边界性或游牧性除了表现在对职业身份的解域化之外,还凸显在他对作为日本国民语言的"日语"的解域化上。德勒兹认为,语言是一种社会秩序化的手段,它不仅赋予我们关于这个世界的概念和范畴,而且将一种同质化的认同强加在我们身上③。纵观明治维新后日本近代国民国家的形成过程就不难知道,作为"国语"的标准日语的制定,对从语言上统合所有的日本人,迫使其产生作为日本国民的同质化认同感,具有重要的意义。为了实现这一目的,"国语"必须是生活在同时代的"国

① 汪民安、陈永国编《尼采的幽灵》,北京:社会科学文献出版社,2001,第167页。
② 宫沢賢治「『心象スケッチ春と修羅』序」『【新】校本宫沢賢治全集』第2卷、東京:筑摩書房、1995、第7頁。
③ 蓝江:《解域化的语言:口吃与风格》,《新诸子论坛》2013年第3期,第182页。

民”能够共同使用的语言。即是说，是没有历史差异、没有地域和阶级差异的均质化的语言。而实际上，日本的“国语”是以明治时代的统治阶层所居住的东京山手线周围这一特定区域——也因此是具有特权性质的区域——所使用的局部性语言为基础而设定的所谓标准日语。这种标准日语的设定和强制性推广，显然带有对其他方言的压制性，集中表现了以东京为代表的中央文化对地方边缘文化的入侵。而只要查阅日本“国语”的历史就知道，宫泽贤治处于青少年时期的明治 30 年代，正是“标准语”作为近代化的一环在国家规模上被构建起来，并通过学校教育作为一种国家意识形态得以逐渐完成的时期。而宫泽贤治进入寻常小学校的明治 36 年，亦是国定教科书制度颁布的年头。这意味着，宫泽贤治接受学校教育，恰逢作为国策的国语教育正式启动，并逐渐向全国推广普及的时期。身为土生土长的日本东北人，宫泽贤治在日常口语中使用的是东北方言，而在书写时却不得不使用以东京山手话为基础的标准日语，即被辖域化的日语。从这种意义上来说，宫泽贤治被迫成为双重语言使用者。换言之，宫泽贤治不得不与“标准语”展开“搏斗”，而这种“搏斗”的痕迹就遗留在他孩提时代的作文中。《【新】校本宫泽贤治全集》第 14 卷收录了宫泽贤治小学时代的作文，而只要翻阅他小学六年级时的“国语作文本”，就可以明显看到不少受方言音韵影响而拼写有误的例子。比如，把“ぶち犬をけしかけられて”写成“きすかけられて”《冬季休业的一天》)①，把“勉強しやすい”写成“べんきょーしやしい”（《怀念老校舍》)②（其中下划线为引用者所加——引者注）等，显然是受到岩手方言“す”与“し”不加区分的影响。尽管长大后情形有所改变，但我们还是能从他的作品和信件中管窥到他与标准语之间的隔膜。

作为诗人，他对自己的“母语”——东北方言被标准日语排斥和异化抱着敏锐的问题意识，而且对被这种语言的秩序化所表征的中央政权对其他地方的“文化霸权”抱有强烈的抵触感。这可以从他 1926 年 12 月 12日写给父亲政次郎的书信中管窥一斑。在这封信中，他谈到自己去东京国际俱乐部听芬兰公使讲演的情景：

---

① 宫沢賢治「冬季休業の一日」『【新】校本宫沢賢治全集』第 14 卷、東京：筑摩書房、1997、第 14 頁。

② 宫沢賢治「古校舍をおもふ」『【新】校本宫沢賢治全集』第 14 卷、東京：筑摩書房、1997、第 12 頁。

　　今天下午承蒙在打字学校结识的印度人西纳的介绍，我去参加了东京国际俱乐部的集会。所有的人种，还有混血儿聚集一堂，又是聊天，又是演奏音乐。泛太平洋会的福特先生还用幻灯进行了演讲。的确是一次无拘无束而又其乐融融的聚会。（中略）不一会儿就是芬兰公使的日语讲演了。因为其内容大都说的是摒弃物质文明，建立农民文化之类的话题，所以，觉得不刺耳的恐怕就只有我一个人吧。讲演结束后，公使就像是几近断念了一般，兀自坐在椅子上，而大家好一阵子都是一副被泼了冷水的表情。不过，此人可是著名的博言博士，能够自由运用十几国的语言。我就像是得到了天助，赶快跑过去向他询问农村问题，特别是方言该怎么办的问题，对方也站起来对我说了很多。①

尽管无从准确知道他们谈话的具体内容，但至少可以看出，"农村"和"方言"是困扰着宫泽贤治的两大课题。作为同样具有悠久的历史，却又同样在由国家推进的近代化进程中被弃之不顾的存在，农民问题和方言问题成了宫泽贤治关注的焦点。如果说，设立罗须地人协会和撰写《农民艺术概论纲要》乃是对近代国家抛弃古老乡村和农民的一种贤治式的抵抗策略，那么，他在童话和诗歌中大量使用岩手方言则可以看作从近代国家强加的语言秩序和思想架构中的自由逃逸，体现了其作为"少数"和"边缘"对"多数"和"中央"的抗拒意识。

　　我们知道，《永诀的早晨》是宫泽贤治最脍炙人口的诗歌之一，被认为最真切地表达了对挚爱的妹妹登志英年早逝的哀恸之情（为便于读者理解该诗日语表达上的特点，特将日语原文和中文译文排列如下）：

けふのうちに	就在今天
とほくへいつてしまふわたくしのいもうとよ	我的妹妹啊，要去远方
みぞれがふつておもてはへんにあかるいのだ	雨雪交加，门前异常明亮
（あめゆじゆとてちてけんじや）	（请给俺盛一碗雨雪）
うすあかくいつさう陰惨な雲から	从暗红色的阴惨云团中
みぞれはびちよびちよふつてくる	急匆匆飞下雨雪
（あめゆじゆとてちてけんじや）	（请给俺盛一碗雨雪）

① 宫沢賢治「十二月十二日　宫沢政次郎あて」『【新】校本宫沢賢治全集』第15巻、東京：筑摩書房、1995、第239頁。

青い蓴菜のもやうのついた	拿着绘有蓝色莼菜图案的
これらふたつのかけた陶椀に	两个缺口陶碗
おまへがたべるあめゆきをとらうとして	去给你盛来雨雪
わたくしはまがつたてつぽうだまのやうに	我像出了膛的子弹
このくらいみぞれのなかに飛びだした	冲进外面的雨雪
（あめゆじゆとてちてけんじや）	（请给俺盛一碗雨雪）
（中略）	（中略）
わたしたちがいつしょにそだつてきたあひだ	我们一起长大的岁月里
みなれたちやわんのこの藍のもやうにも	那见惯了的茶碗上的蓝色图案
もうけふおまへはわかれてしまふ	今天也要和你诀别
(Ora Orade Shitori egumo)	（俺将一个人死去）
ほんたうにけふおまへはわかれてしまう①	今天你真的要诀别……

　　稍加留意，就会发现该诗的一个显著特点：妹妹登志弥留之际的话语"请给俺盛一碗雨雪"被反复穿插在其中，并打上了括弧，向后缩进三个字符的距离，且用的是诗人日常生活中使用的东北岩手县方言（"あめゆじゆとてちてけんじや"）。借助括弧这个非文字的符号和排列上的缩进形式，妹妹登志的话语被隔离在诗人的叙述之外，其用方言发出的哀求在用标准国语写成的文脉中产生了明显的脱臼现象，从而形成了流淌在表层的"我"的标准语和在背后像低音一样回旋着的"妹妹"的方言之间的二重唱。我们不禁会发出疑问，为何唯有登志的话语要使用岩手县花卷的方言？也许理由很简单，那就是在诗人看来，妹妹登志弥留之际所发出的、曾经震撼了自己耳膜的哀求声是无法用标准日语来再现的，即登志不可能将"あめゆじゆとてちてけんじや"（请给俺盛一碗雨雪）说成"あめゆきとってきてください"（请给我取一碗雨雪）。换言之，作为近代国语的标准语与各个地区的方言之间存在着决定性的落差。于是，宫泽贤治不得不直面一个根源性的难题：尽管作为日本"近代文学"的诗歌被迫接受了只能用标准语来书写的命运，但依靠这种语言却又无法再现妹妹的声音。而这种问题意识化作了对把作为听觉记忆的声音加以言语化的抗拒，化作了对把声音转换为日语文字体系的抗拒，以及把地方方言加以标准语化的

---

　　① 宫沢賢治「永訣の朝」『【新】校本宫沢賢治全集』第2卷、東京：筑摩書房、1995、第138—140頁。

抗拒。然而诗人作为情感和世界的表现者，却又肩负着必须用语言来表达的使命。于是，诗人只能采取这样的策略：除了直接把登志的声音表现为方言之外，还把"（俺将一个人死去）"这一句特意标记为"（Ora Orade Shitori egumo）"这样的罗马字。其理由就在于：由汉字、平假名和片假名组成的标准日语的文字体系无法原汁原味地再现出生在岩手县花卷的登志那带有地方口音的真实声音。为了表现花卷方言与标准语之间在辅音发音上的微妙差异，诗人只能借助元音和辅音分开标示的罗马字文字体系（毋庸置疑，即便如此，也仍旧不可能用文字来完全再现从登志身体中所发出的声音，以及那种声音的音质、声调和节奏，等等）。但正如小森阳一指出的那样，"这一尝试却在诗中发挥了完全不同的效果。用罗马字标记的'登志'的声音，即使单从字面来看，也显然像是从异界传来的一样。'我们''一起'等平假名标记的叙述被罗马字所阻断，唤起了一种强烈的隔绝感，即：这已经变得不再可能，已经是过去的事，'登志'已经一个人（Shitori）去到了死亡的世界。（中略）而作为象征生死界线的括弧也同时是区别标准语与方言的界线。哥哥谈论'妹妹'时所使用的诗歌语言显然是作为近代国民国家的国民语的'日语'，即标准语。（中略）这种偏离了日常语言的为了写诗而使用的'语言'，在面对即将死亡的'妹妹'时不免显得过于生疏。反过来说，借助把包含着面对面人际关系之鲜活感的作为日常语的'方言'用括弧括起来，引用在被生疏的标准语统一起来的诗歌语言中，昭示了生与死之界限的难以逾越，以及不得不永诀的兄妹间的距离。或许可以说，这样一来，原本不是诗歌语言的'方言'反而变成最具强度的诗歌语言吧"①。

　　显然，宫泽贤治知道，为了突破被辖域化的标准日语的局限性来描摹内心微妙的风景和构筑理想之乡，仅用方言是不够的，还必须动用一切可能的武器。所以，"伊哈托布"② 这个他笔下的乌托邦世界，既是各种动物、植物和人类友好共生的乐土，也是各种语言和睦猬集的场所。各种语言的词汇逃离了各自所属的语系，也逃离了国家、民族、地域和时代的疆界，一起汇集到伊哈托布，纵情跳起了"蠕虫的舞蹈"。

　　下面我们来看看宫泽贤治名为《蠕虫舞者》的诗歌（日语原文和中

---

　　① 小森阳一『「ゆらぎ」の日本文学』、東京：日本放送出版協会、1998、第126—127頁。
　　② "伊哈托布"是宫泽贤治将其故乡"岩手"的日语发音改换成世界语的发音而造出的地名，具有"乐土、理想国、天堂"之义。

文译文对照）：

赤い 蠕虫舞手（アンネリダ・タンツェーリン） は	红色的蠕虫舞者
とがつた二つの耳をもち	有着两个尖细的耳朵
燐光珊瑚の環節に	在磷光珊瑚的环节上
正しく飾る真珠のぼたん	恰好装饰着珍珠的牡丹
くるりくるりと廻つてゐます	正咕噜噜咕噜噜地旋转
（えゝ、8 γ e 6 α（エイトガムマアイースイッケスアルファ）	（啊，8 Υ e 6 α
ことにもアラベスクの飾り文字）①	俨然是阿拉伯风格的装饰文字）

在这首诗中，"蠕虫"与"舞者"这两个在通常的言语感觉中相距甚远，不，甚至是无缘的词语走到一起。而表现蚯蚓等环状蠕虫动物的拉丁语学名"Annelida"（アンネリタ）和表示舞者的德语单词"Tanzerin"（タンツェーリン）居然比邻相伴。这些穿越国境、时代和领域的词语聚集一堂，为的是表现一种名叫红孑孓的幼蚊。在宫泽贤治的伊哈托布，甚至不惜为一只孑孓而召开世界语言高峰论坛。为了描绘孑孓身体上的关节，诗人动用了"磷光"和"珊瑚"，将孑孓在水中动弹所形成的气泡形容为"牡丹"。在诗人笔下，小小的孑孓摇身变成了在舞台灯光照耀下熠熠生辉的美丽舞者。而"8 γ e 6 α"这些古老的希腊文字则形象地摹写出舞者柔软的身段。"8 γ e 6 α"一旦携手共舞，其形状就会变成阿拉伯式的图案。在这里，曾经记录下古希腊哲人们隽永语句的希腊文字作为伊哈托布的诗歌语言，成了与孑孓的形象最相似的符号，它们聚集一堂，翩翩起舞。

毋庸置疑，与黄瀛的诗歌一样，语言的混合性成了宫泽贤治诗歌的显著特色。其中使用了大量方言自不用说，还夹杂着英语、德语、梵语、世界语式的自制新词、带有外国腔的日语、科学用语、佛教用语，等等。他的诗歌游牧在各种语言之间，不断从辖域化的日语中画出一道道逃逸线。众所周知，近年来，"克里奥尔文学"②成了学界关注的热点。如果说文

---

① 宫沢賢治「蠕虫舞手」『新校本宫沢賢治全集』第 2 卷、東京：筑摩書房、1995、第 54 頁。
② "克里奥尔语"（Creole Language）是一种混合了多种语言词汇，有时也掺杂一些其他语言文法的语言，现泛指所有的混合语。而"克里奥尔文学"则指具有混合性的文学。

化的复数性、动态性和解域性是"克里奥尔文学"的主要特点的话,那么,"在探讨日本用日语写成的'克里奥尔文学'的特质时,宫泽贤治无疑是最重要的作家之一"①。

如前所述,宫泽贤治一直对象征着中央政权的标准日语抱着强烈的抵抗意识和距离感,并依靠逾越国家、时代和地域的疆界,导入多种语言的混用,来拒绝日语的辖域化,他属于与水村美苗、多和田叶子同一谱系的,从内部来促使日语发生质变的先驱性人物。在他那里,对标准日语的疏离和偏移甚至化作文学上的一种策略。进一步说,宫泽贤治极力主张的"心象素描"也可以视为对能指和所指之间辖域化的关系,以及被固化的思想观念和思想边界进行毁形和解体,在每个瞬间去动态地捕捉内心原始风景的一种手段。

"心象素描"是贯穿宫泽贤治整个创作的一种独特方法,最早出现在他1924年出版的诗集《春与阿修罗》中。在此书的"序诗"里,宫泽贤治提到了"心象素描"的定义,即"心象"的"记录"②。所谓的"心象",就是指在心灵中所发生的各种现象这一意义上的"内心的风物"③。而所谓的"记录",则是"严格按照事实所记录下来的东西"④,应该像素描一般鲜活、写实、精准,容不得杜撰和随意的加工。"心象"作为"我"内心的风物,也是"我"与周围的自然风景、所有的人乃至过往的历史进行对接和交流时所产生的心灵现象,因而它必然是流动的、瞬息万变的、拒绝固化的。因此,宫泽贤治喜欢行走,喜欢在景物的"游牧"中实现精神的游牧,与各种植物和生命体进行神秘的对话,而"小岩井农场"和"种山原"等就成了他在行走中捕捉内心风景的场所。而为了让内心的景物成为人类意识的证据,宫泽贤治执着于原封不动地记录下其间的过程,而诗歌中大量附带的日期是对某件事物和某个时间的心象进行记

---

① 西成彦「クレオール」天沢退二郎編『宮沢賢治ハンドブック』、東京:新書館、1996、第70頁。

② 参见宫泽贤治《春与阿修罗》的序诗。其中,宫泽贤治提到了"心象素描"的定义,即"心象"的"记录"。他写道:"但这一切最终不过是心中的一道风物/只是,这些被姑且记录下来的景象/始终保持着被记录时的原始模样。"原文见『【新】校本宮沢賢治全集』第2巻、東京:筑摩書房、1995、第8頁。

③ 原子朗「心象スケッチ」『新宮沢賢治語彙辞典』、東京:東京書籍、1999、第369頁。

④ 宮沢賢治「十二月二十日 岩波茂雄あて」『【新】校本宮沢賢治全集』第15巻、東京:筑摩書房、1995、第215頁。

录的直接证明。此外，宫泽贤治显然知道，既然心象就像"有机交流电灯"一样"同风景和一切存在物一起/匆匆地、匆匆地忽灭忽明"①，那么，它就必定具有仅仅属于此时此地的唯一性。而为了鲜活而精准地记录下这种唯一性的心灵现象，除了必须在与变换的风景、身体的移动等相关性中来进行连续性的同时也是多层次的描摹之外，还必须将无时间性的绝对的语言让位给一种此时此地的任意一点的语言，让语言与风景、心象一起流动，让符号及其意义、所指和能指之间不再是钢筋混凝土式的结构。换言之，需要通过对语言的解域化来达成对此时此地唯一性感觉的如实摹写。因此，在宫泽贤治那里，依靠岩手方言和各种外语词汇、宗教用语、科学术语的混用等一切手段来对日语本身进行解域化，就具有了必然性，并成为他文学上的一种重要策略。而正是这一点引起了中日混血诗人黄瀛的极大共鸣。黄瀛发表的《心象素描》（《文艺》1927 年 4 月号）和《在夕景的窗边——心象素描》（《诗神》1927 年 9 月号）以及《心象日记》（《诗神》1928 年 5 月号）等，就不妨被视为对宫泽贤治"心象素描"的一种仿效和回应（这一点我们将在下一章详细论述）。他们俩以《铜锣》为舞台而展开的交流和以"心象素描"为媒介所做出的呼应，充满了作为"少数文学"诗人的连带感和革新诗歌的强烈意志。

突破语言的界限、时代的界限、地域的界限、民族的界限、国家的界限、人类和动物的界限、地球和其他星球的界限，让多语言、多民族、多国籍者、人类和动物、植物相生共存的场所——这就是宫泽贤治为我们描绘的乌托邦"伊哈托布"。而无疑，这也是混血诗人黄瀛梦寐以求的理想之乡。他们俩一个从外部，一个从内部，对日语以及被日语所表征的各种编码体制所进行的解域化，带来的不只是一场诗歌语言的革命，更是以多元、生成、流变的精神孕育了新的视界和可能性。而当我们把他们放置在日本现代"少数文学"的谱系中来加以考察时会发现，不被任何界限所束缚，不懈地追求中间地带的强烈志向——这既是黄瀛和宫泽贤治诗歌的显著特质，也是支撑着包括李维·英雄、多和田叶子、水村美苗等在内的所有越境文学之游牧性的原动力。随着全球化带来的人口大流动和越境行为

---

① 见宫泽贤治《春与阿修罗》的序诗："我这一现象/乃是假想中的有机交流电灯的/一盏蓝色照明/（所有透明幽灵的复合体）/同风景和一切存在物一起/匆匆地、匆匆地忽灭忽明/俨然永远不会熄灭的/因果交流电灯的/蓝色照明。"日语原文见『【新】校本宫沢賢治全集』第 2 卷、東京：筑摩書房、1995、第 7 頁。

的日常化,黄瀛式的混血儿和宫泽贤治式的文化游牧者将越来越多,向"多数文学"发起挑战的"少数文学"将会扮演越来越重要的文学革命角色,从而形成一个强大的"少数文学"方阵。而从这种"少数文学"的谱系上重新审视黄瀛和宫泽贤治,其作为先驱者的价值将会越来越引发人们的关注。

第六章　黄瀛与宫泽贤治以"心象素描"为介质的回声

作为日本文坛上的"少数文学"诗人，黄瀛与宫泽贤治都是个性鲜明、不可复制的独特存在，但在致力于突破语言界限、地域界限乃至民族界限这一点上，两者又具有很高的相似性。纵观黄瀛的诗歌创作更是会发现，其中充满了与宫泽贤治之间以"心象素描"为介质的回声，印证了他对"心象素描"这一宫泽贤治特有的诗歌手法的共鸣和仿效。但正如日本学者冈村民夫指出的那样，"迄今为止，当说到贤治对同时代诗人的影响时，大都停留在讨论草野心平与中原中也上。显然，对黄瀛与宫泽贤治进行比较考察，在思考宫泽贤治的接受史上，无疑也具有重大的意义"①。因此，笔者尝试着追溯黄瀛与宫泽贤治之间的交流史实，进而通过对两者诗歌文本的对照分析来勾勒出黄瀛对宫泽贤治诗歌美学的接受轨迹，以期为同时代诗人对宫泽贤治的接受史提供更宏大的视野和具体的佐证。

第一节　以《铜锣》为中心的交流

我们知道，黄瀛与宫泽贤治的交往是围绕《铜锣》进行的，大致始于草野心平与他联名写信邀请宫泽贤治加入《铜锣》同人群体的 1925 年 7 月。当时，在岭南大学留学的草野心平因"五卅运动"的影响而被迫回国，在黄瀛位于九段附近的公寓里寄宿了近两个月。此间，草野心平在黄瀛的协助下不仅装订发行了《铜锣》第 3 号，还给宫泽贤治写信，力邀他成为《铜锣》同人。尽管宫泽贤治的诗歌在当时遭到了文坛的漠视，但仍然引起为数不多者的关注。无疑，草野心平就是其中之一。草野心平因曾在岭南大学留学，与文学研究会广州分会的成员多有交往，并深受美国诗

---

① 〔日〕冈村民夫：《对诗人黄瀛的再评价》，《东北亚外语研究》2018 年第 1 期，第 22 页。

人桑德堡等的影响，所以能从更加广阔的视野上去认识和评价当时不被狭隘的日本文坛所接受的心象素描集《春与阿修罗》。

　　大约是 7 月，我第一次给宫泽贤治写了信。（前一年，即大正 13 年，约莫是在秋季，我初次读到心象素描《春与阿修罗》。读后，我深受感动。）信中都写了些什么现在已无从忆起，目的就是邀请他成为铜锣同人。很快便有了回信。他那极具个性的笔迹和不可思议的内容给我留下了深刻的印象。特别是其中的一句话"我不太有自信做诗人，希望你能将我看作一个科学家"，直到 40 多年后的今天我仍然记忆犹新。贤治应允成为同人，并随信寄来 1 日元的小额汇款和诗作《负景》两篇。①

我们从草野心平的记述中可以了解到其邀请宫泽贤治加入《铜锣》的始末。可以想见，黄瀛很可能是通过草野心平而知道宫泽贤治的。随着宫泽贤治从杂志第 4 号起成为同人，宫泽贤治与黄瀛在《铜锣》上同时发表诗作，已成为该同人杂志常有的景观。我们可以通过表 6 - 1 来管窥黄瀛与宫泽贤治在《铜锣》上同台竞技的轨迹。

表 6 - 1　黄瀛与宫泽贤治在《铜锣》（1925 年 4 月～1928 年 6 月）上的活动

《铜锣》	黄　瀛	宫泽贤治
1 号（1925 年 4 月）	夏夜 清晨放歌 望水——献给 S 小姐	
2 号（1925 年 5 月）	夏日的本乡大道 俄国的小孩——小学校园所见 散步 金鱼 寒夜 宁馨杂记（随笔）	
3 号（1925 年）	女人啊 无题 某个清晨	

① 　草野心平「賢治からもらった手紙」『草野心平全集』第 6 卷、東京：筑摩書房、1981、第 287 頁。

《铜锣》	黄瀛	宫泽贤治
4号（1925年9月）	进城 母亲和妹妹 窗	心象素描　负景二篇 （命令·未来圈吹来的风）
5号（1925年10月）	姑娘啊！	心象素描　农事二篇 （休息·丘陵地）
6号（1926年1月）	北方诗篇 （早春·黄昏·感谢·年末小诗· 纪念·没有母亲的夜晚·流言）	心象素描 （升幂银盘·秋天与负债）
7号（1926年8月）	小诗 （李花·无题·雨·望乡）	心象素描二篇 （风和反感·"爵士"夏日的故事）
8号（1926年10月）	等待下雨	华尔兹第CZ号列车
9号（1926年12月）	致妹妹的信	永诀的早晨
10号（1927年2月）	冬之诗 （从光明社归来·归省·短章）	冬天和银河站
12号（1927年9月）		伊哈托布的冰雾
13号（1928年2月）		冰质的玩笑
14号（1928年3月）	在亨利饭店	
16号（停刊号） （1928年6月）	上海（译诗）	

从表6-1可以看出，宫泽贤治和黄瀛在《铜锣》上同台献技，主要集中在1925年9月至1927年2月的大约一年半时间。特别是在第4号、5号、6号、10号上，黄瀛和宫泽贤治的诗作更是一前一后刊登在紧邻的位置上，这不能不促使他们强烈地意识到对方的存在，并关注彼此的诗歌。

而另一个现象也引起了笔者的注意，那就是：黄瀛和宫泽贤治曾双双从《铜锣》第11号上一度消失。尽管宫泽贤治此后在第12号和13号上有过短暂的复归，但其后再也没有作品在《铜锣》上面世。与此同时，黄瀛也减少了在《铜锣》上的诗作发表，只在第14号和16号上刊登了《在亨利饭店》和译自冯乃超原作的《上海》。普遍认为，《铜锣》始于草野心平的个人交友圈子，继而逐渐扩大范围，加入了具有各种不同思想倾向的诗人，尤其以无政府主义和布尔什维克主义两大派系间的混合与对立为最大的特点。而只要回顾一下《铜锣》的历史就知道，正是从第10号开始，这两大派系在政治立场上的对立和分裂日益明朗，导致杂志开始明显向无政府主义和激进主义急剧倾斜。想必正是基于这样的背景，宫泽贤治和黄瀛都减少了在该刊上发表作品。或许可以从中读出这样的信息，即宫泽贤治和黄瀛都不约而同地与无政府主义和激进主义拉开距离，采取了敬而远之的保留态度①。

　　黄瀛在《自南京》中自述道："说到与他（指宫泽贤治——引者注）之间作为诗人的交往，虽然是在《铜锣》上开始与他为伍的，但如果追溯到更早的话，其实在佐藤惣之助于《日本诗人》上评论《春与阿修罗》之前，我就知道他了。"② 我们知道，佐藤惣之助对《春与阿修罗》的评论，是指发表在《日本诗人》1924年12月号上的《十三年度的诗集》，该文认为宫泽贤治的《春与阿修罗》是大正"十三年度的最大收获"③。这是继尾山笃二郎在和歌杂志《自然》（6月号）、辻润在《读卖新闻》（7月23日）和红罗宇在当地报纸《岩手日报》（9月18日）上发表关于该诗集的相关评论之后，诗坛对宫泽贤治进行的首次真正意义上的评论。而黄瀛特意在《自南京》中强调，在这之前他便已经知道宫泽贤治的存在，显然是不无自豪地告诉大家，他不是借助他人，而是自己独具慧眼地注意到专注于"心象素描"的宫泽贤治。不用说，在这种自豪的口吻中蕴含着他作为诗人对宫泽贤治的高度景仰和强烈共鸣。黄瀛曾这样谈到他第一次阅读《春与阿修罗》时的印象："我被它的韵律感深为震撼。接下来，我又惊讶于他作品的多样性，即涉猎领域的广泛性。他的诗兴就如同涌泉一般迸发，令人惊叹。"④ 而黄瀛不仅对宫泽贤治的诗歌，也对宫泽贤治其人抱有浓厚的兴趣，不仅"从草野心平、栗木幸次郎那里听到过关于他的传闻"⑤，还从其他人那里打听过宫泽贤治的为人和趣闻。关于这

---

① 小野十三郎在《黄君的日语》中写道："在日本步入长期大战的前夜，我热衷于无政府主义的思想运动。对于我那些属于观念先行型的诗歌，黄君似乎是抱有抵触感的。"小野十三郎「黄君の日本語」『詩人黄瀛　回想篇・研究篇』、東京：蒼土舍、1984、第18頁。

② 黄瀛「南京より」草野心平編『宮沢賢治研究』、東京：筑摩書房、1981、第209頁。

③ 佐藤惣之助「十三年度の詩集」『日本詩人』1924年12月号、第96頁。

④ 黄瀛「宮沢賢治随想」『宮沢賢治』第6号、1986年11月、第39頁。

⑤ 黄瀛「南京より」草野心平編『宮沢賢治研究』、東京：筑摩書房、1981、第209頁。

一点，有《铜锣》同人森庄已池①的文字可以为佐证②。作为贤治在盛冈中学的后辈，森庄已池从盛冈中学毕业后进入东京外国语学校学习俄语，曾寄宿在九段中坂与黄瀛寓所相距仅步行两三分钟的地方。据说他时常去拜访附近的黄瀛，而两个人的主要话题就是围绕宫泽贤治展开的。此外，森庄已池还证实，他曾听黄瀛这样说起过他与贤治之间的书信往来："能把收件人姓名'黄瀛'这两个字一笔一画写对的人只有两三个人，宫泽贤治就写得又大又正确，几乎占满了整个信封。不仅是信封上的字，就连信件上的文字也都写得大大的，颇具艺术性，大家都夸这字写得真好，不像是日本人写的。"③ 此外，1996 年黄瀛赴日本参加宫泽贤治百年诞辰庆典时，也在题为《日益繁荣的宫泽贤治》的演讲中说道："之后曾收到过一封贤治的来信，信中语气十分礼貌，收件人一栏也准确地写上了我的名字。"④ 由此看见，尽管现在尚未发现相关的实物材料，但在这两个诗人之间的确曾借助信件进行过文学或精神上的交流。

第二节　弥足珍贵的唯一一次见面

显然，正是由于黄瀛对宫泽贤治其人其诗高度关注，才在 1929 年春天催生了两个人之间的唯一一次见面。1929 年春天，黄瀛借陆军士官学校毕业旅行到花卷温泉之机，特向上级军官请假，去拜访了宫泽贤治家。这是他第一次也是最后一次见到宫泽贤治，他不仅成了"与生前的贤治有过谋面之交的唯一中国文人，也是最早评价贤治的外国人"⑤。黄瀛曾多次著文回忆这段往事，第一次是前述《自南京》（初出于草野心平主编的《追悼宫泽贤治》，东京：次郎社，1934 年），第二次是应洋洋社主编之邀而撰写的《宫泽贤治随想》（《宫泽贤治》第 6 号，1986 年），第三次是"宫泽贤治国际研究大会"（1996 年）上的演讲《日益繁荣的宫泽贤治》，第四次则是发表在 2000 年 11 月 2 日《日本经济新闻》上的《诗人怀念友

---

① 即森佐一。由宫泽贤治推荐，他从第 8 号起成为《铜锣》同人。
② 森荘已池『ふれあいの人々　宮沢賢治』、盛岡：熊谷印刷出版部、1988、第 167 頁。
③ 森荘已池『ふれあいの人々　宮沢賢治』、盛岡：熊谷印刷出版部、1988、第 167 頁。
④ 黄瀛「いよよ弥栄ゆる宮沢賢治」『世界に拡がる宮沢賢治——宮沢賢治国際研究大会記録集 vol. 1』、花巻：宮沢賢治学会イーハトーブセンター、1997、第 67 頁。
⑤ 王敏「黄瀛」天沢退二郎・金子務・鈴木貞美編『宮沢賢治イーハトヴ学事典』、東京：弘文堂、2010、第 176 頁。

人的追忆之旅》。

　　根据黄瀛《自南京》中的回忆，"1929 年的春天，当学校宣布毕业旅行时，我可是兴奋不已。那既不是即将毕业的兴奋，也不是即将看到山海之自然美、获得新知识的兴奋。从北海道到东北一带，吸引我的就只有宫泽贤治的存在了"①。黄瀛独自一人搭乘电车来到花卷，又在夜色中坐了约一小时的人力车去拜访宫泽贤治家。从宫泽贤治的年谱可以得知，宫泽贤治 1926 年便从花卷农学校辞职，转而从事罗须地人协会的农民运动，却因积劳成疾而于 1928 年病倒，尽管黄瀛来访时他已转危为安，但依旧卧病在床。"我本想立刻回去，好像是他弟弟还是什么人出来，说本人一定要见我一面，于是我进了宫泽君的病室。我们俩大概是先从各自对对方的想象开始聊起的。"之前说好"只聊 5 分钟"的约定时间很快就过去了，宫泽君一再挽留，"结果聊了半小时之久"②。从这些表述中可以推想，宫泽贤治对黄瀛其人其诗颇有好感，评价很高，才会不顾身体抱恙而一再挽留对方。时隔 67 年之后，黄瀛又在《日益繁荣的宫泽贤治》的演讲中重温并补充了那段回忆的部分细节："那时的宫泽由于生病，身体很屡弱。他其貌不扬，甚至可以说有点丑。"但"如果作为一个诗人来看，宫泽贤治分明透着诗人的威严和美感，不像是一个普通之人"③。

　　这次会面并没有怎么谈论诗歌的话题，据黄瀛自述，虽然他嘴上没说，却是抱着"你的诗很好，我的诗也不赖"④的心态去见宫泽贤治的。在此，切不可忘记一个事实：当时的黄瀛早在东京的中央诗坛上年少成名，活跃在《诗与诗论》《诗神》等现代主义诗歌的一线杂志上，而宫泽贤治则还是一个默默无闻的乡下诗人。所以黄瀛那种"我的诗也不赖"的自矜亦非空穴来风，反倒说明，他能抛开诗坛的偏见而对贤治诗歌的价值洞悉于心，所以才会对一个游离于中央诗坛之外的无名诗人抱着如此强烈的较劲意识吧。尽管"比起诗歌，聊得更多的是有关宗教的话题"⑤，但与仰慕已久的诗歌伙伴面对面地交谈，这件事本身就有着巨大的意义，以

---

① 黄瀛「南京より」草野心平編『宮沢賢治研究』、東京：筑摩書房、1981、第 208 頁。
② 黄瀛「南京より」草野心平編『宮沢賢治研究』、東京：筑摩書房、1981、第 208 頁。
③ 黄瀛「いよよ弥栄ゆる宮沢賢治」『世界に拡がる宮沢賢治——宮沢賢治国際研究大会記録集 vol. 1』、花巻：宮沢賢治学会イーハトーブセンター、1997、第 66 頁。
④ 黄瀛「いよよ弥栄ゆる宮沢賢治」『世界に拡がる宮沢賢治——宮沢賢治国際研究大会記録集 vol. 1』、花巻：宮沢賢治学会イーハトーブセンター、1997、第 66 頁。
⑤ 黄瀛「南京より」草野心平編『宮沢賢治研究』、東京：筑摩書房、1981、第 208 頁。

至于在回去的途中，"我感受到一种如同幼儿看见了纸罩蜡灯似的幸福，一边在心里祈祷着他的病早日康复"①。

不用说，与宫泽贤治的这唯一一次见面给黄瀛留下了深刻的印象，以至于他后来多次著文不断填充这次见面的诸多细节。1986年黄瀛在《宫泽贤治随想》中回忆道："他似乎对我太过年轻和健康感到颇为诧异。而他虽然卧病在床，却表现出浩淼博大的精神，这确实让我惊讶不已。"但黄瀛也同时承认，"由于年龄的差距、环境的殊异等种种原因，谈话不无龃龉"②。而所谓谈话中的"龃龉"或许指的就是，黄瀛原本期待的是诗人与诗人之间关于诗歌的倾心交谈，不料宫泽贤治却净聊的是宗教的话题，以至于"我在昏暗的病室里，一边仔细端详着宫泽君，一边听着不明就里的'大宗教'话题。他说话时那种讷讷的口吻让我有点害怕"③。

67年后的黄瀛是这样来描述当时的自己的："那时我还只是一个小青年。说是小青年，其实还只不过是个孩子，不是很明白，只是觉得宗教什么的很无聊。但是听宫泽讲得津津有味，我意识到他确实对宗教抱有极大的期待。后来他提到田中智学，而我正好对田中智学也略知一二，我在浅草附近寄宿的时候，知道他很受平民百姓的尊重，所以说到这个话题就比较起劲儿了。/我那时对于宗教完全一窍不通，如果说是把宗教放置到大宗教之下来加以利用，未免让人感到有些奇怪，但他就是想尝试这样做。"④ 按照黄瀛的理解，所谓的"大宗教"是相对于小宗教的一种说法，而小宗教则是指日本那种划分为众多宗派，只在家里面朝佛坛进行祭拜的在家宗教。显然，黄瀛67年后的这次演讲，对《自南京》中那句"让我有点害怕"的简短表述进行了某种背景上的补充，不仅具体举出了田中智学这个人名，还为我们揭开晦涩难懂的"大宗教"的神秘面纱提供了某种线索。不难看出，经过漫长岁月的沉淀，黄瀛对宫泽贤治的"宗教"话题有了更深的领悟，从《自南京》中的"有点害怕"变为尽可能地去理解宫泽贤治的宗教观。

① 黄瀛「南京より」草野心平編『宮沢賢治研究』、東京：筑摩書房、1981、第208頁。
② 黄瀛「宮沢賢治随想」『宮沢賢治』第6号、1986年11月、第40頁。
③ 黄瀛「南京より」草野心平編『宮沢賢治研究』、東京：筑摩書房、1981、第208頁。
④ 黄瀛「いよよ弥栄ゆる宮沢賢治」『世界に拡がる宮沢賢治——宮沢賢治国際研究大会記録集 vol. 1』、花巻：宮沢賢治学会イーハトーブセンター、1997、第67頁。

第三节　以宫泽贤治为潜对话者的黄瀛

　　回到东京后不久，黄瀛就在当时最前卫的现代主义诗歌杂志《诗与诗论》1929 年 6 月号上发表了一组题为《心象素描》的诗歌。可以说，这组诗歌是在向当时已经暂停文学活动，却在诗坛上依旧默默无闻的宫泽贤治表达自己的敬意。或许黄瀛是有意提醒世人：不要忘了宫泽贤治这位无名的地方诗人，不要漠视他那崭新而独特的创作手法。同年 11 月，黄瀛又在《诗神》上发表了《初春的风》一诗。其中写道：

> 初春的风
> 我独自在泥泞里策马而行
> 就算是放开缰绳，马儿也不会与人抗争
> 挥鞭扬马，只听得"嘚嘚"的蹄声
> 忽然想起博览会即将举行
> 坂本辽可还在野炮十连的马背上？
> 还有后藤保郎、宫泽贤治的病
> 要是也能早日痊愈，该有多好……
> 啊，这混蛋的马驮着混蛋的我
> 从枸橘的篱笆前掠过两三张孩童的面孔①

这首诗给我们描绘了身为军人的黄瀛在初春的风的吹拂下，策马行进在泥泞道路上的情景。随着马儿的前行，诗人的思绪也随处流转，脑海里浮现出以《仙鹤之死与我》与他同年入选《日本诗人》"新诗人号"，但如今却在姬路野炮第十连队服役的坂本辽，紧接着又想到了病中的诗友宫泽贤治和后藤保郎②，不由得祈望他们抱恙的身体早日痊愈。诗人最后写道："我们映照在大地上的影子多么凄寂！／马儿啊，你得睁大眼睛！我在日本的生活也已所剩无几！"③ 显然，对自己回国后前途未卜的担忧，与对宫泽贤治等友人身体状况的牵挂交织在一起，化作挥之不去的阴影笼罩在其

---

① 黄瀛「春さきの風」『詩神』1929 年 11 月号、第 83 頁。
② 后藤保郎曾与黄瀛、龟井文夫等人一起创办《碧桃》杂志。
③ 黄瀛「春さきの風」『詩神』1929 年 11 月号、第 84 頁。

描写初春风物的诗行中。

接着，在《诗神》1930 年 9 月号上，黄瀛发表了题为《诗人交游录》的随笔，绘声绘色地记录了他与各位诗友交往的始末，其中也不忘提到居住在花卷的宫泽贤治：

> 说到距离，鹿儿岛的平正夫、小野整，兵库县的坂本辽，前桥的萩原恭次郎、草野心平，花卷的宫泽贤治，仙台的关谷佑规，等等，也都是我不能忘怀的友人。①

那以后不久，黄瀛"在日本所剩无几的"生活宣告结束，于 1930 年底回到南京，任职于国民党参谋本部，并从 1932 年 4 月起历任南京国民政府军政部特种通信教导队少校、中校、上校队长等职。在这期间，黄瀛还不时向东京的各种杂志投寄诗稿，或应邀撰写诗论。黄瀛在《诗人时代》1933 年 6 月号上发表了题为《涂鸦》的组诗，其中包括《某个早晨》《有人在拍我！》《桌上》和两首同名的《某个夜晚》，共 5 首诗。笔者注意到，在《涂鸦》的总题下，黄瀛特意加上了这样的说明文字："谨以此'涂鸦'来代替向冈崎清一郎和宫泽贤治君汇报近况。"② 从中可以看出，黄瀛是把宫泽贤治作为潜在的对话者和阅读者来撰写这些诗歌的。

不久，他又在《日本东京》（《诗人时代》1933 年 12 月号）一文中，抒发了他离开东京后，身在南京远眺日本诗坛所萌发的种种感想。其中既有对日本诗坛现状的冷静观察，也有对日本诗友绵长的思念。而宫泽贤治也理所当然地出现在令人怀念的诗友名单上：

> 神户的竹中郁，京都的坂本辽、冈崎清一郎，鹿儿岛的小野整，花卷的宫泽贤治，还有东京的诸多先贤同辈也会翩然浮现在我脑海里，让我不能不叹息电视的不发达。虽说这都是实话，但东京和南京这两个"京"与其说是因地理上的距离，不如说是因近来的局势而变得过于遥远了。③

显然，黄瀛意识到，自己和宫泽贤治等诗友的疏远不单单源自地理上的距

① 黄瀛「詩人交遊録」『詩神』1930 年 9 月号、第 82 頁。
② 黄瀛「らくがき」『詩人時代』1933 年 6 月号、第 23 頁。
③ 黄瀛「日本東京」『詩人時代』1933 年 12 月号、第 55 頁。

离，更缘于两国间急剧恶化的政治局势。不用说，这更是增添了他因远离东京和诗歌而产生的懊恼与孤独感。而就在黄瀛写完该文时，竟传来宫泽贤治去世的消息：

> 追启：当写完这篇文章时，接到宫泽贤治病逝的噩耗。原来他的病真的没能好转。事到如今，我更是对人一生的脆弱涌起无限的感慨。不久前，我才刚刚从杂志《面包》上读到某人写的宫泽贤治论，不禁倍感亲切，不料……
>
> 今年，石川善助君，还有他——对于东北诗人的相继离去，我不能不从中感到一种不可思议的因果缘分。①

从这些文字中，能读取到黄瀛发自内心深处的悲怆。尽管黄瀛与宫泽贤治只见过一面，但宫泽贤治早就作为其灵魂上的朋友和诗歌上的共鸣者，成了他谈到诗友时必然提及的对象，更是他创作诗歌时浮现在脑海里的对话者。《日本东京》一文完成时恰又接到贤治病逝的噩耗，这种巧合或许颇具象征性地暗示了黄瀛与贤治之间不可思议的缘分和羁绊。

事实上，黄瀛与宫泽贤治的缘分和羁绊并非仅仅见证于这些回忆性的文字里，而更多地体现于两者对诗歌创作的强烈共鸣中，以及黄瀛对贤治诗歌有意识的仿效上，特别是对宫泽贤治的心象素描这一创作方法的仿效上。

第四节　黄瀛对宫泽贤治"心象素描"的仿效

据笔者对现有资料的查证，黄瀛最早使用"心象素描"一词，始于1927年1月23日创作的《某个心象素描》（《碧桃》1927年2月号）。显而易见，此处的"心象素描"是对宫泽贤治这一特有术语的借用。不过就体裁而言，该作品不是诗歌，而是黄瀛早期为数不多的短篇小说之一，描写的是作者利用寒假回中国探亲，某个清晨与妹妹和表姐三人在天津法租界家中的生活片段。坦率而言，它与其说是诗人流动心象的记录，不如说更像是对某个清新温润的生活场景的细致临摹，以及对身处这种场景中的"我"的"感觉"的随手记录。而笔者注意到，这种对"场景"和"感

---

① 黄瀛「日本東京」『詩人時代』1933 年 12 月号、第 55 頁。

觉"的准确描摹其实也是贯穿黄瀛此前大部分诗歌的一大特点。比如，黄瀛的成名作《清晨的展望》就堪称体现这一特点的典型代表：

> 瞧
> 炮台上的天空晴朗而清澄
> 随着这礼拜日清晨的祷告钟声
> 一群群，一群群
> 教会学校的学生排着队伍沿坡攀登
> 虽说是冬日的伊始
> 可喜鹊却在稀疏的洋槐林中四处飞旋
> 有一两个镇上的保安队员
> 故意提拎着青葱、酒壶和包袱
> 蜷缩着身体，在洋槐林的树梢间忽隐忽现
> 啊，清晨的确让人心情怡然①

这首诗展现了"我"调动视觉和听觉捕捉到的多处景象："天空"、"炮台"、"清晨的祷告钟声"、"排着队伍沿坡攀登"的"教会学校的学生"、"稀疏的洋槐林"里的"喜鹊"（朝鲜乌鸦）、"一两个镇上的保安队员"在"树梢间忽隐忽现"的身影。不过，倘若因此而简单地断言这只是把眼前的景象无意识地随手记录下来，则很可能错失了某些重要的发现。诗中的"天空""炮台""钟声"等貌似各自独立的景物或声响，被整合成一幅清新明朗的图画，并以此为背景，形成了以"一群群，一群群""排着队伍沿坡攀登"的"教会学校的学生"为焦点的一次性长镜头。接着，镜头转向"喜鹊"飞旋的姿态和"镇上的保安队员"忽隐忽现的身影，而接下来的"树梢间"一词则暗示了作品内部叙述者——"我"的存在，反映了"我"是从高处向下俯瞰的视点。至此，我们不由得恍然大悟，原来这些像镜头一般被冷静而客观地捕捉下来的景物，其实都出自"我"的视点，并统摄在"我"的感觉中。而一旦把这种感觉提炼为语言，就成了下一句源自"我"内心"感觉"的独白："啊，清晨的确让人心情怡然"。需要注意的是，"心情怡然"一词在日语原诗中，用的是表达心情畅快之意的最简单最朴素的词语"気もちがいい"。按照日本学者栗原敦的说法，

---

① 黄瀛「朝の展望」『日本詩人・第二新詩人号』、東京：新潮社、1925 年 2 月、第 2 頁。

"这种感受并不试图去表达像'悲伤的''高兴的'等这种可以被视为在世间业已形成的'感情'概念之一的'怡然的（気もちがいい）感情'。从存在和意识的关系来看，它被认为是在'感情·情'之前，更接近意识产生之初始阶段所感受到的东西，试图表现当从知觉中形成认识之际，知觉的主体与对象作为在分化成对对象的认识之前的未分化状态下而发挥着作用的'感觉'。"① 而落脚到《清晨的展望》一诗来看，栗原敦认为，该诗最大的表达特色就在于"作品中目击者（＝作品的视点人物'我'）的感觉所反映出来的焦点，是作为感受者与感受对象一体化的产物而被固定下来的"②。而且，这一中心焦点"应该被看成是在未整理成'感情·情'之前的阶段上确立的"③。

　　换言之，黄瀛的诗歌总是聚焦在与感受对象达成一体化的过程中所萌动的原初感觉，而并不试图将其加以分化或整理成某种已经概念化的情感。正是依靠固守这种未被分化——德勒兹所谓"未被辖域化"——的混沌而鲜活的感觉，他得以保持住备受其他诗人赞誉的清澄的感受性，形成了即物性的、朴素而健康的明朗诗风。而我们知道，"心象素描"作为贯穿宫泽贤治整个创作的一种独特方法，强调的是对"心象"——心灵中所发生的各种现象这一意义上的"内心的风物"——的"记录"，即"严格按照事实所记录下来的东西"④。我们发现，在强调保持鲜活、写实、精准的原始性，而不容杜撰和随意加工这一点上，黄瀛与宫泽贤治具有高度的一致性。尽管黄瀛捕捉的是与感受物一体化中产生的"感觉"，而贤治描摹的是作为意识内一切现象的"心象"，具有不同的射程，但在强调"感觉"或者"心象"处于"未分化状态下"的原始性和鲜活性这一点上，两者无疑是相似的存在。而恰恰是在这里，潜藏着他们产生共鸣的原点。因此，黄瀛对宫泽贤治"心象素描"的关注和仿效，无疑具有一定的必然性。不过有趣的是，黄瀛将"心象素描"这一术语首次引入自己的作

① 〔日〕栗原敦：《宫泽贤治与黄瀛》，杨伟执行主编《诗人黄瀛》，重庆：重庆出版社，2010，第328页。
② 〔日〕栗原敦：《宫泽贤治与黄瀛》，杨伟执行主编《诗人黄瀛》，重庆：重庆出版社，2010，第327页。
③ 〔日〕栗原敦：《宫泽贤治与黄瀛》，杨伟执行主编《诗人黄瀛》，重庆：重庆出版社，2010，第328页。
④ 宫沢賢治「十二月二十日　岩波茂雄あて」『【新】校本宮沢賢治全集』第15巻、東京：筑摩書房、1995、第215頁。

品，却不是在诗歌，而是在小说中。这是否可以理解为，为了降低实验的风险，黄瀛选择从诗歌以外的小说门类实现突破。或许黄瀛是深谙这种风险的，所以特意给作品名"某个心象素描"附加了一个副标题："往坏里说，就是笔记本上的涂鸦。"① 而笔者注意到，这与其说是通常意义上的副标题，不如说更像是带有自嘲性质的说明文字，可以让我们管窥到诗人在写作的具体操作上与宫泽贤治的趋同性。我们知道，宫泽贤治外出行走时经常都随身携带笔和笔记本，一旦在外界的触发下感觉到心象的流动，便会当场记录下来，并据此来创作童话和诗歌。比如，从《小岩井农场》一诗中就能管窥到他一边步行一边记录，以及被人搭讪后回答对方的情景。在散文《山地之棱》中更是记录了其用来素描的笔记本被人偷看一事。而黄瀛所谓的"笔记本上的涂鸦"，显然也具有同样的性质，即指在笔记本上的随手记录。尽管小说《某个心象素描》作为对某个清晨生活场景的细致临摹，与宫泽贤治意义上的"心象素描"相去甚远，不能说是成功的尝试，却是对"笔记本上的涂鸦"这种方法的一次演练，也预告了接下来"心象素描"在黄瀛诗歌中的正式登陆。

果不其然，两个月后，黄瀛在《文艺》1927年4月号上发表了《心象素描》一诗，紧接着又发表了《在夕景的窗边——心象素描》（《诗神》1927年9月号）、《心象日记》（《诗神》1928年5月号），以及组诗《心象素描》（《诗与诗论》1929年6月号）等一系列诗作。而及至黄瀛发表在《作品》1930年7月号上的《到了这里时》，则以更加明确和具象的方式向我们宣告了他对贤治式"心象素描"的模仿和运用：

> 到了这里时
> 五十八页的心象素描戛然而止
> 那是一种我自身也懵然不知的涩滞
> 那是忘却了的对比
> 干涸的我
> 断线的电力
> 夏天的夜晚
> 也许，它就是台灯熄灭后的世界

① 黄瀛「ある心象スケッチ——悪く云へば『ノート落書』」『碧桃』第2号、1927年2月、第1頁。

不！

是因为它有着反抗的弹力

却让一无所想的夜晚绵绵延续

还有百合花的馥郁

蚊子的嗡嗡低鸣

风和风铃的声音

蜿蜒缭绕，让人心旷神怡

于是，今夜我凝视着这个笔记本①

这首诗一开始就表达了一种创作的焦虑，即为何记录了五十八页的心象素描戛然而止？可自己却对其中的缘由一无所知。诗人用"干涸的我"和"断线的电力"来比喻自己才思的枯竭，如同身陷于"台灯熄灭后的世界"，看不到创作的灵光。但诗人却并没有就此罢休，"因为它有着反抗的弹力"。于是，借助花香（嗅觉）、虫鸣和风声（听觉）等多种知觉，诗人又开始挣脱焦虑和绝望，重新"凝视着这个笔记本"。显然，这是一首带有"元诗歌"特点的诗，"换言之，这首诗构成了具有反论性质的、对自己不能画出心象素描这一过程所进行的心象素描"②。值得关注的是，黄瀛在该诗中明确写道，自己在笔记本上记录了长达五十八页的心象风景，而这一点正好与小说《某个心象素描》中所谓在"笔记本上涂鸦"的方法一脉相承，并在更多的细节上佐证了黄瀛对宫泽贤治"心象素描"这一创作方法的仿效。笔者注意到，与这首诗发表在同一期《作品》上的，还有题为《花虽香》《素描》《明信片——绘在眼里的画本》等三首诗。除了"素描""画本"等让人很容易联想到"心象素描"的用语，《花虽香》的诗末还特意附上了"心象素描"几个字，让整组诗浸润着浓郁的贤治色彩。而据目前可以查证的资料来看，这也是黄瀛诗中有"心象素描"这一明确标记的最后一组诗歌。可以说，从《某个心象素描》（《碧桃》1927 年 2 月号）到《到了这里时》（《作品》1930 年 7 月号）为止的近两年半时间里，"心象""心象素描"等词语频繁出现在黄瀛的诗歌中。而这恰好与黄瀛在日本文化学院和陆军士官学校就读并毕业，面临即将回国迎来人生重大转折的时期相重叠。可以想象，这也正是黄瀛从

---

① 黄瀛「ここまで来た時」『瑞枝』、東京：ボン書店、1934、第 27—28 頁。

② 〔日〕冈村民夫：《对诗人黄瀛的再评价》，《东北亚外语研究》2018 年第 1 期，第 22 页。

潜心于诗歌创作转向不得不面对众多现实困惑的时期，其中当然也包括对中日关系走向的忧虑、对个人未来命运的担忧、对爱情最终结局的悲观，等等。而这些复杂的情感与镜中的风景、窗边的夕景等交织在一起，幻化为各种流动的心象，成就了他诗歌创作的一个高峰期。

　　黄瀛与宫泽贤治一样，一边追寻眼前的风景和时间，一边记录下跟随风景而曳动的意识。在前面对《清晨的展望》的文本分析中我们发现，黄瀛是一个注重动员视觉和听觉等多种知觉来捕捉外界的风景，并依靠把观察原封不动转化为感受，固守未被分化的鲜活感觉，从而得以保持住清澄感受性的诗人。当他把"心象素描"引入自己的诗歌时，意味着他并不满足于只是表现这种原初的"感觉"，而试图表现比"感觉"更复杂也更内面的"心象"。为此，他除了动员视觉、听觉、嗅觉等多种身体性知觉，还不惜动用"幻听"这种超越了身体性而与内心意识有着更直接关系的知觉形态。比如《幻听与我》（《文艺都市》1929 年 6 月号）就是这样的诗歌：

　　　　在野州某个高地上的
　　　　小小停车场、小小森林、小小部落，铁道沿线

　　　　置身于开满山岩的杜鹃花与嫩绿中
　　　　我所看见和听见的
　　　　是众多声音中的鸡鸣和小学里鼎沸的人声
　　　　（中略）

　　　　啊，向一望无尽的绿叶天地敞开心灵
　　　　我从高山上眺望渺小的人生
　　　　因稚童般的兴趣而忘却了地图上的敌人
　　　　我此刻不可能是陷入幻听的我
　　　　却被从某处迫近而来的家伙深深地吸引
　　　　忘情地看着右边遥远的利根川
　　　　久久地踟蹰在绿叶繁茂的大气中
　　　　啊，幻听与我！①

---

① 黄瀛「幻聴とオレ」『瑞枝』、東京：ボン書店、1934、第 64—65 頁。

这首《幻听与我》描写了"我"来到初夏的野州某个高地，耳朵里传来各种声音。在接受陆军军人训练后登高眺远，顿觉人生的渺小，从而获得了稚童般的兴趣，甚至忘记了地图上的敌人。尽管"我"否认自己陷入了幻听，但"被从某处迫近而来的家伙深深地吸引"这一点反倒印证了"幻听"的存在。因为那个"从某处迫近而来的家伙"肯定不是现实的存在，而是我借助"幻听"或者"幻觉"而感知到的假想现实。这首诗故意通过否定幻听来渲染幻听的存在，更是凸显出诗人在初夏的风物和大气中那种内心的善感和莫名的期待，而这很可能是受到宫泽贤治题为《痘疮（幻听）》一诗的影响。在《痘疮（幻听）》一诗中，宫泽贤治把在脸上长出红色痘疮的传染病和进入春季后变得旺盛的性欲隐晦地联系在一起。而该诗就发表在其友人森庄已池主办的岩手县本土杂志《貌》第3号（1925年9月）上。如前所述，森庄已池也是《铜锣》的同人，并一度与黄瀛在九段多有交往，不难设想，黄瀛很可能通过森庄已池而读过这本杂志。当然，除了这首《痘疮（幻听）》，宫泽贤治还用这种手法创作过不少的作品。我们有理由认为，黄瀛是从贤治那里获得灵感而引入"幻听"这一创作手法的，以便让自己对"感觉"的记录能够上升为对"心象"的素描。

笔者注意到，《幻听与我》发表在《文艺都市》上，正是黄瀛前往花卷探望宫泽贤治之后的1929年6月。同一时期，黄瀛还在最具影响力的现代主义诗歌杂志《诗与诗论》1929年6月号上发表了题为《心象素描》的组诗，其中第一首就是《士官学校之夜》。在这首诗中，诗人描写了自己在寒冷的夜晚起床撒尿的情景。"有如手术刀般"的冰凉感觉（触觉）、厕所里把人刺激得一阵亢奋的"阿摩尼亚气味"（嗅觉）、耳边神奇地传来的"'嘀嗒'的钟声"（听觉），成了汇聚在"我"这个年轻士兵身上的各种知觉。而那"十一点三十分的报时声"则准确地告知了这一切发生的时间，成了对某个事件和某个时间的心象进行记录的证明。

> 那声音一旦消失，越往上走，楼梯上的月光就越是耀眼！
> 在室内，我被裹挟在床铺的温暖里，不见自己的影子
> 而寝室外面则早已冷得雪冻冰封
> 缅甸的皮影戏正可怕地摇晃着窗户的玻璃

掉头一看，周围整齐地排列着战友的一个个脑袋

死者的形象直让人毛发竖立！

我欲翻身做梦，却只闻寒风的攻击在远处狂吠①

在这里，"缅甸的皮影戏正可怕地摇晃着窗户的玻璃"，既可以看作一种客观现实，即外面什么东西随风晃动着并成为映照在窗户上的影子，也不妨视为在黑暗与寒冷中出现在"我"眼前的幻影，以至于神思恍惚中战友的一个个脑袋也成了让人毛发竖立的死者头颅，从而暗示着诗人逐渐加深的幻觉和意识的渐次模糊，动态地折射出诗人半夜时分的心象。值得注意的是，虽然作者貌似用"只闻寒风的攻击在远处狂吠"来暗示"我欲翻身做梦"的失败，但事实上也存在另一种解读的可能性，即：所谓"寒风的攻击在远处狂吠"是诗人的意识渐渐模糊，由近向远浮游而去所产生的幻听。而这两种貌似矛盾的可能性之所以能同时成立，恰好与诗人半梦半醒、似睡非睡的恍惚状态达成高度的契合。这不禁让我们联想到宫泽贤治的某些作品，比如描写因火山性气体而导致意识模糊这一过程的《真空溶媒》，还有记述修行僧入眠时产生幻觉体验的《河原坊（山脚的黎明）》等。这是因为，在宫泽贤治那里，"不管是描写幻视还是幻听，都从不被当作神经病的征候，而是作为意识现象之一来加以处理"②，从而得以呈现丰富多彩的内心风景。显然，黄瀛在仿效"心象素描"这一创作手法时，除了动用各种身体性知觉之外，还不断扩大表现的手段，试图借助幻听、幻觉等多种介于身体性与心理性之间的感觉来摹写内心的风景，以达成最忠实的心象记录。

此外，我们还能从黄瀛与宫泽贤治的心象素描中找到更多的共同特征，比如时间性和记录性。在宫泽贤治看来，巨大的时间之流中，每个瞬间的感受方式都在发生微妙的变化，所以，为了让内心的景物成为人类意识的证据，就必须执着于原封不动地记录下其间的过程。不用说，他诗歌中大量附带的日期是对某个事件和某个时间的心象进行记录的直接证明。而纵观黄瀛的诗歌，可以发现其中也同样不缺少年份、日期和时间，有时候甚至精确到几点几分，显然是为了让外在的风物和内在的心象被准确定

---

① 黄瀛「士官学校の夜」『瑞枝』、東京：ボン書店、1934、第 116 頁。

② 鈴木貞美「心象スケッチ」天沢退二郎·金子務·鈴木貞美編『宮沢賢治イーハトヴ学辞典』、東京：弘文堂、2010、第 241 頁。

格在这些貌似抽象却充满细节的时间数字中。

不过，我们也不能不注意到，尽管黄瀛与宫泽贤治的"心象素描"具有很多相似性，但两者的差异性也同样相当明显。如果说"宫泽贤治的心象是把精神的、质的变动与变化的风景及身体的移动结合在一起，连续而多层次地描写出来"，那么，"黄瀛的心象素描更加具有瞬间性、静谧性以及极强的画面感，其重心放在作为抒情诗乃至叙景诗的结构上"①。此外，与宫泽贤治笔下的自然所孕育出的宗教性和宇宙论相比，黄瀛诗歌所呈现的自然更具人本主义的色彩，更富于即物性和抒情性。如果说宫泽贤治的心象素描渗透着宗教的激情和晦涩，那么，黄瀛的心象素描则浸润着世俗的情念和人伦的明朗。换言之，我们无法从黄瀛的心象素描中读取到宫泽贤治所定义的"心象"那样的宗教意义和浩渺的宇宙意识，倒是从他的诗歌中感受到一种近似于肯定自我、以简明的语言去临摹日常生活的淳朴感性，并常常与对友人、母亲、妹妹、恋人的思慕等具有人伦色彩的抒情维系在一起。

第五节　黄瀛与宫泽贤治的"妹妹情结"

除了黄瀛与宫泽贤治"心象素描"的共鸣和对其的仿效之外，其实，在创作有大量吟诵妹妹的诗歌这一点上，两者也具有很高的相似性。我们知道，说到宫泽贤治的心象素描，描写妹妹登志的死以及思考她死后何去何从的"挽歌"系列，比如《青森挽歌》《无声恸哭》等，堪称闻名遐迩的作品，尤其《永诀的早晨》更是作为日本高中国语教材的必选篇目而脍炙人口，被认为是贤治诗歌中最感人肺腑的经典之作。而综观黄瀛的诗作，其中与妹妹相关的诗歌也占据了非常重要的位置。《致妹妹的信（1）（2）》《在不二屋小憩——写于妹妹初访日本之际》《妹妹与我的夜晚》《雪夜》等都属于吟诵妹妹的诗篇。

我们注意到，《铜锣》第 9 号（1926 年 12 月）上同时刊登了黄瀛的《致妹妹的信》和宫泽贤治的《永诀的早晨》，让两人关于"妹妹"的诗歌历史性地汇聚在同一舞台上。不过，宫泽贤治的《永诀的早晨》此前曾

---

① 〔日〕冈村民夫：《黄瀛的光荣》，杨伟执行主编《诗人黄瀛》，重庆：重庆出版社，2010，第 294 页。

收入《春与阿修罗》，于1924年4月由东京关根书店自费出版，所以，就创作时间上看，宫泽贤治的《永诀的早晨》远远早于黄瀛的《致妹妹的信》。关于黄瀛的"妹妹系列"诗歌是不是直接受到贤治影响的结果，似乎不宜妄下结论，却是一个值得关注的问题。

按照黄瀛的说法，他在佐藤惣之助于《日本诗人》上评论《春与阿修罗》之前就已经知道宫泽贤治了。这意味着，黄瀛应该在1925年前后就读到过宫泽贤治的《春与阿修罗》。即便认为黄瀛的说法有着夸张的成分或者记忆上的偏差，但至少在1925年7月草野心平从广州回到东京，寄宿在黄瀛公寓，二人一起邀请宫泽贤治加入《铜锣》时，黄瀛已经从草野心平那里知道了贤治的存在，甚至读到了《春与阿修罗》。按照黄瀛《宫泽贤治随想》中的说法，第一次读到《春与阿修罗》时，他就被贤治诗歌的韵律感深深震撼："也许是我脑海中的直觉吧，我觉得宫泽的诗歌充满了丰富的内涵，既有饱含乡土气息的作品、思念妹妹的诗歌，也蕴含着那种鹿踊·剑舞中的拟声性、关于气候的描写，以及对土地的执着，等等。"[1] 显然，他在阅读贤治的诗歌时，已经充分意识到宫泽贤治诗歌中的"妹妹"元素。但笔者同时认为，如果据此就把黄瀛诗歌中的妹妹题材单纯看作受贤治影响的直接结果，则未免过于武断和简单。事实上，笔者注意到，在出版于广州的《铜锣》第2号（1925年5月）的后记中，就有黄瀛撰写的《宁馨杂记》，其中谈到他对《铜锣》未来的期许，竭力协助草野心平的承诺，还附带谈到了自己只身来到东京后对留在天津的母亲和妹妹的思念。显然，黄瀛是用"宁馨杂记"这一题目来寄托自己对妹妹黄宁馨和母亲的念想。换言之，黄瀛在创作的早期就把妹妹"宁馨"引入了自己的诗歌世界，并把"宁馨"变成亲情与眷恋的标志性代码。尔后发表在《若草》1926年6月号上的《宁馨杂记》就不妨看作一年前同名杂记的续篇，除了记录诗人貌似漫无边际的种种随想之外，还特意提到了妹妹寄来的起士林巧克力点心。此间，黄瀛除了在《铜锣》第4号（1925年9月）上发表《母亲和妹妹》一诗，还在《若草》1926年2月号上发表了《在医院》一诗：

　　步履轻盈地

---

[1]　黄瀛「宫沢賢治随想」『宫沢賢治』第6号、1986年11月、第39頁。

走过耳畔的，究竟是谁？

咱——

咱，咋可能知道？

我刚去那公园转悠回来

这不，有个名叫爱丽丝的姑娘

我一直和她在结伴徜徉

所以，咱，咋可能知道？

不过，唯有你的脸还依稀可见

那圆圆的面颊和十根白鱼似的指尖

哥哥我都一目了然

啊，宁馨

请给我把那里的体温计拿来

方才，我是不是被梦给魇住了？

（宁馨＝妹妹的名字）①

这首诗描写了诗人因病住院时产生的幻觉，以及与妹妹之间的对话。发烧的诗人陷入了幻觉，自称和一个名叫爱丽丝的姑娘去公园里散步回来。这时听到有人从耳畔轻轻走过，于是发出了"是谁？"的疑问。而妹妹却回答他："咱，咋可能知道？"虽然处在高烧的恍惚中，"我"却能分辨出妹妹圆润的脸颊和十根指尖。最后"我"怀疑自己是不是被梦给魇住了。如果将该诗与宫泽贤治的《永诀的早晨》相对照，很容易发现两者的相似之处。前者的主角是病中的哥哥和在一旁看护的妹妹，后者则是弥留之际躺在病床上的妹妹和在一旁看护的哥哥。而且，两首诗的叙事视角都出自哥哥一方，重点抒发的是哥哥一方的主观感受，但又都在哥哥的叙述中间夹入了妹妹一方的话语，构成了简短却弥足重要的微对话。奥山文幸认为，"《春与阿修罗》的方法与作为近代诗一般方法的所谓词语的浓缩和升华相反，乃是依靠双重叙述者对在岩手的时空中移动的'我'的内心和外部所发生的现象（事件）进行描写的一种饶舌和扩散的蒙太奇。各行就像电

---

①　黄瀛「病院にて」『若草』第 2 卷第 2 号、1926 年 2 月、第 30 页。

影镜头一样被断片化了，依靠双重叙述者和不同形象的冲突，而让隐蔽在现实下的真实模样相继出现，从而得以对无意识展开立体描写"①。我们不妨认为，两首诗中的妹妹，特别是《在医院》中的妹妹，具有第二叙述者的功能，以便形成双声部的叙述，在一问一答中将"我"的无意识或者心象加以断片化和相对化，从而形成更立体的描摹。我们注意到，为了凸显这种对话性，在《永诀的早晨》中，宫泽贤治故意将妹妹的话放入括号中，而且用的是岩手方言（あめゆじゆとてちてけんじや）以再现妹妹原始的声音。而黄瀛则故意选取了表示女性第一人称的"あたし"（中文姑且译作"咱"）来指代妹妹，以区别于表示诗人"我"的"ぼく"，从而制造出叙述的断痕，让读者清楚地意识到妹妹这一作为对话者的存在。饶有兴趣的是，《在医院》中那句"请给我把那里的体温计拿来"（一寸そこな体温器をとってくれ），在句式上也与"请给俺盛一碗雨雪"（あめゆじゆとてちてけんじや）非常相似。两首诗在结构、叙事方式以及某些句式上的相似性，依稀透露出黄瀛有可能对贤治诗歌手法进行了借鉴的痕迹。笔者还注意到，这首《在医院》后来被收入 1930 年出版的诗集《景星》中。而与 1926 年《若草》上的同一首诗相比较，不难发现有几处修改。为论述方便起见，抄录如下：

> 灰暗的光亮——
> 步履轻盈地走过耳畔的，究竟是谁？
> 咱——
> 咱，咋可能知道？
>
> 我刚去那公园转悠回来
> 这不，有个名叫 Alice 的姑娘
> 我一直和她在结伴徜徉
> 所以，咱，咋可能知道？
> 不过，唯有你的脸还依稀可见
> 那圆圆的面颊和十根指尖
> 哥哥我都一目了然

啊，Iren

请给我量一下体温

方才，我是不是被梦给魇住了？[①]

除了一开头增加了"灰色的光亮——"一句，以及中间有个别句式的改变之外，笔者注意到，诗中原本用片假名标注的"アリス"（爱丽丝）被直接改换成了罗马字"Alice"，原本用汉字书写的"宁馨"被改成了罗马字"Iren"。我们不禁要问，这些标记的改变意味着什么呢？Alice 作为黄瀛幻觉中出现的姑娘，很容易让人联想到英国童话《爱丽丝漫游奇境记》的女主角，也很可能被用来指代黄瀛现实生活中所爱慕的某个姑娘。而"Iren"应该是中文"伊人"的罗马字标注。在中国古诗中，"伊人"通常指与诗人关系亲密、为诗人所崇敬和热爱，且一刻也不曾忘怀的人。或许是受此影响，黄瀛经常把"伊人"作为对妹妹宁馨的称呼，凸显其近乎妹妹情结的深厚情感。而在有妹妹情结这一点上，宫泽贤治或许表现得更为明显。我们知道，为了再现妹妹的原始声音，宫泽贤治除了直接使用岩手方言"请给俺盛一碗雨雪"（あめゆじゆとてちてけんじや），还不惜动用了罗马字"Ora Orade Shitori egumo"（俺将一个人死去）。同样，为了凸显幻觉中那个姑娘的美妙，黄瀛舍弃了假名"アリス"这种日语中司空见惯的标记，而直接使用了不乏新奇感和神秘感的罗马字 Alice。同理，为了彰显与妹妹之间那种不为人知的、具有私密性质的亲昵感，黄瀛用"Iren"等几个让日本读者备感神秘的罗马字来取代了一目了然的汉字标记。或许正是在这一延长线上，黄瀛将"请给我把那里的体温计拿来"改成了更具亲密感、更富有身体性的"请给我量一下体温"。为了表现自己情感最原初的形态，黄瀛很可能从宫泽贤治的诗歌中汲取了不少养分。不过，需要补充的是，诗歌的多语言性和标记法的多样性本身就是黄瀛诗歌的重要特征之一。同样，黄瀛对吟诵妹妹的偏好也不是在贤治影响下才蓦然出现的新倾向，而应该说是源自他本身就有的妹妹情结。但不可否认的是，正是因为与宫泽贤治诗歌邂逅后的强烈共鸣使他看到了妹妹题材所蕴含的可能性，从而更加有意识地延展着这一题材的地平线。那以后，黄瀛又陆续创作了《从光明社归来》（《铜锣》第 10 号，1927 年 2 月）、《我

---

① 黄瀛「病院にて」『景星』、東京：田村栄、1930、第 16—17 頁。

与妹妹》（《诗人时代》1933 年 8 月号）、《致妹妹的信（2）》（《瑞枝》，1934 年）等。

不过，只要对比一下同时刊登在《铜锣》第 9 号（1926 年 12 月）上的《永诀的早晨》和《致妹妹的信》就可以知道，宫泽贤治的诗是向弥留之际的妹妹发出的深情而绝望的呼唤，而黄瀛的诗则是在异国他乡求学时对妹妹发出的温情而略带感伤的呢喃。在贤治和妹妹之间绵亘着生死的界限，引发的是关于生与死的宗教意识；而黄瀛与妹妹之间则相隔的是一条国境线，引发的是对国境与身份同一性等的考量。两者一死一生，截然不同，然而对妹妹深切的爱和与妹妹之间那种同志般强烈的一体感，却不分伯仲。前者创作于 1922 年 11 月 27 日，后者创作于 1926 年 11 月 23 日，尽管间隔了四年的光阴，但日期上只有四天之差，这不能不让我们在两个诗人间感到某种宿命感。

第六节　宿命似的连带感和超越时空的回声

其实，我们还可以从其他地方找到他们两者之间这种宿命似的共感或者默契。《天津路的夜景》是黄瀛诗集《瑞枝》的封卷之作，其最后一句"我为自己是一个中国人而感到无上的光荣"是诗人对自己中国人身份的公开宣言。日本学者冈村民夫在指出其在黄瀛诗歌中重要地位的同时，也注意到一个事实，那就是宫泽贤治在见到黄瀛时曾说过一句冷笑话："能见到黄瀛，非常光荣"，并不无启发性地指出，"诗句'我为自己是一个中国人而感到无上的光荣'，乃是黄瀛从个人角度对贤治的这句笑话所做出的回应吧"①。笔者一边敬佩于冈村民夫这一见解的敏锐性，同时也发现，或许对这一见解有必要加以一定的注释和修正。黄瀛在《诗人怀念友人的追忆之旅》一文中，对自己 1929 年与宫泽贤治的见面进行了补充说明："据说见面后宫泽说了句'能见到黄瀛，非常光荣'。这是三年前（即 1996 年——引者注）从他弟弟清六那里听说的。据说清六还告诫他说，'哥哥，可不要用别人的名字来说冷笑话哟'。但或许宫泽真的是那么想的吧。"② 从中可以得知，黄瀛知道宫泽贤治的这句冷笑话，是在 1996

---

① 〔日〕冈村民夫：《黄瀛的光荣》，杨伟执行主编《诗人黄瀛》，重庆：重庆出版社，2010，第 296 ~ 297 页。

② 黄瀛「詩人の友しのび追憶の旅」『日本経済新聞』2000 年 11 月 2 日。

年参加宫泽贤治研究大会见到贤治弟弟清六之后。因此从时间上来看，出自《瑞枝》（1934 年）的《天津路的夜景》不可能是在听到贤治这句冷笑话后做出的回应。不过，在深谙"黄瀛"（KOU EI）与"光荣"（KOU EI）因日语发音相同而存在一条神秘通道这一点上，二人都不约而同地表现出作为诗人的高度敏感性。在事先并不知道贤治这句"能见到黄瀛，真是非常光荣"的情况下，黄瀛也写出了"我为自己是一个中国人而感到无上的光荣"的诗句，更是让我们感到他们之间那种作为诗人的默契和共鸣。不，更准确地说，是一种宿命的连带感。从这种意义上说，冈村民夫的见解无疑是正确的，能从他们的诗歌和话语中准确地听到二人之间穿越时空遥相呼应的美妙回声。

至此，我们不能不关注这样一个问题：如果说与宫泽贤治之间的交流催生了黄瀛诗歌中的心象素描，那么，与黄瀛的交流又是否在宫泽贤治的文学中留下了某种印痕呢？对此，冈村民夫提出了饶有兴味而又不乏合理性的假说。他关注到宫泽贤治《1931 年远东素食主义者大会见闻录》的文章原型是写于 1923 年左右的童话《盛大的素食主义者节日》。通过改写，各国素食主义者为举行庆典而聚集的地点由原来的北大西洋沿岸的纽芬兰岛被直接改为宫泽贤治的家乡花卷温泉。冈村民夫认为，作为新的设定，除了在花卷温泉投宿、参观岩手县陆军特别大演习（1928 年）的各国驻日武官之外，也极有可能包括同在花卷温泉投宿的黄瀛等陆军士官学校的中华民国留学生。冈村民夫进而认为，大会的开幕之日设定为 1931 年 9 月 4 日，貌似暗指即将爆发的"九·一八事变"。而且原本在《盛大的素食主义者节日》中登场的中国人"陈"，在修改后的《1931 年远东素食主义者大会见闻录》中，作为副主持人被作者取了个中国人的名字"洪丁基"。而"洪丁基"（KOU TEIKI）这个名字中就恰好隐藏着"黄瀛"的日语发音（KOU EI）[①]。作为深谙语言奥秘的天才，宫泽贤治在其诗歌中充分展示了他对语言的敏感性，常常得心应手地驱使这种近于"藏字诗"式的技巧。因此，笔者认为，说宫泽贤治是通过故事发生地和人名的改动等方式来纪念 1929 年与黄瀛的唯一一次见面，继续向黄瀛发出含蓄的友爱信号，这绝非异想天开，可以说具有很大的合理性。

---

① 参见〔日〕冈村民夫《黄瀛的光荣》，杨伟执行主编《诗人黄瀛》，重庆：重庆出版社，2010，第 296 页。

　　原本我们可以期待他们之间的文学交往开出更多更美的花朵，但宫泽贤治的早逝使得他们之间的交往画上了句号。然而，这只是在现实的层面上。之后宫泽贤治化作黄瀛灵魂上的朋友，成了他心目中最尊崇的诗人形象。如果说是草野心平和高村光太郎等人的大声呼吁和鼎力推动才催生了《宫泽贤治全集》全三集（高村光太郎、宫泽清六、草野心平、横光利一、藤原嘉藤治编，东京：文圃堂，1934～1935 年）和《宫泽贤治全集》全七卷（高村光太郎、中岛健藏、森惣一、藤原嘉藤治、草野心平、谷川彻二、横光利一编，东京：十字屋书店，1938～1944 年）的出版，使宫泽贤治逐渐从默默无闻的乡下诗人成为日本家喻户晓的国民诗人，那么，黄瀛则是促成宫泽贤治在中国被广泛阅读和研究的重要推手。黄瀛曾在《日益繁荣的宫泽贤治》的演讲中谈到自己向鲁迅先生推荐宫泽贤治的往事。1932～1934 年的两年间，身在南京的黄瀛不时出入于上海的内山书店，并在内山完造的安排下与鲁迅有过多次促膝交谈。鲁迅曾建议黄瀛把蒲松龄的《聊斋志异》翻译成日语，介绍到日本去。"因为说到它（指《聊斋志异》——引者注）是一部动物的小说，所以，我就稍微谈到了宫泽贤治。于是，鲁迅就连声追问道，这个人如何，这个人如何。那时候，我只知道他的诗歌，对他的童话只是读过，但研究并不深入，所以只是尽我所知告诉鲁迅。"黄瀛不无自豪地说，"把朋友的优秀东西介绍给中国最伟大的小说家，这是我的明智，而且鲁迅先生听后也一个劲儿地问道，还有呢？还有呢？"① 黄瀛无非是想告诉我们，回到中国后，他总是一有机会就向中国文学界宣传宫泽贤治文学的魅力。尽管新中国成立后黄瀛因复杂的人生经历而被长期监禁，但 1980 年调入四川外语学院任教，向研究生们教授日本文学之后，宫泽贤治的诗就成了他首选的讲授文本。而《不惧风雨》作为其讲解宫泽贤治的入门作品，更是引起了在座学生的极大兴趣，以至于黄瀛也无限感慨地写道："大约是四五年前吧，宫泽那首《不惧风雨》的诗歌开始在这里——四川外语学院日语系——的大学生们中间变得脍炙人口。从那以后，许多学生经常登门来询问宫泽贤治的事儿，尤其以最近为甚，而这似乎与日本籍教师们的'宣传'大有关系，他们到处说，宫泽贤治是黄瀛教授年轻时的友人。"② 日后成为宫泽贤治研究专家

① 黄瀛「いよよ弥栄ゆる宫沢賢治」『世界に拡がる宫沢賢治——宫沢賢治国際研究大会記録集 vol. 1』、花巻：宫沢賢治学会イーハトーブセンター、1997、第 69 頁。
② 黄瀛「宫沢賢治随想」『宫沢賢治』第 6 号、1986 年 11 月、第 41 頁。

的王敏曾说起，自己与宫泽贤治的邂逅是在黄瀛先生的课堂上。在被问及对贤治的印象时，她转述黄瀛的评价："虽然贤治绝不能算是美男子，但他的诗却非常美。出自他笔下的诗，一读便知。"① 而正是这些话使得王敏最终选择宫泽贤治为自己毕生的研究对象，其由黄瀛和石川一成②担任指导教师的《宫泽贤治的童话——关于"猫鼠篇"》（1980 年）是中国第一篇以宫泽贤治为研究对象的硕士学位论文。以此为契机，王敏成了"文革"后中国最早翻译宫泽贤治童话的人，并推动了宫泽贤治在中国的翻译和介绍，也成了在日本以《宫泽贤治与中国》为题获得文学博士的第一个中国人。以至于黄瀛不无自豪地说："关于宫泽贤治的童话，我指导的研究生王敏（现为四川外语学院教师）比我有着更为详细的研究。不管如何，在对宫泽贤治进行学术性研究的时候，我想，必须对宫泽贤治进行相当深入而全面的巡礼吧。总之，我认为，她在中国比任何人都更早地将宫泽贤治当作自己的研究目标，这一点还是值得给予些许重视的。"而且黄瀛还意识到，"在日本，关于宫泽贤治的评论和研究似乎方兴未艾，开展得相当深入，而在其邻国中国却还远远没有展开"③，所以，他才更迫切地想向人们传达宫泽贤治的魅力。毋庸置疑，在他心中燃烧着一个强烈的愿望，那就是——让宫泽贤治成为世界的贤治。而笔者认为，这或许是1929 年那次见面的延续，是黄瀛以自己的方式向身在另一个世界的宫泽贤治持续发出的超越时空的回声吧。

---

① 王敏：《留学日本的意义》，杨伟执行主编《诗人黄瀛》，重庆：重庆出版社，2010，第268 页。
② 石川一成（1929～1984 年），日本歌人，著有歌集《麦门冬》《沉默之火》。日本神奈川县厚木高校教师，曾于 1979～1981 年任四川外语学院日语系外教，与黄瀛一起致力于研究生教育。
③ 黄瀛「宮沢賢治随想」『宮沢賢治』第 6 号、1986 年 11 月、第 40 頁。

第四编

黄瀛：口吃·混血·中介

第七章　黄瀛：作为诗歌策略
与身份建构的"口吃"

从黄瀛向宫泽贤治所发出的充满友爱的信息中，我们不难发现：作为诗人，特别是一个少数派的混血诗人，黄瀛无疑是敏感而孤独的，却又貌似不乏社交性。不，准确地说，或许正因为孤独，他才会那么热烈地渴望释放与接受友爱的信号。这反映在他主动问询草野心平"是中国人还是日本人"的信件中，也体现在利用修学旅行的一丁点儿闲暇，也要不辞辛劳地去探望宫泽贤治的举动上。他那些因初春风儿的吹拂而不由得牵挂起病中的宫泽贤治等诗友的文字，不仅向我们展示了他柔弱而善感的神经，也让我们看到他作为人的善良和对朋友的真挚。再加上少年成名的光环和令人惊叹的诗才，他能在诗坛上建立广泛的人脉，倒也并非不可思议。不仅如此，他还喜欢用亲昵的诗句或俏皮的文字记录下自己与各个朋友的交往细节，甚至不无幽默感地谈起对友人的印象。比如《草野心平印象》（《诗神》1929 年 11 月号）、《冈崎清一郎——过去的事》（《诗人时代》1932 年 7 月号）等就堪称这一类交友记的代表。而自不用说，他也同时被众多的朋友所惦念、所描绘，从而催生了大量的黄瀛印象记。

第一节　作为"口吃者"的黄瀛形象

在众多友人对黄瀛印象的描述中，不难找到一些共同的特征，而笔者注意到，其中之一就是黄瀛的"口吃"。比如，在日本文化学院同窗好友大河原元的印象中，黄瀛就是个"有些口吃"的人，而且"说话时还眨巴着眼睛，显得格外可爱"①。在诗人长田恒雄看来，黄瀛"聊天时，总

---

① 鹿児島文藝協会『南方詩人・黄瀛詩集記念号』、鹿児島：南方詩人社、1930、第15 頁。

是让口吃散发出独特的味道。他慢悠悠地说着格外有趣的话语，总是呈现出一道游刃有余的风景"①。而诗人木山捷平则这样描述初次在赤松月船家见到黄瀛的情景："有人一向他介绍我，他就有些口吃地说道：'我——姓黄。'他说话有些口吃，但这少许口吃的余音却给我以异常美妙的印象。"② 小说家北林透马也曾特别提及黄瀛的口吃："第一次见到黄瀛，他是一个穿着碎点花纹和服的朴素少年。说话时有轻微的口吃，这是他的习惯。而在黄瀛那里，这反倒构成了一种不可思议的魅力。"③ 另据黄瀛在四川外语学院执教时的弟子宋再新回忆，晚年的黄瀛依旧伴有轻微的口吃，在说中文时也常常出现结巴的现象④。不用说，黄瀛的"口吃"作为一个显明的事实贯穿黄瀛的整个生涯，构成了黄瀛形象的一个重要标记。此外，我们还可以从相关表述中发现，与口吃者通常给人的灰暗形象大相径庭，黄瀛的"口吃"似乎常常幻化出一抹特有的光亮，照射进他的话语行为，不是作为一种负面价值，而是作为正面价值受到友人们的一致赞许。

　　既然"口吃"成了人们建构黄瀛形象的关键词，那么，"口吃"在黄瀛一生中的重要性就是毋庸置疑的，甚至有可能隐藏着一条破解黄瀛之谜的幽微小径。众所周知，口吃是指说话时字音重复或词句中断的现象，是一种习惯性语言缺陷。它是牵涉到遗传基因、神经生理发育、心理压力和语言行为等诸多方面的一种非常复杂的语言失调症。笔者曾多次走访黄瀛的后代，了解到其家族成员中并无口吃者，这至少在很大程度上可以排除黄瀛口吃的家族遗传性因素。而从黄瀛"口吃"的轻微性，也很难设想是源于其脑功能障碍或发音系统的器质性病变。设若如此，就有必要从心理层面去追寻诱发其"口吃"的原因了。换言之，要从内部去探索黄瀛的"口吃"成为一种轻度"病理"的发生机制。

　　现代医学证明，心理因素是导致口吃的最主要原因。所谓精神性的口吃，就是指学语阶段由于精神创伤，语言表达受到抑制所造成的失语，表

① 鹿児島文藝協会『南方詩人・黄瀛詩集記念号』、鹿児島：南方詩人社、1930、第17頁。

② 鹿児島文藝協会『南方詩人・黄瀛詩集記念号』、鹿児島：南方詩人社、1930、第12頁。

③ 北林透馬「少年黄瀛」『詩学』第2冊、東京：ボン書店、1934、第76頁。

④ 宋再新「黄先生に聞き忘れたこと」、在2008年10月25日四川外语学院日本学研究所举办的"诗人黄瀛与多文化间身份认同"国际研讨会上的口头发言。

现为发言紧张、孤独、寡语、行为退缩或容易激惹、情绪不稳定等。简言之，口吃大多与人的精神状态或紧张感有关。而众所周知，由于学校和军队等具有集团性和公共性的特点，对学生和士兵的行为要求往往带有强制性，最容易成为激发人们紧张感的场所。从这种意义上说，学校和军队成为口吃多发地也就不足为怪了。

而当我们追溯黄瀛口吃的原因时，马上会联想到一个重要的事实：黄瀛一生的大部分时光都与学校和军队这样的场所相伴随。而这两个场所所要求的集体性、组织性、规范性、由上至下的等级观和强制性，使之成为到处渗透着权力关系，并或明或暗包含着政治性的公共场域。而这或许可以为我们不是从病理层面，而是从精神或心理层面来解读黄瀛的口吃问题提供有效的视角。

第二节 "口吃"的精神机制与作为身体性抵抗的策略

我们知道，黄瀛 1906 年出生于重庆，1914 年因父亲黄泽民英年早逝，不得不跟随母亲太田喜智迁居到其娘家所在的日本千叶县八日市场市，并进入附近的八日市场寻常小学就读。日本语言学家柴田武曾把五六岁到十三四岁这个阶段称为人的"语言形成期"，认为此间的生活成长环境决定了一个人的"语言命运"，从而高度重视这一时期对个人语言形成的决定性影响[1]。据此不难设想，8 岁的黄瀛此时已基本度过了——或者说正在经历——将中文作为母语的"语言形成期"。所以，当 8 岁的黄瀛懵懂地走出家庭这个私人场域，步入学校这个公共场域时，他首先必须面对的，除了陌生环境通常带给人的紧张感和焦虑感之外，还有将日语作为二语的习得问题，即不得不把与人交流的工具由幼时习惯的中文置换成日语。换言之，黄瀛背负的是多重的精神压力。现代医学证明，口吃的类型中有一种叫作"方言性口吃"，是指儿童学语期间改变方言，或兼学两种以上的不同方言，从而导致口吃的发生。无须赘言，这里所说的不同方言，当然也适用于日语和汉语这两种国别语言。尽管暂时性的"方言性口吃"，或许是任何时代移居异地的每个人都可能面临的问题，可一旦将黄瀛的口吃还原到他自身的个人境遇和所置身的时代语境中进行考察，就不能不说，

---

[1] 柴田武『日本の方言』、東京：岩波書店、1986、第 16 頁。

幼小的黄瀛所直面的可能是更为复杂的情形。

黄瀛由重庆迁居到日本千叶县的 1914 年，正是第一次世界大战爆发的年头。众所周知，日本在 1894 年的甲午战争中打败了清朝政府，继而在 1905 年的日俄战争中战胜俄国，确立了其在世界上的强国地位，日本成了历史上首次战胜一个欧洲大帝国的亚洲国家。而 1914 年日本更是借着第一次世界大战的爆发侵占了我国胶东半岛，借口对德宣战，攻占了青岛和胶济铁路全线，控制了山东省，夺取了德国在山东强占的各种权益，并于翌年强行与中国签订了极不平等的"二十一条"。显然，中日力量对比的逆转导致日本人心中的中国成为落后、衰微、肮脏、贫穷的代名词。而中日间的不平等，也理所当然地作为一种非对等的权力关系，渗透进中日两国关系的各个层面。所以，少年黄瀛因来自中国，又身为日中"混血儿"，也就难免被编织进中日关系的力学之网中。正如实藤惠秀在《中国人留学日本史》中所说的那样，"日本当政者的国家优越感及其对中国的轻蔑态度，影响着一般的日本国民，使人人都怀着对中国和中国人轻蔑的态度。直到投降前，日本小孩嘲弄别人时，常常爱说：'笨蛋笨蛋，你的老子是个支那人！'"① 可以想见，黄瀛作为一个其"老子是个支那人"的混血儿，很容易成为日本小孩嘲弄的对象。黄瀛的表弟太田卓曾这样描述少年时代的黄瀛：

> 作为中日混血儿，这个少年的内心中渐渐产生了阴影和褶皱。尽管他原本是一个对此并不介意，甚至可以说性格开朗、有着良好人际关系的少年，但当从学习上的竞争对手那里听到"杂种""支那人"等带有歧视性的话语时，仍不免受到巨大的冲击。
>
> 渐渐地，他变成了一个刚刚还在打闹，马上就沉默着低下头，凝望着天空的一角陷入沉思的少年。②

也就是说，黄瀛因中国国籍和一半的中国血统在学校遭到了同伴的歧视，从开朗的男孩变成了沉默寡言的孤独少年。我们不能不注意到，从"杂种"和"支那人"等具有歧视性的蔑称中可以看出，其实在黄瀛与学校

---

① 〔日〕实藤惠秀：《中国人留学日本史》，谭汝谦、林启彦译，北京：生活·读书·新知三联书店，1983，第 182 页。
② 太田卓「黄瀛の母とその妹」『詩人黄瀛　回想篇·研究篇』、東京：蒼土舎、1984、第 47 頁。

伙伴们的交往中，已不知不觉地有权力关系的介入。而这种权力关系还呈现出错综复杂的多重结构，既映现了中日两国国家层面的权力关系，也折射出纯种日本人与中日混血儿（"杂种"）这样一种人种层面的权力关系，进而也表现为中文和日语这样一种语言层面的权力关系。换言之，日语作为先进国和战胜国的国语，较之中文这种落后国和战败国的国语，也就具有了不言而喻的权威性和优越性。由是，在日本学校里，带有中文口音的日语——非纯粹的或曰不正确的日语自然容易遭到贬斥和嘲弄，成为被矫正的对象。

黄瀛在去日本之前"并没有学过日语"，尽管他曾不无自豪地宣称，"十二月来到日本，到第二年四月开学的时候，我的日语已经说得很流畅了"①。但不可否认，他的这种日语是有别于日本人的、带有中国口音的日语，以至于在他后来进入日本文化学院以后，也还常常结巴，弄错日语的音调②。因此，我们可以想象，那些对黄瀛的歧视性称呼，有可能就诞生在对黄瀛那初学日语时难免带有中文口音的发音、不能流畅表达的涩滞和因紧张而导致的结巴等现象的嘲笑和起哄之中。而嘲笑和起哄又加剧了人的紧张、不安和焦虑等，很可能让原本暂时性的"语言失调"成为无法修复的习惯性口吃。

我们知道，因同为亚洲人，仅仅从外貌上来辨别中国人和日本人无疑是困难的，所以，带有口音的日语——非纯粹的或曰不正确的日语，就成了黄瀛并非纯粹的日本人，而来自落后中国的最容易辨别的特征③。设若如此，那么，"流畅地说出正确的日语"就成了黄瀛摆脱——准确地说，只是规避——种族歧视的第一要义。可以想见，为了"流畅地说出正确的日语"，就像大多数少年口吃者一样，黄瀛极有可能或自主或非自主地进行过反复的矫正训练，而这也许反倒加剧了黄瀛与日语之间的紧张关系。

---

① 黄瀛「回憶の中の日本人、そして魯迅」『鄔其山』第 5 号、1984 年 9 月、第 2 頁。

② 佐藤竜一『宮沢賢治の詩友・黄瀛の生涯』、東京：コールサック社、2016、第 32 頁；金窪キミ『日本橋魚河岸と文化学院の思い出』、東京：卯辰山文庫、1992、第 257 頁。金窪キミ写道："在教室上课的时候，他（指黄瀛——引者注）用有些口吃，但却稍显奇怪的声调朗读富有异国情调的诗歌。"

③ 从发音上来判断国别的事例就曾出现在日本大正时代。比如关东大地震时，日本就曾通过发音来鉴别仅从长相上难以判定国别的朝鲜人。一般认为，朝鲜人不太善于发位于单词最前面的浊音，如果路上被拦截者不能正确地发出日文"十五円十五錢"或ガ行浊音，就会当场被判定为朝鲜人而被杀死。可参见 NHK 取材班編『金融小国ニッポンの悲劇』、東京：角川書店、1995、第 48—51 頁。

换言之，"流畅地说出正确的日语"作为一种强制性的观念，既给黄瀛带来对正确日语的热烈渴求，也催生了欲速则不达的焦虑、紧张和挫败感，并很可能最终导致黄瀛轻微的习惯性口吃。而与这种口吃相伴随的，无疑是深深的孤独、突如其来的缄默与凝神的沉思。

比如，黄瀛后来就曾反复在诗中诉说着自己的孤独和沉默：

> 没有人搭理我——
> 我想，庞大的扭曲者好不寂寞
> 我想，我无意动弹，除非迎来春天
>
> 　　　　　　　　　　　　　（《听风》）①

> 三、好想大声叫喊，可我却没有嘴巴
> 四、嘴里好一阵都苦涩难忍！啊，再不要眼泪潸然！
>
> 　　　　　　　　　　　　　（《在床榻上》）②

> 我早已久违人的语言
> 呆然伫立在这绿叶苍翠的风景里
> 哪里还能张开嘴巴，发出祈祷声声
> 就算一言二语，也羞于启齿
>
> 　　　　　　　　　　　　（《我们的 Souvenirs》）③

这些诗句告诉我们，黄瀛因"没有人搭理"而倍感寂寞，以至于成了一个"庞大的扭曲者"，一个"因寒冷被疼痛纠缠"④的人，一个需要母亲来"叮嘱我摈弃仇恨之心"⑤的人。而为了表明催生"寒冷""疼痛""仇恨"等负面情绪的主要来源，诗人不厌其烦地给我们描绘着陆军士官学校那"看不见光线的床"、"冰凉的枕头"和"早晚点名"的"军号"，以及"来回盘桓"的"佩戴红色值周肩章的士官"⑥。在这里，或许有必要

---

① 黄瀛「風をきく」『瑞枝』、東京：ボン書店、1934、第 3 頁。
② 黄瀛「ベッドの中で」『瑞枝』、東京：ボン書店、1934、第 49 頁。
③ 黄瀛「われらのSouvenirs」『瑞枝』、東京：ボン書店、1934、第 12 頁。
④ 黄瀛「新嘗祭の夜」『瑞枝』、東京：ボン書店、1934、第 36 頁。
⑤ 黄瀛「ベッドの中で」『瑞枝』、東京：ボン書店、1934、第 49 頁。
⑥ 黄瀛「新嘗祭の夜」『瑞枝』、東京：ボン書店、1934、第 36—38 頁。

回顾一下黄瀛的经历来帮助我们解读他的诗句。黄瀛于 1926 年 4 月由诗人高村光太郎任保证人，进入具有自由学风的日本文化学院大学部本科就读，但两年后却在母亲的执意坚持下，被迫从文化学院辍学，于 1928 年 4 月进入日本陆军士官学校中华队步科就读。黄瀛在晚年接受采访时，将这次弃文从军的决定归结为母亲太田喜智的执拗主张。在一个诗人不能成为职业的时代，母亲的现实性考量无疑自有其世俗的合理性。再联想到黄瀛父亲的英年早逝，可以说，在一个父亲缺位的家庭中，作为女强人的母亲的意志显然具有取代父权的权威性①。于是，黄瀛不顾时任文化学院总监女诗人与谢野晶子和众多友人的强烈反对和劝阻，从主张自由学风的宽松环境进入了强调一致性和无条件服从的陆军士官学校。在这个封闭的环境里，士兵们高喊着"一、二、三、四"，作为"机械的番号走过我面前"，而"可怕的熄灯号就像在撕裂心弦"②。无疑，不管是早晚点名的军号，还是撕裂心弦的熄灯号，抑或"一、二、三、四"的齐步号令，都作为发生在军队这个公共空间的、强调规范性和集团性的强制性符号，让"我冻得直打哆嗦"，甚至像"玻璃窗在风面前"一样"胆战心惊"。最终不能不发出歇斯底里的感叹："啊，去死吧！""再也无法忍受！再也无法忍受！"③尽管"好想大声叫喊，可我却没有嘴巴"，并因"久违人的语言"，而"哪里还能张开嘴巴"。即是说，诗人反复用"没有嘴巴"和"哪里还能张开嘴巴"等勾勒出作为"口吃者"或"失语者"的自画像。我们不难发现，在黄瀛这里，"口吃"和"失语"成了对种族歧视以及由军队等公共机构所表征的社会制度和国家权力的一种身体性抵抗。后来黄瀛说，"我这个军人，完全没有军人的样子"，并借用新居格所说的"黄瀛君可不像真正的军人"④来旁证对自己军人属性的否定和拒绝。显然，这种对军人身份的否定和拒绝也以别样的方式贯穿在他身为军人的口吃和沉默里。

---

① 佐藤竜一『宮沢賢治の詩友・黄瀛の生涯』、東京：コールサック社、2016、第 35—36 頁。其中写道："黄瀛进了文化学院，可就算从文化学院毕业了，也没有明确的出路。虽然成了文坛的宠儿，与高村光太郎、木下杢太郎、与谢野晶子等名人都有着亲密的交往，却不可能靠写诗来谋生。母亲喜智对儿子的未来忧心忡忡。因为有身为混血儿的不利条件，所以在日本生活注定是困难重重。喜智犹豫再三，最后劝说黄瀛去报考日中两国政府签约的官费留学生。黄瀛听从了母亲的忠告。（中略）对黄瀛而言，母亲是靠着女人的双手养育了自己和妹妹，其话语具有绝对的力量。"

② 黄瀛「新嘗祭の夜」『瑞枝』、東京：ボン書店、1934、第 37—38 頁。

③ 黄瀛「新嘗祭の夜」『瑞枝』、東京：ボン書店、1934、第 36—39 頁。

④ 黄瀛「回億の中の日本人、そして魯迅」『鄒其山』第 5 号、1984 年 9 月、第 3 頁。

尽管"因为沉默不语，寂寞才会加倍渗透心房"，但同时诗人又不忘告诉我们，沉默不语或许只是口吃的暂时结果，因为它反而加倍"撩拨着反叛之心"①。换言之，当轻微的口吃阻碍了黄瀛的口头话语行为时，表达的欲望并没有从黄瀛身上消失。甚至可以说，正是因为试图表达的意义过于丰饶，突破了词语的容器，才引发了口吃的发生。所以，在朋友们的记忆里，黄瀛才会"总是一边口吃着，一边在说着什么"②。换言之，即便口头话语行为不能成功，黄瀛仍旧强烈地渴望着表达。显然，不是用嘴巴，而是用笔和纸来创作诗歌，就为他规避口吃，同时又能顺畅地表达自我开拓了可能性。毋庸置疑，与口头话语行为通常发生在公共空间——两人以上的空间——不同，诗歌创作则是在个人空间里酝酿并完成的。从某种意义上说，我们不妨把诗歌创作视为黄瀛口吃的一种升华或补偿性行为。

第三节　私人空间的建构与对"口吃"的消解

当我们以"公共空间"和"私人空间"作为关键词来考察黄瀛的"口吃"时，还会有另一个有趣的发现：在有国家权力和种族意识等介入的、强调集团一致性的学校、军队等公共空间里，"口吃"作为一种阻碍或破坏集团一致性的语言失调现象，必然被赋予一种负面价值而受到歧视；可一旦到了主流意识形态等被大大弱化的私人空间，黄瀛式的轻微口吃与其说是作为一种必须矫正的缺陷，倒不如说是作为一种个性化的特征而凸显出来。也正因为如此，在朋友们眼里，黄瀛的"口吃反倒构成了他一种不可思议的魅力"③，而他少许口吃的余音也给人留下"异常美妙的印象"④。既然"口吃"在两种空间里被分别赋予了截然不同的价值，那么，黄瀛在诗歌世界中依靠竭力构建私人空间来克服"口吃"，也就不无合理性和有效性了。

通观黄瀛的诗集不难发现，黄瀛的绝大部分诗歌都可以划分为两个类型，要么是独自一人的内心独白，要么是对朋友的喁喁私语。而无论是前

---

① 黄瀛「風をきく」『瑞枝』、東京：ボン書店、1934、第3頁。
② 北林透馬「少年黄瀛」『詩学』第2冊、東京：ボン書店、1934、第76頁。
③ 北林透馬「少年黄瀛」『詩学』第2冊、東京：ボン書店、1934、第76頁。
④ 鹿児島文芸協会『南方詩人·黄瀛詩集記念号』、鹿児島：南方詩人社、1930、第12頁。

者，还是后者，黄瀛都在诗歌中营造出一个隐秘的私人空间。如前所述，既然口吃大都是发生在公共空间的一种话语失调，那么，对公共空间的解构就成了黄瀛解除口吃的重要策略。因为只有在这种私密的空间里，紧张感和隔膜感才会被消融，进而让生理上或精神上的"口吃"得到缓和与解除。所以，我们也就不难解释，为何其妹妹黄宁馨成了《从光明社归来》《妹妹与我的夜晚》《在不二屋小憩——写于妹妹初访日本之际》等多首诗歌中的主角，以至于诗人要"把各种近况和要事装上你（指他妹妹——译者注）等待的下一班邮船"[1]，从而让《致妹妹的信（1）（2）》成了他诗集中篇幅最长的代表诗作。不仅如此，黄瀛最深切的呼唤和最隐秘的心声也常常出现在写给妹妹的诗歌中。除了血缘上的亲属关系，妹妹作为同样从中国到日本的混血儿，肯定也有过同样的心灵苦旅和精神体验[2]。不妨认为，在他们俩之间存在一个小小的共同体，亦即最能在精神上带来松弛状态的、亲密无间的私人空间，从而让黄瀛能够畅通无阻地袒露郁积的心声。

　　妹妹
　　刚才的电影真棒

　　（没有比我们兄妹更幸福的了）

　　就算我们在这样的地方小憩
　　竟也会百感交集，泪眼迷离

　　一想到要是能永远生活在一起该有多好
　　黄昏的银座也顿时凝重得罩上了幔子
　　但我却不能告诉你

　　在悲喜交集中

---

[1]　黄瀛「妹への手紙（2）」『瑞枝』、東京：ポン書店、1934、第95頁。

[2]　黄瀛一家于1914年从中国迁居到母亲的娘家所在地日本千叶县八日市场市。此后黄瀛留在日本接受教育，而黄宁馨则随母亲回到中国，辗转于北京、青岛等地，并一度定居天津，就读于南开大学（黄瀛发表在《铜锣》第9号上的《致妹妹的信》的诗末就注明，该诗是写给天津南开大学黄宁馨的）。1928年黄宁馨再度到日本，留学于国立音乐学校。与何应钦的侄子何绍周订婚后，在1930年前后回到中国。可参见附录一《黄瀛家世考》。

　　　　哥哥真想把你的脸看个仔细

　　　　哥哥真想把这嫩叶萌发的日本
　　　　只献给唯一的你
　　　　　　　　（《在不二屋小憩——写于妹妹初访日本之际》）①

　　在这首诗中，诗人一开始就采用了"妹妹"这一直截了当的呼语来凸显两人的亲昵关系，并多次用"我们"这一复数第一人称来强化彼此的一体感，从而有效地构建起与妹妹的私人空间，以抗衡由黄昏的银座所表征的外部世界的嘈杂、冷漠和凝重。而近似的策略也频频出现在黄瀛的其他诗歌里，比如"君"（kimi）、"贵方"（anata）、"御前"（omae）等在日语中表示亲密关系的第二人称词语，以及命令形或呼唤的口吻——这些都成了诗人化解与对方的距离感，以构筑具有一体感的私人空间的有效装置，从而使这些诗歌具备了近于书信般的性质。

　　　　阿梢啊，阿梢
　　　　从雪花降自的天边
　　　　又来了，那冰雨的光线
　　　　蜇刺着这寂寞而笨重的大气
　　　　当所有的灯盏在小小的圆空中哆嗦
　　　　一个像隼鸟般敏锐的家伙
　　　　敏捷地从你面前一掠而过
　　　　（中略）

　　　　想着温暖的圣诞夜
　　　　想着这寒冷也会裹挟你
　　　　在开始我的工作——红与蓝的战争游戏之前
　　　　阿梢啊，你可曾听见了那回应荒凉冬日的歌曲？
　　　　　　　　　　　　　　　　　　（《冰雨之夜》）②

①　黄瀛「不二屋小憩外—妹がはじめて日本へ来た時—」『瑞枝』、東京：ポン書店、1934、第141—142頁。
②　黄瀛「氷雨の夜」『瑞枝』、東京：ポン書店、1934、第41—44頁。

在《冰雨之夜》一开始，诗人就直呼"阿梢"的名字，就恍如是面对面地在向一个昵称是"阿梢"的爱人（或者朋友）诉说衷肠，也可以设想成这是写给"阿梢"的一份情真意切的个人信函。而最后一句"阿梢啊，你可曾听见了那回应荒凉冬日的歌曲?"，不妨看作该信函的结语，以实现与信件起首部分的深度呼应。对此，在日本文化学院教过黄瀛，并与黄瀛发展为忘年之交的奥野信太郎就敏锐地指出过黄瀛诗歌的私信特点，认为，他的诗歌"总是亲切而温暖地向人的心灵发出呼唤"，"常常像是写给好朋友的叙旧书简，却绝不是公开信。/书信必须有收信人，而公开信则不需要这样的对象。即使是不认识他的人读了他的诗，也会有一种只是写给自己的强烈感觉。他的诗不仅可以柔和读者的心，还让人积极地去感悟更深层次的东西，其秘诀或许就潜藏在这种私信的亲昵感之中"[1]。作为佐证还可以发现，黄瀛的诗作常常标注有诗作的地址、署名、日期和人名等书信惯有的标志性符号。而正如冈村民夫指出的那样，"这些书信式的符号，尤其是日期和时间，一方面成了衡量人际关系的亲密度和日常事件特异性的指标，同时又暗示着，这些是与恢弘的现代史特别是中日政治关系紧密相连的、转瞬即逝的东西"[2]。不能不说，冈村民夫的这一论断颇具启发性。笔者也注意到，这同时说明，对于口吃者黄瀛而言，那些宏大的历史、公共的言说只有纳入诗人的私人空间，经过重新组装而转化为一种个体叙事之后，才可能从貌似互不相干的抽象日期或冷冰冰的数字变成具体可感的连续性事件，并突破"口吃"的重围而得到准确而顺畅的叙述。

  ——10 点 25 分
  安详地死去吧！这个还活着的我！
  夜里，寝室的白屋顶因寒冷化作了悲伤的胶片
  我紧闭双眼，却夜不成寐，好没出息！
  我思考着历史，记录着自己今天的日志
         （《新尝祭之夜 Nocturne No. 3》）[3]

---

① 奥野信太郎「詩人黄瀛のこと」『奥野信太郎随想全集』第 5 卷、東京：福武書店、1984、第 247 頁。
② 〔日〕冈村民夫：《黄瀛的光荣》，杨伟执行主编《诗人黄瀛》，重庆：重庆出版社，2010，第 281 页。
③ 黄瀛「新嘗祭の夜 Nocturne No. 3」『瑞枝』、東京：ボン書店、1934、第 39 頁。

这首诗记录了新尝祭之夜，黄瀛躺在士官学校冰冷的床上，听着外面响起的军号而不断流淌和幻化的各种心象。该诗所发生的背景是1927年11月23日，即日本年号由大正改为昭和后的第一个新尝祭。而在中日两国关系上，1927年3月英美炮轰南京事件爆发，日军借机第一次出兵山东。换言之，在这首诗里，日本进入昭和时代和中日关系的恶化等重要的历史性事件被收容进陆军士官学校的狭小寝室里，化作了散发着诗人体温的个人日志，成为"我思考着历史"的鲜活见证。

第四节　作为身份建构的"口吃"

在论及"口吃"时，日本学者梅森直之指出，所谓的话语行为其实与话语行为发出者的立场具有非常密切的关系。说到底，话语这种实践性行为并不单纯依赖说话者的客观发声能力，也与说话者秉持的立场息息相关。也就是说，当我们进行话语行为时，无疑总是作为"谁"在说话。如果对主体的位置缺乏这种有意识或无意识的了解，其话语行为本身便不可能成立①。从这种意义上说，口吃或失语亦是失去了主体位置，即身份同一性的结果。我们不难发现，当黄瀛把诗歌作为克服日常性口吃的补偿性话语行为而付诸实施时，其实，他也面临着如何找到自己的主体位置、确认自己身份同一性的问题，即作为"谁"而发声的问题。

如前所述，阅读黄瀛的诗歌会发现，其诗歌语言中有大量的脱臼形象。换言之，尽管在句法上没有太大的毛病，却总觉得与日本人的表达有着微妙的差异，存在表达上的"佶屈"或是"断裂"之处，也就是"口吃"。从这些语言的"口吃"现象中可以管窥到黄瀛对日语颇为矛盾的双重态度：一方面表现为尽量接近规范日语的努力，另一方面又表现为对规范日语或有意或无意的拒绝和破坏。黄瀛肯定知道，作为日语诗歌，日语的规范性是实现表达和交流之顺畅性——克服口吃——的前提条件，所以，他的诗歌总是竭力追求语言上的正确性，即尽可能去符合日语语法的规范性。但同时我们又发现，黄瀛的诗歌中还存在大量在日本人看来不无"违和感"的日语表达。从某种意义上说，这是黄瀛身为外国人在运用日

---

① 梅森直之『初期社会主义の地形学——大杉栄とその時代』、東京：有志舎、2016、第154頁。

语时不可避免的被动性"口吃"。而要克服这种"口吃"，就必须千方百
计地去接近不仅在语法上正确，并且非常自然的日语。说得极端点，若要
百分之百地达成正确而又自然的日语，就必须和日本人一样思考和说话，
并在身份认同上实现与日本人的彻底同一化。而我们知道，黄瀛因混血儿
身份未被认同是日本人，从而被拒斥在县立城东中学门外，我们不妨把这
视为他被无情地剥夺了日本人身份的象征性事件。这迫使他不能不痛切地
认识到，尽管自己身上有着日本人的基因，却不是真正的日本人，至少是
不被日本国承认的日本人[①]。更准确地说，是非常接近日本人，却又被划
定在所谓"日本人"圈层外的、一种无法准确定义的边缘存在。而这种种
族身份上的边缘性和模糊性，以及由此带来的困惑或焦虑，就构成黄瀛诗
歌的重要母题，也决定了其诗歌语言必然"舌头打结"[②]，充满断片性和
矛盾性，成为"一团含混不清的团块"[③]，形成"一个不可分辨、无法确
定的区域"[④]，甚至带有"一种神经质的气息"[⑤]，他从而创生出一种既是
日语又与通常的日语有所错位的特殊语言。这种超出日语疆界的、夹杂着
外语性质的"日语"，正好与黄瀛那种貌似既在日本人之中却又处于日本
人之外的"混血儿"身份形成了绝妙的契合。因此，我们不妨把黄瀛诗歌
中的"口吃"视为其在身份上的"口吃"，即被剥夺日本人身份后找不到
作为"谁"而发声的困惑。反过来说，黄瀛的所有诗歌也都无一例外地可
以看作寻找"我是谁"这一答案——进行自我身份建构——的"口吃"
记录。

　　比如，我们很容易发现，黄瀛那种不知"我是谁？"的困惑和对"我
是谁？"的不停追问，常常出现在他的诗歌母题中，并颇具象征性地浓缩
在这个混血诗人对日语的独特运用里。

　　　　我们的 Souvenirs

---

① 直到 1985 年国籍法修订之前，日本都只对父亲是日本人的混血儿承认其日本国籍。
② 〔法〕吉尔·德勒兹：《批评与临床》，刘云虹、曹丹红译，南京：南京大学出版社，
2012，第 144 页。
③ 〔法〕吉尔·德勒兹：《批评与临床》，刘云虹、曹丹红译，南京：南京大学出版社，
2012，第 140 页。
④ 〔法〕吉尔·德勒兹：《批评与临床》，刘云虹、曹丹红译，南京：南京大学出版社，
2012，第 146 页。
⑤ 〔法〕吉尔·德勒兹：《批评与临床》，刘云虹、曹丹红译，南京：南京大学出版社，
2012，第 147 页。

只要一动弹，就有东西在颤动

只要一缄口，就化作一条线的平静

我、咱、自己、鄙人

面目全非的我怀念着自己的声音

(《我们的 Souvenirs》)①

"我"（日语原文为"おれ"）、"咱"（日语原文为"ぼく"）、"自己"（日语原文为"自分"）、"鄙人"（日语原文为"小生"），诗人在这里不厌其烦地罗列出日语中关于第一人称的多种表达，形成了一种很容易被认为是多余的同义重复。严格地说，更像是一种词汇选择上的"口吃"现象。但这种"口吃"却分明源于诗人自我身份难以界定的模糊性。这是因为，身份认同的动摇导致了对自我存在的怀疑，而这种对自我存在的怀疑又构成其话语行为的原动力，从而必然在话语上形成"概念（或词语）的生成—否定—再生成—再否定"的"口吃"模式。而透过"面目全非的我怀念着自己的声音"，我们分明能清楚地读取到诗人丢失自我的焦虑和试图寻找到真正自我的热切愿望。显然，诗人自我身份上的"口吃"与语言运用上的"口吃"的完美重合，构成了其他日本诗人所无法仿效的独特魅力。

如前所述，言语行为中的"口吃"是指说话时字音重复或词句中断的现象，而这些通常被赋予负面价值的"缺点"，一旦进入诗歌的世界，反而会触发语言或修辞上的陌生化效应，成为与诗意紧密相连的特殊手段。换句话说，黄瀛是最大限度地利用诗歌语言的"口吃"来达成对生理性"口吃"的克服、超越乃至升华，从而实现"口吃者"的逆袭。而毋庸置疑，正是在这里存在黄瀛将"口吃"加以方法化的机制。进而言之，当他有意识地把诗歌中的被动性"口吃"转化为主动性"口吃"时，实际上，这种诗歌语言的"口吃"已不止于一种文学写作上的策略，也上升为一种与身份建构有关的政治策略，即通过对日语的有意识"口吃"来拒绝同化于日本人的"纯种"日语，创制出一种带有黄瀛标记的类似于外语的"混和"日语，从而表明自己在被拒绝日本人身份的同时，也主动弃绝了日本人的身份。于是，由"混血儿"所表征的"边界性"就成了他寻找

---

① 黄瀛「われらのSouvenirs」『瑞枝』、東京：ボン書店、1934、第12頁。

到的主体位置。因此我们不难理解，黄瀛为什么会在《致妹妹的信（2）》中发出这样的宣言："妹妹啊，没有比国境线更让我痴迷的尤物。"① 由此可知，他无意迁移到国境线的某一端来消解自己的两难处境，而是甘愿固守在国境线上，不断确认自己作为"混血儿"的边界身份，并将此转化为自己诗歌的本质。换言之，黄瀛不是把自己同一性的根基固定于某个国籍或种族，而是确立在"诗人"这一身份上。这样一来，混血儿的双重性所造成的矛盾冲突反倒有利于他掀动内心的风暴，用以酿制一种特殊的诗意。这一点也可以从诗人接下来的诗句中看到端倪：

> 我们的国家正在局部地哆嗦
>
> 一想到国家，就会怒上心头
>
> 这个国家的艺术家却对此话发出病态的奚落！②

在这里，"我们的国家"和"一想到国家"中的"国家"显然指的是中国，而"这个国家"中的"国家"则可以解释为日本。诗人对中国部分地区因遭到外国列强瓜分而"局部地哆嗦"的现状感到怒不可遏，同时又因日本艺术家奚落他的忧国言论而义愤填膺。正如冈村民夫指出的那样，"上述'国家'一词的使用是那么简洁，以至于需要加以解释才能确定其具体的指涉，而这种浓缩的表现恰恰也构成了其作为诗的强度"③。笔者认为，上述"国家"一词在用法上的绝妙并不仅限于简洁和浓缩，还在于诗人借助"我们的国家""国家"和"这个国家"在"国家"这一词语上的重复，制造了一种近似"口吃"的叠音效果，以呼应"国家"作为纠缠着诗人的关键词所唤起的神经质式的回响，并通过暂时淡化"国家"的具体指涉，以实现从"国家"这一固化概念中的逃逸。所以，诗人刚一用"我们的国家"来表达对中国的归属感后，马上又借助后面的"国家"和"这个国家"在发音上造成的"口吃"来模糊和稀释这种归属感，以避免向某一方的过度偏倚，从而扼守在国境线上，对两个国家都保持一种"既内化又外化"的视域。另一首名为"Nocturne No.1"的诗中也出现了近似的表达：

---

① 黄瀛「妹への手紙（2）」『瑞枝』、東京：ボン書店、1934、第94頁。
② 黄瀛「妹への手紙（2）」『瑞枝』、東京：ボン書店、1934、第94頁。
③ 〔日〕冈村民夫：《对诗人黄瀛的再评价》，《东北亚外语研究》2018年第1期，第23页。

一想到国家，就顿生铁针般的寒意

灯火在眼前闪烁，你也不妨站出来扫视！

来看这个国家的夜景吧，用热情而冷酷的眼睛

还有灯火阑珊的桥梁

或许会暂时变得平和和安详

这月夜的露台多么宁静

感冒是因为有血有泪

一旦凝神眺望遥远的风景，你依旧是纯粹的军人①

这首"Nocturne No. 1"初次发表在《碧桃》1927年12月号上（后改名为"Nocturne"被收录进诗集《瑞枝》），描写了诗人在士官学校宿舍里夜不成寐的情景和心象。我们知道，1927年3月的南京事件和5月日军首次出兵山东，无一不昭示着中日关系的不断恶化。而同年4月蒋介石向分驻上海总工会等处的工人纠察队发动突然袭击，更是导致了国共关系的彻底破裂和对立。不用说，诗人"那铁针般的寒意"就分明源自中日关系的恶化和国内局势的剧烈动荡。虽然灯火在眼前闪烁，但一想到"这个国家"对"国家"的武力出兵，凝视夜景的"热情"眼睛也不能不带上"冷酷"的视线。尽管"这个国家"那"灯火阑珊的桥梁"等外在的风景会让诗人的内心"暂时变得平和和安详"，可一旦"眺望遥远的风景"，联想到"国家"岌岌可危的局势，"我"又怎能不是一个"有血有泪"的汉子？从而意识到，自己不仅仅是凝视风景的审美者，或者只在文字中作壁上观的诗人，还是个"纯粹的军人"。在这首诗中，眼前和远方，热情和冷酷，诗人和军人，"这个国家"和"国家"，作为几组对立物浑然交织于诗人心中。而不用说，"这个国家"和"国家"在国家指涉上的模糊性是与诗人处于中日两国夹缝间的纠葛重合在一起的浓缩性标志。

作为中日混血儿，黄瀛天生对两个国家都有一种血缘上的归属感，堪称是有两个祖国的人，这赋予了他可以分别从内部去看待日本和中国的"内化"视域。与此同时，也带给他从中国去看日本或从日本来看中国这样一种将彼此相对化的"外化"视域。这种中日两国视点的兼有性，是固守在"国境线"上的边界人的特权，既赋予他游离于两者之外的革命性和

---

① 黄瀛「Nocturne」『瑞枝』、東京：ボン書店、1934、第78頁。初次发表在《碧桃》上时，诗名为"Nocturne No. 1"。

解域性，也注定了其因不属于某一方而必然承受孤独和矛盾的宿命。而用日语创作诗歌，恰恰是他把自己这种置身在两种身份认同夹缝中的孤独和矛盾逆转为特权的最好途径。

第五节　黄瀛：口吃的日语与蹩脚的中文

我们发现，黄瀛正是通过与日语的紧张关系，不仅创生了自己诗歌的独特风格，也实现了对自我身份的不断探究与反复确认。怪不得黄瀛传记的作者佐藤龙一认为，日语是黄瀛自我形成的重要手段[1]。也正因为如此，对黄瀛而言，日语既是催生紧张感和焦虑感、以至于不得不出现"口吃"的外部语言，同时也是帮助其建构各种知识平台并界定自我本质的内面化语言。从其诗集名《瑞枝》乃"借用自《万叶集》"[2]等来看，断言日语和日本文化乃是黄瀛诗歌的重要源泉也毫不为过。显然，黄瀛"正是借助日本语言，才得以保持了与诗歌世界的联系"[3]，并依凭这些独特的日语诗歌，实现从被歧视的"混血儿"向备受瞩目的"诗坛宠儿"的转换，从"口吃"的"支那"少年变成在诗坛上拥有广泛交友关系的日语诗人。因此，对黄瀛而言，日语也是充满友爱、给他带来自尊和荣耀的语言。而这一点也颇具象征性地反映在如下事实中：只有在日语里，"黄瀛"（Huang Ying）这个名字才有"KOU EI"的发音，与日语中表示"自豪""荣耀"等意的"光荣"（KOU EI）一词实现无缝对接，从而让"黄瀛"这个一看就知道是中国人的姓名，不再被视为"支那人"的灰暗符号，而闪烁出"荣耀"与"自豪"的明丽光焰。所以，如果一定要把母语定义为一个人最早接触、学习并掌握的第一门语言，那么，日语也许算不上黄瀛的母语。但如果更看重母语在一个人自我成长和人格形成中的第一性作用，那么对黄瀛而言，日语却又无疑是胜似母语的存在，足以诱发欲罢不能的浓郁乡愁。

如前所述，一个人的语言形成期是在五六岁到十三四岁之间，而8岁时移居到日本的黄瀛无疑正处于颇为微妙的年龄，即处在中文已成为第一

① 佐藤竜一『宮沢賢治の詩友・黄瀛の生涯』、東京：コールサック社、2016、第253頁。

② 黄瀛「後記」『瑞枝』、東京：ボン書店、1934、第193頁。

③〔日〕奥野信太郎：《黄瀛诗集跋》，杨伟执行主编《诗人黄瀛》，重庆：重庆出版社，2010，第254页。

母语却又不够发达、尚未完全成型的特殊阶段。我们知道,自 1914 年迁居日本至 1930 年底回国从戎,黄瀛是在日本度过青少年时代的,并接受了日本式教育,这奠定了日语在黄瀛语言形成中的重要性。但值得注意的是,黄瀛曾因关东大地震而被迫转学到青岛日本中学就读两年,并时常在寒暑假回国短暂探亲。再加上 8 岁前的中文习得经验,中日两种语言在黄瀛身上出现相互干扰也不足为怪。而这种相互干扰既在某种程度上决定了黄瀛在日语上的"口吃",也导致他在中文上的"口吃"。原日本军高级参谋辻政信 1946 年被国民党俘虏后,曾一度与黄瀛共事。在谈到对黄瀛的印象时他说,黄瀛是一个"中文很蹩脚的中国人"[1]。而作为黄瀛弟子的宋再新也证实,晚年黄瀛在说中文时经常出现"口吃"的现象,会时而掺入中国多种方言,时而由中文转换成日语[2],以至于佐藤龙一认为,"黄瀛一生都对中文抱着一种违和感"[3]。而黄瀛本人也对自己中日文杂糅的说话方式直言不讳:"我一使用日语,就会有中文冒出来,而一使用中文,又会有日语冒出来。"[4] 或许不妨就此断言,对黄瀛来说,日语和中文都是母语,但又都不是标准意义上的母语,"日语和中文都是让黄瀛的外国人性质暴露无遗的母语"[5]。

第六节　作为政治隐喻与身份隐喻的"口吃"

笔者认为,正如不能把黄瀛的日语口吃单纯视为一种语言的病理现象一样,如果只把黄瀛的中文"口吃"局限在语言范畴内来探讨,则很可能关闭通向其身后翻卷着的历史风云的窗户,错失看到其作为政治隐喻和身份隐喻的可能性。我们知道,黄瀛离开东京回到南京执掌军务,是在"九·一八事变"爆发前不到一年的 1930 年底。在日本的侵华野心日渐明显,中日关系"山雨欲来风满楼"的情势下,黄瀛不得不怀着依依不舍的心情启程回国。尽管在其后的数年间,他还与日本诗坛和诗友保持

① 辻政信『潜行三千里』、東京:亜細亜書房、1951、第 274—275 頁。
② 宋再新「黄先生に聞き忘れたこと」,在 2008 年 10 月 25 日四川外语学院日本学研究所举办的"诗人黄瀛与多文化间身份认同"国际研讨会上的口头发言。
③ 佐藤竜一『宮沢賢治の詩友·黄瀛の生涯』、東京:コールサック社、2016、第 253 頁。
④ 黄瀛「いよよ弥栄ゆる宮沢賢治」『世界に拡がる宮沢賢治——宮沢賢治国際研究大会記録集 vol. 1』、花巻:宮沢賢治学会イーハトーブセンター、1997、第 66 頁。
⑤ 〔日〕冈村民夫:《对诗人黄瀛的再评价》,《东北亚外语研究》2018 年第 1 期,第 24 页。

着密切的书信联系，坚持用日语断断续续地创作了为数不多的诗歌，并于1934 年在东京出版了诗集《瑞枝》，但在 1935 年之后已几乎不再有新诗在日本面世。而随着"卢沟桥事变"后中日两国全面开战，黄瀛则与日本诗坛几近绝缘。细心的读者会发现，笔者一直是把黄瀛的"口吃"还原到他所置身的历史语境中，作为一个不限于表示语言失调现象的隐喻性概念，与其身份认同的边界性以及诗歌创作的特殊风格等联系在一起来加以探讨的，试图揭示出几者间的联动性和同构性，而这一方法也将继续贯彻在接下来的论述中。

不可否认的是，回到中国后的黄瀛明显面临几重重大的变故：一是日常语言由日语向中文的改变，二是随着中日关系的恶化甚而全面开战，黄瀛身上原本保持着微妙平衡的中日两种身份被彻底撕裂成两半，甚至完全对立。他不再可能固守在国境线上继续做一个边界人，而必须摆脱身份认同上的模糊性，彻底回归到中国人的身份认同上。笔者认为，1935 年后的黄瀛之所以诗歌数量骤减，乃至几乎完全停止，除了可归咎于繁忙的军务，还因为他必须在创作上解决与上述两点密切相关的本源性难题。而其首要的问题是，究竟用什么语言来写作？在日常语言改用中文的前提下，黄瀛之所以选择继续用日语写作，除了写作和思考上的惯性，或许还因为"对于借助日语来达成自我形成的黄瀛而言，日语是比中文更适合的表现手段吧"①。但当他选择日语作为诗歌创作的媒介时，则意味着他只能继续以日本人——至多是能够阅读日语的人——作为自己的读者群体和互动对象，而中日两国的全面开战又在客观上关闭了他与日本诗坛及日本诗友的通道，这构成了黄瀛在诗歌创作和发表上出现"口吃"终至"失语"②的一大原因。而更重要的是，当回到中国的他试图用诗歌发声时，又不能不直面话语行为的本质性问题，即："作为谁"或者说"以什么身份"来发出话语行为。如果说此前诗人一直是作为固守在国境线上的边界人来描摹自己摇曳的心象，借助身份的边界性达成诗歌语言的"口吃"，从而形成自己独特的诗歌世界，那么，中日交战的事实迫使作为中国军人的黄瀛必须从国境线上迁移到中国一方，拒绝边界人的模糊性，而这也意味着，他必须重新考量并确立自己的话语身份。如果是作为中国人这一单一身份

---

① 佐藤竜一『宮沢賢治の詩友・黄瀛の生涯』、東京：コールサック社、2016、第 253 頁。

② 草野心平「黄瀛との今昔」『草野心平全集』第 5 巻、東京：筑摩書房、1981、第 208 頁。其中写道："据说黄瀛离开日本以后，特别是发生事变以后，连一首诗都没有写。"

来发出话语行为，那么，此前因双重身份的纠葛所带来的诗歌语言的"口吃"也就丧失了必要性和可能性。而一旦找不到诗歌语言发生"口吃"的必要性时，黄瀛式诗歌固有的张力也就失却了立足之地。而在找不到新突破口的情况下，其创作上的停顿（"口吃"）和空白（"失语"）就变得不可避免。另外，随着中日政治局势的剧变，黄瀛诗歌那狭小的私人空间不再能容纳下身后瞬息万变的宏大历史，所以，黄瀛在诗歌创作上由停滞转向长久的空白——或者说由"口吃"转向后来的"失语"——也就不难理解了。

与黄瀛诗歌创作上的"口吃"和"失语"相并行的，是黄瀛与日本友人之间书信联系的断绝。奥野信太郎曾这样写道，"卢沟桥事变"爆发后，"原本那么勤于书信的他就此杳无音信，让我感到很不可思议。但既然那以后彼此彻底变成了敌人，那么，想来也就没什么不可思议的了"[1]。如果把"口吃"作为一个不局限于语言失调的开放性概念，那么，也就可以把黄瀛的杳无音信看作一种交流行为上的重度"口吃"，亦即"失语"。也正是在那以后，黄瀛被处决的小道消息曾一度在日本友人之间广为流传，以至于"和他有交往的诗人和文学家纷纷在各种报刊上发表充满善意的悼文"[2]。笔者注意到，在这则不胫而走的传闻中，黄瀛是被冠以"汉奸"罪而遭到处决的。尽管后来证明这是一则不实的消息，但之所以被众多的人相信，或许就在于黄瀛作为曾在日本诗坛上风光一时的中日混血儿，其血缘上的边界性容易让"汉奸"的莫须有罪名披上合理的外衣。而这也在某种程度上预示了黄瀛后来多舛的命途。我们知道，1949 年 12 月，身为国民党十九兵团 49 军 249 师副师长的黄瀛率队伍在贵州水城起义，一度成为中国人民解放军第 5 军起义 249 师副师长，但不久便在 1953 年遭革职回家，被判罚入狱并接受劳动改造。直到 1962 年才获准出狱，不料又在其后降临的"文革"风暴中再度入狱，接受各种审讯和盘问，在狱中被囚禁了长达十一年之久。据说其罪名中就有与"汉奸"含义相近的"里通外国"，这显然与他复杂的人生履历有关，也和他与日本、美国等的海外关系有关。回顾自己的狱中生活，黄瀛在诗中写道：

---

[1]　奥野信太郎「詩人黄瀛のこと」『奥野信太郎随想全集』第 5 巻、東京：福武書店、1984、第 254—255 頁。

[2]　草野心平「黄瀛との今昔」『草野心平全集』第 5 巻、東京：筑摩書房、1981、第 207 頁。

十一年半被扭曲的人生

那些非常的日子怎么也无法抹去

至今仍会深夜惊醒，疑似还身在狱里

这后遗症让人倍觉凄寂

记得囚号是一三四

咱也算是死里逃生

（《语言游戏》）①

显然，"十一年半被扭曲的人生"成了他挥之不去的阴影，让他深夜仍不时蓦然惊醒，恍若"还身在狱里"。而落下的"后遗症"除了惊悚、恐惧、绝望等，肯定还有在被反复审讯中加重的"口吃"甚至"失语"。这种"口吃"和"失语"既是在反复审讯中加重的病理现象，同时也是他对这种非人遭遇的身体性抵抗，并被上升为一种有意识的反抗策略。因为在那样一个随时都面临莫须有罪名的疯狂时代，"口吃"和"失语"无疑是最好的自我保护。即便他后来被释放出狱，有机会给日本友人写信时，他在信中也是"貌似很想写，却又不能写的样子"②，或者都写的是"不触及那段空白时期的不痛不痒的身边琐事"③。不难看出，黄瀛那种欲写又不能写的"口吃"和"沉默"已不止于一种语言现象，俨然成了他恪守的处世之道和一种死里求生的重要手段。以至于当我们今天考察黄瀛的生平和心路历程时，不得不面对相关史料的大量残缺和空白。笔者认为，这除了客观历史条件的限制，也缘于黄瀛既迫不得已又有意识的"口吃"和"失语"④。

作为中日混血儿，少年黄瀛在日本曾因一半的中国血统备受歧视，而回到中国后，又因与日本割舍不断的复杂纠葛而成为身穿"一三四"号囚衣的犯人。他总是被抛掷于国境线上，在变幻莫测的历史风云中遭到残酷的撕裂，既不被认同是真正的日本人，也不被认同为没有疑点的中国人，因此严格说来，无论在日本还是在中国，黄瀛都无异于一个"外国人"。

① 黄瀛「言葉の遊び」『歴程』第 361 号、1989 年 1 月、第 13 頁。
② 金窪キミ『日本橋魚河岸と文化学院の思い出』、東京：卯辰山文庫、1992、第 261 頁。
③ 金窪キミ『日本橋魚河岸と文化学院の思い出』、東京：卯辰山文庫、1992、第 262 頁。
④ 笔者曾多次走访黄瀛的子女，问及黄瀛生平中的诸多疑点，均被告知，黄瀛对自己的过去一直守口如瓶，要么含糊其辞（口吃），要么保持沉默（失语）。

而黄瀛在日语和汉语上的口吃都让这种挥之不去的外国人性质暴露无遗。
而我们发现，黄瀛在日语和汉语上的口吃不仅揭示了他作为混血儿的微妙
身份，也成了浓缩中日两国近百年曲折历史的特殊标符，可以为我们展示
近代国家与个人、民族与战争、语言与政治等的复杂关系，也可以帮助我
们去解析包括黄瀛诗歌在内的所有越境文学的微妙机理和生成机制。

第七节　黄瀛：临终的"口吃"与抉择

笔者注意到，1987 年 4 月黄瀛曾在《历程》上发表过题为《临
终——死里逃生者，迟早将逝去》① 的日语诗歌。尽管黄瀛是在 98 岁高龄
时（2005 年）去世的，但这并不影响我们认为，1987 年时年 80 岁的他是
怀着"临终"的心情来写下该诗的。诗中写道：

> 如果这就是与这个世界的别离
> 那就说一声"沙扬娜拉"吧
> 喘息困难，痛苦挣扎
> 只有鼻孔前尚存一丝温暖
> 至少先说出"沙"
> 再说"沙扬"吧
> 接着，还必须得说出"娜拉"
> 扭曲着脸，努力张开嘴
> 索性用祖国的语言
> 大声说一句"再见"

诗人描写了自己临终前与这个世界告别的情景。在这幅用日语绘就的临终
想象图中，我们仿佛看到一个"喘息困难，痛苦挣扎/只有鼻孔前尚存一
丝温暖"的处于弥留之际的老人。但显而易见的是，这首诗与其说是视觉
的，不如说是听觉的，凸显"发出声音"这一话语行为的重要性。老人拼
尽全力呢喃着的结巴话语，尽管断断续续、语不成句，却化作响彻在阴暗
房间的强大回声，构成了与世界告别的最重要仪式。而值得注意的是，作

---

① 黄瀛「臨終——死にはぐれしもの、いつかは消ゆるべき。」『歴程』第 342 号、1987 年
4 月、第 3 頁。

者突然笔锋一转："索性用祖国的语言/大声说一句'再见'。"在这首用日语写成的诗中，诗人直接引入中文的"再见"一词，让日语的"沙扬娜拉"和中文的"再见"前后登场，为的是完成一场庄严的临终仪式。显然，对黄瀛而言，日语和中文既是各自不同的，有时甚至表现为撕裂他的两种对立的语言，又是双双集聚在他身上、纠缠不清的一个浑然整体，以至于如果欠缺了其中的某一方，他都将变得支离破碎。这两种语言时而对立着、冲突着，让他不得不陷入"口吃"甚至"失语"境地，而他因"口吃"和"失语"又获得了成倍的强度和力量。我们发现，这首诗的最感人之处就诞生在老人那口吃着，拼命发出的"沙——沙扬——娜拉"和最后的"再见"中。

　　不过，我们也注意到，诗人在这里使用的是一个较为特殊的句式，即"索性用祖国的语言/大声说一句'再见'"。众所周知，"索性"一词表示的是"干脆，不如"等的意思，在这里或许暗示着诗人在选择上的倾斜，可以读出诗人最终趋向于中文的微妙意味；而"祖国"一词更是强化了诗人在民族身份认同上的最终抉择。笔者注意到，这是"祖国"一词首次出现在黄瀛的诗中，以取代此前经常使用的、指涉较为含糊的"国家"，从而给其作为"混血儿"的二重身份彻底画上句号，宣告了作为中国人的身份认同。我们知道，黄瀛曾在收录于《瑞枝》（1934 年）中的《天津路的夜景——青岛回想诗》中，以"我为自己是一个中国人而感到无上的光荣"来一度宣告自己的中国人身份。而在历经"文革"时期的种种磨难之后，又在临终诗篇中再次确认自己的中国人身份，不能不说是耐人寻味的。

　　与此同时，我们又不能不注意到另一个事实：尽管黄瀛一生经历过多重职业，但他一直把自己定位为"只会写诗的诗痴"[1]，称自己的一生是"为诗而生的人世"[2]，说"就算剥完一层皮两层皮，我骨子里也还是个诗人"[3]。换言之，他不是从别的，而是从诗歌中去寻求自己生命的本质。从这种意义上说，较之种族的属性，或许他更看重诗人这一身份属性。因此，仅说黄瀛是一个中国人是不够的，更准确地说，他是一个用日语写诗的中国人，或者说是一个中国的日语诗人。"日语诗人"和"中国人"构

---

① 黄瀛「弔念草野心平」『歴程』第 369 号、1990 年 2 月、第 157 页。
② 黄瀛「夾竹桃の花」『歴程』第 300 号、1983 年 10 月、第 46 页。
③ 黄瀛「夾竹桃の花」『歴程』第 300 号、1983 年 10 月、第 46 页。

成了黄瀛同样重要的两重身份。所以，当黄瀛在一首日语诗歌中再次确认和宣告自己的中国人身份时，恰好展示了这两种身份同时存在于他身上的可能性和重要性，以及这两重身份的微妙错位给他诗歌带来的"口吃"效应。不仅如此，黄瀛还试图在这首"临终"诗篇中为我们描绘一个语言的乌托邦世界，让日语和中文彼此善待、相互提携，一起去完成向这个世界告别的终极任务。因为对于黄瀛来说，只用日语或只用中文，他都无法不带遗憾地与这个世界挥手作别。

第八章　日本文学中作为混血儿的
黄瀛形象

我们知道，黄瀛之所以成为中日文化交流史上的传奇人物，其原因
之一就在于：他与众多日本诗人和文人都有过以诗歌为媒介的亲密交往
和互动，以至于如果要一一列举出他们的名字，想必会是一个长长的名
单。黄瀛把这些交往的片段和细节记录在包括《诗人交游录》（《诗神》
1930 年 9 月号）、《关于高村先生的回忆》（《历程》1963 年 3 月号）等
在内的各种回忆随笔中，另一方面，这个"作为唯一活跃在我们诗坛
（指日本诗坛——引者注）的年少中国诗人"①，也以种种形式进入同时
代的日本文学文本中，在众多日本诗人和小说家的笔下，构筑起特点鲜
明而又不拘一格的黄瀛形象。而黄瀛与其友人们的这种相互书写和相互
点评，从某种意义上说，或许只是非常个人化的事件，却因为与 20 世
纪前半叶中日两国的特殊关系紧密交织而逾越了个人的情感，成为折射
出两国文化观念、种族意识乃至国家意识形态等的文学事件乃至政治
文本。

第一节　高村光太郎的"黄瀛头像"

诗人高村光太郎在为黄瀛诗集《瑞枝》欣然而作的序言中，把黄瀛称
为"一个生来无法罢休的诗人"，认为"萦绕整卷《瑞枝》的乃是那种自
在的力量"②。此外，作为雕刻家，他更是注意到黄瀛"天庭的饱满"、
"下颚和颧骨的坚韧"、"枕骨的丰盈"和"右颊上的酒窝"，还有"不时

---

① 奥野信太郎「詩人黄瀛のこと」『奥野信太郎随想全集』第 5 卷、東京：福武書店、
1984、第 237 頁。
② 高村光太郎「序」黄瀛『瑞枝』、東京：ボン書店、1934。

口吃着露出的两排皓齿以及丽莲①式的眼距"②，甚至不惜耗费精力用青铜
制作了雕塑作品《黄瀛头像》。尽管该青铜头像在火灾中被焚毁殆尽，但
所幸被摄影家土门拳拍成照片，"成了这个雕塑留存到今天的唯一纪
念"③。高村光太郎在《被焚作品备忘录》中写道："一看到那张照片就会
发现，他那既非日本人亦非中国人的骨骼与肌肤，作为引发我进行雕塑的
触媒而被捕捉下来。"④ 由此可见，促成高村光太郎创作黄瀛头像的重要
契机之一，就源于黄瀛那作为中日混血儿的外形特征。高村光太郎还说
道，"黄身上带着介于少年与青年之间那种混沌未分的感觉，这一点让我
觉得尤其有趣。他后脑勺脖颈儿的部位俨然就是一个少年，上面那像胎毛
似的绒毛煞是可爱"⑤。而对于高村光太郎为何以自己为模特儿而制作头
像，黄瀛在《关于高村先生的回忆》中提到另一个原因，那就是高村光太
郎认为黄瀛的脸部具有"贝多芬 + 丽莲·吉许"的特征⑥。或许可以说，
既非日本人亦非中国人的混血特质，还有介于少年与青年之间的混沌性，
以及作为男性音乐家贝多芬与女性演员丽莲·吉许的混合物——黄瀛脸部
的这三重特质催生了高村光太郎的《黄瀛头像》，同时也映现了高村光太
郎把握黄瀛形象的主要视点。

　　毋庸置疑，我们可以从上述三重特质中抽离出一个共性，即表现为既
非日本人亦非中国人的种族上的阈限性⑦，既非青年亦非少年的年龄段上

---

① 丽莲·吉许（Lillian Diana Gish，1893～1993 年），美国女演员，从小就作为童星活跃在
　　舞台上。代表作有《八月的鲸鱼》《党同伐异》等。
② 高村光太郎「黄秀才の首」鹿児島文芸協会『南方詩人·黄瀛詩集記念号』、鹿児島：
　　南方詩社、1930、第 9 頁。
③ 高村光太郎「焼失作品おぼえ書」『高村光太郎全集』第 10 巻、東京：筑摩書房、
　　1995、第 342 頁。
④ 高村光太郎「焼失作品おぼえ書」『高村光太郎全集』第 10 巻、東京：筑摩書房、
　　1995、第 342 頁。
⑤ 高村光太郎「焼失作品おぼえ書」『高村光太郎全集』第 10 巻、東京：筑摩書房、
　　1995、第 341 頁。
⑥ 黄瀛「高村さんの思い出」『歴程』第 81 号、1963 年 3 月、第 180 頁。
⑦ "阈限"最早广泛应用于心理学和人文社会科学研究。"阈限"（Liminality）一词源
　　自拉丁文"limen"（英语 threshold，意思是极限），指"有间隙性的或者模棱两可的状
　　态"。特指人在意识和无意识之间的临界值。阈限性后发展为文化人类学中的一个
　　概念，指一种社会文化结构向待建立的社会文化结构过渡中模棱两可的状态或过
　　程，是文化杂合的空间。换言之，阈限的时空具有模糊性、开放性、非决定性和暂
　　时性的特征，并且具有在不同结构性状态之间转换的功能。本文正是在该意义上使用
　　"阈限性"这一概念的。

的阈限性，既非男性亦非女性的性别上的阈限性。这种由阈限性所表征的有间隙性的或者说模棱两可的状态，在高村光太郎眼里，构成了年少诗人黄瀛特有的魅力，从而被敏锐地捕捉下来，直至用青铜雕塑的形式得以固化和彰显。

除了高村光太郎关于黄瀛的文字评述和这座闻名遐迩的青铜头像，黄瀛亦活跃在众多文人或诗友的印象记或回想录中，还作为主人公出现在同时代的多个小说文本里。据笔者目力所及，木山捷平的《七月的热情》和《第三国人》，以及富泽有为男的《东洋》，都是以黄瀛为主人公的小说。与高村光太郎的黄瀛头像相同的是，这三部小说都聚焦于黄瀛作为混血儿的阈限性。这就为我们以其中的黄瀛形象为线索将"混血"加以问题化，探讨以混血作为方法的可能性提供了可资借鉴的研究对象。毋庸赘言，小说创作必然折射出小说作者在特定的历史背景下处理题材和对象时的主观视线甚至意识形态，因此我们不能不说，把这些小说中的黄瀛形象还原到小说创作的时代语境中去加以考察，就具有了很大的必要性和生产性。通过揭示这些黄瀛形象得以形成或产生的个人背景和社会背景，我们可以认识"混血儿"形象中或明示或隐含的意识形态要素。

第二节　木山捷平《七月的热情》中的黄瀛形象

木山捷平（1904～1968 年）是出生于冈山县小田郡新山村的诗人兼小说家。在东洋大学就读时，他加入赤松月船主办的诗刊《朝》，与同是《朝》同人的草野心平、黄瀛等相识，后逐渐与黄瀛过从甚密，友情日笃①。他曾出版有诗集《野》（1929 年）和《瞎子与跛子》（1931 年）。1933 年与太宰治等人创办《海豹》，遂走上小说创作之路。1944 年他作为伪满洲国农地开发公社的特约雇员单身前往长春，1945 年 8 月被现地征兵，并迎来日本战败。此后一年间在长春过着难民生活，于 1946 年 8 月

---

① 在黄瀛的《诗人交游录》中，有他对木山捷平诗歌的点评和两者交往细节的描写："和木山算是多年的老朋友了，关于他不计其数的逸话，要么众人皆知，要么离奇得绝无仅有。他住在离大久保车站三十分钟路程的地方，所以，不管有事无事，只要路过大久保，我都会去探访木山。（后略）"黄瀛「詩人交遊録」『詩神』1930 年 9 月号、第 81 頁。

回到日本，后于 1968 年去世。

　　作为私小说的代表作家，木山捷平擅长纪实性短篇小说，并在字里行间注入诗人的细腻情愫和不动声色的幽默感。出自他笔下的《第三国人》和《七月的热情》便无疑属于这种具有私小说性质的短篇小说。其中，《七月的热情》发表于 1964 年 12 月的《小说新潮》，并在 1967 年由冈本功司制作成广播节目在 NHK 电台播放。该小说描写了作者与黄瀛这个来自异国的年轻诗人亲密交往的始末和深厚的友情，并在其中穿插了作者对黄瀛妹妹黄宁馨的爱慕之情。毋庸赘言，他与黄瀛作为年轻诗人在现实交往中的亲密关系与生动细节，成了他在小说中构建等身大的黄瀛形象的重要来源和坚实基础。

　　小说名《七月的热情》乃沿用自黄瀛不满 19 岁时写下的一首同名诗。据称，这首诗是黄瀛 1925 年离开青岛踏上神户港时看到一个混血姑娘所引发的抒怀之作。不妨认为，在木山捷平眼里，这首诗隐藏着破解诗人黄瀛之谜的钥匙，甚至构成黄瀛形象的原风景，所以他不仅原封不动地沿用了这首诗名作为小说题目，且在小说中引用该诗以作点睛之笔：

> 从白色遮阳伞的阴翳下
> 我看到了神户美丽的混血姑娘
> 她一副清纯的楚楚模样
> 恍如被露珠濡湿的百合花
> 我看见了这个令人落泪的处女
> 父亲——
> 母亲——
> 这个诞生于他们之间的混血丽人
> 那种混血儿的美丽却让人悲戚
>
> 啊，我身穿灯芯绒裤子
> 试图朝着她楚楚动人的美丽身影
> 去追逐那巴拿马帽的风
> 在她白色遮阳伞的影子下
> 我要给她美丽的眼睛和嘴唇

印上圣洁的吻痕

蓦然间，在途中的梧桐树下

我更是燃烧起七月的热情

————于神户————①

木山捷平认为，"这首诗中出现的混血儿，或许也就是黄瀛自身吧，亦是他妹妹宁馨吧。黄从青岛日本中学毕业后，搭乘轮船在神户登陆时，对日本产生的第一个强烈印象，就是混血儿"②。这意味着，不妨把该诗解读为少年诗人黄瀛的自画像，其中投射着他作为混血儿的多舛命途和自我认知。我们知道，混血儿因诞生于不同种族的父母之间，堪称处于两个种族中间地带的模糊存在，呈现一种既非 A 亦非 B 的阈限性，属于与 A 和 B 都无限接近，并跨越其间，但又无法完全割舍其中某一方，彻底蜕变为 A 或 B 的第三种（C）存在，所以混血儿必然因其含混性和杂交性而找不到身份同一性的坚固基盘，容易成为被 A 和 B 都孤立和歧视的少数存在，以至于差异性、边缘性、劣等性、离散性、二律背反性等常常被视为混血儿的重要属性。与此同时，混血儿作为既非 A 亦非 B 的第三种存在，又有可能在其内部构筑起所谓的第三空间，即在自身内部获得一种将自己客体化的他者性。而这种他者性给他带来不拘泥于 A 或 B，将双方都加以相对化的可能性，既充满矛盾和摇曳，又富于流动的特性。所以我们也就不难理解，黄瀛为什么会在诗中一边用"白色""处女"等来彰显混血儿的纯洁无瑕，用"楚楚模样"和"百合花"来表征混血儿的美丽，同时又不惜用"阴翳""落泪"等来预示混血儿的坎坷命运，给我们呈现了混血儿"美丽与悲戚"俱存于一身的矛盾性。不用说，几组充满矛盾的修饰语统一在混血儿身上，凸显了混血儿在血缘、国籍、语言、文化上的双重性以及身份认同上的困窘。而只要粗知黄瀛的生平就知道，这种困窘和悲戚是源自黄瀛作为混血儿的实际经历和切身感受。

如前所述，从小学升入中学时，黄瀛因中国国籍和混血儿身份不被认同是日本人，未能如愿进入县立成东中学而倍感挫折，还在学校里被蔑称

————

①　木山捷平「七月の情熱」『木山捷平全集』第 6 卷、東京：講談社、1979、第 136 頁。黄瀛原诗刊登于赤松月船主办的杂志《朝》1925 年 10 月号上。

②　木山捷平「七月の情熱」『木山捷平全集』第 6 卷、東京：講談社、1979、第 136 頁。

为"支那人""杂种",这些挫败感和屈辱感构成了他咀嚼混血儿之悲哀的原初体验①。而后他在日本诗坛上因是外国人所遭到的歧视,比如在诗集出版上受到种种苛刻限制②,以及新中国成立后因复杂的海外关系和人生经历而身陷囹圄等,都不妨视为混血儿身份所带来的绵长悲哀。以至于传记作家佐藤龙一拜访晚年的黄瀛时,听到黄瀛明确表示,他对"混血"这个词语深恶痛绝③。但值得警惕的是,如果只关注到黄瀛对"混血儿"身份的否定性认识,则很可能意味着,我们在不经意间随手关闭了通向黄瀛本质的另一侧甬道。因为我们同时会发现,黄瀛作为诗人显然也敏锐地注意到一个事实,即混血儿身上所体现的混杂性、边界性以及异国情调,反倒成就了一种异样之美。于他而言,混血儿无疑又是美好而丰盈的,有着"百合花"的"楚楚模样",足以撩拨起"七月的热情",在内心点燃诗意的熊熊烈火。可以想见,黄瀛对自己的混血儿身份抱持着爱恨交织的矛盾情感,并在这种矛盾的情感中小心翼翼地寻找绝妙的平衡。或许可以这样来理解,在黄瀛看来,尽管混血儿的身份不可改变,但"混血儿"的尴尬却可以被悬置起来,即不是把自己同一性的根基固定于某个国籍或种族,而是确立在"诗人"这一身份上。而这样一来,混血儿的双重性所造成的矛盾冲突反倒成了黄瀛式诗歌的催化剂。显然,黄瀛是把混血儿的悲哀作为其诗歌的重要支点来搭建自己美丽的诗歌之屋。所以,在黄瀛看来,"没有比国境线更让我痴迷的尤物"④。即是说,他并不试图搬迁到 A 或 B 的某一方领地来消解自己的困窘,而是坚守在国境线这样的阈限空间里,不断确认着自己的混血儿身份,并将此转化为自己人生的基点和诗歌的特质。

在木山捷平和友人们眼里,"那时候的他,与其说是青年,不如说更是个少年"⑤。尽管黄瀛身上总是笼罩着某种难言的阴翳,却又放射出混血儿特有的光芒:"黄君是个 smart(潇洒、机敏)之人。这显然是源于他的性格。'smarty'很难被翻译成日语,但我们却能从黄瀛身上感受到这

---

① 太田卓「黄瀛の母とその妹」『詩人黄瀛 回想篇・研究篇』、東京:蒼土舎、1984、第 4 頁。

② 木山捷平「七月の情熱」『木山捷平全集』第 6 巻、東京:講談社、1979、第 132 頁。

③ 佐藤竜一「詩壇の寵児 苦難と幸い」『岩手日報』2016 年 11 月 1 日。

④ 黄瀛「妹への手紙(2)」『瑞枝』、東京:ボン書店、1934、第 94 頁。

⑤ 『南方詩人・黄瀛詩集記念号』、鹿児島:南方詩人社、1930、第 12 頁。

个词语。"① 不仅黄瀛"少许口吃的余音给我以异常美妙的印象",还有黄瀛那"不太像日本人写的"字体也给人"美妙的感觉"②。黄瀛作为混血儿,不得不生长在中日两种语言与文化的夹缝中,而这种夹缝的生存体验反倒给他的诗歌带来明显的阈限特征,表现为中、日、英、法等多种语言的混用,对日语句法的解构与破坏,营造出一种其他日本诗人所无法模仿的美感,以至于"生长于东方诗风带的黄君以那种令人惬意的异国情调和世界主义,让我们羡慕不已"③。

于是,黄瀛借助异国情调的诗歌,即诗歌的混血性,将混血儿的悲哀升华为混血诗人的美丽,由实生活中被歧视的弱者蝶变为诗歌世界中的强者,从而成功实现了混血儿的逆袭。在木山捷平的笔下,我们可以看到一个处于混血儿的阴影下,同时又充分利用混血儿的阈限性,将诗人作为自己身份同一性的根基,保持着乐观而坚韧的生活态度的黄瀛形象。

第三节 木山捷平《第三国人》中的黄瀛形象

木山捷平的另一部小说《第三国人》则发表在 1957 年 4 月的《小说新潮》(别册)上,比《七月的热情》早问世七个年头。小说以作者在日本战败后的中国东北的体验为素材,描写了"我"作为"第三国人"在难民生活中,脑子里浮现出年轻时与黄瀛交往的记忆,渴望在进入长春的国民党军队里寻觅到黄瀛的身影,并能在此与黄瀛实现久别重逢的心境。小说共分四节,其中第二、第三节都是作者和黄瀛昔日交往的细节描写,尽管与《七月的热情》不乏重叠的部分,且都属于作者的回忆性记述,但因这种回忆发生在作者作为"第三国人"被困在长春的难民生活中,从而使这种回忆不止于一种静态的追溯,而成为映射出作者复杂心态的流动镜面,并对其心态的发展和变化起到重要的推进作用。

"尽管我等不过是连户口都没有的第三者,但知道重庆军队入城的消

---

① 木山捷平「七月の情熱」『木山捷平全集』第 6 卷、東京:論談社、1979、第 129 頁。此评价出自黄瀛在日本文化学院的女性朋友堀寿子发表在《南方诗人》"黄瀛诗集纪念号"(1930 年)上的随笔,后被木山捷平引用在《七月的热情》中,亦表明了木山捷平对这些黄瀛印象的认同。

② 『南方詩人・黄瀛詩集記念号』、鹿児島:南方詩人社、1930、第 12 頁。

③ 『南方詩人・黄瀛詩集記念号』、鹿児島:南方詩人社、1930、第 12 頁。

息后，我的脑海里还是不禁掠过了一丝希望。虽然自卢沟桥事变以后就断
了近十年的音讯，可重庆军队里的确有一个名叫黄瀛的老友。"① 木山捷
平在这里强调了自己"连户口都没有"的这样一种"第三国人"的边缘
身份。如前所述，木山捷平于 1944 年作为农地开发公社的特约雇员来到
伪满洲国的"新京"（长春），于 1945 年被日本军队强征入伍，不久便在
长春迎来日本战败的日子。在伪满洲国土崩瓦解后，这里一时间出现了苏
联军队、中国共产党军队和国民党军队轮番进城，政权频繁更替的混乱局
势。而在有中国人、日本人、朝鲜人等多国人浑然杂居的长春，"我"作
为战败国的日本人，已成为没有户口的"第三国人"。"黄的国家成了战
胜国，而我的国家成了战败国。"② 随着这一局势的重大变化，和"我"
一样身为难民被迫滞留在长春的日本人，已由从前的宗主国国民变成祖国
丧失者，由被特权化的强者变成被边缘化的弱者，在伪满洲国的遗址上沦
落为居无定所的离散者。而不言而喻，这种作为"离散者"的浮游式存
在，与处于阈限空间的混血儿具有明显的相似性，在某种意义上说，都属
于处于第三空间的边缘人。或许正是在这一点上，木山捷平敏锐地发现了
作为"第三国人"的自己与作为"混血儿"的黄瀛之间的相似性。或许
可以说，"我"之所以在长春的难民生活中听到重庆军队入城的消息后会
马上联想到老友黄瀛，除了黄瀛身在重庆军队这一事实之外，还缘于作者
当下对自己与黄瀛在身份相似性上的连带意识吧。但眼下两者的区别却在
于，"黄的国家成了战胜国，而我的国家成了战败国"。换言之，在作为纯
种日本人的"我"与混杂着日本血统的中国人黄瀛之间，出现了国家层面
上的强弱逆转。而木山捷平置身于伪满洲国"新京"这样政治局势多变、
政权交替频繁、多种势力的混杂之地，因外在时局的变化成了"祖国丧失
者"，倏然体验了强者向弱者、权力者向无力者、宗主国国民向被改造者
的身份转换。于是，"我"在窘迫的现实中，不禁想象身为"支那人"曾
在日本备受歧视的黄瀛已晋升为重庆国民党军的将领，威风凛凛地出现在
进城的军队里，与此刻沦落为"第三国人"的"我"相逢在长春的某一
个街头，带给"我"作为老友的温暖。在整篇小说中，黄瀛化作不在现场
的主人公，在后台推进着"我"的情绪变化。"我"在想象中追溯着自己

① 木山捷平「第三国人」『木山捷平全集』第 3 巻、東京：講談社、1979、第 79 頁。
② 木山捷平「第三国人」『木山捷平全集』第 3 巻、東京：講談社、1979、第 84 頁。

和黄瀛的私交，设想两人见面的情景，借此表达了对个人情感超越民族和国家立场的热切愿望。与此同时，同黄瀛这个中日混血诗人的友情与此刻"我"作为离散者的复杂心境浑然交织，既再次确认了自己作为"第三国人"的身份，也从黄瀛和自己的身份变化中获得了将强者/弱者、权力者/无权者、宗主国国民/祖国丧失者这样一些貌似对立的立场加以相对化的视野。毋庸置疑，这种相对化的视野带给他乐观看待生活中的痛苦、坚韧地生存下去的勇气和信心，即达成所谓弱者的达观和奋起。以至于小说的最后这样写道：

> 早晨迎来苏军，十点迎来重庆军队，中午迎来延安部队，晚上又再次迎来重庆军队。在满洲这种混沌的局势中，无法预知我们什么时候才能回到日本去。
>
> 如果菊枝能嗯地答应我，做我的老婆，搬到这个房间来的话，我肯定会好好疼爱她的孩子吧。想到这里，不知为何，我的心情竟晴朗了不少。①

尽管不知道这种"第三国人"的离散生活何时结束，而且与黄瀛重逢的梦想也仅限于话梅止渴，但黄瀛作为不在现场的主人公，关于他的回忆和对重逢的期许给作者带来心境上的巨大变化，赋予他认同现状、强韧地活下去的豁达心态。查阅木山捷平和黄瀛的人生经历以及两者的交往历史就会知道，《七月的热情》和《第三国人》与其说是短篇小说，毋宁说更像是纪实性回忆随笔，或是作者的心象记录，鲜有虚构的成分，塑造了一个与实生活中的黄瀛几乎等身大的主人公形象。

第四节　富泽有为男《东洋》中的黄瀛形象

富泽有为男的《东洋》也是一部以黄瀛为主人公原型的长篇小说，但与木山捷平笔下的纪实性小说不同，其中掺杂了更多的虚构成分。黄瀛在青岛日本中学的校友矢野贤太郎写道："我记得是在卢沟桥事变之后不久吧，富泽有为男的著作中有一部以黄君为主人公的长篇小说，名字叫《东

---

① 木山捷平「第三国人」『木山捷平全集』第 3 卷、東京：講談社、1979、第 88 頁。

洋》。"① 据笔者目力所及，对中国的日本文学研究界而言，富泽有为男似乎还是一个陌生的名字，在日本文坛也大有被遗忘之虞。但只要查阅昭和时代的文学史就会知道，他也算得上名噪一时的作家兼画家，曾于 1927 年赴法国学习绘画，后拜佐藤春夫为师从事小说创作，以小说《地中海》与石川淳同获 1937 年上半期的芥川奖。在"卢沟桥事变"之后，他曾参加笔部队到过中国，后又作为从军作家奔赴印度尼西亚爪哇岛。1970 年因心脏衰弱去世，终年 68 岁。

《东洋》初登于 1939 年 5 月号的《中央公论》。为宣传该小说，《中央公论》不惜在《国民新闻》1939 年 4 月 19 日第五版上大打广告，宣称"鬼才富泽以事变后的东洋为舞台所描绘的宏大历史篇章，定会让读者诸君热血澎湃"。半年后的同年 11 月，日本书房又出版了单行本《东洋》。单行本《东洋》由如下内容所构成：开卷是佐藤春夫序，然后是作者自序；小说正文包括两编，即"第一编 刘程与刘海芝"和"第二编 杂志《东洋》"；最后是"《东洋》评论抄"。作为一部正文不足 260 页的小说单行本，其后附录的评论抄竟长达 60 页。在《东洋》面世后的半年间，《文艺春秋》《三田文学》《文艺》《文学者》《中央公论》《战争与文化》等杂志竞发评论，而加入论争者亦超过百人，其中有小林秀雄、武田麟太郎、中岛健藏、中村武罗夫等评论大家。尽管该小说出版时宣称只是三部曲中的第一部，但后来却未见第二部和第三部的问世，因此严格说来，不过是一部未竟之作。然而，它的问世与由此引发的论争，却俨然成了轰动当时整个文坛的一件大事。

我们知道，黄瀛从日本陆军士官学校毕业后，于 1930 年回到南京执掌通讯军务，负责培训信鸽。1936 年秋天曾因公务一度到东京中野的电信队出差，实现了战前最后一次的日本之行。草野心平曾在《与黄瀛的今昔》中这样写道："那天晚上我们《历程》的一帮家伙举行了一个小型集会，朗诵了各自的诗歌。出席的有中原中也、菊冈久利、尾崎喜八、高桥新吉、土方定一，还有逸见犹吉、山之口貘和我。黄瀛正好那天从中国抵达了东京，他在高村先生那儿听说了此事，就穿着军服出现在了现场，让

---

① 矢野賢太郎「黄瀛先輩との交遊」『詩人黄瀛 回想篇·研究篇』、東京：蒼土舎、1984、第 42 頁。

我们大吃一惊。"① 于是，《历程》同人的这次集会也就自然成了庆祝黄瀛
短暂回归的欢迎会。诗人更科源藏也曾著文记录了与黄瀛初次见面的情
景："的确，去的是新宿一家名叫'大山'的酒房。在那里，我初次见到
了金子光晴、中原中也、高桥新吉、逸见犹吉、尾形龟之助等人。比他们
稍迟一些进来的，是身穿中国陆军制服，个头不大，长着一张圆脸的黄先
生。他身上充满了就像高村光太郎雕刻的黄瀛头像那种坚毅而充实的风
采。"② 从不少诗人参加了本次聚会，还曾著文记录下当时情景这一点可
以想见，该集会成了当时诗坛所知甚广的重要聚会，并传入小说家富泽有
为男的耳朵，刺激了他作为小说家的丰富想象力。而黄瀛作为本次集会的
主角之一，其身为中日混血儿的中国人身份，更是给他提供了展开"东
洋"想象、投射其政治理念和文化理念的绝好载体。

　　于是，这次集会作为重要的场景和契机被植入富泽有为男的长篇小说
《东洋》。只是《历程》的同人们被置换成美术杂志《东洋》的成员，而
黄瀛也被改名为中国军人"刘程"，作为主人公出现在小说"第一编　刘
程与刘海芝"中。关于刘程这个人物，小说这样写道："说到刘的来头，
据说乃何应钦的外甥，当时是中央军的陆军大佐。（中略）大约十五年前，
他一边在陆军士官学校上学，一边发表了大量的日文自由诗，在年轻的文
学修行者中间，不少人都还多少对他的才能记忆犹新。"③ 从这些描写中
不难看出，刘程这个人物显然是以黄瀛为原型的。

　　　　一看，他那小巧的身体上穿着很规整的西服，其举止似乎尚未脱
　　离美少年的风范。透过他不时在桌子上攥住筷子的手，可以看到在日
　　本妇人身上很难看到的、微微泛青的肌肤，恍如散发着芬芳。谁都能
　　一眼看出，他是中国的良家子弟。他的脸上洋溢着无懈可击的才气，
　　眼睛也不时闪烁着具有强大弹力的坚毅眼神。④

在富泽有为男笔下，黄瀛被描绘成尚未脱离美少年风范的年轻军人，有在

①　草野心平「黄瀛との今昔」『草野心平全集』第 5 巻、東京：筑摩書房、1981、第
　　206 頁。
②　更科源蔵「黄さんのあれこれ」『詩人黄瀛　回想篇・研究篇』、東京：蒼土舎、1984、
　　第 20 頁。
③　富澤有為男『東洋』、東京：にっぽん書房、1939、第 1—2 頁。
④　富澤有為男『東洋』、東京：にっぽん書房、1939、第 3 頁。

日本妇女身上也看不到的美丽肌肤——这些描写与高村光太郎观察黄瀛的视线不谋而合，即关注到黄瀛介于少年与青年之间、介于女性和男性之间的阈限性，并对黄瀛言谈举止中散发的非凡才气和作为中国良家子弟的优雅褒奖有加。

接下来，小说的描写却笔锋急转："那模样很难与支那人这个概念相吻合，不如说更接近日本人。"① 毋庸置疑，作者在此流露出的是对中国人的偏见与轻蔑，在他看来，中国的上流人士都"沉溺在淫欲和食欲中，此外再没有像样的生活，从这种概念来看，像刘这样的人给人过于洁癖的印象。其一，他是新时代的军人，深谙自己的民族在世界上遭受着怎样的待遇，也目睹了这样的事实：母国国力衰微，文化低劣，事实上已陷入无可救药的深渊。因此，从他与别国友人的简短对话中，也无疑能窥伺到各种不可漠视的阴翳"②。换言之，才华横溢而又举止优雅的黄瀛有违于作者心目中抱持的中国人形象，而更符合他对日本人的定义。对黄瀛为何表现出恍如日本人的风采，作者在感到不可思议之余考量再三，最终归结为一点：黄瀛因为在日本接受的教育，所以变得日本化了。"结果不禁让人觉得，只要接受了现代的教育，不管是日本人还是支那人，都会变成同样的面孔。与此同时，又不能不认为，或许应该归结为在日本接受了教育的刘被特别日本化了的缘故吧。"③

但不久，谜底以这样的方式被霍然解开：

> "据说他的母亲是日本人呢。还听说他父亲是清朝的刘兴……"
>
> "那，应该是事实吧？"鹿岛也着实有点儿相信花岛的说法，"的确，作为支那人而言，他的日语未免太无懈可击了一点儿。不仅仅表堂堂，就说对日本的见解什么的，也绝非支那人所能想到的。所以，仅从上次的情形来看，我也不认为他是间谍之类的，但如果他就代表了新时代的支那的话，那我们日本倒是不得不认真考量了。"④

如此一来，刘程的身世之谜终于揭开：他是一个有着日本人母亲的混血儿。正因为有着日本人的血统，所以，他的优雅和魅力就变得水到渠成、

---

① 富澤有為男『東洋』、東京：にっぽん書房、1939、第 3 頁。
② 富澤有為男『東洋』、東京：にっぽん書房、1939、第 13 頁。
③ 富澤有為男『東洋』、東京：にっぽん書房、1939、第 3 頁。
④ 富澤有為男『東洋』、東京：にっぽん書房、1939、第 106 頁。

顺理成章了。换言之，作者在这里通过否定刘程身上作为中国人的一面和放大其日本人的一面，来为刘程的优雅和才华寻找合理的注解，从而暗示了日本人在血统和文化上的优越性。

　　而接下来鹿岛对自己在赴欧轮船上与中国人刘海芝姐妹相遇的回忆更是佐证了上述这一结论。来自中国的刘程替同胞刘海芝向鹿岛转达问候，这勾起了鹿岛对自己当年在赴欧轮船上与刘海芝姐妹之间种种往事的追忆。在越洋的轮船上，鹿岛目睹了被侵略和被殖民的东亚各国的荒芜景象，意识到"西洋"与"东洋"的对立，出于"同是东洋人"的意识，他对备受欧洲人歧视的中国少女刘海芝姐妹充满了亲近感与同情。而面对中国姐妹俩沉溺于对西洋的好奇心和急于投入西洋怀抱的轻佻举止，鹿岛表现出坚决守护"东洋"的执拗，在内心中燃烧着"要拯救她们，守护她们"的焦灼和作为"东洋保护者"的抱负。毋庸置疑，这些描写都源于富泽有为男1927年的法国留学体验。他在赴欧途中目睹了成为欧洲殖民地的"东洋国家"的民众生活在水深火热中的现实，从而倍感屈辱，受到很大的冲击。或许正是这种体验构成了他具有右翼色彩的国粹主义和"东洋主义思想"的原点吧。

　　而真正促使他写作《东洋》的最直接契机，则可以追溯到他1938年作为笔部队成员前往中国，参加武汉战役的从军体验。《中央公论》1939年第5号的"编辑后记"这样写道，《东洋》的作者"去年秋天，作为武汉从军作家的一员，置身于炮火中长达六旬"，最终创作出这部"把以事变（指"卢沟桥事变"——引者注）作为转折点的现实东洋的人和国家全盘投入到命运坩埚中的野心之作"。而富泽有为男也在自序中写道："去秋（1938年——引者注）在华容镇，我被暴露在炮火的集中攻击之下……一动不动地呆坐在被朱色残照所浸染的棉花田里。适逢这一卷出版之际，远远超过当时记忆的某种酷烈的感怀此刻正鞭笞着我心。"[①]

　　由此看见，是作者作为笔部队成员在武汉战役中的从军体验催生了《东洋》。根据此番跟随笔部队在中国的亲身见闻，富泽有为男回国后写出了《中支战线》一文，与尾崎士郎的《扬子江之秋》一起，以"大武汉战役从军记"为总标题发表在《中央公论》1938年12月号上。与火野苇平以徐州战役为题材的《麦与士兵》等不同，他关注的重点并不在血淋淋

---

　　①　富澤有為男「自序」『東洋』、東京：にっぽん書房、1939、第3—4頁。

的战场上，倒是对"整个东洋之未来"表现出更浓厚的兴趣和强烈的关注。在他看来，虽然表面上日本是与具有抗日精神的中国在战斗，但实际上却是与在背后企图将"东洋"殖民地化的西欧在战斗，从而试图在"东洋"对抗"西洋"的构架中将日本的侵华战争加以合理化。他认为，战争的胜利并不会以汉口的陷落而结束，关键在于彻底消除中国人的抗战思想。为此，除了仰仗日本军队的威严之外，还有必要从根本上向中国人灌输皇道之仁德①。而日本对中国已由长期战争进入到长期建设的阶段，应该着手中国小孩的教育，从孩子们心里消除仇日情绪。他还指出，支配一国命运的是思想，而思想是经由包含在语言中的情感和灵魂的昂扬而获得的，所以，他提倡重视语言，提倡为对抗中国的抗日精神而在中国教授日语，强调中国与日本共用日语的重要性②。显然，这些主张也或明或暗地反映在翌年发表的小说《东洋》中，并成为他塑造和阐释刘程（黄瀛）形象时所遵循的基本原理和主要动因。

　　然而，就是这样一部《东洋》，却受到佐藤春夫的啧啧称赞。他在该书的序言《关于〈东洋〉》中写道："富泽的《东洋》因其构想的宏大、视野的旷快、气魄的高迈，尽管我不想说是空前绝后的，但也不失为近代日本文学史上的大作。完成如此雄篇，不仅有益于文坛，更让我们为邦家文明感到可庆可贺。……期待读者诸君能够据此知道，它是现代文人并不缺少经国之志的例证。"③ 显然，佐藤春夫在此道出了《东洋》这样一部小说的"经国之志"，那就是要弘扬"邦家文明"。事实上，该书1939年出版时恰逢"卢沟桥事变"后日本侵华战争全面打响的第三年，火野苇平的《麦与士兵》、笔部队及其参加者所炮制的报告文学等正裹挟着整个日本文坛。因此，一旦把《东洋》还原到这样的时代语境里加以考察，就不能不说，虽然佐藤春夫给《东洋》贴上了弘扬"邦家文明"的文化标签，却不能掩盖其内含的军国主义意识形态和国策文学性质。

　　如前所述，富泽有为男曾师从佐藤春夫学习小说创作，与佐藤春夫保持着密切的师徒关系。据称，富泽有为男的《地中海》之所以能与石川淳的《普贤》成为同期芥川奖的双黄蛋，其中也有佐藤春夫大力运作的功

---

① 富澤有為男「中支戦線」『中央公論』1938 年 12 月号、第 369 頁。
② 富澤有為男「中支戦線」『中央公論』1938 年 12 月号、第 370—371 頁。
③ 佐藤春夫「『東洋』について」富澤有為男『東洋』、東京：にっぽん書房、1939、第 1 頁。

劳①。换言之，佐藤春夫在富泽有为男的文学生涯和思想形成方面都具有重大的影响。而我们注意到，在《东洋》发表于《中央公论》1939年5月号约一年前，佐藤春夫的《亚细亚之子》已发表在《日本评论》1938年3月号上，并在日本文坛和中国文学界都掀起轩然大波。这部以郭沫若为主人公的小说，将日本女性的身体比喻为亚细亚的母体，而将主人公汪（郭沫若）与日本女性安田爱子（佐藤富子）所生的中日混血儿称作"亚细亚之子"，用以象征浑然一体的"亚细亚"。在小说中，作者假托母亲安田爱子之口对孩子们说：

> 你们，不应该自认为仅仅是父亲的儿子，所以就是支那人；同时你们也不应该自认为仅仅是母亲的儿子，所以就是日本人。你们是亚细亚之子。是的，是在日本出生、在日本成长、接受日本学校教育的亚细亚之子。将来——说来也只是不远的将来，你们的使命将日益重大。……希望你们在数年之内为完成你们的使命而大展拳脚！②

而所谓"亚细亚之子"的使命，究竟是什么呢？按照佐藤春夫的说法，就是利用开发"北支"的支援金来向中国输出"日本文化"，建立所谓的"日本文化塾"。在此，佐藤春夫为读者描绘了一幅美妙的前景：在日本文化输入中国之后，"亚细亚"的理想在这里生根发芽，最终绽放出"王道乐土"之花。至此，我们不能不联想到富泽有为男重视语言，希望在中国教授日语，让中国与日本共用日语的强烈主张。他之所以把主人公刘程的优雅和才华归结为接受日本教育的结果，就是试图证明在中国推广日语和日本式教育以达到"改造"中国国民的重要性。由此可见，富泽有为男的《东洋》与佐藤春夫的《亚细亚之子》之间有着思想上的一致性。而只要稍微对照两个文本，会发现更多的相似性。比如，两部小说都以实际存在的中国人为原型，只是两者的区别在于：后者的主人公被设定为汪（郭沫若）这个"亚细亚之子"的父亲，而后者刘程（黄瀛）则被设定为母亲是日本人、父亲是中国人的"亚细亚之子"。显而易见的是，两部小说都是利用混血儿在血缘上的混合性来构建一种"中日一体化"的隐喻。与此同时，我们也不能不看到，"虽然在与'西洋'对立的层面上日本与中国

---

① 可参见富泽有为男《东洋》一书第二编中关于"君川奖"评选的内幕逸闻。
② 佐藤春夫「アジアの子」『日本評論』1938年3月号、第409頁。

同样被纳入'亚细亚'之中，中国和日本的差异被掩盖，但在中国和日本构成的'亚细亚'（东洋）内部，在中国和日本二者之间，日本的主体地位被确立起来"①。所以，在倡导所谓"中日融合"的同时，两部小说都强调日本文化的优越性，主张依靠日本文化的对华输出来改变中国的国民性，从而实现振兴"东洋"的目标。即是说，两部小说都隐含着这样的倾向：竭力"对日本的殖民行为进行文化解读，把侵略问题归结为文化问题，在风土、文化观的层面上赋予日本以领导'东亚'对抗西洋的合理性"②。不难看出，《东洋》是明确意识到《亚细亚之子》的存在，并以此作为摹本，处在其延长线上的作品，与《亚细亚之子》具有明显的互文性和"师徒关系"。

正如小说题目《东洋》所预示的那样，它是以"东洋"为视野，将"东洋"放置于与"西洋"相对立的构架内，在倡导亚洲一体性的同时，又强调日本文化的优越性和日本作为"东洋"盟主地位的小说，旨在为日本的侵华战争寻找正当化的理由，主动顺应日本军国主义言论甚嚣尘上的时代氛围。因此，经过富泽有为男有意识的政治性操作，作为混血儿的刘程（黄瀛）形象同时承担了不无矛盾的双重功能，一方面在"东洋"与"西洋"相对立的架构内成了"日中亲和""大东亚共荣"等意识形态的象征性符号，另一方面又在中日两者之间背负了突出日本血缘和文化之优越性的喻体作用。而这样一种意识形态先行的虚构文学，随着日本侵略战争性质的明朗化，也日益暴露出其虚妄的本质。所以，自称三部曲的《东洋》也最终不了了之，变成没有后续的未完之作。所以，黄瀛在1947年致菊冈久利的信中写道："我曾被小说家富泽有为男写进一本名叫《东洋》的小说里，但像那个时代的那种近于胡诌的小说，恐怕富泽君也已经不再写了吧。"③

"混血儿"是把血统作为人种、民族等范畴的象征性符号，用"血缘的混杂"来表示不同人种彼此混合的词语。混血儿作为两种血统相交的产物，具有与两种血统都非常接近而又不能被简单归结为其中某者的阈限性，所以其身份同一性也具有模糊不清的特点。正因为如此，混血儿也就

---

① 董炳月：《"国民作家"的立场——中日现代文学关系研究》，北京：生活·读书·新知三联书店，2006，第131页。

② 董炳月：《"国民作家"的立场——中日现代文学关系研究》，北京：生活·读书·新知三联书店，2006，第131～132页。

③ 黄瀛「手紙」『日本未来派』第1号、1947年6月、第18页。

存在被进行多种解读、多种建构的可能性，甚至成了投射某些特定的文化欲望和政治诉求的身体景观或意识形态符号。就像在《亚细亚之子》《东洋》等国策文学中所看到的那样，混血儿因在血缘上的混合性很容易被别有用心地建构为"日中一体化"的象征物，以达到宣传"日中亲和"这一军国主义国策的目的。不仅如此，原本处于 A 和 B 之间第三存在的混血儿有时又在意识形态的操作下，被固化在 A 或 B 的某一极上，导致其中的某些属性被人为地掩盖和解消，而另一些属性被故意凸显和放大，从而沦落为承接某种意识形态的容器。另外，就像在《七月的热情》《第三国人》中的黄瀛形象所展示的那样，混血儿有时不得不处于身份认同的纠葛与困境中，而这也给他带来不停留于血统这种生物学上的外部的多元性，试图跨越两种以上的文化，不拘泥于其中任何一方，在内部也秉持多元性，强悍而坚韧地生存下去的可能性。

第九章　作为中日两国诗坛中介者的黄瀛

　　作为用日语写作的中日混血诗人，黄瀛也是日本"少数文学"的先驱者之一。与宫泽贤治一样，他一生都在躲避职业与身份的固定编码。作为诗人，他像彗星般划过 1920 年代~1930 年代的日本诗坛；作为军人，他早年就读于日本陆军士官学校，后于 1930 年底回国成为国民党军人，负责军鸽的饲养和培训，官至国民党陆军总司令部少将特参；而全国解放后他因复杂的人生经历而数度入狱，至"文革"结束后的 1978 年，又成为四川外语学院日语系教授。尽管黄瀛曾拥有众多的职业和身份，但日本学者冈村民夫却特别关注其作为驯鸽师的职业，敏锐地发现了信鸽与黄瀛的相同之处，甚至把信鸽作为一种换喻，认为黄瀛作为通晓中日两种语言的混血儿，是逾越了种种疆界的达人，是信鸽式的一流中介者①。

　　作为一个出色的"中介者"，黄瀛主动给草野心平写问询信，促成国际性同人诗刊《铜锣》在广州的诞生；通过与草野心平联名写信，邀得宫泽贤治成为《铜锣》同人；在东京向"日本现代诗歌之父"高村光太郎引荐了草野心平；1945 年 8 月日本战败后，黄瀛作为国民党要员兼翻译赴芷江受降，参与了中方接管日本军队的工作；"文革"结束后，作为四川外语学院的日语教授，黄瀛在讲台上向中国学生介绍宫泽贤治、夏目漱石、井伏鳟二等众多日本作家的诗歌和小说。当然，其作为"中介者"的特质，还是最为典型地体现在他对待中日两种不同语言的疆界问题上。

第一节　黄瀛的中国新诗译介活动概观

　　黄瀛曾积极活跃在 1920 年代~1930 年代的日本诗坛上，除了在《诗

---

① 参见〔日〕冈村民夫《黄瀛的光荣》，杨伟执行主编《诗人黄瀛》，重庆：重庆出版社，2010，第 27~28 页。

与诗论》《铜锣》《诗神》《若草》《诗人时代》等各种杂志上发表了大量创作诗歌之外，还将同时代中国诗人郭沫若、冯乃超、王独清、蒋光慈、章衣萍、成仿吾等人的作品翻译成日语，撰写了《中国诗坛小述》《中国诗坛的现在》等文章，向日本诗坛介绍中国新诗的发展历程和现状等，起到连接和沟通中日两国诗坛的桥梁作用，从而有助于将中日两国诗歌置于同一场域中获得一种共时性，并成为互相的参照坐标。

通观黄瀛对中国新诗的译介活动会发现，从内容上看，主要分为诗歌作品翻译和中国诗坛现状评述两大类别；从选择的翻译对象来看，则主要有冯乃超（诗3首）、郭沫若（诗3首）、王独清（诗6首）、章衣萍（诗3首，自叙传1篇）、蒋光慈（诗6首）、陶晶孙（诗2首）、朱自清（诗1首）、成仿吾（诗论1篇）、黄药眠（诗1首）、闻一多（诗1首）、陆志韦（诗1首）、刘半农（诗1首）、钱杏邨（诗1首、评论1篇）、宛尔（诗1首）、胡适（诗1首）、康白情（诗1首）等人；从其发表的诗歌杂志来看，则有《世界诗人》《诗与诗论》《铜锣》《若草》《白山诗人》《诗神》等各种同时代的现代主义诗刊；从时间上看，则主要集中在1928～1931年这一时间段上。

据目前得以查证的资料来看，黄瀛最早的翻译诗歌发表在1925年11月的《世界诗人》第1卷第2号上，即胡适的《一颗星儿》和康白情的《送客黄浦》。而最后一组译诗是发表在《诗神》1930年6月号上的《蒋光慈诗抄》，最后一篇关于中国诗坛的述评是发表在《作品》1931年9月号上的《自金陵城——现今中国新文学的缺陷与今后的展望》。毋庸赘言，黄瀛的译介活动在1931年猝然结束，显然与他1930年底的回国从戎密切相关。可以设想，在那样一个交通和通讯都十分不便的时代，黄瀛的回国无疑拉远了他与日本诗坛的距离，而繁忙的军务也减少了他从事创作的时间，以至于除了抽空继续自己的创作，他很可能无暇从事译介活动。所以1931年之后，尽管黄瀛还陆续有诗歌发表在日本的各种诗刊上，并在日本友人的帮助下，由东京ボン书店于1934年出版了日语诗集《瑞枝》，却几乎不再有中国新诗的译介问世了。

毋庸置疑，黄瀛的译介活动肇始于1925年，高度集中在1928～1931年，其原因既可以追溯到黄瀛的个人经历，也与中日两国的时代背景和文坛动向大有关系。我们知道，黄瀛作为来自中国的混血诗人开始风靡日本诗坛是在1925年。年仅19岁的他在几千名候选者中脱颖而出，荣获《日本诗人》"第二新诗人号"评选的桂冠。其后，他在《日本诗人》《诗神》等主流诗刊和《铜锣》等同人诗刊上发表了大量诗歌，以明朗阔达的诗风受到日本诗坛的瞩目，获得前辈诗人高村光太郎、木下杢太郎、萩原朔太郎的激赏，成了第一个在日本现代诗坛赢得卓越声誉的中国诗人。无疑，在日本诗坛上鹊起的声名为他开展中国新诗的译介活动提供了有利的条件。在日本整个社会继续循着福泽谕吉的"脱亚入欧"路线大步挺进，日本诗坛唯西欧现代诗歌马首是瞻的昭和初期，很难设想一个无名的中国诗人或译者能在日本诗刊上为中国新诗赢得哪怕是小小的发表园地。

第二节　黄瀛新诗译介活动的时代背景

在笔者看来，黄瀛大规模的译介活动开始于 1928 年，多产于 1929～1930 年，这是研究中日现代文学发展史和交流史时值得关注的事实，会为我们认识中日两国现代诗歌在昭和初期的互动和近于共时性发展带来实实在在的注脚和证据。因为无论对于包括新诗在内的中国新文学，还是对于包括现代诗在内的日本现代文学而言，1928 年都是有着重大意义的年头。

黄瀛活跃在日本诗坛的 1920 年代，正好是西欧现代主义思潮蔓延至日本，引发日本近代诗蜕变为现代诗的时代。1920 年代前半期，未来主义、达达主义、无政府主义、社会主义思潮等浑然出现，尤其是致力于语言和社会改革的前卫诗最引人注目。而到了 1928 年，重视诗论、专注于诗歌形式变革的《诗与诗论》在东京创刊，旨在以都市现代主义为背景，建立起日本的现代诗学。它高举着"艺术革命"的大旗，逐渐取代不乏社会改革意识的前卫诗成为诗坛的中心。《诗与诗论》的创办标志着日本现代主义诗歌运动的蓬勃兴起，因此，以泽正宏为代表的不少学者都把其创刊的 1928 年看作日本现代诗论的转折点①。《诗与诗论》以追求纯粹诗为己任，提出要打破旧诗坛无诗学的局面，让诗歌从政治斗争的工具中分离开来，保持其独立性。不言而喻，这其中包含着与同时代文坛上的一大势力——无产阶级文学的诗歌观相抗争的目的。而说到日本的无产阶级诗

---

① 澤正弘「詩史の断層——近代から現代へ」澤正弘·和田博文編『都市モダニズムの奔流』、東京：翰林書房、1996、第 8 頁。

歌，是伴随着日本无产阶级意识的觉醒和无产阶级运动的兴起而出现的，可以追溯到 1920 年代初期的《劳动诗集》（1920 年 5 月，日本评论社出版部）和杂志《播种人》（1920 年 2 月创刊）上的反战诗。那以后，经过无产阶级文艺联盟，到改组为无产阶级艺术联盟，日本的无产阶级文学运动虽已具备相当的规模，但福本主义的左倾路线使左翼文学宗派林立，内部斗争异常激烈，造成了这一运动的严重分化。直至 1927 年共产国际批评福本和夫的左倾路线之后，才在 1928 年 3 月成立全日本无产者艺术联盟，形成日本马克思主义艺术运动的主流，从而使 1928 年成了日本无产阶级文学运动的新起点。换言之，不管是以《诗与诗论》为代表的"艺术革命"诗派，还是以无产阶级诗歌为代表的"革命艺术"诗派，都在 1928 年迎来重要的转折点。

因为现代主义文学是起源于法国，然后向欧洲、美国直至世界范围蔓延开来的一场国际性文学运动，所以从某种意义上，《诗与诗论》所掀起的日本现代主义诗歌运动被赋予了作为"世界性规模的文学运动之一环"[1] 的性质。正如《诗与诗论》主编春山行夫指出的那样："《诗与诗论》的诞生，并不是局限于日本诗坛或文坛这样一些领域的局部现象，而是在欧洲及美国现代主义文学直接影响下的产物。因为在法国、英国、美国也出现了与《诗与诗论》相同的文学运动。"[2] 换言之，在以春山行夫等为代表的《诗与诗论》派诗人那里，有了一种比既往诗人们更为自觉也更为强烈的"世界共时性意识"和"世界性自我同一性的信念"[3]。为了追求并实现"世界的共时性"这一梦想，他们必须打破阻碍这种共时性的语言之墙，利用实时性翻译来达成"世界共时性"的实感，使《诗与诗论》成为同时代世界范围内具有代表性的诗歌杂志。这一宗旨显然反映在《诗与诗论》的编辑方针中，这可以从该杂志每期对包括诗歌、诗论在内的外国文学的实时翻译和大量介绍中找到佐证。而这并非《诗与诗论》独有的现象，比如另一本重要的现代主义诗刊《诗神》也是从 1928 年开始

---

① 曽根博義「海彼から押し寄せたレスプリ・ヌーボー」澤正弘・和田博文編『都市モダニズムの奔流』、東京：翰林書房、1996、第 20 頁。

② 春山行夫「〈詩と詩論〉の仕事」『日本現代詩大系月報』1951 年 8 月、東京：河出書房。本文转引自澤正弘・和田博文編『都市モダニズムの奔流』、東京：翰林書房、1996、第 21 頁。

③ 曽根博義「海彼から押し寄せたレスプリ・ヌーボー」澤正弘・和田博文編『都市モダニズムの奔流』、東京：翰林書房、1996、第 21 頁。

特设《"世界诗坛之现状"研究专号》（1928 年 3 月）、《五周年纪念世界新兴诗坛研究专号》（1929 年 9 月）、《世界诗坛的现状专号》（1930 年 5 月）。与此同时，现代主义文艺出版社金星堂作为新兴文学的重要据点，也追随这一动向，在 1929 年至 1930 年间连续出版了 8 卷由百田宗治主编的《现代诗讲座》，其中包括《世界近代诗研究》（《现代诗讲座》第 2 卷）、《世界新兴诗派研究》（《现代诗讲座》第 3 卷）、《现代世界词华选》（《现代诗讲座》第 8 卷）等旨在介绍世界各国新兴诗歌现状的专卷。不用说，这种对外国诗歌的译介是以欧美为中心的，但在世界诗歌译介专栏里也少许加入对中国等其他国家现代新诗的译介，就俨然成了追求"世界规模的共时性"的一个手段。而活跃在日本诗坛的中日混血诗人黄瀛便成了担当中国新诗译介重任的不二人选。不用说，黄瀛发表在《诗与诗论》上的《中国诗坛小述》（收入"世界诗人述评"专栏），翻译的章衣萍的《我的自叙传略》（与里尔克等其他外国诗人的略传一起收入"NOTE"专栏）、《郭沫若诗抄——黄河与扬子江的对话》（与兰波诗抄、里尔克短篇抄一起收入"ESQUISSE"专栏），还有他翻译后发表在《诗神》上的王独清、章衣萍、陶晶孙的诗歌等，都与上述背景密切相关。而黄瀛撰写的《中国诗坛的现在》列于《英美新兴诗派研究》《革命露西亚的诗歌研究》《欧美新兴国诗坛的现状》等之后，成为金星堂"世界新兴诗派研究"的主要内容之一。而作为该卷理论评述的补充和佐证，第 8 卷《现代世界词华选》则选取了能代表各国诗坛新潮的诗歌作品，其中就包括黄瀛翻译的陆志韦、闻一多、郭沫若、章衣萍、蒋光慈、冯乃超、王独清等人的作品。该卷编者在"凡例"中写道："既然冠以'世界之名'，就还有其他一些理应包括的国家，但要么因缺乏作为现代诗的特质而略去，要么因找不到适当的执笔者而被迫割爱。"① 由此可见，编者充分意识到并竭力追求编选对象的所谓"世界性"，同时也足以说明，恰当的执笔者是这些世界诗歌专号或专卷得以成立的必要条件。而从黄瀛通晓中日两国语言，本身就是一个卓越的诗人，而且在文坛上具有不小的知名度和感召力而言，他都堪称最合适的执笔者。因此，黄瀛义无反顾地承担起中介者的职责，在中国新诗登上当时的日本诗刊，近于共时性地成为世界诗歌的组成部分这一过程中，扮演了重要的角色。

① 百田宗治编『现代世界词华选』、东京：金星堂、1930、凡例 5。

而同样追求"世界共时性"（哪怕这种"世界共时性"与《诗与诗论》的追求并不相同）的，还有在诗歌观上与《诗与诗论》相对立的日本无产阶级文学。1920 年代～1930 年代，在以苏联为中心的国际共产主义运动的作用下，无产阶级文学运动作为其文学上的反映成了一种普遍的世界性潮流，世界文坛在 1930 年代前后的普遍性左倾，构成"红色的 30 年代"这一历史现象。1928 年迎来崭新起点的日本无产阶级文学逐渐风靡日本大半个文坛，形成了一个庞大的泛无产阶级文学阵营，其中包括一大批不完全属于无产阶级文艺阵营，却带有左倾思想、关注社会革命的诗人和文人。自 1928 年迎来日本无产阶级文学运动的全盛期之后，他们比以往更加关注其他国家的无产阶级文学，以追求国际无产阶级文学运动之间的时代共振。而作为近邻的中国无产阶级文学，无疑成了他们最为关注的对象之一。

在《1928：革命文学》一书中，旷新年把 1928 年视为中国"30 年代文学"的发端，认为 1928 年发生的许多文学事件正是在"30 年代文学"的映照之中凸显了其文学史上的意义①。1928 年 1 月，随着《太阳月刊》《文化批判》《创造月刊》等杂志的创刊，开展了具有历史意义的"文化批判"运动，并在《流沙》《我们》《畸形》《洪荒》等杂志的推动下，掀起 1928 年波澜壮阔的无产阶级文学运动，拉开 1930 年代左翼文学运动的序幕。而这场运动的执牛耳者正是 1927 年 10～11 月从日本留学归来、深受日本福本主义影响的冯乃超、李初梨、彭康、朱镜我等人。正如旷新年指出的那样，1928 年在中国掀起的声势浩大的无产阶级文学运动，"第一次使中国文学和世界文学产生了直接的联系，它和国际无产阶级运动形成了一种时代的共振"②。而这种共振当然包括与作为影响传输国的日本无产阶级文学运动的共振，以至于当时的亲历者胡秋原说："中国近年汹涌澎湃的革命文学的潮流，那源流不是从北方的俄罗斯来的，而是从同文的日本来的。"③ 中国无产阶级文学运动作为日本无产阶级文学运动的影响接受者和国际共产主义运动的一环，很快成了日本无产阶级文学阵营和左翼文人们热切关注的对象。所以，"从 1928 年中国'革命文学'的兴起，到 1930 年左翼作家联盟成立，日本对中国新兴文学的介绍终于拉开

---

① 旷新年：《1928：革命文学》，济南：山东教育出版社，1998，"绪论"第 1 页。
② 旷新年：《1928：革命文学》，济南：山东教育出版社，1998，第 87 页。
③ 转引自旷新年《1928：革命文学》，济南：山东教育出版社，1998，第 57 页。

了高潮的帷幔"①。仅1928年，日本各种重要报刊上就出现了大量对中国无产阶级文艺的译介或作家采访录。比如，井东宪在日本《读卖新闻》(1928年3月9日) 上以《上海的文艺》为题对中国革命文艺现状进行了介绍，还在《サンデー毎日》(1928年4月15日) 上以《令人怀念的上海》为题，讲述了上海无产阶级作家的生活。本间久雄则在《国民新闻》(1928年4月20日) 上发表了《上海杂记》，记录了与鲁迅夫妇、郁达夫等人会面的情景，并谈到中国无产阶级文学的动向。池田桃川也在《读卖新闻》(1928年8月11日) 上发表了《支那文艺谈》，描述了自文学革命以来中国新文学的概观。此外，1928年7月，在全日本无产阶级艺术联盟本部主办的《战旗》第1卷第3号上同时刊登了山田清三郎的《访问支那的两位作家》(指成仿吾和郭沫若) 和藤枝丈夫的《中国的新兴文艺运动》(是对郭沫若等左翼诗人的访谈录)。藤枝丈夫还在《国际文化》第1号 (1928年11月) 上发表了《中国的左翼出版物》一文，作为"世界左翼报刊研究"的一环。而在诗歌作品译介方面，《战旗》第1卷第2号上还以"支那特辑"的形式，刊登了王独清的《我归来了，我底故国!》(山口慎一译) 等诗歌。而全日本无产者艺术联盟静冈支部7月出版的《无产者诗集》1928年第1辑更是在收录日本无产阶级诗歌代表作的同时，特意收录了由井东宪所译的中国无产阶级诗歌的代表作，比如冯乃超的《上海》《与街上人》、王独清的《我归来了，我底故国!》和周民钟的《法国花园》②。

　　显然，无论是以《诗与诗论》为代表的纯粹诗派，还是提倡革命文学的泛无产阶级诗派，作为当时诗坛最重要的两大阵营，都从各自不同的角度并在不同的程度上将目光转向中国，显示出译介中国新诗的必要性。另外，1928年前后的中国新诗也在经历了以胡适、周作人为代表的新诗创生期，以郭沫若为代表的浪漫主义抒情诗时期，以李金发等为代表的初期象征派之后，开始走向无产阶级诗歌的高潮期和现代主义诗歌的勃兴期，从而具备了为日本诗坛译介中国新诗供应各种原材料的条件。而黄瀛在日本诗坛上的大肆活跃和广泛人脉又为实现这种可能性提供了不少便利。因

---

① 张福贵、靳丛林：《中日近现代文学关系比较研究》，长春：吉林大学出版社，1999，第215页。

② 关于1928年日本报刊对中国新文学的译介情况，可参见饭田吉郎编『現代中国文学研究文献目録——補修版 (1908‒1945)』、東京：汲古書院、1991。

此，诸种因素综合在一起，促成了黄瀛自 1928 年开始的大规模中国新诗译介活动。

第三节　黄瀛新诗译介活动的特点

据目前可以查找到的数据来看，19 岁的黄瀛 1925 年在《世界诗人》上翻译了胡适的《一颗星儿》和康白情的《送客黄浦》，并于 1926 年 1 月翻译了朱自清的《血歌》（《世界诗人》第 2 卷第 1 号）之后，似乎一直忙于自己的诗歌创作和广泛的文坛交往，仰或因找不到适当的发表园地，一直没有新的译作问世。直到 1928 年 6 月，他才在同人杂志《铜锣》第 16 号上发表了冯乃超的《上海》。尽管《铜锣》不属于无产阶级诗歌阵营，而是带有浓厚的无政府主义色彩的同人诗刊，但其中也活跃着马克思主义评论家赤木健介和后来成为《战旗》诗人的原理充雄等人，以至于该杂志出现了无政府主义和布尔什维克主义两大思想体系相互混合而又彼此对立的状态。虽然黄瀛的诗风明显有别于无产阶级诗歌，属于带有现代主义色彩的自由诗，长于用平易、温和而又颇具异国情调的语言来歌咏日常生活中的细节，描写个人内心摇曳的微妙风景，并时而透露出作为混血儿在文化身份认同上的困窘，但不难设想，作为杂志同人，他肯定阅读过《铜锣》和其他杂志上那些关注社会矛盾和社会革命的诗篇和评论，并了解大有席卷日本文坛之势的无产阶级文学的动向。他曾在《中国诗坛小述》中提及井东宪在《无产者诗集》中所译的冯乃超的《上海》和王独清的《我归来了，我底故国!》，以及山本和夫在《白山诗人》上所译的黄药眠的《题失忘》等[①]，并在《中国诗坛的现在》中涉及《世界左翼文化战线的人们》（原载于《国际文化》1929 年 1 月号）一文对郭沫若等中国左翼诗人的介绍[②]，说明他熟知日本文坛对包括普罗诗歌在内的中国新文学的译介状况。作为中国人，黄瀛也肯定关注祖国政治局势的变化和文坛的各种动向，而 1927 年"大革命"的失败和 1928 在上海发动的革命文学浪潮也必定成了他关注的对象。所以，冯乃超 1928 年 1 月发表在《文化批判》创刊号上的《上海》才会在数月后被他迅速翻译出来，刊登在

---

① 参见黄瀛「中国詩壇小述」『詩と詩論』第 4 冊、1929 年 6 月、第 325 頁。
② 参见黄瀛「中国詩壇の現在」百田宗治編『世界新興詩派研究』、東京：金星堂、1929、第 349 頁。

《铜锣》第 16 号（1928 年 6 月）上。接着，他于同年 12 月又在宝文馆刊行的《若草》第 4 卷第 12 号上翻译了郭沫若的《战取》和冯乃超的《十二月》，撰写了《中华民国诗坛之现在》一文。我们知道，冯乃超的《上海》和《与街上人》一起，揭露了在上海这个半殖民地大都市里，"虎狼般的列强，生擒着奴隶制度下的柔羊"的事实，高呼上海是"阶级争斗的战场"，声称"——我们底明日快到了，听！解放的晨钟在响"①，标志着其诗风由先前那种低沉、颓废的象征主义向不乏浪漫主义激情的革命现实主义的转变。而郭沫若收入诗集《恢复》的《战取》（1928 年 1 月）也高声疾呼："要酿出一片的腥风血雨在这夜间，战取那新生的太阳，新生的宇宙！"② 冯乃超的《上海》和郭沫若的《战取》都创作于 1927 年"大革命"失败之后，是其提倡"革命文学"的尝试之作，如实反映了当时无产阶级革命文学兴起的历史面貌。显然，黄瀛选择翻译这两首诗，表明了他对 1928 年中国革命文学运动的关切和向日本诗坛同步传达中国革命文学运动实时讯息的迫切心情。

　　1929 年，黄瀛又在《白山诗人》1929 年 3 月号上翻译了郭沫若的《血的幻影》。这首诗在读者面前展示了一幅惊心动魄的血的图画，通过夕阳如血的意象，影射了"大革命"失败后反革命血腥屠杀的残酷现实。而 1929 年 7 月发表在《诗与诗论》上的郭沫若的《黄河与扬子江对话》，则揭露了帝国主义、殖民主义的压迫和掠夺使遍地宝藏的中国"成了榨取的屠场"，并揭露了蒋介石反动派比北方军阀更残酷地对革命人民进行大屠杀的事实，号召人们"应该和全世界的弱小民族和亲"，"应该和全世界的无产阶级联盟"③。黄瀛之所以在郭沫若的众多诗歌中几乎全部选择的是出自《恢复》这本被称为"中国无产阶级的第一部诗集"④ 的诗，笔者认为，这既与《恢复》是郭沫若当时的最新诗集，容易形成一种共时性不无关系，也与前述 1928 年前后中日两国的时代背景和文坛动向紧密相关。

---

① 冯乃超：《上海》，《冯乃超文集》（上卷），广州：中山大学出版社，1986，第 72 ~ 73 页。该诗原载于 1928 年 1 月 25 日《文化批判》月刊第 1 号。

② 郭沫若：《战取》，《郭沫若作品经典》，北京：中国华侨出版社，2000，第 290 页。该诗曾被收入诗集《恢复》（创造社，1928）。

③ 郭沫若：《黄河与扬子江对话（第二）》，《郭沫若诗文名篇》，长春：时代文艺出版社，2003，第 127 ~ 129 页。该诗曾被收入诗集《恢复》（创造社，1928）。

④ 孙伯堂：《中国无产阶级的第一部诗集〈恢复〉》，《武汉大学学报》1981 年第 2 期，第 74 页。

在这一延长线上，1930 年黄瀛分别在《诗神》4 月号和 6 月号上翻译了被称为"中国革命文学著作的开山祖"① 的蒋光慈的一组诗歌。4 月号上的译诗是选自蒋光慈诗集《哀中国》（长江书店，1927 年初版）的《耶稣颂》和《北京》。6 月号上则有《十月革命的婴儿》②《月夜的一瞬》《钢刀与馒头》《听鞑靼女儿歌声》《莫斯科吟》等 5 首。这 5 首诗选自蒋光慈的诗集《新梦》（1925 年 1 月，上海书店出版）。普遍认为，《新梦》是"普罗诗派（普罗文学）的开山之作"③，是中国第一部歌颂"十月革命"和社会主义新生活的诗集，用悠扬激越的诗句第一次把"十月革命"的赤色雄风带进中国诗坛，对"五卅"前夜的中国知识青年起到极大的震动和鼓舞作用。

有一点值得我们注意，恰如旷新年指出的那样，"1928 年的普罗文学运动，即使单纯从美学的方面来说，它也同与其共生的现代主义文学一样，作为一种城市先锋文学创造了美学上的强烈震撼与冲击，有力地摧毁了传统的美学范畴和标准，开拓了现代审美新空间。无论是创造社还是现代派，普罗文学和现代主义文学都是一种复杂的共生现象"④。而或许这并非中国普罗文学运动独有的特质，日本 1920 年代~1930 年代文学也呈现类似的特性，以至于泽正宏等日本学者认为，"从广义上说，日本无产阶级诗歌也可以纳入广义的现代主义范畴吧"⑤。我们甚至可以说，在那个特定的时代，即便是在同一个诗人身上，也可能呈现这两种甚至多种特性相互混合、冲突且又共生的现象。即使是对同一首诗歌，也存在从无产阶级文学和现代主义文学两方面来解读的可能性，所以，冯乃超、郭沫若和蒋光慈等所谓的普罗诗歌不一定刊登在无产阶级文艺阵营的杂志上，而可能刊登在《诗与诗论》《诗神》等现代主义诗刊上，也就具有了合理性。尤其是像《诗神》等杂志，本身就同时刊登有超现实主义、无政府主义、无产阶级诗歌等广义上的现代主义诗歌，折射出 1920 年代~1930 年

---

① 此语出自钱杏邨《蒋光慈与革命文学》，转引自沈用大《中国新诗史——1918~1949》，福州：福建人民出版社，2006，第 343 页。

② 刊登在《诗神》上的该诗被改名为《十月××的少年》。其中用"××"代替"革命"两字，是当时的新闻审查制度所致。

③ 沈用大：《中国新诗史——1918~1949》，福州：福建人民出版社，2006，第 350 页。

④ 旷新年：《1928：革命文学》，济南：山东教育出版社，1998，第 88 页。

⑤ 澤正弘「モダニズム」安藤元雄・大岡信・中村稔監修『現代詩大事典』、東京：三省堂、2008、第 663 頁。

代日本诗坛新旧诗人迅速交替、各种流派浑然杂陈的局面。此外，该杂志虽然是由田中清一出资，福田正夫担任名义上的编辑，可实际上的编辑却是与黄瀛同属《铜锣》同人的神谷畅。可以想见，是这种种要素使《诗神》等成了黄瀛译介中国新诗的主要阵地。

　　创造社后期的冯乃超、王独清等人尽管被冠以"无产阶级诗人"的头衔，但其创作却蕴含着大量现代主义诗歌的因素，特别是前期诗歌更是充满象征、梦幻甚至颓废的色彩和现代都市感觉。黄瀛特别欣赏冯乃超的诗集《红纱灯》，认为"在外国人眼里，或许会从《红纱灯》中看到某些过剩的感伤情调，但《红纱灯》作为抒情诗而言，与《新月》杂志派的徐志摩相峙而立，无论其表现还是形式，都充满了新鲜感"。他说，《红纱灯》"这部诗集与现在作为无产阶级诗人的他的作品相比，显然要高明许多"，"而且从别的方面来说，我认为它也处于中国诗坛的上位"①。可见，黄瀛对冯乃超前期的《红纱灯》褒奖有加，同时敏锐地看到冯乃超作为诗人的复杂性和诗风的变化，并认为冯乃超等现代诗人们的诗风变化是中国国民革命的产物。他清醒地看到，在诗歌是时代先驱的中国，"从民族意识的觉醒发展到激烈阶级斗争的过程必然反映在文艺领域，使诗歌面临崭新的变化"②。黄瀛指出，"尽管从文学上讲，或许可以说是脱轨的列车吧，但想到本该是文学上的'诗歌'变成了社会的'诗歌'，还是不胜欣喜。我绝对无意把这种变化视为正规之举，却又不能不认为至少是最近中国的当然道路"③。这些话充分体现了黄瀛对中国社会和新诗现状的深刻体察和理解，也可以从中管窥到黄瀛作为一个诗人的逡巡和矛盾：他一边承认无产阶级文学运动在当时中国的合理性和必要性，一边又否认这是诗歌本身的正规途径。较之诗歌的社会属性，显然他更重视诗歌本身的文学性。所以，他才得出《红纱灯》远比冯乃超后期的无产阶级诗歌远为高明的结论。

　　这种矛盾的态度显然也反映在黄瀛译介中国新诗时对具体诗人和作品的选择上，决定了他要在诗歌的社会性和文学性上尽可能做出不失平衡的取舍。比如，即便是同一个冯乃超，他既翻译了作为革命诗歌的《上海》，

---

① 黄瀛「中国詩壇小述」『詩と詩論』第 4 冊、1929 年 6 月、第 324 頁。
② 黄瀛「中国詩壇の現在」百田宗治編『世界新興詩派研究』、東京：金星堂、1929、第356 頁。
③ 黄瀛「中国詩壇小述」『詩と詩論』第 4 冊、1929 年 6 月、第 324 頁。

又选译了象征主义诗集《红纱灯》中的《十二月》，并在 1930 年 4 月的《诗神》上翻译了《红纱灯》一诗。即便同样是创造社后期的无产阶级诗人，他选译的几首郭沫若诗歌都带有浓厚的普罗文学色彩，而在译介王独清时，却选择了刊登在《创造月刊》上的 "FETE NATIONALE"（《诗神》1929 年 10 月号），以及出自诗集《圣母像前》的 "NOW I AM A CHORE-IC MAN"①、《月下的病人》、《劳人》、《我从 CAFE 中出来》和《流罪人底预约》（《诗神》1929 年 12 月号）。这 5 首选自《圣母像前》（1927 年 12 月，光华书局初版）的诗歌深受法国象征派诗人的影响，弥漫着世纪末的感伤主义和颓废情调，其中咏叹的虽然也有民族国家衰落的痛苦，但更多的是对个人命运的感喟，其着力追求的是诗歌的音乐美和绘画美。可以说，黄瀛试图给日本诗坛展示的，不仅有充满社会革命意识的诗歌，也有在艺术形式上具有创新意识的诗歌，并在某种程度上体现了黄瀛个人的喜好。他在谈到当时中国诗坛的代表性诗人时说道："作为无产阶级诗人，可以举出郭沫若、王独清、冯乃超、黄药眠，此外在纯粹诗方面，则有徐志摩、闻一多、诗集《种树集》的衣萍等，虽然他们不属于那种运动型的诗人，但他们的存在却清晰而分明。"② 因此，作为纯粹诗的代表，他除了翻译闻一多《死水》诗集中的《忘掉她》（百田宗治编《现代世界词华选》，东京：金星堂，1930 年），还对章衣萍情有独钟，接连翻译了章衣萍《种树集》中的《道理》、《新生》（《文艺评论》1929 年 6 月号）和《醉酒歌》（《诗神》1929 年 9 月号），以及章衣萍的《我的自叙传略》（《诗与诗论》1929 年 11 月号）。

　　另外，黄瀛还注意到这一时期中国诗坛在民谣研究上的成果，认为周作人、刘半农等人对各地民歌的收集不仅对民俗学卓有贡献，还刺激了新兴民谣的创作，以至于钟敬文主编的《歌谣论集》在 1928 年创刊问世③。作为对这一动向的关注和响应，黄瀛翻译了《海外的中国民歌》5 首（《诗神》1930 年 1 月号）和刘半农《瓦釜集》（1926 年，北京：北新书局初版）中根据江阴民歌、用江阴方言创作的《拟儿歌》（《诗神》1930

---

① 发表在《诗神》上的该诗名为 "Now I am chureic man"，应为 "Now I am a choreic man" 之误。

② 黄瀛「中国詩壇小述」『詩と詩論』第 4 冊、1929 年 6 月、第 325 頁。

③ 黄瀛「中国詩壇の現在」百田宗治編『世界新興詩派研究』、東京：金星堂、1929、第 350 頁。原文中，黄瀛将《歌谣论集》的编者记为 "鐘斌文"，应为 "锺敬文" 之讹。

年 4 月号）。这说明黄瀛对中国诗歌的译介是多方位的，旨在向日本诗坛呈现中国新诗的丰富性和多样性。

正如日本学者深泽忠孝敏锐地察觉到的那样，黄瀛译介的中国新诗人中几乎"有一半是创造社成员"①。笔者认为，或许可以从如下几个方面来追溯其原因。众所周知，前期的创造社反对封建文化、复古思想，崇尚天才，主张自我表现和个性解放，强调文学应该忠于自己"内心的要求"，表现出浪漫主义和唯美主义的倾向，而这与黄瀛诗歌那种具有现代主义色彩的浪漫主义和唯美主义倾向不谋而合。另外，创造社主要成员的日本留学背景也显然是黄瀛对他们抱以亲近感的重要原因。不仅如此，黄瀛还与其中不少人都有过实际交往或书信往来。比如，黄瀛与冯乃超就有过文学上的交往，他曾在《中国诗坛的现在》一文中提及冯乃超与他之间的私信往来②。而作为他与田汉交往的成果，就是田汉在《南国》月刊创刊号上翻译了黄瀛的诗作"Nocturne"。而黄瀛与郭沫若之间是否有过直接的交往尚无资料可考，但黄瀛对郭沫若抱着崇敬之情，显然是不争的事实③，这可以从他对郭沫若诗歌的着力译介中管窥一斑。不过，作为笔者的一种推想，他对郭沫若的关注除了对郭沫若在中国新诗发展史上的重要地位的认同，还与他和郭沫若同是四川老乡，都和千叶县有着不解之缘等不无关系吧④。不用说，黄瀛对创造社成员的重点译介，既有对其诗歌主张和成就的认同，也不排除在一定程度上是个人经历上的相近使然。

---

① 深澤忠孝「中国新詩と日本現代詩の交流に関する研究序説」『草野心平研究』第 11 号、2008 年 12 月、逆 15。
② 黄瀛「中国詩壇の現在」『世界新興詩派研究』、東京：金星堂、1929、第 359 頁。
③ 晚年的黄瀛似乎对郭沫若颇有微词。佐藤龙一在《黄瀛——他的诗及其传奇的一生》一书中记述了他 1992 年 8 月与黄瀛见面时的情景："在沉默一番之后，（黄瀛）在与鲁迅的比较中，开始了对郭沫若的诟病。郭沫若与黄瀛一样，作为四川省出身的诗人而闻名遐迩。（中略）郭沫若在新中国成立后，一直担任中国科学院院长等要职，在'文化大革命'中也没有受到冲击，尽享天年。黄瀛对一直走在阳关道上的郭沫若抱着恶感也不无道理。黄瀛曾对作为同乡诗人的郭沫若抱着亲近感，还在日本杂志上翻译了郭沫若的诗歌。而年轻时与郭沫若关系亲密，与黄瀛也有过交往的剧作家田汉，却在'文化大革命'中身陷囹圄，在狱中含冤而死。"佐藤竜一『黄瀛——その詩と数奇な生涯』、東京：日本地域社会研究所、1994、第 207—208 頁。
④ 黄瀛母亲乃日本千叶县八日市场人，因此，黄瀛曾在千叶县度过了少年时代，而郭沫若在被迫流亡日本期间（1928～1937 年）一直居住在千叶县市川市。

第四节　黄瀛对中国新诗的评述

黄瀛既如此热切地译介中国新诗，也慨叹日本人对中国新文学的淡漠和无知。他认为，"如今中华民国的文学，在日本是并不明了其状况的"，事实上，"如果从一个断面上来记述当今的新兴文学，可以说日本和中国都显示了几乎同样的高度。只是不可否认，其背景和大气氛围彼此不同"，而"中国的诗坛比日本的诗坛更有活力"①。因此，他大声呼吁："如今日本的外国诗人研究应该更加将目光转向中国。"②

黄瀛自己身体力行，走在中国新诗译介与研究的最前沿，连续发表了《中华民国诗坛的现在》（《若草》1928 年 12 月号）、《中国诗坛小述》（《诗与诗论》1929 年 6 月号）、《中国诗坛的现在》（百田宗治编《世界新兴诗派研究》，东京：金星堂，1929 年）、《从侧面看中国诗坛》（《诗神》1930 年 9 月号）、《自金陵城——现今中国新文学的缺陷与今后的展望》（《作品》1931 年 9 月号）。黄瀛在追溯中国新诗的历史时说道，中国诗坛乃形成于文学革命（白话运动）。尽管从横向上说，有着胡适、周作人等济济之士，但从纵向上说，还历时很短。黄瀛认为，从白话运动到他撰文的 1928～1929 年，中国新诗在大致经过了创生期和抒情诗这两个时期后，迎来了无产阶级诗歌的勃发期。而创生期又可分为前期和后期，大名鼎鼎的胡适和周作人就堪称前期的代表。"不能不说，尽管胡适和周作人在新诗创生期立下了汗马功劳，但另一方面，却也成了文学上的罪人。从纯粹诗的角度来看，他们与其说是诗人，不如说更多属于诗的文明批评家。"③ 黄瀛认为，倒是创生期后期汪静之的《蕙的风》、俞平伯的《冬夜》《西还》、宗白华的《流云小诗》等代表了这一时代的新诗成就。即便让人很难对其"诗"的本质抱以同感，但在把创生期诗人大量引入的外来影响多少与中国古来思想相融合这一点上，体现了这一时代的氛围。黄瀛指出，"作为诗歌成为导火索的文学革命的第一期现象，或许应该高度评价这一时代的活泼与真挚"，"如果从内容和思想上看，这一时代的文坛

---

①　黄瀛「中華民国詩壇の現在」『若草』第 4 卷第 12 号、1928 年 12 月、第 52—53 頁。

②　黄瀛「中国詩壇小述」『詩と詩論』第 4 冊、1929 年 6 月、第 325 頁。

③　黄瀛「中国詩壇の現在」百田宗治編『世界新興詩派研究』、東京：金星堂、1929、第 344—345 頁。

可以说充满了混沌，既有古诗风格的，也浑然杂陈着神秘派、人道主义派、自然主义者、社会主义者、高蹈派等。就整体而言，可以说这是一个外来文艺的输入时代，尽管已不是以前那种囫囵吞枣似的全盘照搬了，但还很不成熟"①。黄瀛认为，从创生期到无产阶级诗歌的勃兴期之前还有一个抒情诗时代，即郭沫若的《瓶》、冯乃超的《红纱灯》和穆木天的《旅心》等出品的时代②。黄瀛高度评价郭沫若的文学成就，认为"总而言之，作为现代中国产生的文学作家，他是与鲁迅一样值得引以为傲的诗人"③。所以，黄瀛特意翻译了钱杏邨《现代中国文学作家》中的《郭沫若论》，发表在杂志《宣言》1929 年 9 月号上。作为这一时期的代表诗人和作品，黄瀛还列举了李金发的《食客与凶年》、成仿吾的《流浪》、刘半农的《扬鞭集》《瓦釜集》、程少怀的《火焰》、冯宪章的《梦后》、C·H 女士的《浪花》、章衣萍的《种树集》等。而关于这一时期的诗论，黄瀛认为，"对于周作人、刘大白等大家，则有郭沫若、成仿吾、穆木天等与之对阵。针对过去的诗，成仿吾在杂志《创造月刊》上以《诗之防御战》为题报以一箭，让人从中可以看到所谓'为艺术而果敢斗争的时代'"④。正因为充分认识到成仿吾此文在中国新诗史上捍卫诗歌纯粹性的意义，所以黄瀛翻译了该文，发表在以追求纯粹诗为宗旨的《诗与诗论》1929 年 12 月号上。黄瀛认为，在创生期与抒情诗时代之后的中国诗坛，迎来的是作为革命文学的无产阶级诗歌时代，他把这一时期文学的变化归结为中国革命带来的变化，并认为其与过去分散在各个地方的文艺势力现已高度集中在上海这一事实也不无关系⑤。尽管他没有进一步说明，但可以想见，他已敏锐地感觉到 1928 年的革命文学论争爆发在上海并不是偶然的，也是文坛聚变的一个结果。此外，上海发达的报纸杂志和出版业显然也加速了现代文学的生产。而上海

① 黄瀛「中国詩壇の現在」百田宗治編『世界新興詩派研究』、東京：金星堂、1929、第346 頁。
② 黄瀛「中国詩壇の現在」百田宗治編『世界新興詩派研究』、東京：金星堂、1929、第348 頁。
③ 黄瀛「中国詩壇の現在」百田宗治編『世界新興詩派研究』、東京：金星堂、1929、第349 頁。
④ 黄瀛「中国詩壇の現在」百田宗治編『世界新興詩派研究』、東京：金星堂、1929、第349 – 350 頁。
⑤ 黄瀛「中国詩壇の現在」百田宗治編『世界新興詩派研究』、東京：金星堂、1929、第351 頁。

作为中国资本主义最发达的现代都市，被卷入现代的危机和矛盾中，在资本主义的发展中产生了新的无产阶级及其世界观。所以他才反复强调，要对上海这个城市进行全面考察①。

黄瀛把 1928 年初的中国文坛分为下列三个派别：一是由创造社、太阳社所代表的无产阶级文学；二是由语丝派所代表的小资产阶级文学；三是由新月派所代表的豪绅资产阶级文学②。说到上述三个派别中的无产阶级文学，黄瀛认为，其通常会经历一个所谓"梦想的时代"和"理想的时代"，但在中国，无产阶级文学的这一时代远比其他国家短暂，单纯地表现出讲求实际的精神。所以，无产阶级诗歌所具有的社会效用在精心的锤炼下，被倾注在民众身上③。"年轻的无名诗人们刊行诗集，接二连三地初版、再版、再再版，诸如此类的事情在中国并非罕见的现象"，"换言之，中国的诗坛完全赢得了民众的支持"④。活跃在《创造月刊》《世界杂志》《日出》《文化批判》《太阳月刊》《海风》等杂志上的郭沫若、冯乃超、黄药眠、王独清、蒋光慈、宛尔、钱杏邨、程少怀、冯宪章等人，"依靠无产阶级自身的创意，拉近了以创造社为主流的中国无产阶级文学与文化水平低下的工人、农民大众间的距离。（中略）过去无产阶级文学作品曾有过被特别指称的时日，如今则已经普遍化为与中国自身最适合的风物。建设无产阶级文学运动的正确道路历经种种歧路，在我们面前显示出它判然的存在"⑤。而关于第二个派别的小资产阶级文学刊物，黄瀛则列举了《奔流》《乐群》《北新》《语丝》《南国》等。他说，"在鲁迅五年前创办《语丝》之后，这一流派一直在人道主义的旗帜下运作，其拥有的势力不能一概轻视。尽管多数艺术家的所谓艺术家气质已经堕入爱欲的世界、侦探小说、大众文艺阵营的泥沼，但另一方面，陈勺水、章衣萍、穆木天、郁达夫、闻一多的活跃还是做出了上乘的奉

---

① 黄瀛「中国詩壇の現在」百田宗治編『世界新興詩派研究』、東京：金星堂、1929、第353頁。

② 黄瀛「中国詩壇の現在」百田宗治編『世界新興詩派研究』、東京：金星堂、1929、第356頁。

③ 黄瀛「中国詩壇の現在」百田宗治編『世界新興詩派研究』、東京：金星堂、1929、第352頁。

④ 黄瀛「中国詩壇の現在」百田宗治編『世界新興詩派研究』、東京：金星堂、1929、第357頁。

⑤ 黄瀛「中国詩壇の現在」百田宗治編『世界新興詩派研究』、東京：金星堂、1929、第358頁。

献"①。关于第三个派别——新月派的系列杂志，黄瀛列举了《金屋》《真善美》《一般》等，还特别提到徐志摩，认为尽管他受到马克思主义批评家钱杏邨的猛烈攻击，但事实上却并非如此②。虽然限于篇幅黄瀛未能展开对徐志摩的详细评论，但对徐志摩明显持赞赏的立场。最后，黄瀛感叹道："据冯乃超君写给笔者的私信所言，现在中国诗坛完全是一片混沌。或许的确如此吧。设若此，那谁又能正确无误地描摹出日新月异的时代变迁呢？"③

如果说黄瀛 1931 年之前在东京对中国新文学的考察带有雾里看花的意味，那么 1930 年底回到南京后的黄瀛则有了近距离接触中国新文学的机会。所以，写于南京的《自金陵城——现今中国新文学的缺陷与今后的展望》则表现出更为冷静的态度。他认为："如果说过去 10 年间是中国文坛的狂飙时代，那么，现在则可以说是暴风雨之后尚未整顿停当的时期。""过去从远处观看，倒还对中国文坛抱有哪怕不多的期望，但现在就里一看，映现在眼前的却没有任何值得特别一提的东西。"他接着指出，"通览这 10 年间的所谓流行作品，可以说大部分都是无思想的罗列。尽管有人曾把过去的作家叫作 Spiritual Adventurer，但现在，就连一开始是自然主义赞美者的创造社的家伙们，到最后也落到写那种狂喊似的东西了"④。黄瀛进而指出，从某种意义上说，歇斯底里的狂喊或许是当时普罗文学的通病⑤。黄瀛认为，过去 10 年间，中国文学之所以没有深刻的思想小说，首先，就是因为其中充满了太多伪装的虚无主义，所有作品都清一色地成了艳史情话，或者不良少年的乱涂日记⑥。其次，中国新文学的缺陷还表现在只注重技巧而忽略思想，导致技巧的堕落。此外，还表现为模仿色彩浓

---

① 黄瀛「中国詩壇の現在」百田宗治編『世界新興詩派研究』、東京：金星堂、1929、第 359 頁。

② 黄瀛「中国詩壇の現在」百田宗治編『世界新興詩派研究』、東京：金星堂、1929、第 359 頁。

③ 黄瀛「中国詩壇の現在」百田宗治編『世界新興詩派研究』、東京：金星堂、1929、第 359 頁。

④ 黄瀛「金陵城から——現中国新文学の缺陷と今後の展望」『作品』第 17 号、1931 年 9 月、第 38 頁。

⑤ 黄瀛「金陵城から——現中国新文学の缺陷と今後の展望」『作品』第 17 号、1931 年 9 月、第 40 頁。

⑥ 黄瀛「金陵城から——現中国新文学の缺陷と今後の展望」『作品』第 17 号、1931 年 9 月、第 38—39 頁。

厚，缺乏创新，比如泰戈尔和武者小路实笃的模仿者到处泛滥，就是其证①。因此，"在文学自身中呼唤文学的呼声至今仍旧不绝于耳"②。此外，黄瀛认为，审查制度妨碍言论自由和出版自由，以至于不光普罗文学，就连纯文学也深受影响，因此要提倡言论自由和取消审查制度，而这也是上海作家们的热切愿望③。在谈到文学与民众的关系时，黄瀛认为，现在的文学貌似很贴近民众，事实上仍旧相距甚远。所以，作为对未来文学的期待，黄瀛希望在新近作家中出现一些执笔写出《聊斋志异》式的民间文学、日本草双纸式的读物，或者地理人文学作品的代表人物，还希望剖析人们深层心理的讽刺文学能够在中国得到繁荣光大。他相信，中国也一定存在着像松永延造、内田百闲、中勘助式的人物。他认为，大众文艺无疑是值得一读的。不管是普罗文学，还是资产阶级文学都无所谓，反正一定得是更加中国式的文学作为接下来的新文学首先出现④。换言之，黄瀛期待中国的新文学能够贴近民众，吸收民间文学的要素，具备《聊斋志异》式的讽刺性，摆脱对外来文艺的简单模仿，成为具备中国特色的新文学。

　　黄瀛不止一次谈道，东方诗歌中自古以来就存在讽刺诗和讽刺元素，而进入近代后，讽刺诗作为无产阶级诗歌的一大要素，得到多方面的延续和发展，表现在政治方面和民俗方面，以及无产阶级诗歌倡导反对资本主义、打倒帝国主义、反对军国主义等方方面面⑤。我们知道，中国讽刺诗歌的源流可以追溯到 2000 多年前《诗经》中的《伐檀》和《硕鼠》等，而立足于民间传说的《聊斋志异》更是因对时政、科举、人性等予以辛辣讽刺而弘扬发展了讽刺文学的传统。或许正是《聊斋志异》蕴含的讽刺性和民间文学性使黄瀛对《聊斋志异》情有独钟，并从中看到未来新文学的方向。

　　据王晓平先生考证，在明治和大正年间日本文化界已经与《聊斋志

---

① 黄瀛「金陵城から——現中国新文学の缺陷と今後の展望」『作品』第 17 号、1931 年 9 月、第 39 頁。

② 黄瀛「金陵城から——現中国新文学の缺陷と今後の展望」『作品』第 17 号、1931 年 9 月、第 40 頁。

③ 黄瀛「金陵城から——現中国新文学の缺陷と今後の展望」『作品』第 17 号、1931 年 9 月、第 41 頁。

④ 黄瀛「金陵城から——現中国新文学の缺陷と今後の展望」『作品』第 17 号、1931 年 9 月、第 41—42 頁。其中"内田百軒、仲勘助"应是"内田百闲、中勘助"之误。

⑤ 黄瀛「中国詩壇の現在」百田宗治編『世界新興詩派研究』、東京：金星堂、1929、第 351—352 頁。

异》有了浅接触，比如作家国木田独步和诗人蒲原有明等就客串了一把
《聊斋志异》的翻译。特别是唯美派诗人木下杢太郎因接触到中国民间文
化，惊叹于原本以为是日本固有的东西其实是来自中国，遂翻译了《聊斋
志异》中的《促织》《酒友》《种梨》等，收入其《支那奇谈集》（东京：
精华书院，1921 年）①。这些诗坛前辈对《聊斋志异》的浓厚兴趣和翻译
很可能促成了作为中国人的黄瀛对《聊斋志异》的重新认识。特别是
1931 年春天与木下杢太郎的见面和促膝交谈，更是成为黄瀛以《聊斋志
异》为切入点展望中国新文学的重要契机。木下先生寄希望于黄瀛能够写
出或翻译出《聊斋志异》式的东西②。显然，黄瀛对中国新文学的上述期
许既源于他自身的思考，也受益于中日文坛前辈的教诲和点拨。比如，后
来与鲁迅的交往就更是坚定了黄瀛对《聊斋志异》之重要性的认识。黄瀛
在《回忆中的日本人，以及鲁迅》一文中，写到他后来在造访内山书店的
过程中与鲁迅交往时关于《聊斋志异》的一段佳话。鲁迅先生语重心长地
对黄瀛说："有一本书我觉得有必要介绍给现在的日本人，那就是《聊斋
志异》。你一定能胜任这个工作，所以想拜托你。"黄瀛猜测，鲁迅之所以
极力推荐《聊斋志异》，"或许是他认为《聊斋志异》里描述的社会和对
事物的看法，对当时处在疯狂状态的日本国民能起到作用吧"③。

　　从这些文坛史实中可以得知，作为中日两国文学的"中介者"，黄瀛
既传递了来自中日两国文坛的各种讯息，同时也在接受和传递这些讯息的
过程中有意或无意地受到其影响。不难设想，黄瀛对中国新诗的译介也必
定在他自身的诗歌创作中留下被影响的痕迹。

第五节　黄瀛的新诗译介对其诗风的影响

　　日本评论家胜又浩在阅读黄瀛的诗集《景星》和《瑞枝》后指出：
"黄瀛诗歌的特色与个性，从根本上来讲就是抒情诗，因而黄瀛先生应该
算是一个抒情诗人。（中略）从目前我所了解的范围来看，黄瀛诗歌的

---

① 王晓平：《〈聊斋志异〉与日本明治大正文化的浅接触》，《山东社会科学》2011 年第 6
　　期，第 73～74 页。
② 黄瀛「金陵城から——現中国新文学の缺陷と今後の展望」『作品』第 17 号、1931 年 9
　　月、第 41 页。
③ 黄瀛「回億の中の日本人、そして鲁迅」『鄢其山』第 5 号、1984 年 9 月、第 6 页。

代表作，仍旧应该算是《清晨的展望》、《'金水'咖啡馆》、《清晨的喜悦》等这一类诗歌。还可以加上我个人非常喜欢的《思慕》，以及木山捷平十分推崇的《七月的热情》。再者，尤其是《景星》中的短诗，这些诗歌惹人喜爱，充满生气，闪耀出年轻的光辉，诗中所描绘的心灵风景千变万化，犹如在窥视万花筒一般。"① 换言之，不妨说黄瀛的诗是纯粹的抒情诗、写景诗，且是即物的、非观念性的、个人性的，至少从表面上看是远离政治的、非社会性的。但胜又浩先生也有过一丝疑虑，那就是收入诗集《瑞枝》的72首诗中，为何有一首显得有些另类的反战爱国诗——《啊，将军！》。据胜又浩先生考证，黄瀛的这首诗是以山东督办张宗昌为原型创作②，其中充满了对张宗昌这个"猪头将军"出卖祖国的愤怒：

> 将军啊！的确，过去我们的国家曾惟命是从
> 但如今却罕有那种在强权面前呆若木鸡的青年
> 你可知道？我们的手已经变成了铁镣……
> 你认为会被我们抛弃，所以才迟迟不能动弹吧
> 猪头只要变成面朝温泉方向的磁针，一切都会变得简单易行
> 将军啊，明天就是一架飞机消失在北方的时候！
> 你那些一无所知，已经减半，失去了灵魂的士兵！
> 此刻，你正瑟瑟颤抖！
> 你这个愚蠢的、过往的英雄！猪头大将！③

尽管这首诗的具体写作日期不详，但初次发表却是在1928年12月出版的《学校》第1号上。据查，黄瀛此前还曾在《文艺战线》1928年7月号上发表了另一首反战诗《世界的眼睛！》（但未收入后来的诗集《瑞枝》中）。不用说，这里所谓"世界的眼睛"，是指全世界包括日本在内的、觊觎着中国领土的帝国主义野心家和侵略者们。众所周知，1927年5月日本开始对山东出兵，帝国主义野心暴露无遗，也招致欧洲与美国等国际舆论的谴责和抗议，并引发了中国国内的反日运动。想必上述两首诗应该是

---

① 〔日〕胜又浩：《黄瀛诗歌之个性》，杨伟执行主编《诗人黄瀛》，重庆：重庆出版社，2010，第341页。

② 〔日〕胜又浩：《黄瀛诗歌之个性》，杨伟执行主编《诗人黄瀛》，重庆：重庆出版社，2010，第338页。

③ 黄瀛「将军よ！」『瑞枝』、東京：ボン書房、1934、第55—56頁。

以日本向山东第二次出兵（1928 年 4 月）和第三次出兵（1928 年 5 月）
为背景写成的反战诗。

> 世界的眼睛！正朝着我们的土地大举挺进
>
> 以为我们麻木不仁，所以才糟糕透顶！
>
> 诚然，迄今为止我们都只是在沉默与抱怨
>
> 说我们是沉睡的雄狮？
>
> 总该明白，就算并非如此，也绝不是懦夫任人蹂躏！
>
> （中略）
>
> 到现在为止，我们的确很懦弱
>
> 但从此开始坚强的命运线将由内向外地延伸
>
> 你们也将见识到这张面孔
>
> 不久之后在紧握真相的双手伸出之前
>
> 在迎战的旗帜升起之前
>
> 世界的眼睛啊！
>
> 那军舰、军队都已太过陈旧！太过陈旧！①

在这首激昂的诗中，诗人抨击了包括日本在内的列强对中国的暴行和觊
觎，和《啊，将军！》一样，一改温婉平和、注重日常细节和心象素描的
个人主义诗风，通篇燃烧着愤怒和激情，表现出前所未有的社会性和政治
性。这种诗风的突变发生在 1928 年，或许是值得研究的现象。如前所述，
黄瀛所译的冯乃超的《上海》发表于 1928 年 6 月，而《世界的眼睛！》
则发表在 7 月，比前者晚了一个月。而他翻译的郭沫若的《战取》与
《啊，将军！》则均发表于 12 月，这种时间上的巧合无疑是颇具深意的。
或许我们有理由认为，翻译冯乃超和郭沫若等人的革命诗歌给黄瀛自身的
诗歌创作也带来重大的影响。更准确地说，1928 年黄瀛的诗歌创作和译
介活动呈现出相互影响、彼此交融、表里一体的关系。正因为黄瀛关注到
日本出兵山东、1927 年中国"大革命"失败、1928 年无产阶级革命文学
运动风起云涌的事实，他才会责无旁贷地着手翻译中国的无产阶级诗歌。
而与此同时，这些诗歌翻译又给面对祖国的多舛命运而在用诗歌进行宏大
叙事上陷入"语塞"的黄瀛带来新的契机，使原本作为个人叙事的诗歌与

---

① 黄瀛「世界の目よ！」『文藝戦線』1928 年 7 月号、第 95 頁。

国际局势、祖国命运等宏大题材找到对接点，形成一个情绪与创作的有效爆破口，从而催生出《世界的眼睛！》和《啊，将军！》等反战爱国诗。

综上，通过考察黄瀛 1925～1931 年在日本各种诗歌杂志上的译介活动及其背景可以发现，黄瀛作为一个一流的中介人，在 1925～1931 年对中国新诗的译介，不仅从一个侧面印证了 1928 年前后几年间中日两国曲折激荡的时代背景和追求"世界共时性"的文坛动向，也为中日两国诗坛洞开了一扇彼此观照的共时性窗户，有助于中日两国包括无产阶级诗歌在内的各种现代主义诗歌获得一种时代共振。与此同时，对中国新诗的译介也给他自身的诗风带来微妙的影响，为其诗歌创作从个人叙事走向更贴近时代和祖国的宏大叙事提供了变化的契机。而对此间黄瀛新诗译介活动的考证，也为我们以新诗为切入口研究中国新文学越境到日本的具体媒介、途径、历史等提供了不少弥足珍贵的史料。

第十章 文学史重构视域下的黄瀛再评价

作为活跃在 1920 年代~1930 年代日本诗坛的"混血"诗人，黄瀛不仅以富有异国情调的诗歌成了日本诗坛的宠儿，还在诗坛建立了广泛的诗友关系，而且也是促成中国新诗大量越境到日本的重要中介者。关于黄瀛在日本现代主义诗坛上的地位，或许我们可以从 1934 年东京ボン书店出版的黄瀛诗集《瑞枝》中管窥一斑。作为一家创办过《新精神》（『L'ESPRIT NOUVEAU』）和《诗学》等现代主义诗刊的书店，ボン书店追求的是为诗歌而诗歌的纯粹诗，并致力于出版最能体现现代诗理想的诗集，曾推出了安西冬卫、春山行夫、竹中郁等一系列代表当时现代主义诗歌最高水准的诗集。据《ボン书店的幻影》一书所记，在这些个人诗集中，春山行夫 1932 年出版的《丝绸与牛奶》（『シルク&ミルク』）印数为 200 部，定价为 25 钱，安西冬卫 1933 年出版的《亚细亚的咸湖》（『亜細亜の鹹湖』）的印数为 300 部，定价为 25 钱。而黄瀛的《瑞枝》则装帧最为豪华，印数也多达 400 部，定价亦最为昂贵，高达 1 日元 80 钱①。不难看出，《瑞枝》得到最高的礼遇。而且其出版后也是好评如潮，比如安藤一郎就评价道："《瑞枝》具备代表日本后期自由诗的价值，且同时对黄瀛自身而言，也不啻意义深远的青春谱。"②

但颇为奇怪的是，黄瀛却在战后遭到日本文坛的遗忘，这不能不让我们扼腕叹息。

第一节 被遗忘的黄瀛及其被多重定位的可能性

不过，要一一追溯黄瀛被日本诗坛遗忘的原因或许并不那么简单。正

---

① 参见内堀弘『ボン書店の幻』、京都：白地社、1992、第 227—230 頁。
② 安藤一郎「黄瀛と僕と詩集『瑞枝』」『L'ESPRIT NOUVEAU』第 1 冊、1934、東京：ボン書店、第 67 頁。

如冈村民夫指出的那样，"这一重大的缺失既不是因为其诗歌水平的低下，也不是缘于其原创性的匮乏，更不是因为其缺乏现代性，而是因为其诗歌创作的核心潜藏着语言、文化以及存在论上的'越境与混血'，从而酿就了其特殊的诗歌魅力吧"①。换言之，这种由"越境"和"混血"所表征的诗歌特质作为一柄"双刃剑"，在造就了其他诗人所无法模仿的特殊魅力的同时，也使他的诗歌成为一种有些异端的"少数文学"，从而很容易被阻挡在主流诗歌的门外。

而追溯另一个原因，或许与黄瀛在诗坛上的微妙地位不无关系。比如，作为混血儿，他无疑是诗坛的"单独者"，却又不甘寂寞，广泛参与了各种主张不尽相同甚至相互对立的诗歌团体。尽管不是团体的中心人物，却反倒赢得了不受束缚的自由，可以逾越团体的界限，而成为诗坛的自由人士。比如，他既是《铜锣》杂志的同人，也是《碧桃》和《草》等杂志的成员，同时还积极活跃在《诗与诗论》等追求纯粹诗的现代主义诗刊上。所以，黄瀛不无自嘲地说道："像我这样写诗的人，堪称所谓的自由人士吧，也正因为如此，既不必轻率地与人相识，也与某处的浪高无所牵扯，就这样随心所欲地活着。"② 他这种在诗歌团体上的越境性，不仅给他的诗歌带来不能被简单归结为某个特定诗派的柔韧性和灵活性，同时也导致很难从文学史的角度对其进行定位和评价。此外最重要的一点，"还得归咎于我们一直以来习惯于把日本文学视为'日本人的文学'这样一种狭窄的视野"③，因此，拥有中国国籍的黄瀛被摒弃在"日本文学"之外，也就显得顺理成章了。

不过值得注意的是，近年来在日本现代文学的研究中出现了"日语文学"这一概念。这显然与自 1990 年代初兴起的、包括亚洲人和欧美人在内的外国人用非母语的日语进行文学创作的热潮大有关系。对这些外国人用日语创作的文学进行研究，已俨然形成一股引人注目的潮流。如果从"日语文学"的视域重新审视黄瀛及其诗歌，我们不能不说，像彗星般划过 1920 年代和 1930 年代日本诗坛的黄瀛不仅没有过时，还蕴含着历久弥

---

① 〔日〕冈村民夫：《诗人黄瀛的再评价——以日语文学为视点》，《东北亚外语研究》2018 年第 1 期，第 19 页。

② 黄瀛「日本東京」『詩人時代』1933 年 12 月号、第 54 頁。

③ 〔日〕冈村民夫：《诗人黄瀛的再评价——以日语文学为视点》，《东北亚外语研究》2018 年第 1 期，第 19 页。

新的价值，以至于黄瀛"在今天乃是应该被更广泛地知晓和重新评价的
'崭新'诗人"①。而"对诗人黄瀛的再评价，也能对'日语文学'的拓
展成为一种具有批评性和生产性的催化剂"②。

　　笔者注意到，在积极倡导对黄瀛及其诗歌进行评价的学者中，黄瀛的
传记作家佐藤龙一认为，"不妨把黄瀛作为用日语写作的'日本诗人'给
予更多的评价"③。而奥野信太郎则在《黄瀛诗集跋》中一边竭力主张在
日本对黄瀛诗歌进行鉴赏和评价的必要性，一边不忘呼吁："作为一个深
谙日语之神秘的中国诗人，黄君理应受到中国诗坛的珍重。"④ 不难看出，
与佐藤龙一把黄瀛看作"日本诗人"不同，奥野信太郎是把黄瀛作为
"中国诗人"来定位的，从而呈现出两种不同的把握方式。而这两种不同
的把握方式之所以能够同时成立，除了恰好印证出作为混血儿的黄瀛身份
的边界性和双重性之外，也体现了两者在把握黄瀛特质时的不同诉求。笔
者认为，当佐藤龙一主张把黄瀛作为"日本诗人"来定位时，他是希望把
黄瀛诗歌作为日本诗歌的一部分置于日本文学内部加以评价的。而当奥野
信太郎把黄瀛定位为"中国诗人"时，则暗示了把黄瀛及其诗歌置于中国
文学范畴内来进行考量的可能性和必要性。

　　显然，佐藤龙一和奥野信太郎在给黄瀛及其诗歌定位时为我们展示了
两种不同的视域。笔者注意到，佐藤龙一所使用的"不妨把黄瀛作为用日
语写作的'日本诗人'给予更多的评价"，其实是一个有所保留的句式。
即是说，这是他在充分意识到黄瀛并非标准意义上的"日本诗人"的基础
上而提出的一种诉求，这一点可以从"不妨"这一带有倡议性质的表述中
得到佐证。因为从国籍的归属上看，黄瀛是中国人，而不是日本人，所以
严格说来，"日本诗人"并不是对黄瀛的最准确定义。同样，奥野信太郎
的表述也是值得玩味的，当他把黄瀛定位为"中国诗人"时，不忘用
"深谙日语之神秘"这一修饰语强调其特殊性，即与一般意义上的"中国
诗人"不同。他指出，黄瀛不是用中文，而是"借助了日语，才得以保持

①　〔日〕冈村民夫：《诗人黄瀛的再评价——以日语文学为视点》，《东北亚外语研究》
　　2018 年第 1 期，第 19 页。
②　〔日〕冈村民夫：《诗人黄瀛的再评价——以日语文学为视点》，《东北亚外语研究》
　　2018 年第 1 期，第 25 页。
③　佐藤竜一『宮沢賢治の詩友・黄瀛の生涯』、東京：コールサック社、2016、第 253 頁。
④　〔日〕奥野信太郎：《黄瀛诗集跋》，杨伟执行主编《诗人黄瀛》，重庆：重庆出版社，
　　2010，第 254 页。

了与诗歌世界的联系"①。或许奥野信太郎深知，作为并非标准意义上的
"中国诗人"，黄瀛被拒斥于中国诗坛之外亦属无可奈何，但也唯其如
此，他的诉求才显得越发急迫："黄君理应受到中国诗坛的珍重。"

　　细心的读者肯定已经注意到，迄今为止，笔者一直是以"口吃""混
血""中介""越境"等为关键词来勾勒诗人黄瀛形象的主要特质的。显
然，"口吃""混血""中介""越境"等所蕴含的阈限性和模糊性在暗示
了对黄瀛进行准确定位之困难性的同时，也预示了对黄瀛进行多种定位的
可能性。因而，我们可以循着佐藤龙一提示的路径，从日本文学的流变中
来审视黄瀛及其诗歌的革命性力量。而无论是从"少数文学"，还是从
"日语文学"的视域出发来评价黄瀛的诗歌，都会带来对黄瀛诗歌的价值
重估。而笔者注意到，在黄瀛研究者们——尽管还为数太少——已经着手
把黄瀛诗歌置于日本文学内部来展开研究的今天，循着奥野信太郎的思
路，把黄瀛作为中国诗人，将其诗歌置于同时代中国新文学的语境中进行
评价，或许同样具有可行性和生产性。

　　就像黄瀛因中国国籍而被排斥在正统的日本文学史之外一样，黄瀛的
诗歌因为是用日语创作而成，在中国诗坛流通时也屡屡受阻，因此被排斥
在中国文学史之外也并不奇怪。但我们知道，今天固有的文学概念正遭到
解构，文学史的重构业已成为学界的热点话题。就像"日本文学"正由以
前那种"日本＝日本人＝日语＝日本文学"②这样一种粗暴的等式中逃
逸，逐渐成为一个越来越开放的概念一样，或许"中国文学"的定义也面
临着解体与重构，并有可能摆脱"中国＝中国人＝中文＝中国文学"这一
封闭的定义，成为涵盖很多边缘性内容的概念。像黄瀛这种身为中国人却
用非中文的语言所创作的文学也不妨纳入其中。笔者认为，处在"边界地
带"的黄瀛诗歌，既是日本文学中的"少数文学"，同时也不妨作为中国
文学中有些特殊的部分，或可称为中国文学中的"少数文学"。诚然，黄
瀛的诗歌是用日语写成的，且充满了日本元素，甚至是远离中国文学传统

---

① 〔日〕奥野信太郎：《黄瀛诗集跋》，杨伟执行主编《诗人黄瀛》，重庆：重庆出版社，
　2010，第254页。

② 小森阳一曾指出"日本＝日本人＝日语＝日本文学"这一等式的虚妄性，认为这是将
　"国家·民族·语言·文化"作为一体之物来加以把握的等式，忽略了作家们很可能在
　复数的语言和文化中游弋的事实。可参见小森阳一『〈ゆらぎ〉の日本文学』、東京：日
　本放送出版協会、1998、第5—8页。

的，但也正因为其中的异质性和边缘性，有可能给我们带来重新审视中国新文学史的新视野。而与此同时，在中国新文学发生、流变的历史语境中来把握黄瀛及其诗歌，也有助于我们去重新发现黄瀛的价值和局限性。

第二节　从中国新文学留日学生作家群看黄瀛的独特性

回顾中国新文学的历史会发现，新文学作家主要有三个来源，即留日派、英美派和本土派。而毋庸置疑，其中最早出现的留学生作家群体是在日本，而且，这些留学日本的中国青年后来大都成了中国现代文化和文学变革的生力军，难怪郭沫若曾经颇为自豪而又不无夸张地宣称："中国文坛大半是日本留学生建筑成的。创造社的主要作家是日本留学生，语丝派的也是一样。"① 正因为如此，最近十多年，关注日本体验对中国学人特别是留学生生存实感的影响，探讨"日本体验"与中国现代文学的发生之关系，已成为学界的一大热点，这可以从李怡的论著《日本体验与中国现代文学的发生》（北京：北京大学出版社，2009 年），以及王本朝《日本经验与中国新文学的激进主义》（《晋阳学刊》2010 年第 3 期）、苏明《支那之痛：中国现代留日作家的创伤性记忆》（《中国现代文学研究丛刊》2010 年第 1 期）等大量论文中找到佐证。而更早则可以追溯到贾植芳的《中国留日学生与中国现代文学》[《山西师大学报》（社会科学版）1991 年第 4 期] 等论文。贾植芳先生认为，留日学生在中国现代文学上具有两个主要特征：一是政治态度上"比较激进"；二是文学上"更加具有强烈的二十世纪现代精神"。他试图从留日学生的生活处境和日本的社会环境入手具体分析留日学生之所以有"激进"和"现代"倾向的原因②。

我们知道，创造社早期成员郁达夫、郭沫若等以留学生身份出现在日本是在 1913 年和 1914 年，而黄瀛随母亲从中国移居到日本千叶县也是在 1914 年。尽管出生于 1906 年的黄瀛与出生于 1896 年的郁达夫、出生于 1892 年的郭沫若有着 10 岁甚至更大的年龄差，从而难免有认识问题和感受问题上的微妙差异，却因同样置身于 1914 年前后的日本而产生了不乏

① 郭沫若：《桌子的跳舞》，《郭沫若文集·文学编》第 16 卷，北京：人民文学出版社，1989，第 53 页。
② 参见贾植芳《中国留日学生与中国现代文学》，《山西师大学报》（社会科学版）1991 年第 4 期，第 41 页。

共性的日本体验。虽然黄瀛因中日混血儿身份而不同于一般的留学生，但"支那"和"支那人"等歧视性话语在他心中所唤起的"被侮辱、绝望、悲愤、隐痛的混合作用"①，却是黄瀛与其他留日学生共同的创伤性记忆。一般认为，正是这种创伤性记忆催生了留日学生的民族主义情绪和中国人意识。伊藤虎丸就认为，创造社在内容上的一个特点，是"在初期对日本人轻蔑'支那人'发出了留学生的痛切的悲愤叫喊"②。不用说，背负着"中日混血儿"身份的黄瀛面临着既大致相同却又更为复杂的境况，除了"支那人"等蔑称在他心中唤起了作为中国人的民族主义意识，"杂种"等詈语更是催生了他身为混血儿的个体性悲哀。所以，在黄瀛的诗歌里，作为"支那人"的创伤性记忆总是与"混血儿"的悲哀交织在一起，常常体现为一种并不激烈的——可能有些隐忍而曲折的——民族主义情感。即是说，与留日学生们"倾向于在整体的群类生存而非个人生存角度来感受问题，或者说个人生存的遭遇也被他们抽象成了民族整体的境遇"③ 不同，黄瀛似乎更倾向于从作为混血儿的个体性悲哀出发来感受问题，并把"支那人"的民族整体境遇具象化为"我"的个人遭遇来进行描写和抒发。与郁达夫让《沉沦》中的中国留学生发出"祖国呀祖国！我的死是你害我的！/你快富起来，强起来吧！/你还有许多儿女在那里受苦呢！"④ 这种将个人悲剧与国家命运直接对接的悲愤呼喊不同，黄瀛则是借助在青岛天津路上品味中国兰茶的芳香而达成了对中国人身份的认知。可即便他在宣称"我为自己是一个中国人而感到无上的光荣"⑤ 时，也并不试图过分渲染其中的政治性意味，而是尽可能将其作为个人的内心事件来加以抒写，并至少在表面上呈现为与政治有所阻隔的艺术抒情和个人叙事。也正因为如此，在黄瀛诗歌里很难看到那种狂风暴雨般的呐喊或激进主义的口号。笔者认为，黄瀛诗歌因其所内含的作为"支那人"的创伤记忆足以成为中国新文学中留日学生文学的一部分，但又不能不说，其中充满了某些异质的元素，似乎很难严丝合缝地被涵盖在那种通常意义上的留日学生文

---

① 郁达夫：《雪夜》，《郁达夫散文全编》，杭州：浙江文艺出版社，1990，第658页。
② 〔日〕伊藤虎丸：《鲁迅、创造社与日本文学——中日近现代比较文学初探》，孙猛、徐江、李冬木译，北京：北京大学出版社，2005，第144页。
③ 李怡：《日本体验与中国现代文学的发生》，北京：北京大学出版社，2009，第114页。
④ 郁达夫：《沉沦》，《郁达夫小说全编》，杭州：浙江文艺出版社，1990，第50页。
⑤ 黄瀛「天津路的夜景——青岛回想詩」『瑞枝』、東京：ボン書店、1934、第192頁。

学中。比如，在黄瀛那里，很难一目了然地看到"个人生存欲望与国家民族大义的直接对接"①，他作为身处中日两国夹缝中的混血儿，更多抒发的是对"我是谁"的追问，即对个人身份认同的困惑。

第三节　黄瀛诗歌中的身份认同困惑与"个人本位"立场

至此，笔者不能不联想到王一川从中国现代性体验的发生这一视域出发对苏曼殊作品的价值重估。他认为，在苏曼殊的《断鸿零雁记》中，现代性体验是体现为现代性个人对自己身份的痛切探寻。主人公"'三郎'的日—中混合身份和飘零身世，寓言式地透露出民初中国的现代性境遇的'大恐惧'状况，以及个人在身份认同上的执著与困窘"②，从而揭示了民族国家境遇中的个人命运以及身份认同的困惑体验这一具有普遍意义的问题。

其实，奥野信太郎早就注意到黄瀛与苏曼殊的相似性。"从居住在横滨的一位华侨与日本女性所生的苏曼殊身上"③，奥野信太郎看到了其与黄瀛一样身为中日混血儿的这一特性。而我们也不难发现，与苏曼殊的《断鸿零雁记》类似，黄瀛的诗歌也是借助抒发混血儿的悲哀和困窘，从一个侧面揭示了个人身份认同的困惑体验。尽管黄瀛总是把焦点汇聚到个体的断零性体验上，执着地描写自己生存的不安感、漂泊感和创伤感，但事实上，他那看似属于个人的身世和命运，其实是与民族国家的整体境遇紧密相关的。比如，他的跨民族和跨文化身世，本身就具有民族国家间特有的现代性气质。而不用说，混血儿本身就是在鸦片战争后中国被纳入世界的境遇中，随着中国人与世界其他民族之间的往来日益增多之后，由跨民族间通婚带来的结果。其次，黄瀛在国籍上属于中国，可又因从小接受日本教育，而在文化认同上倾向于日本——这种民族身份与文化身份之间的错位，使他从两个国家那里都无法获得百分之百的归属感，从而表现为一种苏曼殊式的断零体验。正如王一川指出的那样，"这种由国门错位而生的个人断零体验，在民族国家时代中国个人的现代性体验中，具有一种

---

① 李怡：《日本体验与中国现代文学的发生》，北京：北京大学出版社，2009，第179页。
② 王一川：《中国现代性体验的发生》，北京：北京师范大学出版社，2001，第364页。
③ 奥野信太郎「詩人黄瀛のこと」『奥野信太郎随想全集』第5巻、東京：福武書店、1984、第237頁。

典范性的意义。（中略）这一点寓言式地折射出民初的文化困境：以清王朝的覆灭为标志，当辉煌的中国古典性文化衰败后，中国人感到失去了皈依，无家可归；而以日本为代表的新兴现代性文化虽然吸引了大批中国青年，却毕竟是陌生的他者，无法产生'家'的归属感"①。即是说，在黄瀛和苏曼殊身上交织的基于中日两国民族与文化的身份错位构成了一种寓言，再现了民国初期中国留日学生一种带有普遍意义的断零体验。无疑，王一川对苏曼殊断零体验的有关论述提示我们，不妨把黄瀛及其诗歌也放置于中国现代性体验的发生史上去探寻其意义。如果说"中国的现代性体验就总是涉及中国人对中国在现代全球性境遇中的生存价值或地位的直接体认"②，那么，1920年代，黄瀛恰恰是借助自己在日本体验到的作为中国人特别是中日混血儿的创伤记忆，既达成了对鸦片战争和甲午战争后中国在全球性境遇中屈辱地位的痛切体认，也获得了作为现代性个体的生命自觉和自我意识。

但值得注意的是，黄瀛的这种体认不是直接从国家或民族大义的立场出发，而是从个人身份的困惑以及源自内心的断裂感和欠缺感等来实现的。不难发现，其中贯穿着一种"个人本位"的立场。在这一点上，黄瀛无疑与苏曼殊表现出了极大的相似性。而又恰恰是这一点，构成了李怡从中国新文学的角度评价苏曼殊文学的焦点所在：

> 其实，如果放在我们这里所追述的中国新文学的发生史角度，苏曼殊作品的独特意义同样十分的显赫：显然，苏曼殊在亦革命家亦僧人亦多情才子"多重身份"间矛盾徘徊的事实，实际上也就意味着他很难再将自己定位于某一既有的角色与传统之中了——（中略）这样的生命的自觉也正是挣脱主流人生哲学，渡向现代文明的重要表现。留日学界、佛门高僧、南社同人、异域亲友与风尘女子，苏曼殊穿梭于各种阶层各种角色之间却又傲然独立；言情、漂流与迷惑，苏曼殊作品包含着传统中国文学所没有的"个人本位"立场，体现了一个充满自我意识的个体对现实人生意义的探询和求证。③

① 王一川：《中国现代性体验的发生》，北京：北京师范大学出版社，2001，第367～368页。
② 王一川：《中国现代性体验的发生》，北京：北京师范大学出版社，2001，第29页。
③ 李怡：《日本体验与中国现代文学的发生》，北京：北京大学出版社，2009，第149～150页。

　　而事实上，我们不难发现，把李怡对苏曼殊的论述稍加改动，就几乎可以原样挪用到黄瀛身上。比如，黄瀛在中国人与日本人、诗人与军人、多情才子与驯鸽师等多重身份间矛盾徘徊的事实，也意味着他很难将自己定位于某一既有的角色和传统之中，黄瀛喜欢把自己称为"诗坛的自由人士"或者"流浪儿"①，游走于中日两国之间，穿梭于不同的诗歌团体或各种角色之间。不用说，那种自由总是与孤独、飘零、迷惑和执拗的自我意识相伴随，而从中诞生的诗歌显然包含着传统中国文学所缺少的"个人本位"立场，并体现为一以贯之的个人叙事，迥异于同时期的其他中国诗人，这既为我们提供了现代性体验发生的具体案例，也在中国新文学的发生史上凸显出作为"少数文学"的独特意义。

　　而事实上，不同于黄瀛的个人叙事，"个人生存欲望与国家民族大义的直接对接"是那一代留日青年心理状态的真实写照，并在创造社青年身上表现得尤其明显。正如李怡指出的那样，"创造社青年的这一个人/国家的'对接'模式影响着他们自我实现、承担社会责任的具体方式，其动力、活力与问题局限都在其中"②。因此，我们也不难理解，随着五四退潮以后国民革命的高涨及其挫折，再到无产阶级运动的兴起，创造社为何开始由艺术派向革命派方向转换。即是说，创造社经历了从初期的"艺术派·浪漫派"到"向左转"，再到后期提倡"革命文学""无产阶级文学"等几个阶段，表现出强烈的社会革命意识和激进的政治态度，从而使他们的文学成了中国新文学史上左翼文学的代表。但与此同时，又不免染上"普罗文学的通病"，时而陷入"歇斯底里的呐喊"③。而我们注意到，在郭沫若的《英雄树》、成仿吾的《从文学革命到革命文学》、冯乃超的《艺术与社会生活》、李初梨的《怎样地建设革命文学》等文章相继刊出，即标志着创造社由前期转向后期的1928年前后，黄瀛也关注到中日关系的恶化和中国国内形势的变化，这从他对中国新诗，特别是对郭沫若、蒋光慈等人的无产阶级诗歌所进行的译介活动中可以找到佐证（参见第九章），并因此而催生了《啊，将军！》和《世界的眼睛！》等黄瀛诗歌中稍显另类的反战诗。综观黄瀛1928年以后的诗歌会发现，这寥寥几首具有

---

① 黄瀛「詩人交遊録」『詩神』1930年9月号、第82頁。
② 李怡：《日本体验与中国现代文学的发生》，北京：北京大学出版社，2009，第179页。
③ 黄瀛「金陵城から——現中国新文学の缺陷と今後の展望」『作品』第7号、1931年9月、第40頁。

宏大叙事性质的反战诗歌大有被淹没在众多个人叙事诗歌中的嫌疑，凸显了黄瀛坚守诗歌的纯粹性、艺术性和个体性的一贯立场。这也表现在黄瀛不断强调的诗歌观中。他认为，在诗歌是时代先驱的中国，"从民族意识的觉醒发展到激烈阶级斗争的过程必然反映在文艺领域，使诗歌面临崭新的变化"[1]，所以"想到本该是文学上的'诗歌'变成了社会的'诗歌'，还是不胜欣喜"，但他却"绝对无意把这种变化视为正规之举"[2]。也正因为秉持这种文学观吧，我们看到，1928～1930年，黄瀛的诗歌并没有就此走向对社会的直接描写，而是借助汲取宫泽贤治的"心象素描"手法而不断拓展着描摹内心世界的手段，并进入诗歌创作的高产期。在这些诗歌中，国际局势和中日关系的变化，以及中国国内形势的动荡，都化作一种浓重的阴翳笼罩在其文字四周，并经过重新组装而转化成内在的个人叙事。所以，如果把黄瀛诗歌与同时代的中国新诗相比，我们会发现，尽管它们背后翻滚着同样的时代风云，弥漫着同样因中日关系和国内形势的动荡所带来的焦虑和不安，从而使它们能够被置于同一个时代坐标中加以相互比照，但黄瀛却依靠将外在现实带来的不安转化为对个人身份的困惑和认同，不是通过向外高声呐喊，而是借助向内浅唱低吟来达成内在心象的忠实描写。因此，从某种意义上看，黄瀛是中国新文学留日作家中少有地坚持从"个人本位"立场出发，自始至终关注身份认同等现代性问题的艺术派诗人之一，从而丰富了中国新文学中留日派文学的宝库，让我们管窥到留日派文学中并不太多见却确实存在的另一种姿态。也正因为如此，在中国革命运动经历高涨与挫折，无产阶级运动风起云涌，中国本土迫切需要"文学上的诗歌"也变成"社会的诗歌"的情况下，黄瀛诗歌的异质性也同时作为局限性而变得显而易见了。

与此相联动的现象是，与留日派作家大都着眼于中国社会的现状，相信文学改革现实的力量，从而由实学转向文学不同，黄瀛却因听从母亲的劝告，怀疑文学不能成为立身之本和谋生手段，于是基于个人角度的现实性考量，由文学转向了"实学"，进入日本陆军士官学校学习通讯技术和驯鸽技术。这种贯穿始终的个人立场让黄瀛可以游刃于诗人与军人的身份之间，多了几分随性和自由，同时也因缺少创造社成员那样强烈的"社会

---

[1]　黄瀛「中国詩壇の現在」百田宗治編『世界新興詩派研究』、東京：金星堂、1929、第356頁。

[2]　黄瀛「中国詩壇小述」『詩と詩論』第4号、1929年6月、第324頁。

使命感"而难以萌生积极走向中国现实并投身其中的强烈欲望，未能达成"日本体验"与"本土需要"的契合，导致其诗歌成了悬浮在空中的、远离中国本土的无根之物。再加上语言的限制，黄瀛诗歌被隔离在同时代中国文学的语境之外，也不能不说自有其合理性。

不过笔者认为，这并不妨碍我们今天把黄瀛作为稍显例外的存在放置于新文学留日作家的谱系中来发现其意义。其实，只要看看留日作家的代表人物郭沫若在日本的经历就知道，当他们以弱国子民的身份留学于正在蓬勃兴起的日本时，他们所感受到的，其实更多的是生活的窘迫和留学的艰辛，而异族的歧视则强化了早已根植于内心的民族自卑感和民族主义情绪。换言之，留学日本的体验非但没有使他们融入当地的生活与文化之中，反倒在巨大的反差和刺激中与日本社会渐行渐远，直至发展成厌恶和憎恨，甚至一度生出"文学反日"的口号。所以，阅读创造社成员的作品，就会发现其在内容上的一个特点，"即在初期对日本人轻蔑'支那人'发出了留学生的痛切的悲愤叫喊，到后期则表现为对日本帝国主义侵略者的尖锐批判和愤怒"①。他们的作品既印证了国民情感层面的歧视和日本的侵略是中国人"留日反日"现象普遍发生的主要原因，也反映出新文学作家中留日派心灵历程的悲剧性。但正如董炳月指出的那样，"与一般中国人的反日相比，中国留日者的反日具有多重悲剧性。这悲剧性不仅在于日本在本应出现合作者的群体中培养了异己力量、与此同时众多留日中国人的青春记忆变得灰暗，更主要的在于这种对立的出现使中日两国丧失了一条建立共通价值与共通观念的重要途径，进而直接影响到留日中国知识分子的品格。这种悲剧性集中体现在'东亚'意识的消亡与《一个青年的梦》所宣扬的人类主义精神的沦落"②。不能不说，董炳月的上述论点作为一般论具有很强的适用性，但笔者认为，如果把黄瀛这样的特例也放在留日中国知识分子的谱系中来加以考量的话，或许会有另一些有趣的发现。比如，从最初作为弱国子民的悲剧性意识，到后来对中日关系恶化的焦虑，直至对包括日本在内的列强觊觎中国的愤怒，黄瀛与一般留日作家表现出了近似或相同的心路历程。笔者也同时注意到黄瀛身上的某些

---

① 〔日〕伊藤虎丸：《鲁迅、创造社与日本文学——中日近现代比较文学初探》，孙猛、徐江、李冬木译，北京：北京大学出版社，2005，第144页。

② 董炳月：《"国民作家"的立场——中日现代文学关系研究》，北京：生活·读书·新知三联书店，2006，第243~244页。

特殊性，而这些特殊性显然又是与他特殊的日本体验密不可分的。比如，他借助在日本诗坛上的成功——而且是其他留日中国知识分子难以复制的奇迹般的成功——达成了对被歧视意识的暂时克服，而与日本诗人广泛的交友关系也在某种程度上帮助他消除或缓解了心灵历程的悲剧性。以至于与其他留日中国知识分子不同，他在日本的青春并不完全是灰暗的，可以说还时而闪烁着梦幻般的光芒。也正因为如此吧，相对于以创造社为代表的留日学生群体对日本普遍表现出的愤慨、无意识的距离感和矜持，黄瀛并不隐瞒——除了在被囚禁于监狱和"文革"等特殊时期——自己对日本的乡愁和对日本诗坛的留恋。虽然他痛恨日本侵略中国的罪恶行径，但自己却并未成为日本的异己力量，也从未彻底改变他的品格，从而得以避免悲剧的多重性。即是说，在他身上并未体现为"东亚意识"的消亡或人类主义精神的沦落，他反倒更迫切地祈望个人的情感能够逾越国家和战争的坚壁，绽放出超越国界的世界主义的紫阳花。正是在这层意义上，我们不妨把黄瀛视为留日学生谱系中稍显异类的存在，却是值得庆幸而又弥足珍贵的稀少存在，他向我们展现了中日近现代文学多舛关系中的另一种可能性。而与此同时，我们又不能不看到，当他试图回归到朴素的个人情感以超越国家意识时，则也可能错失了沉潜到个人/群体、自我/民族这样的关系项中来展开深度思考，将自身的悲剧性与民族和国家联系在一起，让其诗歌在多重纠葛中获得本土性和现实张力的契机。

第四节　对被国民化的逃逸与"畅谈文学的幸福时代"

我们知道，黄瀛与同是《铜锣》同人的草野心平和宫泽贤治活跃的20世纪上半叶，正是中日两国国家意识强化、民族主义精神高涨的时期，亦是民众被高度"国民化"的时代，以至于作为国民的一员，作家们也难以逃脱被"国民化"的命运。但我们却不难从黄瀛身上看到对"国民化"的抵抗和逃逸，或至少是一种延宕，这可以从他宣称"没有比国境线更让我痴迷的尤物"[①]，执意坚守在两国国境线上的姿态中找到佐证。尽管他也借助"我为自己是一个中国人而感到无上的光荣"来表达对自己中国人

---

① 黄瀛「妹への手紙（2）」『瑞枝』、東京：ボン書店、1934、第 94 頁。

身份的认知，但似乎也并不甘心被中国人这种国民身份的内在规定性所完全束缚，而总是小心翼翼地表现出一种逃逸和解域化趋势。这表现在他喜欢用"诗人"这一基于个体性立场的身份，而不是用"中国人"或"日本人"这样一种基于民族身份来定义自身的意志中。也正因为如此，他能超越日本人或中国人这样一种民族立场，而作为一个人来清醒地看到战争是"无聊梦境的延长"①，并在1991年赴日接受电视采访时发出了这样的喟叹："不管是对战败的一方而言，还是对胜利的一方而言，都没有比战争更荒唐愚蠢的事儿了。""日本人一个个都是好人，可一旦到了国家日本的层面，就变得糟糕了。"② 显然，不难从中看到黄瀛对国家主义的质疑和抵抗。而这很容易让我们联想起鲁迅在《一个青年的梦》的"译者序"中所发出的感叹："我对于'人人都是人类的相待，不是国家的相待，才得永久和平，但非从民众觉醒不可'这意思，极以为然，而且也相信将来总要做到。"③ 不用说，其中渗透着一种对"国家"进行消解和抗拒的超国家意识，从而体现为一种人类主义。而对于黄瀛来说，其人类主义的根基是个人与个人之间带着体温的友情。

　　而这种对个人友情的坚守也体现在《铜锣》另一位同人草野心平身上，却呈现出既相似而又有所不同的面貌。在岭南大学度过的青春时代给草野心平带来同时代其他日本人所罕有的中国体验，并孕育了他对中国高度的亲近感和独特的中国观以及亚洲意识。而我们知道，明治末年到大正初年，既是中日两国国家意识的觉醒期，同时也是超国家意识的形成期。特别是随着西方对东方的入侵以及中日两国之间的频繁交流，在中日知识分子中间萌生了对"东亚"的期待，即超越国家的"东亚意识"。所以我们也就不难理解，置身于这一语境的草野心平在把握日中关系的过程中，在使用"亚洲"或"东洋"概念时其实承担了多么重要的整合功能，从而将他心目中的两个故乡——中国和日本一体化。不过值得注意的是，他最初那种源自中国体验的"亚洲主义"与其说是观念性的，不如说是感性

　①　黄瀛「心平への戯れ書き——眠れないとはどういうわけか?」『人間』1947年7月号、第151頁。

　②　https://blogs. yahoo. co. jp/badaguan103/43438329. html 2018/06/06。据称，这是黄瀛接受日本某电视台采访时所说的话。

　③　该序初载于《新青年》第7卷第2号（1920年）。后收入人民文学出版社1981年版《鲁迅全集》第10卷。

的、散发着体温的情感。但在日本与中国全面开战，"近代的超克"论和变质的"大亚洲主义"大行其道之时，草野心平与大多数日本作家一样，逐渐认同军国主义的意识形态。其实，我们不妨把这也视为"国民化"的结果。而草野心平战争期间从先是陷入黯淡的心境到对战争引吭高歌的变化，不妨视为对"国家"及其意识形态从抵抗到消极认同再到积极配合的过程，也是草野心平从在中国孕育的"亚洲之民"意识——"非国民意识"——向"国民意识"倒退的见证。在那样一个包括作家在内的所有民众都被迫"国民化"的时代，草野心平也未能幸免，他最初所抱持的"亚洲意识"或"东洋理想"不仅未能帮助他超越国家的架构，反而以扭曲的形态成了驱使他同化于"大东亚"意识形态的"共犯"。我们也注意到，战后草野心平继续坚守着他的"亚细亚梦想"，并走向世界主义和宇宙主义。虽然从某种意义上说，这种直接略去对战争责任的反省而凌空走向宇宙主义和世界主义的方式不免有逃避现实的嫌疑，但也不妨视为他在经历过战争后试图重新出发，以超越狭隘的"国民性"立场的一种体现。换言之，他和黄瀛一样，不愿再相信"国家"，而甘愿回到个人立场来坚守与中国友人的友情，并以此为基点来超越国家意识，吟唱"亚细亚梦想"，进而发展出一种人类意识和世界主义，最后甚至超越人类的架构，呈现为更大规模上的宇宙意识。

伊藤虎丸曾无限感慨："1937 年日中全面战争开始以来，文化上的邦交也完全断绝了，直到今天，两国文学之间的距离仍然是很远的。想到这一点，就不能不令人怀念两国文学之间有过的蜜月时代。"① 而他所谓的"蜜月时代"，就是指大正时期到昭和初年"围绕着'文学'这一领域，两国的文学者，有着共同的知识和概念"的时代，是"一个彼此可以畅谈文学的幸福时代"②。而笔者认为，1920 年代至 1930 年代聚集在《铜锣》周围的中国人黄瀛与日本人草野心平、宫泽贤治等就生活在这个"可以彼此畅谈文学的幸福时代"，用黄瀛的话来说，就是不管国籍，也别无他念，而只管"抱着竞争意识，相互刺激，彼此较劲"，"抱着不服输的心理，

① 〔日〕伊藤虎丸：《鲁迅、创造社与日本文学——中日近现代比较文学初探》，孙猛、徐江、李冬木译，北京：北京大学出版社，2005，第 146 页。
② 〔日〕伊藤虎丸：《鲁迅、创造社与日本文学——中日近现代比较文学初探》，孙猛、徐江、李冬木译，北京：北京大学出版社，2005，第 145 页。

把写诗视为第一要义"①。而这也体现在草野心平岭南大学时期与中国诗人刘懋元、叶启芳、梁宗岱等的亲密交往和相互激励中。换言之，那是一个纯粹地分享文学乐趣的美好年代。从某种意义上说，黄瀛与草野心平、宫泽贤治等《铜锣》同人的亲密交往就得益于这样一种"幸福时代"，同时也成为佐证这一"幸福时代"确实存在过，但在国家和战争的坚壁前却像鸡蛋般脆弱易碎的生动案例。

　　作为那个"幸福时代"以及其后那场不幸战争的亲历者和见证人，黄瀛的诗歌记录了他与日本诗人友好交往的温馨片段，也同时记录了在日本暴露出侵华野心，并最终发动那场罪恶战争的过程中，他作为中日混血儿的不安、困窘和焦虑，以及最终完成中国人身份认同的心路历程。作为中国籍的诗人，他用不同于普通日本人的日语所写成的诗歌勾勒出其在中日两种语言、文化以及身份中游弋的轨迹，揭示出遭到主流诗歌有意遮蔽或无意漏视的某些侧面甚或重要的细节，从而得以在与同时代的中心话语与主流叙事的对照中彰显其独特的价值，并在日本现代诗歌史与中国新文学史的重构中化作具有生产性的鲜活一页。

----

① 黄瀛「弔念草野心平」『歴程』第 369 号、1990 年 2 月、第 155 頁。

附录一　黄瀛家世考

黄瀛1906年10月4日出生于重庆临江路宽仁医院（现重庆医科大学第二附属医院），其父黄泽民系重庆江北县两口乡人，在当地有"黄拔贡"之称，可见其"拔贡"身份①。黄泽民曾就读于成都的尊经书院②，后赴日本留学于嘉纳治五郎创办的宏文书院③，于1906年学成回国。其时恰逢川东道张铎倡议兴办川东师范学堂，黄泽民遂与同期回国的留日学生一起参与了该学堂的创办。有资料称，黄泽民曾任川东师范学堂的初任校长④，但笔者几经查证，未能得到相关史料的证实。

---

① 参见王泽锐《黄拔贡及其子黄瀛事略》，中国人民政治协商会议江北县委员会文史资料研究委员会编《江北县文史资料》第8辑，1993，第135页。拔贡：科举制度中由地方贡入国子监的生员之一种。清朝制度，初定六年一次，乾隆中改为逢酉一选，即十二年考一次，优选者以小京官用，次选以教谕用。府学2名，州、县学各1名，由各省学政从生员中考选，保送入京，作为拔贡。经过朝考合格，可以充任京官、知县或教职。

② 见胡昭曦《振兴近代蜀学的尊经书院》，四川省图书馆学会编《四川省图书馆学会成立30周年纪念专集》下卷，成都：四川人民出版社，2009，第383页。在其列出的书院生员名单中，记有"重庆1人：黄泽民"。

③ 北条常久『詩友　国境を越えて——草野心平と光太郎、賢治、黄瀛』、東京：風濤社、2009、第120頁。

④ 参见下列文献：佐藤竜一在『黄瀛——その詩と数奇な生涯』（東京：日本地域社会研究所、1994）第18頁上，曾提及黄瀛父亲担任过重庆某师范学校校长。王敏在《留学日本的意义——跨国近代教育中的实践者黄瀛母子》（杨伟执行主编《诗人黄瀛》，重庆：重庆出版社，2010）第263页上写道：黄瀛的父亲是重庆师范学校的校长黄泽民。小関和弘在「黄瀛」（安藤元雄・大岡信・中村稔監修『現代詩大事典』、東京：三省堂、2008）第229頁上也记载：其父为重庆师范学校校长。但考虑到黄泽民1906年回国时重庆并无重庆师范学校一说，而又据民国《巴县志》，川东师范学堂于光绪三十二年（1906）由川东道张铎倡议兴办，在时间上恰好吻合，故日本学者所说的重庆师范学校疑为"川东师范学堂"之讹。但经笔者查证，史料上川东师范学堂历任校长名单上并无黄泽民，故王泽锐《黄拔贡及其子黄瀛事略》第135页上只是说"黄泽民回到重庆后，与友人共同创办了川东师范学堂"，而蓝勇、阚军在《近代日本对于四川文化教育的影响初探》（《中华文化论坛》2004年第3期）中也只是说，黄泽民"与留日学生曾吉芝一起创办了川东师范学堂"，均无担任校长的明确表述。

而黄瀛的母亲则是来自日本千叶县八日市场市的太田喜智。太田喜智从千叶女子师范学校毕业后，升入东京高等女子师范学校继续深造，在担任了一段时间当地的小学教师后，不久便作为"日本教习"来到南京，供职于南京女子师范学校。后来她来到重庆，任教于巴县女学堂，教授数学、理科、音乐等课程，成为在重庆的第一个日本教习①。太田喜智在巴县女学堂执教时，已经是一个既有经验也有实际业绩的教习了。有资料证实，著有《中国政治思想史》的著名政治学家萧公权先生就曾在1910年师从太田喜智学习日文②。另据日本方面的资料记载，1910年5月至1911年12月，太田喜智曾担任巴县女学堂的学监，作为负责人直接管理学堂③。有学者认为，巴县女学堂之所以能够出名，可以说在很大程度上受惠于日本教习④。

而太田喜智之所以离开南京来到重庆任教，无疑是因为其夫君黄泽民的家乡在重庆的缘故。关于二人相识的经过和结婚的地点，尚未有确切的资料可以查证。但有一说法是，为太田喜智与黄泽民的异国情缘搭桥牵线的红娘正是大名鼎鼎的嘉纳治五郎⑤。对于黄泽民夫妇而言，1906年是忙碌而幸福的一年。是年10月4日，黄瀛出生在重庆。三年后，女儿黄宁馨也降临人间。但不幸的是，黄泽民在女儿黄宁馨出世后不久便英年早逝。可能是因为痛失了心爱的丈夫吧，太田喜智于1913年1月辞去了执掌多年的教职，于1914年回到故乡日本千叶县，而黄瀛正是在这一年跟随母亲和妹妹移居到母亲的故乡，进入八日市场寻常小学学习。此后黄瀛

---

① 北条常久将太田喜智担任教习的学校记为"巴县高等女学校"，见北条常久『詩友 国境を越えて——草野心平と光太郎、賢治、黄瀛』，東京：風濤社、2009，第120頁。但据《巴县志》，巴县早年未曾有女子高等学堂。因此，前述王泽锐文认为应该为"巴县女子高等小学堂"，而在蓝勇、阚军《近代日本对于四川文化教育的影响初探》一文中，则记为"巴县女学堂日本教习太田喜智"，貌似尚无定论。

② 参见汪荣祖《萧公权先生学术年表》，萧公权：《中国政治思想史》，北京：商务印书馆，2011，第955页。

③ 参见〔日〕柴田岩《日本教习在重庆的事迹及活动——近代日中教育交流之初步考察》，孟广涵等：《一个世纪的历程——重庆开埠100周年》，重庆：重庆出版社，1992，第474页。

④ 参见〔日〕柴田岩《日本教习在重庆的事迹及活动——近代日中教育交流之初步考察》，孟广涵等：《一个世纪的历程——重庆开埠100周年》，重庆：重庆出版社，1992，第473页。

⑤ 北条常久『詩友 国境を越えて——草野心平と光太郎、賢治、黄瀛』，東京：風濤社、2009、第120頁。

便留在日本，进入了正则中学继续接受日本教育。而太田喜智则带着女儿黄宁馨回到中国，辗转于北京、天津、青岛等地，或从事学校经营，或从事中日贸易，用自己的双手抚育两个孩子①。1923年，因此时家人已移居天津，黄瀛利用暑假回中国省亲，此间恰巧发生了关东大地震。于是，在日本学校短期内复课无望的情况下，黄瀛便留在了中国，转入青岛日本中学。直至1925年，黄瀛从青岛日本中学毕业后才离开中国再度赴日，寄宿在东京九段附近的公寓里，准备报考一高。据柴田岩《日本教习在重庆的事迹及活动——近代日中教育交流之初步考察》一文记载，太田喜智于1926年结束了她在中国长达20年的生活，回到日本东京②。不过，笔者根据黄瀛诗歌和其他资料综合考察后认为，太田喜智回到日本是在1926年这一说法值得怀疑。黄瀛曾在不少诗歌里——比如《致妹妹的信（1）（2）》③——描述自己在东京遥想身在天津的母亲和妹妹的寂寞心情。初次发表于《铜锣》第9号的《致妹妹的信》中，就有这样的诗句："天气渐冷，你要多多保重/傍晚要早早地点灯/偶尔不妨和母亲去皇宫看看电影。"④ 黄瀛在诗末标明该诗是写给天津南开大学黄宁馨的，写作时间为11月23日。从《铜锣》第9号发表于1926年12月来看，此11月23日应该就是1926年11月23日。由此看来，至少至1926年底，黄宁馨及其母亲都还留在天津。另据黄瀛好友松本美喜子的回忆录《青春记》的记载，黄瀛曾于1928年暑假回天津省亲，其妹妹于同年10月来到日本国立音乐学校学习⑤。我们不妨做出如下不乏合理性的假设：其母亲与妹妹是一同离开天津来东京常住的。换言之，太田喜智应该是1928年回到东京的。回国后，她相继在东京九段附近和阿佐谷等地安家，对中国留学生给予了极大的关怀和尽可能的帮助。

数年以后，太田喜智再次来到中国，尽管此间的具体细节尚无资料可考，但她再次回到中国，显然与儿子黄瀛、女儿黄宁馨的动向有关。从黄

---

① 青岛日本中学校长富冈朝太在给黄瀛开具的成绩证明书上写道："其母太田喜智是天津的豪商。"可见太田喜智在当时已经获得了商业贸易上的成功。

② 〔日〕柴田岩：《日本教习在重庆的事迹及活动——近代日中教育交流之初步考察》，孟广涵等：《一个世纪的历程——重庆开埠100周年》，重庆：重庆出版社，1992，第474页。

③ 黄瀛『瑞枝』、東京：ボン書店、1935、第88—96页。

④ 黄瀛『瑞枝』、東京：ボン書店、1935、第90页。

⑤ 松本喜美子『青春記』、東京：三省堂企画、1995、第128页。

瀛的年谱可以得知，黄瀛从陆军士官学校毕业后，于 1930 年底离开东京回到南京执掌军务。而黄宁馨从日本国立音乐学校毕业后，也已回到中国，与何应钦的侄子（何应钦二哥何应禄之子）何绍周结婚。不难想象，太田喜智很可能也是在 1930 年底前后跟随黄瀛回到中国的。数年后的 1934 年①，太田喜智在中国上海去世。

黄瀛在 1930 年 12 月底从东京回到南京后，于 1933 年和王蔚霞在南京结婚。王蔚霞比黄瀛小近 8 岁，出生于 1914 年 4 月，其父亲王恕乃是创建于 1902 年的保定陆军军官学校教员。王蔚霞与黄瀛婚后育有三儿一女。在与黄瀛相濡以沫半个多世纪以后，王蔚霞于 1990 年病逝于重庆。

1949 年以后，其妹妹黄宁馨随丈夫何绍周先是飞往香港，后又移居巴西。1970 年代迁往美国洛杉矶定居。1984 年黄瀛访问日本时，她专程从美国赶往东京，与黄瀛实现了短暂的重聚。后病逝于美国。

---

① 据柴田岩在《日本教习在重庆的事迹及活动——近代日中教育交流之初步考察》（孟广涵等：《一个世纪的历程——重庆开埠 100 周年》，重庆：重庆出版社，1992，第 474 页）的记述，太田喜智去世于 1936 年。但黄瀛在《自南京》（草野心平主编《宫泽贤治追悼》，东京：次郎社，1934）一文中曾写道，自己不久前痛失了母亲。从该文发表的时间来判断，笔者认为太田喜智的去世时间应该是在 1934 年。

附录二　黄瀛 1984 年访日始末考

黄瀛在日本有"幻影诗人"之称。所谓的"幻影诗人",无非指他神奇地出现在日本诗坛,旋即又幻影般地消失而去了吧。我们知道,他于大正末年（1925 年）登上日本诗坛后,旋即受到萩原朔太郎和木下杢太郎的激赏,从而声名鹊起,一时成为文坛的宠儿,但随着中日间局势的微妙变化,他于 1930 年底突然回国从戎,淡出了日本诗坛。除 1936 年曾一度因公干短暂赴日之外,黄瀛几乎从日本诗坛上销声匿迹。从 1936 年离开日本,到 1984 年实现再度访问日本的夙愿,其间几乎相距 50 年。这次时隔近半个世纪的访日活动,受到读卖新闻、产经新闻、神奈川新闻、奈良新闻的隆重报道,谱写了中日文化交流史上的崭新篇章。笔者根据收集整理的大量资料,试图还原黄瀛此次访日活动得以实现的始末和盛况,从而为中日文化交流史续写新的一页。

黄瀛曾在《悼念诗友草野心平兄》一文中这样写道:"如果草野君和宫川寅雄不在的话,那我 1984 年的日本之行就不可能实现吧。但他们俩如今已不在这个世上了。如果没有他们,文坛诗坛画坛的各位先生大概就不会为我捐赠了。"① 的确,正因为有老友草野心平、宫川寅雄向各界大声呼吁、筹集款项,黄瀛的日本之行才得以付诸实施。

1980 年 11 月末至 12 月 7 日,日中文化交流协会理事长、美术评论家宫川寅雄作为日本友好交流协会派遣团的团长,遍访北京、西安、成都、重庆、上海等地。在访问重庆的 12 月 2 日,他在时隔半个世纪后与黄瀛再度相逢了。据他记述:"我的日程是在重庆住一宿,原本计划去参观宋代的大足石窟,但我把见到黄视为头等大事,就决定改为参观重庆市博物馆,而将大足石窟忍痛割爱了。一到酒店,就立刻接待了来访的黄瀛。"②

---

① 黄瀛「詩友、草野心平兄を悼む」『歴程』第 369 号、1990 年 2 月、第 155 頁。
② 宫川寅雄「若き詩人たちの像」『直』第 15 号、1981 年 10 月、第 10 頁。

黄瀛是宫川寅雄青春时代的亲密诗友。黄瀛在从正则中学升入日本文化学院后，曾联合同窗好友千头清策、本桥锦市，以及校外的宫川、菊冈久利等人筹办了同人杂志《碧桃》，将高桥新吉、草野心平、高村光太郎等众多诗人引荐给宫川寅雄。据宫川所言，黄瀛与宫川的家人也非常亲密。交情笃厚的两个人在重庆重逢，一时间怀旧之情如决堤的大坝泛滥开来，只恨交谈的时间太过短暂。第二天，黄瀛特意到机场送行，依依惜别。宫川寅雄不胜感慨地写道："黄瀛不断地挥着手，他的身影变得越来越小，让我不胜悲凉。"[1] 而黄瀛也在《渝水会旧友》一诗中描绘了他们再见时的情形：

渝水会旧友

（一）

从八〇年十二月二日到三日
宫川寅雄千里迢迢从日本来重庆见我
专程来访
从拥抱到拥抱
利用仅有的时间和空间
从过去说到今天
从过世的亡友到健在的友人
这相互慰藉的友情啊
时隔50年重逢
不管是你，还是我
都出乎意料地健康矍铄
年轻时，我
曾常常聆听高村光太郎和水野叶舟的教诲
如今的我们比他们俩当时还年迈
"有好友自远方来"
不尽的话语令我热泪盈眶
十二月的人民宾馆214房间，暖意融融
你和我都脸颊微红

---

① 宫川寅雄「若き詩人たちの像」『直』第 15 号、1981 年 10 月、第 10 頁。

（二）

白市驿机场的雨已是岁末的雨

更是留客的雨

宫川已离去，从重庆到上海

然后是东京

"下次再见了，在东京

你可要好好保重！"

"嗯。向千岁他们问好

你也要保重！"

我的心已随宫川搭上了飞机

那恍然如梦的瞬间

什么时候

才能去到东京

见到井伏、草野、中川一政

以及其他的友人？

在回程的汽车里

我兀自又喜又悲

这情感穿过隧道

驶下山顶，此时雨已消停

重庆的街市已太阳初升

可我，还在和他相对而立①

宫川寅雄回国后，立刻将出版黄瀛第二本诗集《瑞枝》复刻版一事提上议事日程。对此，草野心平也鼎力相助，而中川一政和井伏鳟二亦深表赞同。黄瀛在日本文化学院时期的同窗好友草间雅子、户川惠麻、冈田美都子也为此聚集一堂，力促出版计划的实施。复刻版的母本决定采用宫川收藏的极为珍贵的初版版本（据黄瀛称，整个日本恐怕也只剩下寥寥四本）。宫川当时正忙于准备自己的书法和陶器展览，以及在和光大学的授课，但还是见缝插针地推进着《瑞枝》的再版。其间似乎与出版社的交涉一度陷入僵局，经过种种曲折，终于在 1984 年由苍土舍限量 1000

---

① 黄瀛「渝水会旧友」『美的』第 12 号、1980 年 12 月、第 262—263 頁。

册再版面世。

在推动《瑞枝》复刻版出版的同时，也组织了一场邀请黄瀛访日的活动。正如在《渝水会旧友》一诗中隐约透露的那样，黄瀛在重庆见到宫川时，曾表达了渴望重访日本，故地重游，与草野心平、井伏鳟二等重逢叙旧的热切心愿，而宫川也以"那就东京再见吧"作答。宫川还告诉黄瀛，他回国后便着手开展邀请活动，但私人访问在外交手续上也许会遇到种种困难，但自己一定会全力推动这一梦想的达成，所以请黄瀛一定要耐心等待。果然，回国后的宫川一边积极争取草野心平、高桥新吉的协助，一边开始办理黄瀛的访日手续。

当时的宫川寅雄因忙于提交各种报告书与和光大学的工作难以分身，于是就向诗刊《美的》的主编森谷清求助。森谷清二话没说，一口应诺。考虑到森谷清是菊冈久利的弟子这层关系，宫川拜托他帮忙也自有道理。菊冈久利原本叫"鹰树寿之介"，在《日本诗人》"第二新诗人号"的千家元麿选诗中，紧随榜首的黄瀛之后荣膺第二名，两人从此结下缘分。菊冈久利与黄瀛一起创办过同人杂志《海》，并在战后撰写过《黄瀛的烟嘴》一文，记录了草野心平、黄瀛和他三人间的友好交往，在文末这样写道："若是一位日本人同一位中国人能够结为真正的朋友，那么，说明他们相信有一个逾越了战争胜败的'世界'。"① 因为恩师的关系，森谷清一直视黄瀛为师叔，抱以亲近感和崇敬之情，曾在《美的》上编辑过《黄瀛特集》，并将刊登有该专辑的 11 号《美的》杂志交给访问重庆的宫川，托他捎带给黄瀛。也正因为如此吧，中国内地的人民日报社文艺部发行的《大地》和香港地区的《星海》报还专门报道了《美的》的黄瀛特集，黄瀛的名字由此在国内广为传播，而从日本慕名来访的人也不断增加。从那以后，森谷清与黄瀛之间一直保持着诗稿和书信的往来。所以，受到宫川的拜托后，森谷清义不容辞地全力相助。他按照宫川的指示，向黄瀛的故友旧交通报了邀请活动的筹备情况。而黄瀛特意寄来日本友人的名簿，草野心平则通过难波幸子给宫川寄来《历程》的主要同人名单。随即，黄瀛的故友和各个报社等不断打来电话或是寄来信件询问详情，这表明邀请活动进展顺利。

---

① 菊冈利久「黄瀛のパイプ」『美的』第 9 号、1979 年 5 月、第 200 頁。初出于『日本未来派』第 2 号、1947 年 7 月。

多亏了宫川寅雄和草野心平的积极呼吁，在1984年3月下旬至4月初，"黄瀛教授欢迎会"正式启动。从笔者在黄瀛书斋发现的宫川寅雄的信函来看，欢迎委员会的总负责人是宫川寅雄和草野心平，事务局则由森谷清负责。而且，还确定了各领域的具体负责人。日本文化学院是户川惠麻，千叶县是盐野总夫，正则中学是山川振作。草野心平和宫川寅雄曾六次联名向会员们发出通知，分别是"拜托信"（1984年4月上旬）、"第一次通信"（4月上旬）、"第二次通信"（4月17日）、"第三次通信"（5月20日）、"关于黄瀛君来日日程变更一事"（无日期记载，可以推断为5月25日之后不久）、"黄瀛教授来日展期及欢迎会的说明"（6月10日）。

在"拜托信"中，主要阐述了黄瀛访日的重大意义和募集资金的必要性，其中写道："诸位早就表达了邀请中国友人黄瀛教授（四川外语学院）来日的愿望，而这也是黄君多年的夙愿。近日，承蒙中国方面的好意，黄君来日一事已经确定，预计从6月2日开始，来日访问约一个月。黄君的来日访问对于增进日中两国诗坛和文化界的友谊，无疑是值得庆贺之事。因此，在成立欢迎委员会的同时，因本次来日的费用由日方担负，故必须着手募集资金。根据此前的状况，由我们两人（指草野心平和宫川寅雄——引者注）对此事承担所有的责任，敬请予以理解。期盼诸位能积极投身这一活动，并踊跃捐款，以使该事业能够成功。在活动结束后，将寄去结算报告书。1984年4月上旬。"这封"拜托信"尽管是由草野心平和宫川寅雄联名发出的，但从信函的实物来看，显然是宫川寅雄的字迹。筹集款项的目标金额是200万日元，募捐期间为4月1日至5月20日。捐款地址为东京都中野区白鹭2-4-4，即宫川寅雄府上。

此后，委员会进一步加大了黄瀛邀请活动的声势和规模。1984年4月2日，草野心平和宫川寅雄出席了"第28届高村光太郎连翘忌"，在席上发表了热情洋溢的演讲，说明了邀请黄瀛访日的意义。高村光太郎曾经以黄瀛为模特儿，创作了雕塑作品《黄瀛头像》。雕塑尽管在战火中遭到烧毁，但在高村光太郎《被焚作品备忘录》等文章中均有记载。如今听闻这一作品的模特儿本人将在50年后重访日本，与会者们全都对邀请计划表示大力支持。北川太一还特意表达了支持黄瀛访日的意愿。

另外，森谷清也在追思菊冈久利的"残庵会"上向会员们寻求支持和帮助。随后又在渗透到政界的机关杂志《趋势》（根岸龙介主编）第480号上发表了题为《幻影诗人黄瀛——将跨越半世纪的梦想来日访问》的文章，引起了巨大的反响。

与此同时，神奈川县厅也开始出现邀请黄瀛的动向。实际上，在1978年由神奈川县长州知事主办、有中国大使和公使等中国有关人士出席的招待会上，中国大使向当时的白银副知事提出，希望神奈川县能派遣日语教师到中国任教，支持中国的日语教育。以此为契机，从1979年4月开始，神奈川县向南京大学、南开大学、山西大学、上海外国语学院、四川外语学院等五所大学派遣了日语教师。而被遴选出来派往四川外语学院的教师，就是石川一成。他当时在神奈川县教育中心就职，也是短歌杂志《心之花》的编辑委员，并创作有《麦门冬》等短歌集。赴任后的石川一成与同在四川外语学院任日语教授的黄瀛结为至交，二人齐心合作，致力于10名研究生的教育。在两年的任期届满后，石川一成于1981年6月回国。回到日本后，石川一成四处游说，一直致力于实现黄瀛的访日计划，在敦促宫川寅雄的同时，也向神奈川县教育委员会求助。当时的神奈川县教育委员会阿部治夫教育长曾于1981年5月前往四川外语学院考察，与黄瀛见面后，深切地感受到黄瀛对日本的望乡之情。回国后的石川一成与当时已转任神奈川县企业厅长的阿部向神奈川县厅积极斡旋，最终神奈川县决定出资邀请黄瀛来神奈川县访问数日。

另外，黄瀛写于3月28日的信函也抵达宫川手里："我正治疗牙齿，进行身体检查，准备诸事。"此后，黄瀛还给担任事务的森谷清发来他希望的在日行程：

> 致东京的森谷先生：
>
> 　一切均按照宫川先生和森谷先生的日程即可，此外，亦将鄙人的希望记录如下，以作参考。①遵照贵方的安排，一般的友人尽可能汇聚一堂集体见面；②在东京，在时间允许的范围内尽可能多学习参观，进行表敬访问或吊唁故友（顺序不拘）：ア、为高村光太郎扫墓；イ、为木下杢太郎扫墓或向遗族表敬；ウ、参观佐藤八郎纪念馆；エ、访问正则学院；オ、访问文化学院；カ、访问中国大使馆；キ、向中川一政先生表敬；ク、向日本文化交流协会暨井上靖氏表敬。

黄瀛曾在东京度过美丽的青春岁月，但又被迫与日本绝缘了半个世纪。可以想见，他此时的望乡之情就像着了火一般，霍地燃烧开来。尽管很难满足他的所有要求，但森谷和宫川还是商定，尽可能按照黄瀛的要求制订相应的计划。按照 6 月 2 日抵达成田、6 月 25 日回国的预定日程，日本方面的准备工作进展顺利。住宿方面也遵循黄瀛的意愿，预订了山上酒店。而至关重要的募捐活动也取得了成功。从 5 月 20 日发出的第三次通信来看，捐款 20 万日元的 2 名，10 万日元的 2 名，6 万日元的 1 名，5 万日元的 11 名，3 万日元的 9 名，2 万日元的 20 名，1 万日元的 33 名，捐款人共计 78 人，款项达 221 万日元，超过了最初的预期目标。但由于中国方面相关手续的延宕，签证未能如期办理，从而让 6 月 2 日抵达成田的计划被迫延后。据"黄瀛君来日日程变更一事"和 6 月 10 日发出的"关于黄教授来日日程展期与欢迎会的说明"，关于展期一事，四川省高等学校教育局曾给宫川打来电话说明情况，并告知黄瀛已提前去到北京，催促手续的办理，大约在 6 月 20 日之前可以取得签证。根据这一消息，日本方面预计黄瀛 6 月 21 日可以抵达日本，从而制定了相应的日程，其中包括前往黄瀛母亲的故里千叶县八日市场扫墓，给已经过世的亡友扫墓，向过去曾有恩于黄瀛的人的遗族进行表敬访问，进行教育方面的视察，游览京都、奈良等地。而关于黄瀛访日的新闻报道，则委托读卖新闻社的釜井编辑委员和负责文化报道的永山先生。

黄瀛在时隔半个世纪后再次踏上日本的土地，是在 1984 年 6 月 20 日。他当天住进山上酒店的 523 房间，于 22 日回到故地日本文化学院。约有 30 名昔日的同窗好友与黄瀛聚集一堂，其中有户川惠麻、冈田美都子、金洼纪美、田上千鹤子、龟井文雄、草间雅子等。他们围坐在一起，共叙旧情。黄瀛的妹妹黄宁馨为了见哥哥一面，也专程从美国来到东京。25 日，在山上酒店举行了盛大的欢迎会，草野心平、宫川寅雄、井伏鳟二、中川一政、南条范夫等文化界名流、日本文化学院时期和正则中学时期的同窗、曾有过亲密交往的好友等，共计 100 多人出席了欢迎会。人们感慨万千，享受着这时隔半个世纪才得以实现的重逢，同时也举行了《瑞枝》复刻版出版纪念会。26～27 日，黄瀛访问了千叶县，拜会了八日市场的亲戚，于 30 日开始转向关西方面的京都和奈良。与草野心平一起推动邀请黄瀛访日活动的奈良随笔家北村信昭、曾在诗刊《解冰期》上编辑过黄瀛特集的诗人粟田茂、在中国旅行时前往重庆拜会过黄瀛的生驹市歌人广冈富美等，在奈良酒店迎接了黄瀛。黄瀛在奈良逗留了三天，于 7 月 1 日参观了在大阪府池田市举办的旧友小野十三郎的作品展览后，与足立卷一、杉山平一、玉井教之等关西地区的诗人和歌人等约 20 人一起，一边共进晚餐，一边畅论诗歌，交谈甚欢。

7月10~11日，黄瀛应神奈川县厅的邀请访问了神奈川县，与石川一成再度相逢，对他为自己访日所默默付出的努力深表感激。在县厅黄瀛拜会了时任企业厅长阿部治夫，与阿部厅长实现了时隔三年的重聚。黄瀛边感叹"真是怀念与阿部先生徜徉在重庆街头时的情景"①，边紧紧握住了友人的手。然后，黄瀛前往镰仓寿福寺，为长眠在此的菊冈久利扫墓。在菊冈夫人京子等人的陪同下，黄瀛伫立在菊冈先生的墓前，为半个世纪时光的转瞬即逝而感怀无限，默默地献上花束，轻柔地喃喃道："好久不见了。您要是再长寿一点，该多好……"②

逗留东京期间，黄瀛在山上酒店接受了内山篱和大里浩秋的采访，回忆了与日本友人的邂逅、作为常客出入内山书店并在此与鲁迅先生交谈甚欢的日子，以及在四川外语学院执教的现状。这次采访的内容以《回忆中的日本人，以及鲁迅》为题，发表在《邬其山》第5号（1984年）上，对于了解黄瀛当时的心境等来说是弥足珍贵的历史资料。

7月6~7日，迎来访日行程的高潮，黄瀛达成访问福岛县川内村天山文库的夙愿，得以与老友草野心平相对而坐，静静地促膝交谈。在《悼念诗友草野心平兄》中，黄瀛记述了这次福岛之行："1984年7月，鄙人东渡日本之际，他特意派儿子雷、大作两世兄，迎接我去天山文库。坐在中间放着一个盛冈大铁壶的围炉旁，我笑着和他说：'我们呀，真是两个诗痴！'这话并非自卑，而是指我们俩那种近于自豪的意气相投。那时候，草野心平说：'黄君，我带你去看看大海吧'，就和两个儿子一起带我到富冈海滨，给我看波涛汹涌的太平洋。那天，我们俩并躺着午休时，他拼命问我一些他已经忘却了的往事。每问一件，他就不胜感慨地说：'你真是好记忆啊！'"③ 就这样，两个人穿越了时空，仿佛又回到心平客居于黄瀛的住处——麴町区饭田町2-53的青春时代。

7月12日，欢迎黄瀛的《历程》同人会在位于水道桥的西餐厅"Tommy Grill"举行。《历程》同人向黄瀛赠送了涂漆钢笔。与会者还在一张纸上集体留言纪念，而黄瀛也在色纸上题字留念。黄瀛记述说："7月12日晚，我应邀参加《历程》举办的晚会。在各种聚会中，诗人们邀

---

① 「黄さん半世紀ぶりの来日・県庁で劇的な再会」「読売新聞」1984年7月11日。
② 「黄さん半世紀ぶりの来日・旧友の墓にも花束」「読売新聞」1984年7月11日。
③ 黄瀛「詩友、草野心平兄を悼む」『歴程』第369号、1990年2月、第154頁。

请我参加的聚会最让我高兴，我以非常轻松的心情参加到其中。"① 7 月 15
日，望乡之情得以暂时消解的黄瀛又怀着新的感念从成田机场启程回国。
他写道："6 月 20 日至 7 月 15 日的日本之行既像现实，又如梦境。分别时
虽然极力抑制自己、强装笑颜，但那依依惜别之情，还有深陷其中的自
己，以及簇拥着我的友人们却在脑海中放大膨胀。无论男女老幼，也无论
日本人、中国人，抑或是其他的外国侨民，无一不是紫阳花。无数紫色的
小花簇拥在一起，绽放成一朵巨大的和谐之花。虽然很小，但我也是其中
的一朵。紫阳花包容万物，正象征着我此次的日本之行。我走了！再会！
如问我何时再来、我在这个世界上还能活多久，一切都顺其自然吧。（中
略）从前有人对我说：'黄君，你可不能死啊。' 我想把 '你可不能死啊'
这句话送给草野心平以及所有的朋友们。"② ——这或许就是黄瀛乘坐由
成田飞往北京的航班时的心境。

　　遗憾的是，就在这一年的 10 月 23 日，石川一成因遭遇交通事故而不
幸身亡。同年 12 月 17 日，宫川寅雄也突然病故。邀请黄瀛访日的两大功
臣相继去世，深深地刺痛了黄瀛的心。在他 1985 年 1 月 23 日写给冈田美
都子的信函中就透露出这种心痛的感觉："久疏问候。去年到今年，我无
力执笔，就算是写了信，也丢弃在桌子上，甚至无心到市里去，总觉得走
进人群也让我抑郁无比，所以失礼了，非常抱歉。去年年末，石川、宫川
相继踏上遥远的旅程，这让我不胜悲凉。近来，我只觉茫然和空虚，每天
晚上都呆呆地盯着电视，这并不是因为想看电视，或许是因为寂寞、凄凉
才看的吧……"③

　　1986 年 2 月，以黄瀛为首，四川外语学院教授一行前往日本考察日本
教育的现状，参观访问了别府大学、神奈川县教育委员会、横滨国立大学
等地。作为其中的一项特别仪式，一行人专程前往石川一成的墓地，为这
位给四川外语学院的日语教育事业做出重大贡献的日本人扫墓献花，并拜
会了石川一成的遗族。同年 6 月 29 日，户川惠麻也因病去世。不幸的是，
1988 年 11 月 12 日，与黄瀛有着 64 年笃厚交情的终生诗友草野心平也离
开了这个世界。井伏鳟二则在 1993 年 7 月 10 日踏上了不归之旅。为黄瀛

---

① 黄瀛「紫陽花咲く頃」『歴程』第 311 号、1984 年 9 月、第 18 頁。
② 黄瀛「紫陽花咲く頃」『歴程』第 311 号、1984 年 9 月、第 19 頁。
③ 转引自佐藤竜一『黄瀛——その詩と数奇な生涯』、東京：日本地域社会研究所、1994、
　第 187—188 頁。

1984 年的访日做出重要贡献的有关人员、友人相继去世，不知道在黄瀛心中掀起的是怎样的波澜？

　　2000 年 7 月，在千叶县铫子市中央公园建成了黄瀛诗碑，黄瀛专程从重庆前往日本参加了诗碑的揭幕仪式。2000 年 11 月 2 日《日本经济新闻》刊登了黄瀛题为《诗人怀念友人的追忆之旅》的回忆文章。"我敬爱的诗人们——高村光太郎、木下杢太郎、草野心平等已经离开了这个世界。"① 在这些淡淡的文字背后，传递着被友人们抛弃在这个世界上的残存者的无尽悲凉。这位 94 岁的诗人追溯着过往的青春时代，将这最后的日本之行变成一次怀念友人的追忆之旅。在草野心平逝世 12 年之后，年迈的黄瀛专程参观了位于磐城的心平墓和草野心平文学纪念馆。他留下了这样的话语：

　　"草野君，你死了，却留下了作品。真是一个漂亮的陈列馆。我不会再来了，但还会再见的吧。"②

　　如今，黄瀛也成了仙逝的故人，作为共同度过波澜壮阔人生的诗友，他们的友情却历久弥新。"我希望自己在日本度过的青春时代的回忆也能以某种形式被现代人所了解。"③ ——这便是黄瀛热切的愿望。不只是青春时代的回忆，还有他 1984 年时隔半个世纪的日本之行，也肯定会在中日两国文化交流史上留下温暖的一页吧。

---

① 黄瀛「詩人の友しのび追憶の旅」『日本経済新聞』2000 年 11 月 2 日。
② 「福島歴史探訪　草野心平氏」『ふくしまファンクラブ会報』第 2 号、2007 年 9 月 20 日。
③ 黄瀛「詩人の友しのび追憶の旅」『日本経済新聞』2000 年 11 月 2 日。

附录三　黄瀛生平年表

1906　10月4日出生于重庆市临江路宽仁医院（现重庆医科大学第二附属医院）。其父黄泽民系重庆江北县两口乡人，有"黄拔贡"之称，曾就读于成都的尊经书院，后赴日本留学于宏文书院，于1906年回国，参与了重庆川东师范学堂的创建。其母太田喜智出身于日本千叶县八日市场市，女子师范学校毕业后，作为"日本教习"先赴南京任教，后转至重庆，任教于巴县女学堂。

1909　妹妹黄宁馨出生。

1914　妹妹黄宁馨出生后不久，父亲因病早逝。一家人被迫迁居到母亲娘家所在的日本千叶县八日市场市。8岁时黄瀛进入附近的八日市场寻常小学读书。

1920　黄瀛从小学毕业，因成绩优异，原本想进入县立成东中学就读，但因中国国籍而未被认可，遂进入私立正则中学。

1923　家人移居中国天津。黄瀛利用暑假回中国探亲，恰逢日本发生关东大地震，学校停课，黄瀛遂转入青岛日本中学四年级（5期生）就读。此时，黄瀛已经用日语创作了大量诗歌，并向报纸杂志投稿。诗歌杂志《诗圣》1923年第3号刊登了他的《早春登校》一诗，并同时刊登了草野心平的《无题》一诗。

1925　在《日本诗人》"第二新诗人号"上，黄瀛《清晨的展望》被遴选为第一名，从而一举成名。同年4月，黄瀛作为同人的诗歌杂志《铜锣》在中国广州创刊。7月，因"五卅运动"的影响，在中国岭南大学留学的草野心平被迫提前回国。而黄瀛已于该年3月从青岛日本中学毕业回到东京，为考入东京大学复习应考。黄瀛在东京迎接草野心平，在九段附近的公寓里收留了草野心平一个月。在此期间，黄瀛将草野心平介绍给了当时的诗坛泰斗高村光太郎，并联名给宫泽贤治写信，邀请他成为《铜锣》同人。

1926 黄瀛因耽于诗歌创作,未能考上东京大学,于该年4月进入日本文化学院大学部本科就读。就读期间,黄瀛深受时任日本文化学院学监的女诗人与谢野晶子的赏识,并与身为教师的奥野信太郎成为好友。此间,黄瀛还与校友吉田雅子有过一段刻骨铭心的恋情。

1928 黄瀛从日本文化学院辍学,不顾与谢野晶子及其他友人的劝阻,于4月进入日本陆军士官学校中华队20期步科学习。

1929 黄瀛5月(一说6月)① 借陆军士官学校到东北地区毕业旅行之机,前往花卷温泉与卧病在床的诗友宫泽贤治见面。7月从陆军士官学校毕业,从8月起任南京参谋本部第一厅第三处上尉参谋兼驻日研究员,直至1932年4月。其间,1929年8月至1930年底留在日本,相继在东京军用鸽调查委员会事务所、日本千叶陆军步兵学校、日本东京电信第一联队、日本东京军用鸽通讯学校等学习通信鸽业务、电气通信业务等。

1930 6月黄瀛第一本诗集《景星》在东京出版。出版人为田村荣,插图人和装帧人为吉田雅子。

是年年底,离开日本回中国,开始在南京执行公务②。

1931 3~4月曾一度到日本短期出差,目的是购买信鸽。其间与奥野信太郎重逢,一起去银座的潇湘园等游玩③。

1932 1932年4月至1934年6月历任南京军政部特种通信教导队少、中、上校队长。

1933 与王蔚霞结婚。婚礼于4月30日在南京中央饭店礼堂举行。

---

① 冈村民夫根据《花卷温泉新闻》1929年7月号上一篇题为《温泉讯息/往来》的报道,提出了黄瀛与日本陆军士官学校的中国留学生投宿花卷温泉的时间是在6月一说。参见〔日〕冈村民夫《黄瀛的光荣》,杨伟执行主编《诗人黄瀛》,重庆:重庆出版社,2010,第292~293页。

② 关于黄瀛的回国时间有几种说法。在黄瀛自己填写的四川外语学院的档案材料中,记为"1931年12月"。在佐藤龙一《黄瀛——他的诗及其传奇生涯》一书的"黄瀛略年谱"中,记为"1931年初"。但根据黄瀛在《且说最近的自己》(《诗人时代》1931年12月号)和吉田雅子在《南方诗人》"黄瀛诗集纪念号"(1930年)中的表述,笔者认为,黄瀛回国的时间应该是在1930年12月底。在《且说最近的自己》一文中黄瀛写道:"到这个12月28日,就意味着我在南京已经待上整整一年了。"由此可以判断,他回到南京的准确时间是1930年12月28日前后。

③ 关于此次日本之行,可参见奥野信太郎「詩人黄瀛のこと」『奥野信太郎随想全集』第5卷、東京:福武書店、1984、第244—245页。

1934 此间，几乎每月一次造访上海内山书店。在这里多次与鲁迅见面。5月，黄瀛的第二本诗集《瑞枝》在东京由ボン书店出版。装帧人依旧是吉田雅子。从1934年6月至1934年12月，任南京陆军通信兵学校筹备处特种通信教导队上校、队长兼筹备委员。并从1934年12月至1939年10月历任南京、湖南、贵州陆军通信兵学校特种通信教导队上校队长。

1935 在《诗法》7月号登载新作后，中断了诗作的发表。

1936 因电信队的公干曾一度赴日。这也是黄瀛战前的最后一次日本之行，并被不少诗人和文人记录在各自的回忆文章里，其中包括富泽有为男的长篇小说《东洋》。

1937 "七七事变"爆发，同日本方面中断联系。之后，在日本流传着黄瀛被作为汉奸处死的传言。不少作家都撰文表达了对"黄瀛之死"的震惊和悲痛。

1939 从是年10月至1944年1月任贵州陆军通信兵学校通信犬鸽教养所上校所长。

1944 3月至7月任重庆陆军特种通信教导总队少将总队长。

同年7月至1946年4月在湖南和南京任中国陆军总司令部少将特别高参。

1945 8月作为国民党要员兼翻译赴芷江受降，其后到南京负责接管日本军队，在这里与草野心平重逢。与草野心平的重逢刺激了黄瀛的创作欲望。他重新开始诗歌创作，并向日本杂志投稿。

1946 4月至8月任南京国防部第二厅少将专员兼代主任。同年8月至1948年11月任南京国防部第三研究组少将研究室主任。此间，委托曾担任日军参谋的辻政信分析美苏两国的动向。

1948 11月至12月任昆明国防部少将高参，在驻云南警总部工作。

1949 2月至12月任贵州十九兵团49军249师副师长。于12月率队伍在贵州水城起义。

同年12月至1950年3月，任中国人民解放军第5军起义249师副师长。

1950 5月至9月，在贵阳中国人民解放军贵州军区高研班学习。

同年10月至1953年10月，在西南军区高研班、西南军区政治部学习队学习。

1953 先是被革职回家，后被判罚入狱接受"劳动改造"。

1962 出狱之后，收入全无。日本友人合力对他进行资助。开始同日本友人们通信。

1966　"文革"中再次入狱。因与日本方面的关系受到牵连，在狱中度过 11 年半的春秋。

1977　因拨乱反正而出狱。恢复与日本友人间的通信。从 1977 年至 1980 年 10 月在重庆市革委会参事室工作。其间，从 1978 年 1 月起借调到四川外语学院日语系教授日语。

1979　与从日本神奈川县教育委员会派遣至四川外语学院的石川一成成为好友。

1980　10 月起正式调入四川外语学院日语系任教，开设了国内第一个日本文学研究生班，担任研究生的日本文学课程。

1981　3 月被四川省高等教育局评定为教授职称，6 月获四川省人民政府正式认定。

1982　9 月，诗集《瑞枝》复刻版在日本由苍土舍出版。

1984　1 月，《诗人黄瀛　回想篇·研究篇》由日本苍土舍出版。

相隔半世纪后，黄瀛于 6 月 20 日赴日访问，受到各地日本友人的热烈欢迎，于 7 月 15 日回国。

1986　2 月，黄瀛随四川外语学院教授一行前往日本考察日本的教育现状，参观访问了别府大学、神奈川县教育委员会、横滨国立大学等地，并专程为友人石川一成扫墓。

1986~1989　堀内公平在四川外语学院任教期间，黄瀛与其成为挚友，经常一起谈论文学和自己的诗作，留下了不少关于其诗作的记录纸片①。

1991　广岛电视台拍摄了以黄瀛为主人公的纪实节目《你知道诗人黄瀛吗?》，并在日本全国进行播映。

1994　6 月，应广岛大学小林文男教授和广岛电视台之邀赴日访问，由广岛电视台拍摄成纪录片《生活在两个祖国》。

同年 6 月，佐藤龙一撰写的黄瀛传记《黄瀛——他的诗及其传奇生涯》由东京日本地域社会研究所出版。

1996　在宫泽贤治诞辰百年庆典之际受邀赴日，分别在花卷和东京发

---

① 参见〔日〕胜又浩《黄瀛诗歌之个性》，杨伟执行主编《诗人黄瀛》，重庆：重庆出版社，2010，第 330~348 页。

表了题为《日益繁荣的宫泽贤治》的演讲。

2000　7月，在日本千叶县铫子市中央公园建立了黄瀛诗碑《在铫子》，黄瀛在孙女刘嘉的陪同下，应邀赴日出席诗碑揭幕仪式，然后专程前往福岛县磐城为草野心平扫墓，参观草野心平文学纪念馆。

2005　7月30日去世。9月24日，在四川外语学院日语系大楼前建立黄瀛诗碑《某个夜晚》。日本NHK电视台派人拍摄了诗碑揭幕式的实况。

2008　10月25日~26日，由日本国际交流基金会赞助、四川外语学院日本学研究所主办的"诗人黄瀛与多文化间身份认同"国际研讨会在四川外语学院召开。与会者有日中文化交流协会会长·诗人辻井乔、文艺评论家川村凑、胜又浩、学者大塚常树、栗原敦、冈村民夫、王敏、小池阳、宋再新、张晓宁、黄育红、杨伟等人。

2010　6月，由王敏主编和杨伟执行主编的《诗人黄瀛》一书由重庆出版社出版。

2016　为庆祝黄瀛110周年诞辰，由杨伟和唐先容编著、王敏担任学术顾问的《诗人黄瀛与日本现代主义诗歌研究》一书于10月由西南师范大学出版社出版。10月22日~23日，由日本国际交流基金会赞助、四川外国语大学日本学研究所主办的"作为方法的越境与混血——纪念黄瀛诞辰110周年"国际研讨会在四川外国语大学举行。与会者有日本法政大学教授冈村民夫和小秋元段、东京大学教授村田雄二郎、早稻田大学教授梅森直之、岩波书店总编辑马场公彦、黄瀛传记作者佐藤龙一，以及黄瀛的弟子王敏、黄芳、杨伟和中外学者共60余人。

（注：本年表是参照近期的研究成果和新发现的资料，特别是根据黄瀛自己填写的干部档案修订而成。在此谨向为本研究提供资料的四川外国语大学档案室致谢。）

附录四　黄瀛作品年表[*]

编号	类别	标题	年份	初出刊号（年·月）	备　注
1	诗歌	早春登校	1923	詩聖 （大正 12.3）	同期载有草野心平的「無題」
2 3 4	诗歌	「短詩」3 篇 ・大阪で ・原始的な風景 ・夕方	1923	東京朝日新聞 （大正 12.12.14）	
5	诗歌	朝—Sに与へる	1924	東京朝日新聞 （大正 13.10.9）	载于该报「学芸」专栏，末尾注有：「青島にて」。「学芸」专栏负责人是中野秀人 ＊4 月 12 日载有高村光太郎的「春駒」 ＊11 月 8 日载有草野心平的「秋の朝」
6	诗歌	秋（天津）	1924	東京朝日新聞 （大正 13.10.9）	
7	诗歌	木	1924	東京朝日新聞 （大正 13.10.30）	
8	诗歌	にはとり	1924	東京朝日新聞 （大正 13.11.24）	
9	诗歌	朝の展望—中川一政氏にささぐ	1925	日本詩人 （大正 14.2）	荣获该刊"第二新诗人号"评选的第一名
10	诗歌	春	1925	日本詩人 （大正 14.2）	同上
11	诗歌	朝のよろこび	1925	東京朝日新聞 （大正 14.3.16）	
12	诗歌	夏の夜	1925	銅鑼 1 号 （大正 14.4）	

---

* 为便于研究者们查找原始文本，本年表中的作品名和备注栏的部分内容未翻译成中文，
而保留了日语原文。

编号	类别	标题	年份	初出刊号（年·月）	备　注
13	诗歌	朝にうたつた	1925	銅鑼 1 号 （大正 14.4）	诗后有附注：「青島日本中学時代」
14	诗歌	水を眺めよ —S 小姐にささぐ—	1925	銅鑼 1 号 （大正 14.4）	
15	诗歌	雪夜	1925	日本詩人 （大正 14.5）	
16	诗歌	愛別の詩 —写真に添えて—	1925	日本詩人 （大正 14.5）	有题注：「S U へ」
17	诗歌	夏の本郷通り	1925	銅鑼 2 号 （大正 14.5）	
18	诗歌	俄国的小孩 —小学校校庭所見—	1925	銅鑼 2 号 （大正 14.5）	
19	诗歌	散歩	1925	銅鑼 2 号 （大正 14.5）	
20	诗歌	金魚	1925	銅鑼 2 号 （大正 14.5）	
21	诗歌	寒夜	1925	銅鑼 2 号 （大正 14.5）	
22	随笔	寧馨雑記	1925	銅鑼 2 号 （大正 14.5）	
23	诗歌	三月十一日の夕	1925	詩と版画 11 輯 （大正 14.5）	末尾注有：「此の一篇をT氏のお目に」
24	诗歌	女よ	1925	銅鑼 3 号 （大正 14.7）	
25	诗歌	無題	1925	銅鑼 3 号 （大正 14.7）	
26	诗歌	ある朝	1925	銅鑼 3 号 （大正 14.7）	
27	诗歌	法國的花園	1925	世界詩人 1 巻 1 号 （大正 14.8）	
28	诗歌	喫茶店金水 —天津回想詩—	1925	日本詩人 （大正 14.9）	诗后有关于"電影"和"花園"二词的注释

编号	类别	标题	年份	初出刊号（年·月）	备注
29	诗歌	町へ	1925	銅鑼 4 号 （大正 14.9）	自本期开始，宫泽贤治亦成为《铜锣》同人
30	诗歌	母と妹よ	1925	銅鑼 4 号 （大正 14.9）	
31	诗歌	窓	1925	銅鑼 4 号 （大正 14.9）	
32	诗歌	秋—天津	1925	東京朝日新聞 （大正 14.10.6）	诗末标注有：「—天津」
33	诗歌	青い家案内	1925	純文学 （大正 14.10）	「青い家」指的是尾崎喜八的家
34	诗歌	娘よ!	1925	銅鑼 5 号 （大正 14.10）	
35	散文诗	七夕の夜	1925	世界詩人 1 巻 2 号 （大正 14.11）	
36 37	译诗	中華民国の詩 ・一つの星 （胡適原作） ・送客黄埔 （康白情原作）	1925	世界詩人 1 巻 2 号 （大正 14.11）	
38	诗歌	教会堂のある丘 —青島回想詩—	1925	日本詩人 （大正 14.12）	
39	译诗	血の歌 （朱自清原作）	1926	世界詩人 2 巻 1 号 （大正 15.1）	
40 41 42 43 44 45 46	诗歌	北方詩篇 ・早春 ・夕方 ・感謝 ・年末小詩 ・記念 ・母上のゐない夜 ・噂	1926	銅鑼 6 号 （大正 15.1）	该组诗后被收入诗集『景星』
47	诗歌	冬	1926	日本詩人 （大正 15.2）	

续表

编号	类别	标题	年份	初出刊号（年·月）	备　注
48	诗歌	病院にて	1926	若草 2 巻 2 号 （大正 15.2）	
49	诗歌	郊外電車	1926	東京朝日新聞 （大正 15.4.25）	
50 51	诗歌	夏雑詩（2 篇） ・紅谷の三階にて ・食堂小詩	1926	太平洋詩人 （大正 15.6）	诗后有附注：「文化学院」
52	诗歌	鷗 —水夫長の言葉—	1926	日本詩人 （大正 15.6）	
53	随笔	寧馨雑記	1926	若草 2 巻 6 号 （大正 15.6）	
54 55 56 57	诗歌	小さい詩 ・李の花 ・無題 ・雨 ・望郷	1926	銅鑼 7 号 （大正 15.8）	
58	评论	草野心平論	1926	日本詩人 （大正 15.9）	同期载有草野心平的「高村光太郎氏その他」
59	诗歌	雨を待ち雨を待つ	1926	銅鑼 8 号 （大正 15.10）	期刊月份仅为推测（因无底页可考）
60	诗歌	コーカサスの女 （E・A）	1926	日本詩人 （大正 15.10）	『日本詩人』于翌月发行 11 月号之后停刊。同期刊登了草野心平的诗 2 首
61	诗歌	妹への手紙	1926	銅鑼 9 号 （大正 15.12）	同期载有宫泽贤治的「永訣の朝」一诗
62	小说	二月の話	1927	碧桃 1 号 （昭和 2.1）	
63	小说	ある心象スケッチ —わるく云へば— 「ノート落書き」	1927	碧桃 2 号 （昭和 2.2）	
64	诗歌	天明の歌	1927	太平洋詩人 （昭和 2.2）	同期载有草野心平的「第百階級」等 2 首诗

续表

编号	类别	标题	年份	初出刊号（年・月）	备　注
65 66 67	诗歌	冬の詩 ・光明社のかへり ・帰省 ・短章	1927	銅鑼 10 号 （昭和 2.2）	一度面临停刊危机的《铜锣》从该期开始第 2 次刊行
68	诗歌	畠の中の一軒家の夜	1927	太平洋詩人 （昭和 2.3）	同期载有草野心平的「冬眠」
69 70 71 72 73 74 75 76 77 78 79 80 81 82	诗歌	冬夜 ・短章 ・短章 ・窓の風景 ―心象素描― ・「感動」の詩 ―小林外史夫へ― ・短章 ・畑の中の一軒家の夜 ・点景 ・Hの寝顔 ・風景 ―和田堀・和泉・夜― ・冬夜 ・鈴木泉三郎へ ・風景 ・小景 ・ある小劇場にて		碧桃 3 号 （昭和 2.3）	
83	诗歌	風景	1927	近代風景 （昭和 2.4）	
84	诗歌	入港間際	1927	近代風景 （昭和 2.4）	
85	诗歌	心象スケッチ	1927	文芸 （昭和 2.4）	同期载有草野心平的「PRINCE IGORNo. 2」
86	诗歌	エミーに	1927	太平洋詩人 （昭和 2.4）	同期载有草野心平的「蛙」2 首

编号	类别	标题	年份	初出刊号（年·月）	备　　注
87	小说	明るい苦渋	1927	碧桃 4 号 （昭和 2.6）	
88	诗歌	ある時	1927	詩神 （昭和 2.7）	
89	小说	夏の小雀	1927	碧桃 5 号 （昭和 2.8）	
90	诗歌	夕景の窓にて —心象スケッチ—	1927	詩神 （昭和 2.9）	
91	诗歌	即興詩 —不忍池夜景—	1927	詩神 （昭和 2.9）	
92	诗歌	芝浦からの帰り	1927	詩神 （昭和 2.11）	
93	诗歌	窓から	1927	詩神 （昭和 2.12）	同期载有草野心平的「同志」
94	诗歌	Hの昼寝	1927	詩神 （昭和 2.12）	
95 96	诗歌	Nocturne No. 1 Nocturne No. 2	1927	碧桃 6 号 （昭和 2.12）	
97	诗歌	詩三篇	1927	草 2 号 （昭和 2.12?）	未见杂志实物，篇目详情不知。出版月份不详，估计为 1927 年 12 月
98	随笔	八木重吉を想ふ	1928	草 3 号 （昭和 3.1）	
99	诗歌	新嘗祭の夜	1928	詩神 （昭和 3.2）	副题为 "Nocturne No. 3"
100	诗歌	亨利飯店にて	1928	銅鑼 14 号 （昭和 3.3）	
101	诗歌	心象日記	1928	詩神 （昭和 3.5）	同期载有草野心平的「ある夜のエロシエンコ」
102	译诗	上海 （馮乃超原作）	1928	銅鑼 16 号 （昭和 3.6）	『銅鑼』截至本期停刊

续表

编号	类别	标题	年份	初出刊号（年·月）	备　　注
103	诗歌	世界の眼よ	1928	文芸戦線 （昭和3.7）	据诗人自称，这是一首反战诗
104	诗歌	あいつの背中に書いた詩	1928	詩神 （昭和3.11）	
105	诗歌	将軍よ！	1928	学校1号 （昭和3.12）	据诗人自称，此诗中的"将军"指张宗昌
106	译诗	戦取 （郭沫若原作）	1928	若草4巻12号 （昭和3.12）	
107	译诗	十二月 （馮乃超原作）	1928	若草4巻12号 （昭和3.12）	
108	评论	中華民国詩壇の現在	1928	若草4巻12号 （昭和3.12）	
109	评论	詩集「第百階級」について	1929	詩神 （昭和4.1）	
110	杂记	短信 （アンケート回答）	1929	文芸レビュー （昭和4.1）	
111	诗歌	点火時の前	1929	学校2号 （昭和4.2）	
112	诗歌	銚子にて	1929	学校3号 （昭和4.3）	
113	译诗	血の幻影 （郭沫若原作）	1929	白山詩人 （昭和4.3）	
114	随笔	私の好きな花・土地・人	1929	詩神 （昭和4.4）	
115 116 117 118	诗歌	心象スケッチ ・士官学校の夜 ・鏡中風景 ・探梅 ・銚子にて	1929	詩と詩論第4冊 （昭和4.6）	「にて」一诗为第二次发表，该诗在收入《瑞枝》时改为「銚子ニテ」。同期载有草野心平的评论及介绍3篇
119	评论	中国詩壇小述	1929	詩と詩論第4冊 （昭和4.6）	

编号	类别	标题	年份	初出刊号（年·月）	备　注
120 121	译诗	新生 （衣萍原作） 道理 （衣萍原作）	1929	文芸レビュー （昭和 4.6）	原文为"衣萍"，即"章衣萍"之略
122	诗歌	幻聴とオレ	1929	文芸都市 （昭和 4.6）	
123	诗歌	愛愁歌	1929	若草 5 巻 6 号 （昭和 4.6）	
124	诗歌	唐沽から天津へ	1929	学校 6 号 （昭和 4.7）	
125	评论	最近詩壇に望みた きこと	1929	詩神 （昭和 4.7）	
126	诗歌	五・六月の夜	1929	文芸レビュー （昭和 4.8）	
127	评论	二つの詩集	1929	詩神 （昭和 4.8）	同期载有草野心平的诗论
128	诗歌	礼拝日の夜	1929	宣言 （昭和 4.8）	
129	译文	郭沫若	1929	宣言 （昭和 4.9）	是对钱杏邨《现代中国文学作家》中《郭沫若论》一文的翻译
130	译文	我的自叙伝略 （章衣萍原作）	1929	詩と詩論第 5 冊 （昭和 4.9）	
131	译诗	郭沫若詩抄	1929	詩と詩論第 5 冊 （昭和 4.9）	译自郭沫若的诗集《恢复》
133	译诗	FETE　NATIONALE （王獨清原作）	1929	詩神 （昭和 4.10）	译自《创造月刊》
134	译诗	酔酒歌 （章衣萍原作）	1929	詩神 （昭和 4.10）	译自章衣萍的诗集《种树集》
135	杂记	生活・近況	1929	詩神新聞 （昭和 4.10）	

续表

编号	类别	标题	年份	初出刊号（年·月）	备　注
136	诗歌	春さきの風	1929	詩神 （昭和4.11）	同期载有草野心平的尾形龟之助论
137	随笔	草野心平印象	1929	詩神 （昭和4.11）	目录中标题为「草野心平論」
138 139	诗歌	いつも明るい灯 ·一九二八年の冬 ·床屋の階上の玉つき屋にて	1929	詩神 （昭和4.12）	
140 141 142 143 144	译诗	王獨清詩抄 ·Now I am chureic man ·月下的病人 ·劳人 ·我従 CAFÉ 中出来 ·流罪人底預約	1929	詩神 （昭和4.12）	"Now I am chureic man" 应为 "Now I am choreic man" 之讹
145	译文	詩の防禦戦 （成仿吾原作）	1929	詩と詩論第6冊 （昭和4.12）	
146	评论	中国詩壇の現在	1929	現代詩講座第3巻 世界新興詩派研究 金星堂 （昭和4.12）	
147	诗歌	狂暴なる伊想	1930	南方詩人 猪狩満直詩集記念号 （昭和5.1）	
148 149 150 151 152	译诗	海外の中国民歌 ·Ⅰ小小子児 ·Ⅱ老鼠 ·Ⅲ鳥 ·Ⅳ鴿子 ·Ⅴ賣玩物的人的歌	1930	詩神 （昭和5.1）	

编号	类别	标题	年份	初出刊号（年·月）	备　　注
153	译文	温泉 （陶晶孫原作）	1930	詩神 （昭和 5.2）	译自《音乐会小曲》
154	译文	Café Pipeau 的広告 （陶晶孫原作）	1930	詩神 （昭和 5.2）	
155	评论	第一戦に立つ人の プロフイル ——岡本　潤	1930	詩文学 （昭和 5.3）	同期载有草野心平的「時評的 ノート」
156	译诗	紅紗燈 （馮乃超原作）	1930	詩神 （昭和 5.4）	
157	译诗	擬児歌 （劉半農原作）	1930	詩神 （昭和 5.4）	
158	译诗	夜雨 （銭杏邨原作）	1930	詩神 （昭和 5.4）	
159	译诗	耶蘇頌 （蒋光慈原作）	1930	詩神 （昭和 5.4）	
160	译诗	北京 （蒋光慈原作）	1930	詩神 （昭和 5.4）	
161	诗歌	オレ	1930	旗魚 （昭和 5.5）	
162	诗歌	●	1930	旗魚 （昭和 5.5）	黑色圆点即为标题。这种情形 多见于草野心平的作品
163	译诗	中国 ・台城下… （陸志韋原作）	1930	現代詩講座第 8 巻 世界詞華選 金星堂 （昭和 5.5）	
164		・彼の女を忘れた （聞一多原作）			
165		・黄河と揚子江（抜 粹）（郭沫若原作）			
166		・酔酒歌 （章衣萍原作）			
167		・北京 （蒋光慈原作）			
168		・紅紗燈 （馮乃超原作）			
169		・Now I am choreic man （王獨清原作）			

续表

编号	类别	标题	年份	初出刊号（年·月）	备 注
170	诗集	景星	1930	田村栄 （昭和 5. 6. 17）	
171 172 173 174 175	译诗	蒋光慈詩抄 ・十月××の少年 ・月夜の一瞬 ・鋼刀と肉頭 ・韃靼女の唄を きく ・莫斯科吟	1930	詩神 （昭和 5. 6）	
176 177 178 179 180 181	诗歌	スケッチブック ・蒙古と西藏 ・帰郷 ・何といふ形容 ・作業台休憩 ・犬のタぐれ ・兵隊さんと子 供達	1930	詩神 （昭和 5. 7）	同期载有草野心平的诗歌「手 紙」
182	诗歌	イロハニホヘト	1930	作品 2 号 （昭和 5. 7）	诗末标有「心象スケッチ」
183	诗歌	ここまで来た時	1930	作品 2 号 （昭和 5. 7）	
184	诗歌	素描	1930	作品 2 号 （昭和 5. 7）	
185	诗歌	明信片 ―眼ニ描ク絵本―	1930	作品 2 号 （昭和 5. 7）	
186	评论	側面から見た中国 詩壇	1930	詩神 （昭和 5. 9）	同期载有草野心平的诗「紙芝 居の前口上」及诗论
187	随笔	詩人交遊録	1930	詩神 （昭和 5. 9）	
188	杂记	自分の心中	1930	詩文学 （昭和 5. 12）	内容为对该年度诗歌的简短 评论

编号	类别	标题	年份	初出刊号（年·月）	备　注
189	诗歌	窓を打つ氷雨	1931	詩神 （昭和 6.1）	
190	诗歌	狂暴なる伊想	1931	詩神 （昭和 6.1）	同期载有草野心平的诗歌 3 首
191	诗歌	問答	1931	価値 （昭和 6.2）	创刊号
192	诗歌	壁落書	1931	価値 （昭和 6.2）	
193	诗歌	夜雨	1931	文学時代 （昭和 6.6）	
194	评论	金陵城から —現中国新文学の 缺陥と今後の展望	1931	作品第 17 号 （昭和 6.9）	
195	诗歌	清涼山清涼寺にて	1931	詩人時代 （昭和 6.9）	
196	随笔	最近の自己を語る	1931	詩人時代 （昭和 6.12）	
197	诗歌	覚え書	1932	詩人時代 （昭和 7.1）	附有作者肖像照片
198 199	诗歌	ノート ・稲妻 ・重々しい気圧と かんしやく玉	1932	詩人時代 （昭和 7.7）	
200	评论	幸福な「永遠の恋人」	1932	詩人時代 （昭和 7.7）	
201 202	诗歌	火車の窓にて ・Y・H覚え書き ・兗州夏夜	1932	詩人時代 （昭和 7.9）	
203	评论	岡崎清一郎	1932	詩人時代 （昭和 7.9）	
204	诗歌	腹の中にあること がら	1932	詩人時代 （昭和 7.11）	

编号	类别	标题	年份	初出刊号（年·月）	备　注
205	诗歌	東の颱風	1932	詩人時代 （昭和 7.12）	
206	诗歌	カリカチュア	1932	詩人時代 （昭和 7.12）	
207	诗歌	言葉	1933	一家 （昭和 8.4）	创刊号
208 209 210 211 212	诗歌	らくがき ・ある朝 ・ある夜（1） ・写真を撮られて いる! ・ある夜（2） ・机の上	1933	詩人時代 （昭和 8.6）	在组诗一开始的说明中黄瀛写道："谨以此'涂鸦'来代替向冈崎清一郎和宫泽贤治君汇报近况。"
213	诗歌	Mourning	1933	詩人時代 （昭和 8.8）	
214	诗歌	オレと妹	1933	詩人時代 （昭和 8.8）	
215	诗歌	雨となった夕	1933	詩人時代 （昭和 8.8）	
216	诗歌	秋の小夜曲	1933	詩人時代 （昭和 8.10）	
217	随笔	日本東京	1933	詩人時代 （昭和 8.12）	文中有这样的字句："此文写成时，接到宫泽贤治逝世之噩耗……"
218	随笔	今日の思い出	1934	詩人時代 （昭和 9.1）	
219	随笔	南京より	1934	宮沢賢治追悼 （昭和 9.1）	草野心平主编，次郎社发行
220	诗歌	スナップの裏 の……	1934	詩人時代 （昭和 9.2）	
221	诗歌	戯れ書	1934	詩人時代 （昭和 9.2）	

编号	类别	标题	年份	初出刊号（年·月）	备　注
222	诗歌	猟人と犬	1934	愛誦 （昭和9.4）	停刊号
223	诗集	瑞枝	1934	ボン書店 （昭和9.5）	
224 225	诗歌	一九三三年以前の ノートより ・場面 ・鏡にうつる弥次 郎兵衛	1934	詩人時代 （昭和9.9）	
226 227 228 229 230	诗歌	たよりに代えて中 根栄氏、井伏鱒二 氏、竹中郁氏に ・杭州歳暮 ・北平早春 ・魯境一夜 ・平漢路上にて ・パツシヨン	1934	文芸通信 （昭和9.10）	（诗5篇）末尾注有："黄瀛乃 中华民国少壮军官，亦曾作为 颇具特色的新诗人在日本诗坛 广为人知。"
231 232	诗歌	一九三三年以前の ノートより ・夏の夜 ・梁姨太々の白い 花かんざし	1934	詩人時代 （昭和9.11）	
233	诗歌	一九三三年以前 のノートより ・畫舫生活	1934	L'ESPRIT NOUVEAU （昭和9.12）	
234 235 236 237	诗歌	拾遺——詩3篇 ・フエヤンシエト ・ソンネット ・冬山 ・みんな〇〇の話	1935	詩法 （昭和10.1）	标题为《拾遗——诗三篇》，但 实际上登载了4首诗歌
238	诗歌	犬達と夜	1935	詩学 （昭和10.3）	

编号	类别	标题	年份	初出刊号（年·月）	备　注
239	诗歌	大飯店の六階	1935	詩法 （昭和 10.5）	
240	诗歌	記憶の中の記憶	1935	詩法 （昭和 10.5）	
241	诗歌	戯画・どん・せば すちあん	1935	詩法 （昭和 10.5）	
242	杂记	南京より	1935	詩法 （昭和 10.5）	内容为婚礼请柬
243	诗歌	陰暦過年	1935	詩法 （昭和 10.7）	
244	随笔	雨もよひの夜	1935	詩人時代 （昭和 10.10）	追悼八木重吉
245	诗歌	心平への戯れ書—— 眠れないとはどうい うわけか?	1946	人間 （昭和 21.7）	同期载有宫泽贤治的 3 篇遗作
246 247 248 249	诗歌	思ひ出（詩四篇） ・Y・H 断章 ・苗族の踊り ・春来の歌 ・思ひ出	1946	芸林開歩 （昭和 21.8）	
250	诗歌	望郷	1946	群像 （昭和 21.10）	创刊号。黄瀛的名字下标注有:「中国詩人・陸軍少将」。同期刊登有宫泽贤治的遗稿「目にて言ふ」和「風がおもてで呼んでゐる」
251	诗歌	東京できく Radio	1946	群像 （昭和 21.10）	
252	诗歌	タバコ	1946	群像 （昭和 21.10）	
253 254	诗歌	・跳六筌 ・山から来た男	1946	改造評論 1 号 （昭和 21.6）	《改造评论》是战后在上海出版的日语杂志
255	杂记	手紙	1947	日本未来派 （昭和 22.6）	创刊号

编号	类别	标题	年份	初出刊号（年·月）	备　注
256	诗歌	ねむれないのは	1947	歴程 27 号 （昭和 22.7）	
257	诗歌	山から来た男	1947	至上律 2 号 （昭和 22.11）	
258	诗歌	僕はまた考える	1947	至上律 2 （昭和 22.11）	
259	诗歌	自慰	1947	至上律 2 号 （昭和 22.11）	
260	诗歌	考へつつ	1948	母音 （昭和 23.9）	
261	诗歌	ある日のH氏	1949	歴程 30 （昭和 24.1）	
262	诗歌	冬の夕ぐれ・玄武湖	1949	新現実 （昭和 24.3）	附有草野心平的简短评语
263	诗歌	取り乱したるその中で	1949	詩学 （昭和 24.7）	后记中有"基于草野心平的好意而刊登"等字句
264	诗歌	通りすぎる風	1949	婦人画報 （昭和 24.7）	
265	诗歌	会見	1949	女性線 （昭和 24.12）	
266	诗歌	雪の日 —Y・Hの冬—	1951	歴程 34 号 （昭和 26.1）	
267	诗歌	会見	1959	歴程 75 号 （昭和 34.6）	
268	随笔	高村さんの思い出	1963	歴程 81 号 （昭和 38.3）	
269	诗歌	無題	1974	詩学 （昭和 49.6）	（1965） 269～272 是黄瀛不同时期的作品，以《黄瀛诗集》为总题，收录在该期《诗学》中。括号内为创作时间。
270	诗歌	耳のかゆい春の夜	1974	詩学 （昭和 49.6）	（1966）

编号	类别	标题	年份	初出刊号（年·月）	备　注
271	诗歌	君に	1974	詩学 （昭和 49.6）	（1967）
272	诗歌	ある人の写真に	1974	詩学 （昭和 49.6）	（1963）
273	诗歌	冬は窓から	1979	詩学 （昭和 54.9）	
274	诗歌	自分をみて	1979	詩学 （昭和 54.9）	
275	诗歌	たいたいつくし	1979	詩学 （昭和 54.9）	
276	诗歌	雨の日川から帰る途中—上清寺にて—	1979	詩学 （昭和 54.9）	
277	诗歌	渝州会旧友	1981	美的 12 号 （昭和 56.1）	
278 279 280 281	诗歌	近作'82·1 ·ある夜 ·此の男 ·霧の月 ·生きてる	1982	連峰 45 号 （昭和 57.3）	「ある夜」和「此の男」、「生きてる」后来被收入『詩人黄瀛　回想篇·研究篇』（1984）
282	诗歌	有一天下午又是陰天	1982	解氷期 （昭和 57.4）	
283	诗歌	日曜日たそがれ時	1982	解氷期 （昭和 57.4）	
284	诗歌	わがノートより	1982	解氷期 （昭和 57.4）	（1981） 括号内是实际创作时间
285	诗歌	成東は左千夫のふるさと	1982	解氷期 （昭和 57.4）	（1981）
286	随笔	「瑞枝」が再び陽の目を見て	1982	詩集《瑞枝》 復刻版付録 （昭和 57.9）	
287	随笔	横光利一に関して	1983	京浜通信 54 号 （昭和 58.2）	
288	随笔	横光利一に関して	1983	京浜通信 55 号 （昭和 58.3）	

编号	类别	标题	年份	初出刊号（年·月）	备　注
289	诗歌	夾竹桃の花	1983	歴程 300 号 （昭和 58.3）	
290	信函	朝倉勇兄	1984	歴程 303 号 （昭和 59.1）	
291	诗歌	流れ星	1984	詩人黄瀛 回想篇・研究篇 （昭和 59.1）	
292	诗歌	ある時	1984	詩人黄瀛 回想篇・研究篇 （昭和 59.1）	
293	诗歌	秋されば	1984	詩人黄瀛 回想篇・研究篇 （昭和 59.1）	（1982.11） 括号内为实际创作时间
294	诗歌	ひとり言	1984	詩人黄瀛 回想篇・研究篇 （昭和 59.1）	（1965.11）
295	随笔	感激に耐えず	1984	詩人黄瀛 回想篇・研究篇 （昭和 59.1）	
296	诗歌	夾竹桃	1984	歴程 308 号 （昭和 59.6）	
297	诗歌	つぶらめなれば	1984	京浜通信 74 号 （昭和 59.7）	该诗创作于战前
298	随笔	紫陽花咲く頃	1984	歴程 311 号 （昭和 59.9）	
299	采访记	回億の中の日本人、 そして魯迅	1984	鄔其山 5 号 （昭和 59.9）	
300 301 302 303	诗歌	拾遺——記念歴程 創刊五十周年 ・春寒の夜 ・'84・年のくれ ・南方、十二月夜 来香満開 ・鬢白く、眼かす みてただ耳敏き男 のある夜	1985	歴程 319 号 （昭和 60.5）	

编号	类别	标题	年份	初出刊号（年·月）	备　注
304	诗歌	『思い出橋』の思い出	1985	歴程 325 号 （昭和 60.11）	
305	诗歌	老人鏡	1986	歴程 328 号 （昭和 61.2）	有「ツケタリ1~5」
306	诗歌	'86・元旦・おしゃべりの詩	1986	歴程 332 号 （昭和 61.6）	
307	随笔	岡崎清一郎追悼	1986	歴程 336 号 （昭和 61.10）	
308	随笔	宮沢賢治随想	1986	宮沢賢治 6 号 （昭和 61.11）	
309	诗歌	紙の上のイメージ	1987	歴程 340 号 （昭和 62.2）	
310	诗歌	臨終	1987	歴程 342 号 （昭和 62.4）	
311	诗歌	耳楽	1987	歴程 343 号 （昭和 62.5）	
312	诗歌	幻想	1987	歴程 345 号 （昭和 62.8）	
313	诗歌	ハテ、題は	1987	歴程 345 号 （昭和 62.8）	
314	诗歌	身辺小詩、1~5	1987	歴程 346 号 （昭和 62.9）	
315	诗歌	丝绸之路幻想——四川外语学院深夏之梦	1987	川外诗选 （昭和 62.11）	《川外诗选》由晚晴诗社编辑。发表的是该诗译文（由杨伟受作者之托译成）
316	诗歌	遠望春山	1988	歴程 356 号 （昭和 63.9）	
317	诗歌	挽歌	1988	歴程 356 号 （昭和 63.9）	
318	诗歌	ヘンな生きもの	1988	歴程 357 号 （昭和 63.9）	

编号	类别	标题	年份	初出刊号（年·月）	备　注
319	诗歌	言葉の遊び	1989	歴程 361 号 （平成 1.1）	
320	诗歌	北京遠し	1989	歴程 361 号 （平成 1.1）	
321	随笔	詩友、草野心平を悼む	1990	歴程 369 号 （平成 2.2）	
322	随笔	弔念・草野心平	1990	歴程 369 号 （平成 2.2）	
323	诗歌	夜ひらく	1990	歴程 371 号 （平成 2.5）	
324	诗歌	ひとり言	1990	歴程 371 号 （平成 2.5）	
325	诗歌	何処からか木犀	1991	歴程 378 号 （平成 3.3）	
326	诗歌	巴山夜雨	1994	歴程 407 号 （平成 6.1）	
327	诗歌	考えふけて	1994	歴程 408 号 （平成 6.2）	
328	演讲	いよよ弥栄ゆる宮沢賢治	1997	世界に拡がる宮沢賢治　宮沢賢治国際研究大会記録集 1	宮沢賢治学会イーハトーブセンター発行
329	随笔	詩人の友しのび追憶の旅	2000	日本経済新聞 （平成 12.11.2）	

注：本表的制作承蒙草野心平研究会代表深泽忠孝先生的鼎力相助和资料提供，在此谨致谢忱。

参考文献

（日文资料按五十音图排序，中文资料按拼音排序）

日文文献

（一）图书

［1］安西冬衛『安西冬衛全詩集』、東京：思潮社、1966。

［2］安西冬衛『安西冬衛全集』（別巻）、東京：宝文館出版、1986。

［3］秋山清『アナーキズム文学史』、東京：パル出版、2006。

［4］浅井清等編集『新研究資料　現代日本文学』第7巻、東京：明治書院、2000。

［5］天沢退二郎編『宮沢賢治ハンドブック』、東京：新書館、1996。

［6］天沢退二郎・金子務・鈴木貞美編『宮沢賢治イーハトヴ学事典』、東京：弘文堂、2010。

［7］安藤元雄・大岡信・中村稔監修『現代詩大事典』、東京：三省堂、2008。

［8］飯田吉郎編『現代中国文学研究文献目録──補修版（1908～1945）』、東京：汲古書院、1991。

［9］伊藤信吉『逆流の中の歌──詩的アナキズムの回想』、東京：七曜社、1963。

［10］伊藤新吉編『詩とはなにか』、東京：角川書店、1969。

［11］伊藤整等編『新潮日本文学小辞典』、東京：新潮社、1968。

［12］内山完造、『魯迅の思い出』、東京：社会思想社、1979。

［13］梅森直之『初期社会主義の地形学──大杉栄とその時代』、東京：有志舎、2016。

［14］大滝清雄『草野心平の世界』、東京：宝文館、1985。

［15］大塚常樹『宮沢賢治　心象の記号論』、東京：朝文社、1999。

［16］尾崎秀樹『近代文学の傷痕』、東京：岩波書店、1991。

［17］小野浩『草野心平――昭和の凸凹を駆け抜けた詩人』、福島：歴史春秋社、2008。

［18］勝又浩『作家たちの往還』、東京：鳥影社、2005。

［19］加藤周一・凡人会『「戦争と知識人」を読む』、東京：青木書店、1999。

［20］川村湊『異郷の昭和文学』、東京：岩波書店、1990。

［21］草野心平『亜細亜幻想』、東京：創元社、1953。

［22］草野心平『草野心平全集』（第1―12巻）、東京：筑摩書房、1978―1984。

［23］草野心平『草野心平日記』（第1―7巻）、東京：思潮社、2004―2006。

［24］草野心平『玄天』、東京：筑摩書房、1984。

［25］草野心平『凸凹の道――対話による自伝』、東京：日本図書センター、1994。

［26］草野心平『茫茫半世紀』、東京：新潮社、1983。

［27］『現代詩読本　草野心平るるる葬送』、東京：思潮社、1989。

［28］『現代詩読本―12　宮沢賢治』、東京：思潮社、1979。

［29］黄瀛『景星』、東京：田村榮、1930。

［30］黄瀛『瑞枝』、東京：ボン書店、1935。

［31］小森陽一『「ゆらぎ」の日本文学』、東京：日本放送出版協会、1998。

［32］子安宣邦『アジアはどう語られてきたか』、東京：藤原書店、2003。

［33］桜本富雄『戦争と責任――戦時下の詩人たち』、東京：未来社、1983。

［34］佐藤竜一『黄瀛――その詩と数奇な生涯』、東京：日本地域社会研究所、1994。

［35］佐藤竜一『宮沢賢治の詩友・黄瀛の生涯』、東京：コールサック社、2016。

［36］澤正弘・和田博文編『都市モダニズムの奔流』、東京：翰林書

房、1996。

［37］志賀重昂『日本風景論』、東京：岩波書店、1995。

［38］『詩人黄瀛　回想篇・研究篇』、東京：蒼土舎、1984。

［39］ジル・ドゥルーズ、クレール・パルネ『ドゥルーズの思想』、田村毅訳、東京：大修館書店、1980。

［40］新藤謙『唸る星云・草野心平』、東京：土曜美術出版販売、1997。

［41］鈴木貞美『入門　日本近現代文芸史』、東京：平凡社、2013。

［42］高内壮介『草野心平論』、鹿沼：栃の葉書房、1981。

［43］高橋夏男『流星群の詩人たち』、上尾：林道舎、1999。

［44］高村光太郎『高村光太郎全集』第 10 巻、東京：筑摩書房、1995。

［45］高村光太郎・宮沢賢治『高村光太郎・宮澤賢治集』（現代日本文学大系 27）、東京：筑摩書房、1969。

［46］高山岩男『世界史の哲学』、東京：岩波書店、1942。

［47］田中末男『宮沢賢治〈心象〉の現象学』、東京：洋洋社、2007。

［48］多和田葉子『カタコトのうわごと』、東京：青土社、1999。

［49］土田知則・青柳悦子『文学理論のプラクティス』、東京：新曜社、2007。

［50］土屋勝彦編『越境する文学』、東京：水声社、2009。

［51］豊島与志雄『豊島与志雄著作集』第 6 巻、東京：未来社、1967。

［52］冨上芳秀『安西冬衛——モダニズム詩に隠されたロマンティシズム』、東京：未来社、1989。

［53］原子朗『新宮沢賢治語彙辞典』、東京：東京書籍、1999。

［54］深澤忠孝『草野心平研究序説』、東京：教育出版センター、1984。

［55］深澤忠孝『詩人草野心平の世界——その道程と風土』、福島：福島中央テレビ、1978。

［56］裴亮『中国"嶺南"現代文学の新地平——文学研究会広州分会および留学生草野心平を中心に』、福岡：花書院、2014。

［57］北条常久『詩友　国境を越えて——草野心平と光太郎・賢治・黄瀛』、東京：風濤社、2009。

［58］真壁仁『北からの詩人論』、東京：宝文館、1985。

［59］松本健一『竹内好「日本のアジア主義」精読』、東京：岩波書店、2000。

［60］ 宮沢賢治『【新】校本宮沢賢治全集』（第 1—16 巻 + 別巻 1）、東京：筑摩書房、1995—2009。

［61］ 宮沢賢治学会イーハトーブセンター生誕百年祭委員会記念刊行部会編『世界に拡がる宮沢賢治—宮沢賢治国際研究大会記録集 vol. 1—』、花巻：宮沢賢治学会イーハトーブセンター、1997。

［62］ 明珍昇『評伝　安西冬衛』、東京：桜楓社、1974。

［63］ モダニズム研究会編『越境する想像力』、京都：人文書院、2004。

［64］ 百田宗治編『現代世界詞華選』、東京：金星堂、1930。

［65］ 百田宗治編『世界新興詩派研究』、東京：金星堂、1929。

［66］ 守屋貴嗣『満州詩人論：「亜」の生成と終焉』、博士論文、法政大学国際文化研究科、2009。

［67］ 吉田精一編『日本文学鑑賞辞典　近代編』、東京：東京堂、1960。

［68］ 劉建輝『日中二百年——支え合う近代』、東京：武田ランダムハウスジャパン、2012。

（二）　雑志

［1］『朝』1925 年 10 月号。

［2］『鄔其山』第 5 号、1984 年 9 月。

［3］『解釈と鑑賞』臨時増刊号、1954 年 6 月。

［4］『改造』1942 年 1 月号。

［5］『作品』第 17 号、1931 年 9 月。

［6］『詩学』第 2 冊、東京：ボン書店、1934。

［7］『詩神』1929 年 10—12 月号；1930 年 1 月号、4—6 月号、9 月号。

［8］『詩聖』1923 年 3 月号。

［9］『詩と詩論』第 4 冊（1929 年 6 月）、第 5 冊（1929 年 9 月）、第 6 冊（1929 年 12 月）。

［10］『新潮』1961 年 4 月号、1985 年 2 月号。

［11］『世界詩人』1925 年 11 月号、1926 年 1 月号。

［12］『銅鑼』1—16 号復刻版、東京：日本近代文学館、1978。

［13］『南方詩人・黄瀛詩集記念号』、1930。

［14］『日本詩人』1925 年 2 月第二新詩人号、9 月号、11 月号、12 月号；1926 年 9 月号。

［15］『日本評論』1941 年 8 月号。

［16］『人間』1947 年 7 月号。

［17］『白山詩人』1929 年 3 月号。

［18］『美的』第 9 号、1979 年 5 月。

［19］『文藝戦線』1928 年 7 月号。

［20］『文藝レビュー』1929 年 6 月号。

［21］『碧桃』第 2 号（1927 年 2 月）、第 4 号（1927 年 6 月）、第 5 号
　　　（1927 年 12 月）。

［22］『宮沢賢治』第 6 号、1986 年 11 月。

［23］『無限』第 28 号、1971 年 8 月。

［24］『歴程』第 17 号（1942 年 4 月）、復刊第 1 号（1947 年 7 月）、第
　　　81 号（1963 年 3 月）、第 300 号（1983 年 10 月）、第 311 号（1984
　　　年 9 月）、第 342 号（1987 年 4 月）、第 361 号（1989 年 1 月）、第
　　　365 号（1990 年 2 月）。

［25］『若草』第 2 巻第 2 号（1926 年 2 月）、第 2 巻第 6 号（1926 年 6
　　　月）、第 4 巻第 12 号（1928 年 12 月）。

（三）　主要论文

［1］会田綱雄「南京時代」政治公論社・無限編集部『無限　草野心平
　　　特集』第 28 号、1971 年 8 月、第 242 頁。

［2］赤松月船「『詩聖』このかた」『詩人黄瀛　回想篇・研究篇』、東
　　　京：蒼土舎、1984、第 16—17 頁。

［3］石崎等「詩としてのアジア：草野心平と中国（Ⅰ）」『立教大学日
　　　本文学』第 91 号、2003 年 12 月、第 115—131 頁。

［4］伊藤信吉「解説——次代からの回想」「銅鑼」復刻版別冊、東京：
　　　日本近代文学館、1978、第 9—17 頁。

［5］伊藤信吉「草野心平」伊藤整等編『新潮日本文学小辞典』、東京：
　　　新潮社、1968、第 384—385 頁。

［6］王敏「黄瀛」天沢退二郎・金子務・鈴木貞美編『宮沢賢治イーハ
　　　トヴ学事典』、東京：弘文堂、2010、第 176 頁。

［7］大岡信「草野心平と昭和詩」『現代詩読本　草野心平るるる葬送』、
　　　東京：思潮社、1989、第 188—191 頁。

［8］ 太田卓「黄瀛の母とその妹」『詩人黄瀛　回想篇・研究篇』、東京：蒼土舎、1984、第 47—59 頁。

［9］ 岡村民夫「詩人黄瀛の光栄——書簡性と多言語性」法政大学言語・文化センター『言語と文化』第 6 号、2009 年 1 月、第 1—27 頁。

［10］ 奥野信太郎「詩人黄瀛のこと」『奥野信太郎随想全集』第 5 巻、東京：福武書店、1984、第 237—255 頁。

［11］ 小野十三郎「黄君の日本語」『詩人黄瀛　回想篇・研究篇』、東京：蒼土舎、1984、第 18—19 頁。

［12］ 北林透馬「少年黄瀛」『詩学』第 2 冊、東京：ボン書店、1934、第 76—77 頁。

［13］ 倉橋健一「中国の草野心平」『藍』総第 20 号、2005 年 11 月、第 274—278 頁。

［14］ 栗原敦「宮沢賢治と黄瀛：詩的邂逅の意義」『実践国文学』第 77 号、2010 年 3 月、第 17—28 頁。

［15］ 栗原茂「『黄瀛』雑記」『解氷期』第 16 号、1983 年 4 月、第 7—11 頁。

［16］ 小関和弘「草野心平」安藤元雄・大岡信・中村稔監修『現代詩大事典』、東京：三省堂、2008、第 205—207 頁。

［17］ 小関和弘「黄瀛」安藤元雄・大岡信・中村稔監修『現代詩大事典』、東京：三省堂、2008、第 229—230 頁。

［18］ 小関和弘「銅鑼」安藤元雄・大岡信・中村稔監修『現代詩大事典』、東京：三省堂、2008、第 479—481 頁。

［19］ 佐佐木順子・小関和弘「草野心平」浅井清等編集『新研究資料　現代日本文学』第 7 巻、東京：明治書院、2000、第 241—250 頁。

［20］ 澤正弘「詩史の断層——近代から現代へ」澤正弘・和田博文編『都市モダニズムの奔流』、東京：翰林書房、1996、第 6—19 頁。

［21］ 澤正宏「モダニズム」安藤元雄・大岡信・中村稔監修『現代詩大事典』、東京：三省堂、2008、第 662—663 頁。

［22］ 宗左近「心平さんの宗教」『歴程』第 369 号、1990 年 2 月、第 56—57 頁。

［23］ 宗左近・粟津則雄・入沢康夫「命を燃焼させた単独者の詩と生」
『現代詩読本　草野心平るるる葬送』、東京：思潮社、1989、第
11—28 頁。

［24］ 曽根博義「海彼から押し寄せたレスプリ・ヌーボー」、澤正弘・
和田博文編『都市モダニズムの奔流』、東京：翰林書房、1996、
第 20—37 頁。

［25］ 田村隆一「蛙」吉田精一編『日本文学鑑賞辞典　近代編』、東京：
東京堂、1960、第 151—152 頁。

［26］ 辻井喬「心平さんのこと」『歴程』第 369 号、1990 年 2 月、第
169—170 頁。

［27］ 長江道太郎「言語感覚の一典型」『無限　草野心平特集号』第 28
号、1971 年、第 53—59 頁。

［28］ 西成彦「クレオール」天沢退二郎編『宮沢賢治ハンドブック』、
東京：新書館、1996、第 70 頁。

［29］ 萩原朔太郎「日本詩人九月号月旦」『日本詩人』1925 年 11 月号、
第 74—77 頁。

［30］ 原子朗「心象スケッチ」『新宮沢賢治語彙辞典』、東京：東京書
籍、1999、第 368—370 頁。

［31］ 深澤忠孝「『何としても詩の国に』・竹内勝太郎へ——草野心平
評伝ノート（1）」『草野心平研究』第 1 号、1989 年 12 月、第 4—
23 頁。

［32］ 深澤忠孝「『青春の中心』・嶺南大学校文理科大学——草野心平
評伝ノート（2）」『草野心平研究』第 2 号、1990 年 12 月、第 4—
28 頁。

［33］ 深澤忠孝「『青春の中心』・嶺南大学校文理科大学（2）——草野
心平評伝ノート（3）」『草野心平研究』第 3 号、1991 年 12 月、
第 4—28 頁。

［34］ 深澤忠孝「心平・賢治・光太郎——その接点と相互作用」『草野
心平研究』第 10 号、2007 年 11 月、第 25—31 頁。

［35］ 深澤忠孝「中国新詩と日本現代詩の交流に関する研究序説」『草
野心平研究』第 11 号、2008 年 12 月、逆 1—43。

［36］ 真壁仁「草野心平論」『北からの詩人論』、東京：宝文館、1985、

第 144—165 頁。

[37] 三好豊一郎「その活力と夢想―「五族共和」を超えて」『現代詩
読本　草野心平るるる葬送』、東京：思潮社、1989、第 178—
179 頁。

[38] 安井三吉「草野心平と中国」『草野心平研究』第 13 号、2010 年
11 月、第 23—52 頁。

[39] 吉田凞生「『凹凸の道』解説」草野心平『対話による自伝―凸凹
の道』、東京：日本図書センター、1994、第 253—259 頁。

中文文献

（一）图书

[1] 陈永国编《游牧思想——吉尔·德勒兹　费利克斯·瓜塔里读本》，
长春：吉林人民出版社，2011。

[2]〔法〕德勒兹·加塔利：《资本主义与精神分裂（卷 2）：千高原》，
姜宇辉译，上海：上海书店出版社，2010。

[3] 董炳月：《"国民作家"的立场——中日现代文学关系研究》，北京：
生活·读书·新知三联书店，2006。

[4]《读书》杂志编《亚洲的病理》，北京：生活·读书·新知三联书
店，2007。

[5] 贺圣遂、陈麦青编选《抗战实录之三：汉奸丑史》，上海：复旦大学
出版社，1999。

[6] 旷新年：《1928：革命文学》，济南：山东教育出版社，1998。

[7] 雷鸣：《汪精卫先生传》（民国丛书复刻版），上海：上海书店出版
社，1989。

[8] 李怡：《日本体验与中国现代文学的发生》，北京：北京大学出版
社，2009。

[9]〔斯洛文尼亚〕斯拉沃热·齐泽克：《意识形态的崇高客体》，季广茂
译，北京：中央编译出版社，2002。

[10]〔英〕斯图亚特·霍尔、保罗·杜盖伊编著《文化身份问题研究》，
庞璃译，开封：河南大学出版社，2010。

[11] 沈用大：《中国新诗史——1918～1949》，福州：福建人民出版

社，2006。

[12] 〔日〕实藤惠秀：《中国人留学日本史》，谭汝谦、林启彦译，北京：生活・读书・新知三联书店，1983。

[13] 四川省图书馆学会编《四川省图书馆学会成立 30 周年纪念专集下》，成都：四川人民出版社，2009。

[14] 孙歌：《竹内好的悖论》，北京：北京大学出版社，2005。

[15] 孙中山：《孙中山著作选》（上、下），北京：高等教育出版社，2011。

[16] 孙中山：《孙中山全集》第 11 卷，北京：中华书局，1981。

[17] 涂文学主编《武汉通史・中华民国卷（上）》，武汉：武汉出版社，2006。

[18] 杨伟执行主编《诗人黄瀛》，重庆：重庆出版社，2010。

[19] 〔日〕伊藤虎丸：《鲁迅、创造社与日本文学——中日近现代比较文学初探》，孙猛、徐江、李冬木译，北京：北京大学出版社，2005。

[20] 郁达夫：《郁达夫小说全编》，杭州：浙江文艺出版社，1989。

[21] 王敏：《宫泽贤治与中国》，唐先容等译，重庆：重庆出版社，2010。

[22] 汪民安、陈永国编《尼采的幽灵》，北京：社会科学文献出版社，2001。

[23] 王屏：《近代日本的亚细亚主义》，北京：商务印书馆，2004。

[24] 王晓平主编《东亚诗学与文化互读——川本皓嗣古稀纪念论文集》，北京：中华书局，2009。

[25] 王晓平：《近代中日文学交流史稿》，长沙：湖南文艺出版社，1987。

[26] 王一川：《中国现代性体验的发生》，北京：北京师范大学出版社，2001。

[27] 王中忱：《越界与想象：20 世纪中国、日本文学比较研究论集》，北京：中国社会科学出版社，2001。

[28] 张承志：《敬重与惜别》，北京：中国友谊出版公司，2009。

[29] 张福贵、靳丛林：《中日近现代文学关系比较研究》，长春：吉林大学出版社，1999。

[30] 章克标：《世纪挥手 百岁老人章克标自传》，深圳：海天出版社，1999。

[31] 〔日〕竹内好：《近代的超克》，李冬木、孙歌等译，北京：生活・读书・新知三联书店，2004。

（二）论文

[1] 柴红梅：《日本现代主义诗歌之中国大连源起观——以安西冬卫诗歌创作为证》，《重庆大学学报》（社会科学版）2008 年第 4 期，第 125～129 页。

[2] 陈子善：《对 20 世纪中日文学交流的四点思考》，《杭州师范学院学报》（社会科学版）2000 年第 2 期，第 61～64 页。

[3] 〔日〕池上贞子：《岭南大学与日本诗人草野心平》，《现代中文文学学报》2005 年第 2 期，第 27～44 页。

[4] 〔日〕大塚常树：《以〈铜锣〉为中心谈黄瀛与宫泽贤治》，杨伟执行主编《诗人黄瀛》，重庆：重庆出版社，2010，第 299～317 页。

[5] 〔日〕冈村民夫：《黄瀛的光荣》，杨伟执行主编《诗人黄瀛》，重庆：重庆出版社，2010，第 278～298 页。

[6] 〔日〕冈村民夫：《诗人黄瀛的再评价——以日语文学为视点》，《东北亚外语研究》2018 年第 1 期，第 19～25 页。

[7] 郭久麟：《蜚声日本诗坛的中国教授黄瀛》，《世纪》2008 年第 2 期，第 63～65 页。

[8] 黄瀛：《回忆中的日本人，以及鲁迅》，杨伟执行主编《诗人黄瀛》，重庆：重庆出版社，2010，第 239～245 页。

[9] 胡昭曦：《振兴近代蜀学的尊经书院》，四川省图书馆学会编《四川省图书馆学会成立 30 周年纪念专集》（下），成都：四川人民出版社，2009，第 360～387 页。

[10] 贾植芳：《中国留日学生与中国现代文学》，《山西师大学报》（社会科学版）1991 年第 4 期，第 38～47 页。

[11] 蓝江：《解域化的语言：口吃与风格》，《新诸子论坛》2013 年第 3 期，第 182～197 页。

[12] 蓝勇、阚军：《近代日本对于四川文化教育的影响初探》，《中华文化论坛》2004 年第 3 期，第 73～78 页。

[13] 李勇：《黄瀛与鲁迅的交往》，《鲁迅研究动态》1986 年第 4 期，第 15～17 页。

[14] 〔日〕栗原敦：《宫泽贤治与黄瀛》，杨伟执行主编《诗人黄瀛》，重庆：重庆出版社，2010，第 318～329 页。

［15］〔日〕胜又浩：《黄瀛诗歌的个性》，杨伟执行主编《诗人黄瀛》，重庆：重庆出版社，2010，第330~348页。

［16］史尔山：《他以整个生命见证中日友好——黄瀛先生的传奇生涯》，《重庆与世界》2002年第2期，第20~21页。

［17］苏明：《支那之痛：现代留日作家的创伤性记忆》，《中国现代文学研究丛刊》2010年第1期，第42~52页。

［18］孙伯堂：《中国无产阶级的第一部诗集〈恢复〉》，《武汉大学学报》1981年第2期，第69~74页。

［19］孙歌：《在零和一百之间（代译序）》，〔日〕竹内好：《近代的超克》，北京：生活·读书·新知三联书店，2004，第1~74页。

［20］王本朝：《日本经验与中国新文学的激进主义》，《晋阳学刊》2010年第3期，第114~118页。

［21］王敏：《留学日本的意义——跨国近代教育中的实践者黄瀛母子》，杨伟执行主编《诗人黄瀛》，重庆：重庆出版社，2010，第258~277页。

［22］汪荣祖：《萧公权先生学术年表》，萧公权：《中国政治思想史》，北京：商务印书馆，2011，第955~961页。

［23］王晓平：《〈聊斋志异〉与日本明治大正文化的浅接触》，《山东社会科学》2011年第6期，第68~74页。

［24］王泽锐：《黄拔贡及其子黄瀛事略》，中国人民政治协商会议江北县委员会文史资料研究委员会编《江北县文史资料》第8辑，1993，第135~137页。

［25］王中忱：《蝴蝶缘何飞过大海？——殖民历史、殖民都市与〈亚〉诗人群》，《视界》第12辑，石家庄：河北教育出版社，2003，第30~55页。

［26］王中忱：《殖民空间中的日本现代主义诗歌》，《越界与想象：20世纪中国、日本文学比较研究论集》，北京：中国社会科学出版社，2001，第27~67页。

［27］王中忱：《东洋学言说、大陆探险记与现代主义诗歌的空间表现——以安西冬卫诗作中的政治地理学视线为中心》，王晓平主编《东亚诗学与文化互读——川本皓嗣古稀纪念论文集》，北京：中华书局，2009，第411~421页。

［28］吴学琴：《析"意识形态直接就是社会存在"——齐泽克的"后意识形态"理论分析》，《马克思主义研究》2007 年第 8 期，第 82 ～ 87 页。

［29］张承志：《亚细亚的主义》，《敬重与惜别》，北京：中国友谊出版公司，2009，第 230 ～ 267 页。

［30］张殿兴：《论汪精卫的"大亚洲主义"》，《史学月刊》2008 年第 7 期，第 131 ～ 134 页。

后　记

本书是国家社科基金项目"《铜锣》同人草野心平、黄瀛、宫泽贤治研究"的结项成果。从该项目于 2012 年立项，到今天终于可以付梓面世，已经过去了十二年。一想到这里，不禁为自己的怠惰和拖延感到羞愧和自责。

而说到该研究的缘起，则可以追溯到更早的时间。2008 年 10 月，为了纪念 2005 年作古的诗人黄瀛，在旅日学者王敏教授和笔者的共同策划下，于四川外国语大学举办了题为"诗人黄瀛与多文化间身份认同"的国际研讨会，邀请了日中文化交流协会会长暨诗人辻井乔，文艺评论家川村凑、胜又浩，以及学者大塚常树、栗原敦、冈村民夫等前来参会，旨在还原黄瀛在 1920 年代成为日本现代主义诗坛"宠儿"和中日两国诗坛中介者的时代背景和文化语境，并通过钩沉黄瀛借助《铜锣》杂志与日本诗人之间友好交往的原始资料，来揭示中日现代文学相互越界的具体史实和相互影响关系。而在该研讨会上被频繁提及的"越境""混血""身份"等关键词无疑构成了本研究的主要问题意识。

2011 年，在日本国际交流基金会的赞助下，我带着上述问题意识，前往王敏教授任职的日本法政大学国际日本学研究所进行了为期一年的资料收集和课题研究。时任孙文纪念馆馆长的安井三吉先生不仅惠赠我有关草野心平的相关资料，还给我引荐了草野心平研究会代表深泽忠孝。至今我还记得在国分寺车站前的"日高屋"与深泽忠孝先生两次见面的情景，他馈赠我的有关草野心平和黄瀛的大量宝贵资料，构成了我展开本课题研究的坚实基础，他也成了我必须叩谢的众多前辈中的重要一员。

而在我长长的感谢清单上，还必须提及冈村民夫、大塚常树、栗原敦等宫泽贤治研究者和文艺评论家胜又浩老师的名字。特别是冈村民夫先生运用德勒兹理论和"日语文学"视点对黄瀛诗歌的研究，在让我惊叹于其非凡才华的同时，也给了我莫大的启迪，构成了我深化本研究的重要契机。而早稻田大学梅森直之先生对"口吃"的研究也为我从身份建构与诗歌策略的视角来重新解读黄瀛的"口吃"问题提供了弥足珍贵的理论依据。而他们与我在重庆或是东京的亲密交往，甚至包括席间的对饮与谈笑，也让我沉浸在"畅谈文学的幸福"中，恍若自己正置身在20世纪《铜锣》同人们交往的现场。

而王敏老师更是我不得不感谢的第一对象。从本课题最初的构想，到我赴法政大学从事本课题研究，她都给与了我悉心的关照和帮助。不管是她位于九段北的国际日本学研究所的办公室，还是饭田桥名叫"猪八戒"的中华料理店，都留下了我们一边喝茶一边尽情"神聊"的余音。

最后要说的是，黄瀛作为有着跨文化身份的中日混血诗人，既是中日文学交流史上的传奇人物，也是中日两国近百年曲折历史的亲历者和见证人，因此，完全有理由成为本课题的主要研究对象。而笔者也正是在此意义上来为他定位，并拓展问题意识的。需要说明的是，他不仅是笔者本课题的研究对象，同时也是笔者在四川外国语大学研究生时期的导师，是将笔者带入诗歌殿堂和文学研究之路的引领者。对于笔者而言，他有时是隐身于悠远历史中的谜一般的人物，有时又是近在咫尺叼着烟斗露出"顽皮"微笑的慈祥老人。因此，在本研究中，笔者总是试图将私人的情感转化为一种静静流淌的客观精神，以便在学术的显微镜下去探察他被岁月的尘埃所遮蔽的种种秘密。窃以为，只有这样，本书才可能成为笔者献给恩师的具有私人性质的"Souvenir"（纪念品），同时又成为回应中日文学关系研究中诸多热点话题的"公共财产"。

如今，地域上的越境与文化上的越境正成为日常的风景，而国家之间的冲突和文明的冲突也变得越来越频繁。而我们每一个人都在不同程度上成了草野心平或黄瀛式的文化越境者，甚至"文化混血儿"。正如王晓平老师教导我的那样，我们研究黄瀛、草野心平、宫泽贤治等历史人物，并不仅仅只是在研究历史，而是在与历史对话，更是与现在和未来对话，当然更是与自己对话。而本书无疑就是这种多重对话的产物，并虔敬地等待着与读者的对话。

杨 伟

2024 年 3 月 26 日

图书在版编目（CIP）数据

越境·身份·文学：《铜锣》及其主要同人研究／
杨伟著 . --北京：社会科学文献出版社，2024.4
ISBN 978 - 7 - 5228 - 3432 - 0

Ⅰ.①越… Ⅱ.①杨… Ⅲ.①文学 - 文化交流 - 研究
- 中国、日本 Ⅳ.①I206 ②I313.06

中国国家版本馆 CIP 数据核字（2024）第 066405 号

越境·身份·文学
——《铜锣》及其主要同人研究

著 者／杨 伟
出 版 人／冀祥德
责任编辑／赵晶华 贾宏宾
责任印制／王京美

出 版／社会科学文献出版社·联合出版中心（010）59367180
地址：北京市北三环中路甲 29 号院华龙大厦 邮编：100029
网址：www.ssap.com.cn
发 行／社会科学文献出版社（010）59367028
印 装／三河市尚艺印装有限公司
规 格／开 本：787mm×1092mm 1/16
印 张：19.75 字 数：328 千字
版 次／2024 年 4 月第 1 版 2024 年 4 月第 1 次印刷
书 号／ISBN 978 - 7 - 5228 - 3432 - 0
定 价／128.00 元

读者服务电话：4008918866